二十四節気《にじゅうしせっき》で読みとく漢詩

古川末喜【著】

文学通信

『中華日暦通典』主編

王双懐教授に捧ぐ

目次

本編　二十四節気の詩の検討

第1章　春

第3章　秋

第1節　孟秋の詩

第2節　仲秋の詩

第3節　季秋の詩

第4章　冬

序

二十四節気とは何か？

二十四節気《にじゅうしせっき》という言葉に耳慣れない人でも、春分や秋分、夏至や冬至などは聞き及んでいよう。年賀状に書く立春も、春先の天気予報で話題にのぼる啓蟄《けいちつ》も、みな二十四節気の一つである。二十四節気を二千年以上も前に発明した中国では、ユネスコの世界無形文化遺産に、2016年に登録された。本家本元の中華圏以外でも、日本、韓国、ベトナムなどの漢字文化圏では、程度の差はあれ、二十四節気が伝統文化の一つになっている。季節の推移の目印としてだけではなく、農業はもちろんのこと、食や健康、住まいや装い、園芸など、他方面に応用され、さらに虫、鳥、植物などの観察会などにも、二十四節気の区切りが用いられ、静かなブームとなっている。

ここで二十四節気とは何かについて、ひと言で紹介しておこう。二十四節気とは、一年間の太陽の動き、すなわち季節の推移を二十四等分した枠組みである。その場合日数を二十四等分するのか、角度を二十四等分するのか、二つのやり方がある。一年約365日を二十四等分するのか、太陽が黄道《こうどう》上を一周する360度、つまり地球が太陽のまわりを一周する360度を、二十四等分するのか、の二つである。前者だと一節気が十五、六日、後者だと十四、五、六日ほどになる。もともとは前二世紀の前半から、長いあいだ日数を等分していた。それが十七世紀中葉の、清朝の暦からは角度を等分するようになった。

二十四節気は、月の満ち欠けとは関係なく、太陽の動きだけを見た純粋な太陽暦の一種である。しかし二十四節気が、太陽暦の一つとして、自立して行われていたわけではない。月の満ち欠けを暦にした陰陽暦に、太陽の動きの目盛り、季節の目印を刻みつけたものである。二十四節気は、旧暦すなわち太陰太陽暦にとって、不可欠の要素として、二千年以上の長きにわたって、農業や暮《く》らしの文化に深く関与してきた。

旧暦の日付で決まった行事は、太陽暦になおすと一ヶ月ほどの幅の中で、遅く来たり早く来たりする。旧暦の日付を見ているだけでは、真の季節の変化はわからない。だから今年の旧暦九月九日の重陽節《ちょうようせつ》は、太陽暦でみると早くも9月末に来たので、まだ菊の花は咲いていなかったとか、遅く10月末に来たので、もう菊の花は終わっていたなどと、季節そのものよりは、行事と季節のずれなどを歌うしかない。季節を詠ったにしても、そのときの個別の暑さ寒さの主観でしかあり得ず、過去との相対的な比較などはできなかった。

暦《こよみ》は、年内に翌年の暦が作られ、中央から地方へ、十二月までには送り届けられていた。地方にいても、官僚や知識人らは、配付された暦を見て、その暦注《れきちゅう》に記された二十四節気の日付を知ることができた。そして、来年の暦では、夏至なら五月の初めに来るのか終わりごろに来るのか、立秋なら六月に来るのか、七月に来るのか、はたまた閏《うるう》六月に来るのか、などを前もって知ることができた。そしてたとえば、暦の上で立冬が、九月十六日に来ようが、十月十五日に来ようが、閏九月十五日に来ようが、ひとたび立冬が来れば、多少の変動はあっても、例年のこととして、冬の気配が立ちはじめるのが常である。これが二十四節気である。二十四節気は旧暦の日付では変動するものの、季節としては不変である。よって真の季節感は、太陽暦の二十四節気に立脚しないことには、曖昧模糊となる。今年の冬の到来が早いのか遅いのか、それとも例年どおりなのか、そもそも例年に比べて暖かいのか寒いのか、そういう比較ができなくなる。

中国の古典詩に詠まれた二十四節気

わたしはもともと中国の古典詩が、季節をどのように詠っているかを知りたかった。ただ、旧暦の日付で見ていては、今述べたように、詩に詠われた真の季節はわからない。そのとき、旧暦の中に二十四節気という太陽暦が組み込んであること、そして二十四節気を基準に見れば、その詩が詠う季節がどの時期にあるのか、客観的にわかることに気づいた。季節の推移は、太陽の黄道上での（つまり地球の公転軌道上での）動き、位置によって決まり、一年を二十四等分する二十四節気が、季節の推移を客観的に知ることに、きわめて便利であることに気づいたのである。

たしかに現行の暦も太陽暦だから、毎年の季節を正確に反映する。しかしグレゴリオ暦の十二ヶ月の十二等分では間遠すぎる。週という単位では短すぎ、季節を通年的にはかる単位としては、不向きであろう。第一、グレゴリオ暦の年始の設定には、天文学的根拠がなにもない。磔の上で死んだキリストの再生の物語というベールを一枚めくれば、そこには古代ローマ以前からの冬至節があるのだろうが、一般民衆には見えなくなっていた。冬が終わりに近づき、春の光が輝き始める立春が聖燭祭《キャンドルマス》になり、春分がマリアの受胎告知日となり、夏至が洗礼者ヨハネの聖誕祭に入れ替わっていることなど、みな宗教色におおわれて、太陽暦が隠れてしまっている。

その点、二十四節気は、冬至夏至、春分秋分という天文学的根拠があり、その二至二分という一年の四等分を、それぞれ二等分して、立春、立夏、立秋、立冬の四立を作り出し、さらにもう一度それぞれを三等分して二十四の節気を得るというやり方は、きわめて合理的であり、そこには宗教性が微塵もない。だから、どんな文化にある人も受け容れやすい。二十四節気は太陽の動きに対して、毎年固定した枠組みであって、ダイレクトに太陽の動きを反映している。そして一つの単位（節気）が半月であるのは、季節の変化を感得するのに、ちょうどいい長さである。季節のメジャーとして二十四節気は最も理想的だと言える。

月の満ち欠けを見て日取りを決めるという、旧暦が行われていた時代にも、明々白々の太陽暦の日盛りがあった。この日盛りを使えば、新暦の中にある我々は、旧暦の中にあった過去とでも、客観的な比較ができる。教会暦《きょうかいれき》によって、太陽の季節暦がおおい隠されてしまった中世の西欧社会とでも、太陽暦の二十四節気を介在させることによって、客観的な比較ができる。ここに、太陽暦による比較の普遍性、二十四節気による比較の優位性がある。

そこでわたしは、中国の古典詩が、二十四のそれぞれの節気に当たって、どのような季節感を詠じているか、を調べることにし、まずは二十四節気ごとの詩を収集することにした。先行する著作を調べてみると、まず日本には、このように節気ごとに詩を集めたものがない。近いものがあるとすれば、歳時記、歳時詩の類であって、その中味はやはり旧暦による部立てである。

中国には、二十四節気と古典詩のように題するものが、わたしの知るところ少なくとも六冊は出版されている（巻末参考図書）。たしかにそれらには、それぞれ特色があって、とくに詩の鑑賞などすぐれている。しかし、なぜその詩がその節気の詩だと言えるのか、客観的な根拠が何も示されていない。詩の題に、冬至、立夏など節気名が掲げられている場合は、一目瞭然だから論外として、たとえば、「霜降《そうこう》」や「大雪《たいせつ》」などの詩でいえば、詩句中にそれらの語句が散りばめてあったり、たまたまその日に霜や大雪が降った天候が描かれていたことなどによっており、どうしてその詩が、その節気の詩なのか、厳密な検討がなされていない。

二十四節気がわかると詩の制作年もわかる

本書で取り上げた節気の詩は、その詩がその節気である根拠をいちいち検討し、作者が何歳のとき、どこで作ったかを、可能なかぎり明らかにし、真にその節気の詩と言える詩だけを集めている。これが本書の第一の特色である。その詩が何年何月に、作られたかが記載されていなくても、詩題などから節気入りした日付さえわかれば、何年何月の作なのかが容易に知れる。その際、次の二著が必要になる。張培瑜《ちょうばいゆ》著の『三千五百年暦日天象』と、とりわけ王双懐主編の『中華日暦通典』とである（巻末参考図書）。それは、中国の暦にはじめて二十四節気が応用された、前104年からの二千年にわたる、すべての暦月について、いちいち二十四節気の日付を復元したものである。

節気入りの日付の情報があれば、この二著に依拠して、その制作年をすぐ知ることができる。実はそのことに気づいたのは、2016年の夏、ちょうどわたしが後期の授業の予習を始めていたときである。この方法論を用いて割り出してきた詩の制作年を、その作者の「作品年表」の類で調べてみると、驚くべきことに制作年は未詳、などと書いてある。（もちろん、最初から「作品年表」など、そろっていない詩人も少なくない。）このとき同時にわたしは、この方法をそれまで誰も使ったことがないことにも気づいたのだった。

節気入りの日付、どの節気か、いずれの年か、の三点は、そのなかの二つがわかれば、ほかの一つも自ずとわかってくる仕組みになっている。候補が複数ある場合は、作者の一生涯の幅で制限してくれれば、候補がかなり絞られてくる。制作年がわかれば、作者が何歳だったときか、どこに住んでいたときか、などもわかってくることが多い。これらが明らかになれば、作品研究、作者研究を、一歩も二歩も推し進めることができる。

この方法は、中国の古典詩以外の分野でも用いることができるし、中国以外でも二十四節気の日付を残す文献がある国では、大いに活用できるはずである。このおそらくは、これまで誰もやったことのない方法を駆使して、作品研究を行ったことが、本書の第二の特色である。

季節を詠じた詩を、旧暦の日付で考えていては、より厳密な実際の季節を知ることができない。ここに取り上げた詩は、二十四節気によって、背景の季節を可能なかぎり明らかにしているので、これによってはじめて、互いの詩の季節感の違いを、客観的な土台の上に立って、論じることができる。この際、従来と違った角度からも作品鑑賞を試みた。漢詩の鑑賞の場合、多くはいわゆる文学的アプローチである。先行する詩人や作品から、どのように思想、表現の上で影響を受けているか、あるいはどのように後世に影響を与えたかなどが中心になる。しかしわたしの主たる関心事は、そういう文学的影響関係だけにはとどまらない。それぞれの節気がどのように詠われているか、作者がその節気をどのように感じているかをも、知りたいのである。

ここでは、二十四の節気ごとの特徴、つまり風、気温、雨、雪、霜などの気象、そしてその節気ごとの、開花、落葉などの植物の成長の様子、鳥や昆虫たちの動き、つまりは物候（凡例参照）がどのように描かれているかに、大きな関心を寄せた。これによって一つの文学作品を、いわば理科系の目線からも見ることになり、期せずして、文理融合型の作品鑑賞となったのではないか。これが本書の第三の特色である。これによって漢詩の新たな読み方、魅力、価値を見いだし、歴史気候変動という観点からも、有意義な作品を発掘することができたのではないかと思う。

気候変動が、今ほど地球的な規模で、大きな関心を引き起こしている時代はないであろう。わたしが漢詩から過去の季節のありさまを知りたい、過去の人々がどのように季節に敏感であったかを理解したい、と思うのも、こうした時代の流れに身を置いているからに違いない。こうした潮流の中にあって、わたしにできることは、大量の古代文献を残す中国で、歴史気候の変動がどのようであったのか、それをいささかでも古典詩の中から探り、太陽暦である二十四節気の物差しを用いて、正確な季節を定め、あれこれ検討することである。

最後に序編として、中国で二十四節気という発想が、どのように生じ発展していったかを、概論的にまとめた。二十四節気と題する著作は、いま日本の出版界でも小さなブームを引き起こしている。しかし二十四節気の原理、そして二十四節気が中国四千年の古天文、暦学のなかで、どのような経過を経て来たかを、跡づけたものはまだ現れていない。本書の序編が、この空白を埋める最初のものとなることができれば幸いである。

凡例

一、原典で使われている旧字体、俗字、異体字などは、意味の誤解が生じない範囲で、常用字体で統一した。
一、歴史上の地名については、（　）の中に現在の相当する地名、あるいは近接する地名を記入した。
一、角度や時間の単位については、六十分法（度分秒）と十進法を適宜使い分けた。
一、ある場所での日の出、日の入り、月の出、月の入りの時刻は、原則として標高０ｍとして示したが、現地の実際の標高によって示したものもある。
一、旧暦と節月の日付は漢数字で示し、新暦の日付はアラビア数字で示した。
一、節気の日付は王双懐主編『中華日暦通典』に依拠し、張培瑜『三千五百年暦日天象』も適宜参照した。
一、「旧暦」を、中国の陰陽暦（陰陽合暦＝農暦）の意味で用いた。日本でよく使われる太陰太陽暦という語彙は、中国ではほとんど使われない。また日本の貞享暦《じょうきょうれき》（１６８５）以前は、中国の旧暦を基本に置いてきたが、日本と中国の旧暦は、完全に同じではない。
一、「新暦」を、グレゴリオ暦の意味で用いた。ユリウス暦で示した場合は、その旨を注記する。中国では新暦のほか、公暦＝陽暦＝西暦なども使われ、とくにグレゴリオ暦という場合は格里暦（格理哥里暦等々）などと呼ばれている（ユリウス暦は儒略暦）。
一、旧暦の日付の後、丸括弧内に半角のアラビア数字で示したものは、その日付をグレゴリオ暦に換算したものである。旧暦を新暦に変換する工具書やウェブサイトやソフト等では、普通はグレゴリオ暦が導入される以前（１５８２年10月４日以前）は、ユリウス暦で表示されている。しかしここでは、それをさらにグレゴリオ暦に変換している。

一、「二十四気」と「二十四節気」

今は普通に二十四節気と呼ばれているが、もともとは二十四気であった。二十四気という言葉は漢代の文献からすでに用いられており、中華民国以前までは、ほとんどが二十四気である。一方、二十四節気のほうは、宋元代になってからわずかに見いだせる程度で、それが明清代になって少し多くなり、現代では中国でも日本でも、二十四節気以外はほとんど見あたらない。むしろ二十四気といえばかえって違和感をもたれてしまう。しかし二十四節気という言い方には紛らわしい面がある。原理的には十二の中気と十二の節気があり、それを合わせて二十四気である。（あまり使われないが二十四節という呼び方もあった。）本書では、今の通称の二十四節気を用いることが多いが、中気・節気の使い分けで、紛らわしくなるときには二十四気を用いた。

一、「暦月」と「節月」

暦月《れきげつ》は、実際に世の中で用いられている暦であり、その時代の暦法によって定まった暦の上でのひと月を指す。節月《せつげつ》は、二十四気を十二ヶ月に配当したもので、月の前半に「節気」が来て後半に「中気《ちゅうき》」が来るひと月をいう。この意味での節月という言葉は、中国ではほとんど見かけないが、「節気月」と呼ぶ中国の古天文学者、暦学者はいる。ここでは、少し意味を広めて陰暦、陽暦を問わず、暦月を実際に行われている暦の体系の意味でも用いた。また節月を、毎月一日に節気、毎月十六日に中気を置いて、十二ヶ月の暦のようにした二十四節気太陽暦の体系、の意味でも用いた。なお古代の文献では、暦月で書かれているように見える文章が、実は節月の意味で用いられていることがあるので、その区別が必要である。

一、「節気」の狭義と広義

節気は、節月のはじめに来る十二の節気（立春、驚蟄など）を指す場合（狭義）と、さらに節月の後半にくる十二の中気（雨水、春分など）をも含めて言う場合（広義）とがある。だから節気というとき、中気に対する節気なのか、中気を含めた言い方なのか、区別が必要になってくる。本書では、できるだけその混乱が起きないよう、表現上の工夫をしたつもりである。

一、「節入り」

新暦では、立春ならほぼ2月4日と決まっているが、陰陽暦（旧暦）では、十二月に来たり閏十二月や正月に来たりするので、暦月の上でいつその節気になるのかが大事になってくる。日本では、その節気になることを、「節《せっ》入り《い》（入節）」などと呼んできた。ここではその習慣を借り、さらに拡大して、その節気や中気になることを「節入り」「節気入り」などと呼ぶことにする。ならば「中気入り」という表現があってもいいかもしれないが、その言い方はない。ここでは「節（気）入り」という言い方に、「中気入り」という意味も含ませることにする。

一、本書が対象とする年代は、原則として平気法が用いられた明代までとした。とくに本書で取り上げた節入りの日付、期間、没日《もつにち》に関する説明は、定気法を用いる清の時憲暦《じけんれき》以後には当てはまらない（序編参照）。

一、一年の始め

二十四節気の本質は太陽の動きである。その正確な把握は、かつての中国では南中時の太陽の影の長さを測ることによってなされ、最も影が短くなる冬至が、天文、暦学の起点とされた。だから実際の暦も、冬至の来る月（旧暦では十一月に当たる）が、一年の始めとされたときもあった。しかし前漢の太初暦からは、暦の上では雨水のくる月（節月では立春正月節・雨水正月中）が、一年の始め、正月とされた。本格的な冬が始まる冬至を一年の始めとするより、春のきざしが光の上で見えはじめる立春のほうが、一年の始まりにふさわしいと、古代の中国人は考えたのであろう。だから二十四節気を紹介する近年の著作は、ほとんどが立春から始まる。

しかし、今日我々はグレゴリオ暦にすっかりなじんでおり、立春を起点にすれば、二月始まりとなってしまうし、冬至を起点にすれば、十二月始まりとなってしまう。どれから始めるにせよ、グレゴリオ暦のなかに置いてみると、その始まり方には違和感がある。そこでここでは、本書が古典詩を対象とすることによって、立春始まりとしたが、その下に新暦での月名を附記することにした。たとえば小寒1a、大寒1bなどである。小寒1aは、1月の前半がおおかた小寒であり、大寒1bは、1月の後半が主にその節気であるからである。だからその節気がいつ来るか知らなくても、芒種6aとあれば、芒種は6月の前半に、霜降10bとあれば、霜降が10月後半に来ると、イメージしやすくなる。

一、「物候」

本編でしばしば用いた物候《ぶっこう》という言葉は、日本ではあまり一般的ではないが、中国では昔から使われてきた由緒ある言葉である。物候とは、ひと言でいえば、いろいろな物から見える、例年の気候変化の徴候である。物候の「物」は、植物、動物、気候などの物であり、それらが毎年の季節の変化に応じて周期的に現出する現象を指す。「候」は、伺う、徴候などの意で、現れ出た現象から、うかがうことのできる季節変化の徴候やきざしを指す。開花や結実、鳥や虫の鳴き始め、巣作り、産卵、渡り鳥の飛来と帰郷、虹や雷の活性化、霜の降り始め、結氷の始まりと解凍のきざし等々、みな物候である。日本でも古来より民間で使われてきた自然暦や、気象庁が行っている生物季節観測などが、その一部として含まれるだろう。それらを学問とすれば生物季節学《フェノロジー》(phenology)となり、中国ではそれは物候学と称されて、相当に盛んである。

一、詩の訓読と口語訳

漢詩の原文を、そのまま訓読文になおしても、意味がわかりにくい。また口語訳になおしても、なぜそのような日本語になるのか、原文から飛躍がありすぎて関連がつかみにくい。そこで一工夫を加え、原文の漢字を必ずすべて用いて、口語訳を作るというルールを定めた。これによって、原文の漢字が口語訳の中で、どのような訳語に置き換わっているかが、はっきりする。ただ訓読の慣習にしたがって「不」などは最初から平仮名とした。原文の漢字をみな使って口語訳するというのは、訓読式口語訳とでも名づけていいかもしれないが、本書のもう一つの特色と言ってよい。ただしこのルールを徹底させたのは、それぞれの節気の冒頭に全文を掲げた詩に関してだけであり、そのほかの場所で引用した詩はこの限りではない。ただ、それらの引用詩句についても、原文の風貌をなるべく温存しながら、かつ一読して文意が通じるような工夫をしたつもりである。数年前までわたしは、伝統的な訓読文ではわかりにくいので、主語や目的語や副詞などを、平仮名にして補充し、文意が通じやすいように工夫していたことがある（『杜甫の詩と生活─現代訓読文で読む』知泉書館、２０１４年）。このたびの訓読式口語訳は、それとは違った第二の道である。また語注、詩韻についていちいち記載しないのも、前著の考え方に準じる。

序編　二十四節気概説

ここでは、二十四節気がどのようなものか、またどのような準備段階を経て成立し、さらに発展充実していったか、そのあらましを紹介している。学術的なものではない。よって参考文献には概説書のみを掲げた。天文学、暦学の専門家ではない筆者に、このようなものを書く資格はないが、今のところ、二十四節気の原理、歴史等について全般的に語ったものがない情況なので、取りあえずはこのようなもので穴埋めとしていただければ幸いである。もちろん序編に目を通さず、ただちに本編を読んでいただいても、本編の理解には何の差し支えもない。

本編では、「旧暦」の名称を用いているが、序編では「陰陽暦」の名称を用いることにする。天文学や暦学に関しては、陰陽暦のほうがより正確で、中国ではもっぱらこの名称が用いられているからである。また中国の暦学、天文学の著作では、より丁寧な「陰陽合暦」と呼ばれることもある。

第1節　二十四節気の原理

1．太陽黄経

今の節気の説明は、辞典などでは「秋分」は9月23日ごろ、あるいは23日か24日などと、少し揺れのある日付で書かれている。もう一つは太陽黄経《こうけい》が180度などと書いてある。この180度という角度は、起点の春分点から、太陽が黄道《こうどう》上を180度回ってきた点である。それは地球の公転軌道で言いかえると、地球が春分から公転軌道を180度回って来た点である。だから太陽黄経は、地球の公転軌道上で、地球が春分から回ってきた角度だと、仮に読み替えて理解しておいて差し支えない。

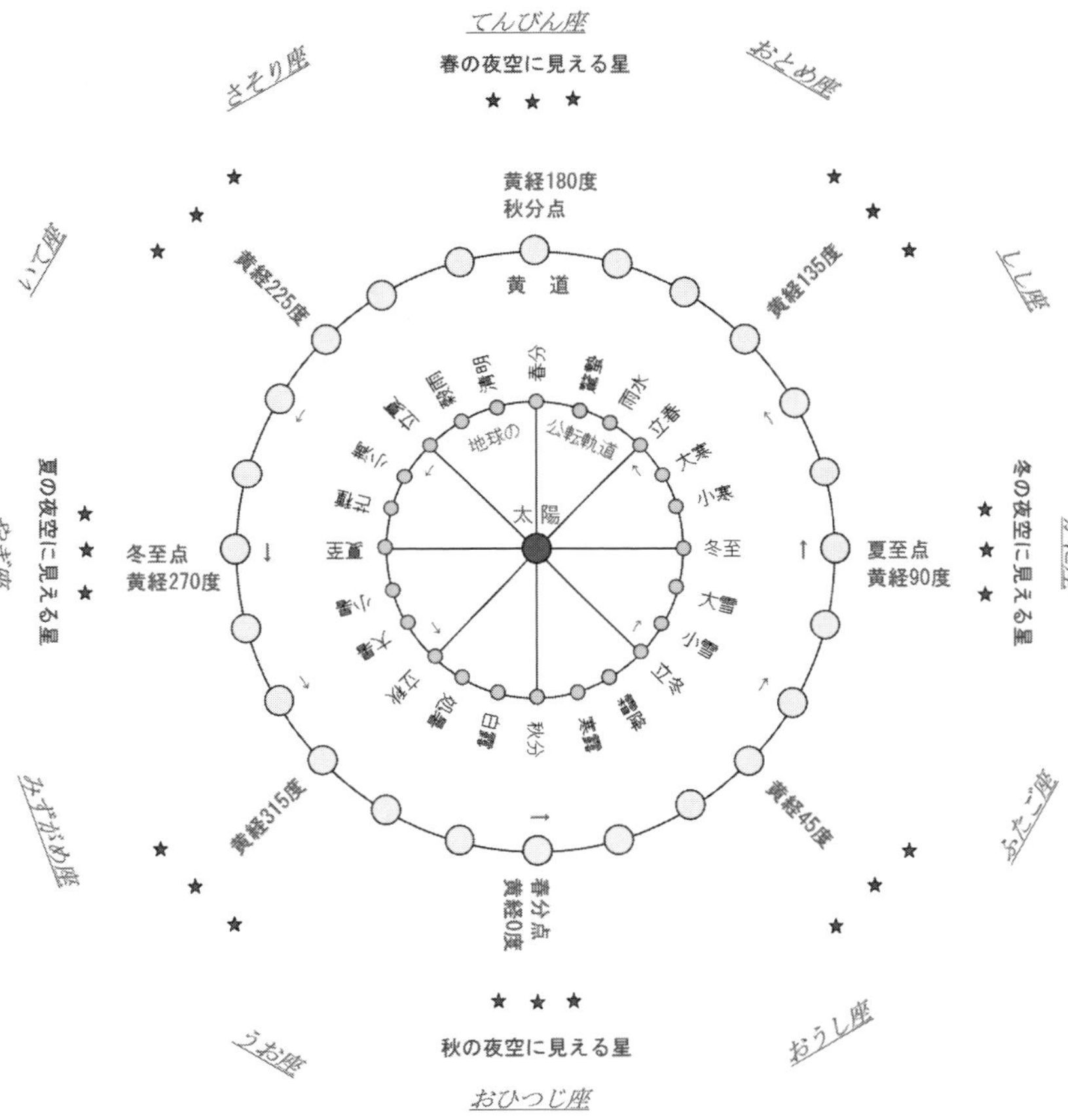

図１　公転軌道・黄道・十二星座（前 1000 年ごろを想定）

太陽黄経は、黄道に刻まれた目盛りであるが、黄道は、人間が作った天球上での、太陽の通り道である。黄道という道が、実際に天空上に存在するわけではない。人間がそう見立てて作り出したものである。【図1】で説明してみよう。図は、前１０００年ごろで一年間の、太陽を回る地球の公転軌道と、その周辺の、仮に今日の代表的な十二個の星座によって、その位置関係を示したものである。真ん中に太陽がいて、地球が一年かけて太陽のまわりを一周している。その地球の公転軌道の外側には、大きく宇宙が広がっており、たくさんの星々がある。その星々を、人間が都合よくグループにまとめ、文化的な意味づけをして、さそり座やみずがめ座などと呼んでいる。それらの星々は太陽系から非常に遠いところにあり、太陽のまわりを回ったりなどしていない。太陽系とは無関係に存在している。

地球が太陽のまわりを回って冬至ごろに来たとき、太陽の方向を見ると、やぎ座が見える。もちろん太陽の光で、肉眼では星は見えない。しかし見えないだけで、実際には星は存在している。朝見ても昼見てもいつでも太陽の方向にやぎ座がいる。だからこのとき太陽はやぎ座の場所にいると考えられる。三ヶ月後地球が春分ごろまで回ってきたとき、太陽の方向を見ると、おひつじ座がある。だから太陽はおひつじ座の場所にいると考えられる。さらに三ヶ月後、地球が夏至のころまで回ってきたとき、太陽の方向にはかに座がある。だから太陽はかに座の場所にいると考えられる。こうやって太陽のまわりを回っている地球から、その時々に太陽を見たとき、その太陽が広い宇宙のなかで、どの星々の場所にいるように見えるか、その場所を一年分つなぎ合わせたもの、それが太陽の居場所の連続、太陽の通り道、黄道と考えることができる。

図でいえば、内側の円が、地球が太陽のまわりを一日に約一度ずつ回っている公転軌道であり、外側の円が、その時々の地球からみえている、太陽が存在する方向、太陽の通り道、黄道である。図では、地球が反時計回りに回っており、その結果、地球から見える太陽も、黄道上を反時計回りに回っているように見える。地球の公転軌道は一枚の、おおよそ平らな円盤で、その円盤の真ん中に太陽があって、その外縁を地球が回っている。その視点を入れ替えて地球を中心に考えれば、地球が円盤の真ん中にいて、その外縁を太陽が回っているように見える。さらにそれを立体的にして、天球をイメージすると、球の中心に地球があって、天球の外面に貼りついた黄道を太陽が回っていることになる。

この視点の入れ替えによる見え方の逆転は、たとえば遊園地の回転木馬を想像すればわかりやすい。木馬は地球で、太陽は、木馬が円状に並んでいる大きな回転台の中心軸。外から見ると回転木馬に乗った子どもが、回転軸を中心に回っている。しかし木馬に乗っている子どもからすると、回転軸の向こう側、真後ろの景色が次々に移り変わって、回っているように見える。(さらに次のような情況をイメージすると、そのときの太陽の居場所となっている星座が、半年後の真夜中の南の夜空に見えることが理解できる。この木馬は自転しており、回転軸からは強力な光が発せられている。だからそのとき、子どもから見て回転軸の真後ろの景色は、まぶしくて見えない。180度回ってきて、しかも自転している木馬の上の子どもが、回転軸に背を向けたとき、はじめて子どもの真正面にその景色が見える。さらにこの木馬の自転軸が斜めになっていると想像すれば、子供は傾いた木馬の背中に乗って、ある時にはやや倒れ込んで地面の方を向いたり、ある時にはやや仰向けになって空の方を見たりしながら、回転台を回っていく。斜めになった木馬の背中が赤道面に、回転台が黄道面にたとえられて、この両面の傾斜の意味がより理解しやすくなる。)

以上は、すでに地動説を知っている今の我々の立場から、黄道を考えなおしたものだが、今度は地動説を知らなかった古代中国の人々の立場から、彼らが黄道をどのように考えていたのかを想像してみたい。

太陽は毎日東から昇って、天空を東から西に時計回りに移って沈む。この動きは太陽の日周運動と呼ばれているが、これとは別に、冬至のころ太陽は低いところまでしか昇らず、夏至のころは高いところまで昇り、一年を通してみれば、太陽が空の高いところを動いていたり、低いところを動いていたりして、毎日の動きとは別の動きがあることが想像される。

太陽の昇っている南の空は、昼間は明るくて星が見えないので、太陽の背後にどんな星があるのかはわからない。夜になると星が見えるが、それは太陽の背後にあった星ではない。太陽の背後にあった星は、太陽と一緒に地の下に沈んでしまっている。しかし夕方、太陽が沈むと日の光に邪魔されず、すぐ後ろから太陽を追いかけていた星々が見える。しばらくするとそれらの星も、太陽とともに地の下に沈んでいく。ひと晩が過ぎ、太陽が昇る前には、今度は太陽の前を走っていた星々が見える。しかし太陽が顔を出すと、日の光でそれらの星々は見えなくなる。このように太陽の近くにいて、太陽を前と後からはさんで、一緒に動いている星々は、後の分は日没後まもなくの西の空に、前の分は日の出前の東の空に、それぞれ見ることができる。

これらの星々を観察していると、季節とともに少しずつずれながら、それらの星々が移り変わっていることに気づく。さらにこれらの星々を一年を通して観察していると、ちょうど一年周期で、同じ時間、同じ方向に、同じ星が見えることに気づく（星の年周運動）。また日没から日の出までの、ちょうど半分のとき、つまり真夜中に、真南に昇っている星は、地の底にあるはずの太陽の、真反対に位置する星ではないかと見当が付く。そして、たとえばある時期、日没後まもなくの西の空や、日の出前の東の空にしか見えなかった、太陽を前後からさしはさんでいた星々が、半年後には、真夜中の南の空に、並んで見えるようになっていることに気づく。そしてその真ん中には、太陽の真後ろにあったはずの星が見えていることになる。

このような観察を何年にもわたって続けていき、それらの星々をつなぎ合わせていけば、太陽の背後にある星々が、一年周期の帯状に連なった星の道の状態となって完成されていく。いくつもの星々が貼りついた、大きな輪っか、またベルトのようだともイメージできる。

日没後まもなく、あるいは日の出前に時間を定めて、さらに西あるいは東に方向を定めて、太陽のほうを一年を通して見つめていると、太陽の背後の前と後にある星々が、季節とともに、次第に西に沈んでいき、また少しずつ東から昇ってくるのがわかる。つまり太陽の背後で、星々が貼りついた大きな輪っかが、時計回りに一年をかけて回っているように見える。その輪っかの回転を止めると、今度は太陽がその輪っかの中を、一年を通して西から東へ反時計回りに移動していくように見える。これが古代の人々が想像した太陽の通り道、黄道という発想である。

後漢の時代になると、日没直後と、日の出直前に南中する星を、観察し続けることによって、また南北朝時代には真夜中に南中する星を観察することで、太陽がいま黄道のどの位置にいるかを推測した。いろいろな方法で、星々の間での太陽の位置を、推測することを「歩日所在」と呼ぶ。歩は推測するの意で、お日様がいま存在する場所を推測するのである。

黄道上での太陽の運行という考えは、人間が人間の都合で考え出したものだが、実はそれは、地球の公転運動の反映であり、その裏返しである。黄経はこの黄道に刻まれた目盛りで、春分点を0度として、春分点から反時計回りに起算する。今日では、この黄経が何度になっているかによって、節気が定義されている。黄道上の春分点から数えたこの黄経何度という数値は、実は地球が公転軌道を、春分から回ってきた数値そのものである。

太陽の通り道である黄道（面）は、地球から見ると、ある角度を持って傾斜している。夏の太陽は高い所まで昇るが、冬の太陽は低いところまでしか昇らない。このことから、これは経験的に直感できることではある。地球の自転軸は地球の公転面に対して23・4度（66・6度）傾いている。だから、自転する地球の赤道面と、公転面も23・4度傾いている。視点を入れ替えて、地球を中心に置く天球上で考えれば、地球が回っていた公転面は、太陽が動く黄道面となり、地球の赤道面を、そのまま天球にまで延伸すれば、天の赤道面となる。こうして黄道面と赤道面は23・4度傾いていることになる。そしてその二つの面は、春分点〜秋分点の線で交わっている。しかも春分点は、赤道面の下（南）にいた太陽が、赤道面の上に顔を出してくる点である。従って、この春分点を太陽の動きの起点（黄経0度）としたのは、いかにも人間の感覚にかなっているといえる。

黄道という考え方は、洋の東西を問わず、同じようなことを古人は思いついた。黄道といえば、黄道十二宮《こうどうじゅうにきゅう》・十二星座での太陽の通り道を、思い浮かべる向きがあると思うが、もともとは二十四節気とは関係ない。黄道十二宮・十二星座は、古代バビロニアの発想で、中国人の頭にはなかった。中国には6〜7世紀に伝わったことが文献上で確認されている。しかし今は、二十四節気と黄道十二星座が関連づけられることがある。古代の中国人が考えたのは、十二宮のほうではなく、後述するように二十八宿や十二次と呼ばれる太陽の通り道であり、これらは、後に二十四節気と関連づけられた。いずれにしろこれらは、地球から見える星や太陽の動きだから、つまりは地球の公転運動に起因するのだから、太陽暦である二十四節気とも、規則的に対応する。

2. 節気の時刻

ふつう節気は日付が記されるだけだが、詳しい場合は時刻まで示される。たとえば２０１９年の夏至は、6月22日、0時54分であった。これは、国立天文台が毎年前年の2月に「暦要項《れきようこう》」に発表する公式のものである。

現在の節気は太陽黄経であらわされるから、たとえば夏至なら、春分点0度から黄経90度になった瞬間である。公転軌道で言いかえれば、地球が春分から90度回ってきた瞬間、つまり太陽と地球の中心を結ぶ線が、90度に至った瞬間である。その瞬間の時刻だから、秒の単位までも厳密に表すことができる。

そのときたまたま日本が、地球上でどこにあったかで、日時や時刻が変わってくる。２０１９年に、地球が春分から90度回ってきたとき、日本は、自転している地球の上で、太陽の真後ろを通りすぎて、54分経過したところにあった。ところが中国は、時差で日本より1時間西にあって、そのときまだ太陽の真後ろまで回ってきていなかった。だから日付もまだ変わっておらず、中国の夏至は、一日前の6月21日、23時54分であった。

3. 節気の期間

各節気の期間は、一年間の太陽の動きを24等分したものだが、割るのが日数か、角度かで、節気の期間が異なってくる。日数を割るのは平気法で、角度を割るのは定気法と呼ばれる。

一年間の日数、つまり一回帰年の長さを等分するのが平気法（＝恒気法《こうきほう》）だが、古人は一年の日数をどうやって計ったのか。またどこを起点にしたのか。

日出、日入の方向を観察し続ければ、最も北側にぶれるときと、南側にぶれるときが、毎年繰り返されることがわかる。そこから古代の人は、夏至と冬至（そして春分、秋分）を知った。後述するように、夏至や冬至を観測した古代遺跡が世界各地にあり、その多くが世界遺産となっている。

またある時期になると決まって、日没直後や日の出直前に、地平線に特定の星が見える、あるいは南中する。また北斗七星が、北極星を中心に一年間で一回転する。このような星の一年間の動きからも、一年間の長さを知ることができた。

また一本の棒を地面から垂直に立て、その真下から南北に、一本の長いメジャーを水平な地面に置いて、太陽が真南に来たときの影を一年間計り続ければ、冬至が最も長くなり夏至が最も短くなることがわかる。一般にはノーモンなどと呼ばれるが、中国ではこの立てる棒を「表」といい、その地面に置くメジャーを「圭」といい、そのL字型になった一セットを圭表《けいひょう》という。

古くから中国ではこの圭表で、一年間の日数を正確に観測していた。春秋時代（前770～403）以前に、すでに一年が365・25日だと知られていた。棒の高さは、普通は人の身長よりやや高い8尺。前漢に用いられたと考えられているものでは、影の長さを測る長細い圭は1丈3尺、その圭の幅は1尺2寸（前漢は1尺27・65㎝）である。影の長さは、伝統的に陽城《ようじょう》（河南省登封《とうほう》県、北緯34・4度）で、夏至時に長さ1尺5寸、冬至に1丈3尺と言われる（84頁参照）。表の高さを高くすれば精度も高くなるが影は薄くなる。いろいろな工夫や計算法が考え出され、明代には6丈の高さの表で、当時の回帰年の実際値と2秒しか違わないという精度を出したものもあるという。

4. 平気法

一年間の日数を計る場合、冬至を起点とするようになった。冬至の影が一年で最も長く、前後の日の影の長さの動向をみきわめつつ、その日を決めやすい。冬至が決まれば、そこから節気ごとに日数を割り当てていく。365日を24等分すれば、一節気15・2日で、節気の基本は15日となる。暦のうえに、小数点の付く日付を並べることができないから、24等分の結果は、15日間の節気が19個、16日間の節気が5個となる。

さらに、一年の端数の0・25日は4年で一日となるので、4年に一度、16日間の節気が6個になる。16日となる節気を1年に5つ置き、4年に一度だけ6つ置く。基本の15日に付加される一日分は、没日《もつにち》と呼ばれた。没日をどの節気に割り当てるかは、複雑な計算法が用いられたが、単純に平均計算をすれば、70日ほどで一度入れるということになる。（没日については、本編、立春2aの参考「没日について」も参照）

またこの圭表で太陽の影を計る方法とは別に、二十八宿や十二次等の、観察結果から得た節気ごとのデータも参照されたと考えられる。

5. 二十四節気を用いた太陽暦の例

冬至と夏至、春分と秋分は、天文の動きとして実体のある現象である。しかしこの二至二分を、さらにそれぞれ六等分し、二十四節気に区切ったのは人為にすぎない。なにか意味ある天文の現象として存在するものではない。ただ、これを暦として使えば純粋な太陽暦となる。宋代の沈括《しんかつ》は、二十四節気にもとづいて「十二気暦」を作ったが（1086年）、単なる個人のアイデアとして葬り去られた。また太平天国時代には、二十四節気をもとにした「天暦」が制定されたが（1852年）、太平天国が滅びるとともに、この暦も廃止された。つまり中国の歴代王朝は、このせっかく発明した独創的な二十四節気を、独立した太陽暦として、正式に用いることはなかったといってよい。

では、二十四節気を用いた純粋な太陽暦とは、どのようなものが考えられるのだろうか。たとえば次のように二十四節気の枠組みに日付を付けただけで、日付に意味を持たせた、万年暦的なものができあがる。ここで咸平二年十二月二十二日から咸平四年一月三日までの366日を、二十四節気を中心にした太陽暦に作り変えてみよう。ただし、月の満ち欠けの要素も最小限付加しておいた。

「二十四節気による咸平二年十二月二十二日～咸平四年一月三日」

（グレゴリオ暦1000／2／5～1001／2／5、366日）

Ⅰ月	立春	01 02 03 04 05 06 07 08 **09** 10 11 12 13 14 15 16	咸平二年十二月二十二日～三年一月八日
	雨水	17 18 19 20 21 22 23 24 25 26 27 28 29 30 31	一月九日～一月二十三日
Ⅱ月	驚蟄	01 02 03 04 05 06 07 **08** 09 10 11 12 13 14 15	一月二十四日～二月八日
	春分	16 17 18 19 20 21 22 23 24 25 26 27 28 29 30	二月九日～二月二十三日
Ⅲ月	清明	01 02 03 04 05 06 **07** 08 09 10 11 12 13 14 15 16	二月二十四日～三月十日
	穀雨	17 18 19 20 21 22 23 24 25 26 27 28 29 30 31	三月十一日～三月二十五日

月	節気	日	期間
Ⅳ月	立夏	01 02 03 04 05 **06** 07 08 09 10 11 12 13 14 15	三月二十六日〜四月十日
	小満	16 17 18 19 20 21 22 23 24 25 26 27 28 29 30	四月十一日〜四月二十五日
Ⅴ月	芒種	01 02 03 04 **05** 06 07 08 09 10 11 12 13 14 15	四月二十六日〜五月十一日
	夏至	16 17 18 19 20 21 22 23 24 25 26 27 28 29 30 31	五月十二日〜五月二十七日
Ⅵ月	小暑	01 02 **03** 04 05 06 07 08 09 10 11 12 13 14 15	五月二十八日〜六月十三日
	大暑	16 17 18 19 20 21 22 23 24 25 26 27 28 29 30	六月十四日〜六月二十八日
Ⅶ月	立秋	01 02 **03** 04 05 06 07 08 09 10 11 12 13 14 15	六月二十九日〜七月十三日
	処暑	16 17 18 19 20 21 22 23 24 25 26 27 28 29 30 31	七月十四日〜七月二十九日
Ⅷ月	白露	**01** 02 03 04 05 06 07 08 09 10 11 12 13 14 15	八月一日〜八月十五日
	秋分	16 17 18 19 20 21 22 23 24 25 26 27 28 29 30	八月十六日〜八月三十日
Ⅸ月	寒露	**01** 02 03 04 05 06 07 08 09 10 11 12 13 14 15	九月一日〜九月十五日
	霜降	16 17 18 19 20 21 22 23 24 25 26 27 28 29 **30**	九月十六日〜十月一日
Ⅹ月	立冬	01 02 03 04 05 06 07 08 09 10 11 12 13 14 15 16	十月二日〜十月十七日
	小雪	17 18 19 20 21 22 23 24 25 26 27 28 29 **30** 31	十月十八日〜十一月二日
Ⅺ月	大雪	01 02 03 04 05 06 07 08 09 10 11 12 13 14 15	十一月三日〜十一月十七日
	冬至	16 17 18 19 20 21 22 23 24 25 26 27 28 **29** 30	十一月十八日〜十二月二日
Ⅻ月	小寒	01 02 03 04 05 06 07 08 09 10 11 12 13 14 15	十二月三日〜十二月十七日
	大寒	16 17 18 19 20 21 22 23 24 25 26 27 28 **29** 30 31	十二月十八日〜咸平四年一月三日

・一年の始まり、I月1日を、立春とする。この点は同じ太陽暦のフランス革命暦が、秋分の日を毎年10月1日と定め、イラン暦が春分の日を1年の始まりとするのに似るであろう。
・年初を立春に取れば旧暦の日付に近くなり、年初を冬至に取れば、新暦の日付から10日ほど前にずらしたものとなる。
・一年を12ヶ月とし、月名は仮にⅠⅡⅢⅣⅤⅥⅦⅧⅨⅩⅪⅫを付ける。閏月はない。ひと月、30日を基本とする。
・前半月と後半月に分け、それぞれ15日を基本とする。前半月は節気が来て、後半月は中気が来る。
・各月の前半月の1日は、常に節気の最初の日であり、後半月の初日は、毎年常に中気の最初の日となる。
・没日があれば16日となり、ひと月も31日となる。
・月の満ち欠けの要素は、毎月旧暦の一日（朔・新月）を太字で、旧暦十五日をアンダーラインで示す。
・たとえばこの暦では、太陽黄経がおおよそ45度前後とみなされる日は、毎年常にⅣ月（立夏小満月）の1日と決まっている。月の動きとしては、たまたまグレゴリオ暦1000年のⅣ月は、6日が新月で、20日が十五夜だったということになる。

たとえ右のように旧暦の要素を付け加えた形であっても、中国では近代まで、太陽暦中心の暦は作られなかった。その代わり発達したのは、太陰暦（陰暦）の要素を中心にした陰陽暦のほうだった。というよりは、後述するように陰陽暦に不可欠のものとして、それを完成させるために、二十四節気という太陽暦が存在したとさえ言える。中国における太陽暦は、こういうやり方でもって、ほかの諸国とは違った方向に進んだ。

6. 定気法

平気法が観測器具の圭表を用い、冬至を起点に一年の日数を算出し、それを24等分したのに対して、定気法は西洋のケプラーの惑星楕円軌道の運行法則を用い、一回帰年の360度ぶんを、春分点を起点に24等分する。360度を24等分すると、一節気あたり15度となる。どの節気も一律に等しい15度ぶんが、定気法で言う節気の期間となって、それを暦に落とし込んで、節気の期間が決まる。

平気法では、太陽は円環になった黄道上を同じ早さで動いている、（公転軌道で言えば、太陽を中心とする円軌道を、地球が等速で一周する）、ということが前提であった。しかしケプラーの惑星運動の法則によって、その前提がくずれた。本来は黄道上の太陽の動きとして考えるべきだが、ここではわかりやすいように、その表裏反転の関係にある地球の公転で考える。

地球の公転は、太陽を一つの焦点とする楕円軌道であり、太陽から遠いところを回ったり、近いところを回ったりしている。最も太陽（焦点）に近づく近日点付近では早く回り、最も遠ざかる遠日点付近では遅く回っている。同じ角度を回ったとしても、スピードが違うので、かかった時間、回った軌跡の長さが違ってくる。

太陽から近いところでは、スピードは速く、かかる時間が少なく軌跡が短い。遠いところでは、スピードは遅く、かかる時間も多く軌跡も長い。

近年は、冬至から小寒あたりが近日点であり、夏至から小暑あたりが遠日点である。よって、冬至から小寒あたりが地球の公転速度が速いので、節気の期間は短く、14〜15日となることが多い。一方、夏至から小暑あたりは公転速度が遅いので、節気の期間は長く、15〜16日となることが多い。

たとえば、2016年の大雪と2018年の夏至の例で見てみよう。国立天文台・暦計算室「暦要項」の「二十四節気および雑節」によって、それぞれの節気の期間を、日付と実質的な時間数で計算してみる。近日点に近い大雪は、12月7日1時41分から、12月21日19時43分までで、実質時間は14日18時間2分、日付では、冬至が12月21日からなので、

14日間。遠日点に近い夏至は、6月21日19時7分から、7月7日12時42分までで、実質時間は15日17時間35分、日付では、小暑が7月7日からなので、16日間。このように近日点近くの大雪と、遠日点近くの夏至は、回る角度は同じ15度なのに、かかる時間は、23時間33分も違うのである。そして暦での期間は、この例の場合は偶然的要素もあって結果として、2日間も異なっている。

定気法は、このケプラーの法則の、楕円軌道とその不等速運動の部分を取り入れたわけだが、定気法で節気が計算され、その是非が討論されたのはすでに明末からで、実際の暦として実施されたのは清の時憲暦（1645～1911）からである。だから1645年を境に、それ以前が平気法、それ以後が定気法ということになる。『三千五百年暦日天象』および『中華日暦通典』で確認すると、たしかに1645（順治二）年の小雪、大寒の節気が14日間となっている。平気法では、一節気が14日などというのはあり得ない。それに対して定気法では、冬至、小寒付近が14日になるのは珍しくない。日本が定気法を取り入れるのは二百年も遅く、幕末の1843年までが寛政暦《かんせいれき》の平気法（日数割り）で、1844年からが天保暦《てんぽうれき》の定気法（角度割り）となる。

第2節　二十四節気成立前史

二十四節気が、完成された形ではじめて文献上に現れるのは、『漢書《かんじょ》』律暦志《りつれきし》の太初暦《たいしょれき》（前104）においてである。どのようにして『漢書』律暦志の完成形に至ったのか、そしてその後どのように発展していったのかを、簡単に振り返ってみたい。

1．古代遺跡にみる冬至・夏至、春分・秋分

古代の人々にとって最も顕著な太陽の動きは、太陽の力が最も小さくなり、厳しい冬への突入が始まる冬至と、その反対の夏至であったろう。冬至は真昼の太陽が最も低くなり、夏至は最も高くなる。また冬至は最も南寄りから日が昇り、最も南寄りに日が沈み、昼間の時間が短い。夏至は最も北寄りから日が昇り、最も北寄りに日が沈み、昼間の時間が長い。だからまず冬至と夏至（二至）が認識され、観測されたであろう。それらを知ることは、生存に関わることだったろうから。

二至の動きがわかれば、その中間点としての特徴（真東から日が昇り真西に沈み、昼夜の時間が同じ）も気づきやすかったに違いない。だから、次にほぼ同じくして春分と秋分（二分）が、見いだされたであろう。古代の人々は、この一

年の四分割、ほぼ四等分までは比較的早い段階で到達できたであろう。それは、一般的には、現生人類が狩猟採集の移動の生活から、農耕栽培の定住の生活に入った段階であったろう。

農耕栽培を行うために、季節の予測が必要となり、定期的な太陽の観察が始まったと思われる。人類の農耕の始まりは、前一万年前後と言われる。そのころ、地中海沿岸では小麦が、長江中下流域では稲、華北ではアワ、キビなどの、栽培が始まった。日の出、日没の方角などは、定点での何年にもわたる観測でなければ意味をなさないし、そのためには、定住生活が前提となる。また専門にそのような仕事に従事できる集団があるほどに、社会が成熟していなければならなかったであろう。

冬至・夏至を観測した古代遺跡が、世界のあちこちに残っている。天文考古学（中国では「考古天文学」）の進展につれて、それら既知の遺跡のなかから、天文観測の意義が見いだされつつある。イギリスのストーンヘンジの環状石柱群では、日の出の方向から夏至を知ることができ、そのストーンヘンジより千年前の、前3200年のアイルランドのニューグレンジの大型石室墓は、冬至の朝日が十数分だけ石室の奥を照らすように作られているという。ほかにも南米ペルーのチャンキロ遺跡やメキシコのククルカン神殿など多くがあり、日本でも、縄文時代の巨石群や環状列石の一部が、そうした太陽観測の機能を持つことが指摘されている。たとえば秋田県の大湯《おおゆ》環状列石などである。

中国では、山西省襄汾《じょうふん》の陶寺《とうじ》遺跡で、2003年から天文観測台の遺構（北緯35・9度、東経111・5度）が新たに発見されている。前2100～前2000年前後のものと言われる。高さ5mほどの十余本の柱が立っていたと考えられ、観測点からみたその柱間の隙間の方角には、最近の研究では冬至、夏至、春分、秋分の日の出の方向を示すものがあるという。ただこれら古代遺跡の天文観測の精度は、二至二分の当日をぴたりと言い当てるというのではなく、前後数日ほどの幅があったと思われる。

2.『尚書』堯典

中国の文献で、二至、二分の考え方、その萌芽を最初に確認できるのは、『尚書《しょうしょ》』堯典《ぎょうてん》である。

『尚書』は、中国最古の帝王の治政のさまを述べたもので、伝承では、春秋時代の孔子がそれまで伝来していた記事を整理編集したという。儒家の理想を託して創作、加筆がなされた部分、史実をある程度反映した部分、神話的要素を踏まえた部分、などがあると言われている。「堯典」には、堯帝が羲和に命じて暦を作らせ、民に授けたことを述べる。

乃命羲和、欽若昊天、
暦象日月星辰、敬授人時。

（堯《ぎょう》は……）乃《すなわ》ち羲《ぎ》と和《か》に命じて、欽《つつし》みて昊《おお》いなる天に若《したが》い、象《かたち》を日月と星辰《ほし》に暦《かぞ》え、敬《つつし》みて人《たみ》に時を授《さず》けしむ。

続けて、その具体的内容を、以下のように述べる。……四人の天文専門家（羲仲、羲叔、和仲、和叔）に、それぞれの場所に赴かせ、日月星辰を観察し、四つの季節を暦と正しくマッチさせる、そうやってこそ、民の農事生活も順調にいき、鳥獣の家畜も正しく繁殖する……。まず春分については、羲仲に嵎夷《ぐうい》（山東東部の沿海地）に宅《お》らせ、暘谷《ようこく》で日の出を導き迎えさせる。そして昼夜の時間が中分になること、および日没後の三、四十分の間に南中する星（いわゆる昏中星）が鳥（朱雀）であること、この二つによって、仲春（春分）を暦の中で正しく調整する。かくて民は田畑に分散して農事にいそしみ、家畜も交尾し出産する……。こうした内容が、仲夏、仲秋、仲冬と続いていく。いま、天文観察に関する言葉を取り出すと、左のようになる（『十三経注疏』「尚書正義」による）。

〔専門家名〕	〔観察の場所〕	〔日の出入〕	〔昼夜の長短〕	〔昏中星《こんちゅうせい》〕	〔時節の調整〕
羲仲《ぎちゅう》	嵎夷・暘《あか》る谷	出ずる日を賓《みちび》く	日、中《ちゅう》す	星は鳥《ちょう》	仲春を殷《ただ》す
羲叔《ぎしゅく》	南交		日、永《なが》し	星は火《か》	仲夏を正《ただ》す
和仲《かちゅう》	西・昧《くら》き谷	納《い》る日を餞《おく》る	宵、中《ちゅう》す	星は虚《きょ》	仲秋を殷《ただ》す
和叔《かしゅく》	朔方		日、短《みじか》し	星は昴《ぼう》	仲冬を正《ただ》す

季節を正すために、ここで用いられる方法は、太陽の出没、昼夜の長さ、日没後の薄明の時間に南中する恒星、の三つである。またこの段の最後では、一年は366日（「朞《き》は三百有六旬有六日」）とも述べている。この部分は後代に付加されたものという説もあるが、とにかくこれはほぼ太陽の一回帰年である。回帰年を掌握していれば、大ざっぱであっても翌年の暦に二至二分の時期を配置できる。このように太陽を観察しているが、この資料から読み取れるかぎり、まだ圭表を用いた形跡はない。

またそれぞれ「日中」は春分を、「日永」は夏至を、「宵中」は秋分を、「日短」は冬至を意味しているという。春分は、日中の時間が夜の時間と中分になり、夏至は日中の時間が最も永く、秋分は宵（夜）の時間が昼の時間と中分になり、冬至は日中の時間が最も短くなるからである。同時にまた「仲春」「仲夏」「仲秋」「仲冬」も、それぞれ春分、夏至、秋分、冬至だと考えられている。ただしこの四つは、今の二至二分ではなく、仲春、仲夏、仲秋、仲冬の月だという説もある。また「鳥」「火」「虚」「昴」の昏中星は、朱雀《しゅじゃく》、大火《たいか》、玄武《げんぶ》、白虎《びゃっこ》と言われているが、まだ定説はない。さらに四つの星を昏中星《こんちゅうせい》と考えていいのかについても異論がある。しかしいずれにしろ『尚書』堯典に、大まかな意味での二至二分の考え方がすでに生まれていたであろうことは、ほぼ間違いないと思われる。

二至二分は、昼夜の長さ、太陽の出没の方向、星の年周運動で定めることはできる。しかしこの尭典に描かれた限りにおいては、二至二分ごろ、その前後何日か、というほどの幅であったろう。厳密にその日を割り出すためには、圭表の使用が不可欠で、さらに少なくとも数年以上にわたる日数を、正しくカウントできる数え方（中国では干支法）を、用いなければならないと言われている。尭が治めた社会では、圭表も干支《かんし》法もまだ用いられていなかったと考えられている。したがって暦のうえで一年後の二至二分の到来を、どれほどの精度で予測し得ていたのか、などもわからない。

尭という聖天子は、近代以前の人々には実在の人物と考えられていた。しかし近代以降は、実在するのではなく、もっぱら伝説上の人物とみなされるようになった。ところが先にも触れたように、近年、山西省の陶寺遺跡で観象台跡が発掘され、その観象台による太陽の日の出の検証では、二至二分のころが測定できていたという。さらに二十一世紀初め、圭表の物差しの部分（圭）と思われる遺物が発掘され、それが圭の役割を果たしていたのではないかという報告もなされつつある。さらに陶寺は、伝説でも神話でもなく、実在した尭帝の都だった、という主張さえ発せられはじめている。賛否両論のあるこれらの重要な問題については、学術界でどのような決着がついていくのか、もう少し時間がかかるであろう。

尭典に述べられているところを見るかぎり、まだ四立《しりつ》（立春、立夏、立秋、立冬）という考えは出ていない。四立という発想が、文献上で確認できるのは、夏《か》王朝でも殷《いん》王朝でもなく、もう少し後の周王朝の後半である。しかしその前に、「夏小正」について簡単に触れておきたい。

3.「夏小正」

最古の完備した農事暦として、今日伝わる「夏小正《かしょうせい》」は、460字ほどの分量であるが、『大戴礼記《だたいらいき》』に、そのなかの一編として収録されている。『大戴礼記』は、夏、殷、周の古い時代から伝わってきた礼制などに関する文献を、前漢の戴徳《たいとく》が取りまとめたものである。そのなかでも「夏小正」は、禹《う》が開いたという夏《か》王朝（前2070～前1600）のものとされる。夏は『史記』のなかでは、中国最初の王朝として叙述されていたが、近代になって、伝説上の王朝に祭り上げられてしまった。しかし近年の考古学の発掘によって、夏王朝の実在は、少なくとも中国では証明されていると言える。ただ日本の学界では夏王朝の実在は、まだ完全に承認されているとは言えない情況である。

夏が滅んでから千年以上も後、孔子はかつて弟子の子游《しゆう》に、「夏の国の礼を見たいと思って、夏王の子孫が安堵された杞《き》に行ったが、見るべき文献は足りず、夏で行われていた時節に関する書を得ただけだった」（『礼記』礼運篇）と述べた。夏の末裔の国で孔子が得たものが、今に伝わる「夏小正」そのものではないとしても、夏の社会の農事暦の実際を保存していたと考えられている。

「夏小正」は一年間が、十二ヶ月に分けられている。しかし元来は十ヶ月の太陽暦に分けられていたのだという新説もある。そして末尾に掲げるように、季節の変化に応じた動物・植物の生長のさまや気候、つまりは物候が記されている。またその季節に為すべき農事も記される。月ごとの季節の変化は、日没後や夜明け前の、特別な星の現れ方、北斗七星の柄の向き、銀河の方向、昼夜の長さ、などから知ろうとしている。その点で、太陽暦の二十四節気と同じ土俵にあると言える。たとえば、

五月、参則見。……

五月は、日の出前に東の空にオリオン座の参《みつぼし》が見える。……

このとき、最も日が養《なが》い（夏至がある）。……　時有養日。……

日没後の薄明に、さそり座の大火《アンタレス》が南中する。……　初昏大火中。……

六月は、日没後の薄明に、北斗七星の柄のほうが正に上に在《あ》る。……　六月、初昏、斗柄正在上。……


そして物候については、たとえば三月では、

桑のはっぱを摂《と》る。……桐の芭《はな》が払《ひら》く。……鳩が鳴く。……　摂桑。……払桐芭。……鳴鳩。……

（『夏小正経文校釈』夏緯瑛）


などである。

ここには、後に『礼記《らいき》』月令《げつれい》などに出てくるような物候が描かれている。後述するように、北魏《ほくぎ》の「正光暦《せいこうれき》」以後、正式な暦に登載される七十二候《しちじゅうにこう》の源流が、「夏小正」にあるとされる所以である。その点でも、二十四節気と関連が深い。

しかし「夏小正」には夏至と冬至は見えるが、春分、秋分は見えない。ましてや四立の発想もない。季節を知るために主に用いられているのは、太陽以外の恒星であって、太陽の動きを中心とするものではない。その点では後の二十四節気とは異なる。季節に対応した星座の動きで、一年を十二の月に区切っておけば、物候の観察や、農事の目安には、黄道にもとづく四立を立てる必要はなかったのであろう。


「夏小正」の物候（『夏小正経文校釈』夏緯瑛、農業出版社、１９８１年）

正月。　啓蟄。雁北郷。雉震呴。魚陟、負氷。…囿有見韭。時有俊風。寒日滌凍塗。田鼠出。獺献魚。

鷹則為鳩。採蕓。…柳稊。梅杏杝桃則華。緹縞。鶏桴粥。

二月。　往耰黍。初俊羔。…栄菫。采蘩。昆蚩、抵蚳。玄鳥来降。…有鳴倉庚。栄蕓。時有見稊。

三月。　…摂桑。委揚。…轂則鳴。采識。…田鼠化為鴽。払桐芭。鳴鳩。

四月。　…鳴札。囿有見杏。鳴蜮。王萯秀。取茶。秀幽。…

五月。　…浮游有殷。鴂則鳴。時有養日。乃衣。良蜩鳴。…啓灌藍蓼。鳩為鷹。唐蜩鳴。…

初昏、大火中、種黍。煮梅。蓄蘭。叔麻。…

六月。　…煮桃。鷹始摯。…

七月。　秀雚葦。狸子肇肆。湟潦生苹。爽死。荓秀。…寒蝉鳴。…時有霖雨。灌荼。…

八月。　剥瓜。…剥棗。栗零。群鳥翔。…鴽為鼠。

九月。　…遰鴻雁。…陟玄鳥。熊羆貊貉鼶鼬、則穴。栄鞠。樹麦。…雀入于海為蛤。

十月。　豺祭獣。…黒鳥浴。時有養夜。　…玄雉入于淮為蜃。…

十一月。　…（隕麋角。）

十二月。　鳴弋。…隕麋角。

4. 殷

殷《いん》の時代の暦書は残されていない。しかし甲骨文字や金文資料に、年代や日付などを記録したものがあり、そこから殷の暦がどのようなものであったかが、さまざまに研究されている。ただその殷暦《いんれき》をかなり進んだものと見るか、まだ発展段階にあると見るか、論者によってかなりの温度差がある。とはいえ陰陽暦であったことは、ほぼ定説となっている。左にその論点を簡単にまとめておく。

・一般には、閏月は歳末に置かれていたとみなされている。しかし、さらに二至二分を見ながら、歳中にも置閏していたという、かなり前のめりした意見もある。

・圭表が用いられていた。よって二至二分は把握されていた。しかし四立の名前はまだ出てこない。

・回帰年が365・25日と計算されていたか、約365日とみなされていたか、見解が相違する。

・月の初めを朔《さく》（月齢0・0を含む日）に置いたのか、イスラム暦のように、初めて細い三日月を肉眼で確認できた日に置いたのかで、意見が異なる。したがって月の満ち欠けを29・5日とみたと考えるか、もっと揺れ幅を大きくプラスマイナス一日か、さらにそれ以上とみたかなどでも説は分かれる。ひと月は29日か30日であり、例外的に31日もあった。閏月があれば一年13ヶ月だが、稀に14ヶ月もあった。

・年の始めは、旧暦で言う五月という説や、秋分のある月の翌月という説などがある。

さらに多くのさまざまな考え方が出されており、決定的な考古資料が発掘されるまで議論は続くであろう。いずれにしろ、殷までは四立が設定されなかったことは確実であり、その状態は、周の前半、西周《せいしゅう》の時代まで同じであった。二十四節気の直接の原型ができあがるのは、天文学、暦法が大きく進展した周代の後半、すなわち東周《とうしゅう》（春秋戦国）の時代からである。その前に、二十四節気とは異なる『管子』幼官篇の三十節気説について、簡単に紹介しておきたい。

5．『管子』の三十節気

『管子《かんし》』は、春秋時代の斉国の宰相であった、管仲《かんちゅう》（前645没）の名に託された書である。おそらくは管仲の言説がいくらかは当初から存在しており、それを核として、斉に集った学士等が、各流派の立場から書き足していき、結局は雑家的内容を持つ大部の著作となったものだろう、と考えられている。ここに紹介する幼官篇は、管仲の原著作の内容を伝えるとされるが、大幅な改変を受け、文字の混乱もあり、難解な篇となっている。

幼官篇、幼官図篇には、一年を十二ヶ月などに分けるのではなく、三十節気に分けて、一節気を十二日とする季節暦が記されている。だから一年で、30節気×12日で、360日である。ただし二十四節気のように、それぞれの節気に名称が付けられているわけではない。各節気の内容は、その節気の気候の特徴、その節気にしたがって為政者が守るべきこと、為すべきこと、農事などである。いまそれぞれの節気から、季節を表す部分だけを取り出して、三十節気に、①から㉚までの数字を付けて、左に列記する（第三段）。

この三十節気説は、つとに陳久金氏によって、「夏小正」や『詩経《しきょう》』七月詩の、十月太陽暦の系譜に属することが指摘されている。とすれば幼官・幼官図篇は、もともと一年を360日と考えているので、十ヶ月なら、一ヶ月が36日となる。ならば、一節気が12日だったので、一ヶ月が3節気分になる。つまり幼官・幼官図篇は、一節気が12日、一ヶ月が36日で3節気、一年が10ヶ月で360日の、非常に特徴のある季節カレンダーということになる。左の一覧には、その十月太陽暦の月の順番を、仮にローマ数字で第二段に表記しておいた。

また元来は、それぞれの節気が東南西北中の、五つの方位に対応し、五つの季節であったかもしれないと考える人もいる。だとすれば一つの季節が、6節気相当となり、そのほうが五つの方位に属する節気がみな均等になって、十月太陽暦とも整合性がとれる。ここでは、仮に五つの方位に配当して、それを最上段に表記した。

（二十四節気との比較をするため、三十節気説の12日と二十四節気の15日の、12と15の最小公倍数である60日をひとまとまりにして示した。だから三十節気説の5節気が、二十四節気の4節気に相当することになる〈5節気×12日＝4節気×15日＝60日〉。これによっておおよその季節の対応がわかるはずである。三十節気説の一年360日では残ってくる五日、または六日は、二十四節気の平気法の場合は没日として一年の中にばらまかれたが、三十節気では年末に置いて、年越しの日とされていた。また六段めに標準的な新暦の日付を記したが、間隔が60日になっていないのは、一年が365日の場合の日付だからである。）

〔十月暦〕		〔三十節気〕	〔二十四節気〕		〔新暦の日付〕
東方	Ⅰ月	①地気発、戒春事。	01立春		2月4日から
		②小卯、出耕。	02雨水		
		③天気下。			
	Ⅱ月	④義気至。（和気至）	03驚蟄		
		⑤清明、発禁。	04春分	〈60日めまで〉	4月4日まで
南方	Ⅲ月	⑥始卯、合男女。	05清明		4月5日から
		⑦中卯。	06穀雨		
		⑧下卯。			
		⑨小郢至。	07立夏		
	Ⅳ月	⑩絶気下。	08小満	〈120日めまで〉	6月5日まで
		⑪中郢。	09芒種		6月6日から
		⑫中絶、収聚。	10夏至		
中方	Ⅴ月	⑬大暑至。			

⑭中暑。　11小暑

⑮小暑、終。　12大暑　〈180日めまで〉　8月7日まで

VI月　⑯期風至、戒秋事。　13立秋　8月8日から

⑰小西。　14処暑

⑱白露下、収聚。

西方　VII月　⑲復理。　15白露

⑳始節。　16秋分　〈240日めまで〉　10月7日まで

㉑始西、合男女。　17寒露　10月8日から

VIII月　㉒中西。　18霜降

㉓下酉。

㉔始寒。　19立冬

北方　IX月　㉕小榆。　20小雪　〈300日めまで〉　12月6日まで

㉖中寒、収聚。　21大雪　12月7日から

㉗中榆。　22冬至

X月　㉘寒至。

㉙大寒之陰。　23小寒

㉚大寒、終。　24大寒　〈360日めまで〉　2月3日まで

（本文は遠藤哲夫『管子㊤（新釈漢文大系42）』明治書院、1989年の校訂を用い、通行本を一部書き換

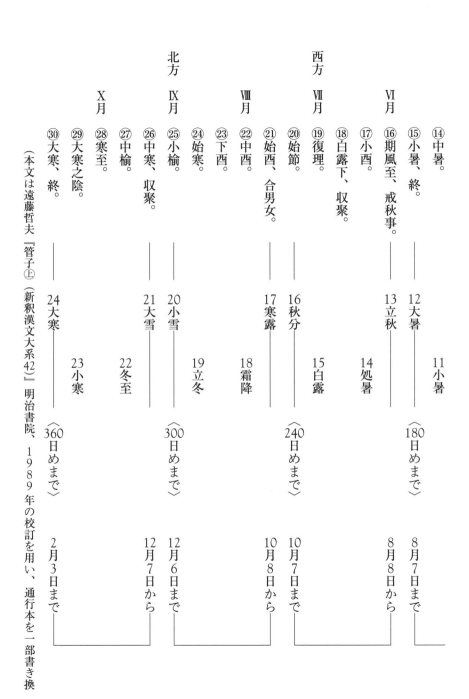

えた。また節気がイメージしやすいように、「合男女」などの部分まで引用した。）

この現行の幼官編（一説に玄宮編が正しいとされる）の三十節気には、太陽や星を観察した様子が見られないし、二至二分などの痕跡もない。また、太陽の一年の動きを観察する基準点は、中国では伝統的に冬至であるが、この三十節気では、どこを基準に回帰年を考えたのかわからない。とはいえ、二至二分等を暦の起点にしなければ、太陽暦にはならないというわけではない。恒星の年周運動を基準にしていれば、どの時点を起点にしようが、季節に沿った暦にはなる。

いずれにしろ、一年の季節の循環を把握し、その循環に則した政事や農事を行うための暦が、必ずしも一年の二十四等分だけではなく、ほかの分割の方法もあった、そのことを、この三十節気の存在は、我々に教えてくれる。また清明、大暑など後の二十四節気の名称が、いくつか現れていることも注目に値する。また『管子』の軽重己篇には、実質的な二至四分四立の八節の考え方が打ち出されているが、この篇の成立は漢初と考えられ、むしろ後述の『淮南子《えなんじ》』を写し取っている可能性がある。いずれにしろこの『管子』の三十節気は、「夏小正」から、次の『呂氏《りょし》春秋』『礼記』の中間あたりに、位置づけることができるであろう。

6．西周から春秋時代の陰陽暦、戦国時代の四分暦

周の前半の西周（前１０４６～前７７１）は、暦学上では実質的に殷代の延長であったという。その中でも冬至、夏至の日が精確な日付に近づき、冬至の日を、暦の中である特定の月に固定しようとする趨勢になってきたと言われる。また月の一日《ついたち》を、どのような月相にするかで進展があった。日没直後の西の空に、細い三日月を実見した日を一日《ついたち》と

する方法から、一晩じゅう月の出を見ることができない新月（朔）を、月の初日とするやり方への、萌しが出始めたとも言われる。

周の後半の東周は、春秋時代（前770～前403）と戦国時代（前403～前221）に分けられるが、春秋時代は、いくつかのタイプの月相を陰陽暦の日付に利用し始める。春秋時代の天文学の発展を、積極的に認める立場からは、二至二分の日付も相当精確になり、陰陽暦の調整に使われていたという説も出されている。そのことによって、歳末まで待って行っていた置閏《ちじゅん》が、二至二分をにらんで、ズレが出たら早い対応で、その前後で置閏ができるようになったというのである。

しかしこの時期には、まだ立春、立夏、立秋、立冬のいわゆる四立を暦に用いた形跡はない。だからといって四立の発想すらなかったのかというと、必ずしもそうとは言えない面がある。文献の上で四立が、今日用いられる名称とともに登場するのは、『呂氏春秋』十二紀や『礼記』月令である。その成立が通説のように戦国時代や漢代であったとしても、そこに反映されている天文現象は、実は春秋時代の初期のものだ、とも言われているからである。要するに事は、『呂氏春秋』や『礼記』の原初的成立がいつだったのか、そこから、どのような経緯をへて、現在の形になったのかに関わっている。

やがて前五世紀後半になると、つまり春秋末から戦国時代にかけてだが、太陽、月、惑星、恒星、星座などの天文観測が飛躍的に発展し、時計も正確さを増して、天文計測の数値が精確になったと言われる。それらを背景に、一年の長さを365・25日とし、19年に7回の閏年を置き、月の初日を朔（新月）とする、画期的な陰陽暦の「四分暦《しぶんれき》」が施行されるようになった。

たしかに二至二分は、簡単な圭表や太陽の出没の観察で、今日あたりがその日だと知るのは、さほど難しくはない。

しかし、そのことと、向こう一年間のスケジュール（暦）のなかで、どの日が二至二分なのか、今日から何日後か、などをあらかじめ知ることとは、少しくレベルが違う。そのためには一年間の精確な日数（回帰年）を把握しておく必要がある。二、三日の誤差なども許されず、暦の上でその日がそうだと、ぴたりと確定しなければならない。

同時に一年間を通しての月の満ち欠けの周期も、把握しておく必要がある。四分暦で一回の月の満ち欠けが、どのような数値として想定されていたかは、次の計算によって簡単に求めることができる。19年に7回の閏月を入れるので、19年では、19年×12月＋7閏月の、235ヶ月が存在する。いっぽう1年の長さは、1年と四分の一日だとみなされていたから、19年間で、19年×365・25日で、６９３９・75日となる。19年間の総日数と総月数がわかったので、ひと月あたりの日数は、総日数を総月数で割ればよい。そうやって、ひと月の日数は、６９３９・75日÷235月＝29・５３０８５１……日と、はじき出されることになる。

また四分暦では、毎月の初めを、か細い三日月の初見日などとするのではなく、太陽、月、地球が一直線に並ぶ朔（新月）を予測して、その日を一日《ついたち》と定めておく必要がある。実際の初見日では当日の天気にも左右され、時期によっては月の満ち欠けの日数も微妙に違ってくる。そのような不定の要素を排して、計算によって予測できていることが必要である。最低でもこれら三つの条件が整ったとき、四分暦の実施が可能となったはずである。（もちろん為政者が統治のために頒布する中国の暦では、日食、月食、惑星、恒星の動きなども予測しなければならなかったから、もっと多くの数値が必要ではあったのだが）

四分暦のなかでは、二至二分の日付があらかじめ決定されている。ならば、二至二分を春夏秋冬とすれば、それへ至る最初の日として、立春、立夏、立秋、立冬の四立を、それぞれの中間点に設置できる。この四立の発想を文献上で最初に確認できるのは、時代的には四分暦に先行する『春秋左氏伝』僖公《きこう》五年（前655）の、次の記述と考えられている。「凡そ分至啓閉には必ず雲物を書す。備えの為の故なり。」分至は二至二分で、春分秋分と冬至夏至であり、啓と閉がそれぞれ立春・立夏と立秋・立冬だとみなされているのである。左氏伝は、災害に備えるために、一年のこの八つの時点で雲の色を必ず記録すると述べている。名前こそ違うが、ここには、たしかに四立の発想を認めてよいであろう。

また、中間点を通過して、それぞれ春夏秋冬の極値に至り、また中間点を過ぎて、春夏秋冬の極みに至る。春夏秋冬の繰り返しを、極値から均衡点を過ぎまた極値に至る運動ととらえること、そうした考え方の背景には、陰陽思想があったことが容易に見てとれる。

二至二分には、太陽の動きの特徴を、観測上から具体的に確かめることができる。二至二分には天体の動きの実体があると言える。ところが四立にはそのような天体の動きの実質は何もない。人間が陰陽の交代を想像し、勝手に設けた基準点である。しかし気候的にはその四立には大いに意味があったと言える。本編の中でおいおい言及することになるが、たしかに四立には、四つの季節の初まりを感じさせる徴候がある。次に述べる『呂氏春秋』などの時令《じれい》思想は、天体の動きを骨格としながらも、気候も重要な要素となっている所以である。

二十四節気にとって、二至二分の次に重要な季節の指標である四立が、こうやって生まれ、その日付を暦の上で確定できるようになる。この二至二分四立は「八節《はっせつ》」と呼ばれ、暦学以外のさまざまな分野でも重視される。このような四分暦の成立をもたらした天文観察、暦学の発展を背景に、また陰陽、五行思想の影響下で、農事や政事や人事は、季節の循環、すなわち太陽暦にのっとって行うべきだという「時令思想」が体系化されてくる。

その素朴な原型は、上述した「夏小正」に見えるが、文献の上では、『春秋左氏伝』にその発想を確認でき、前三世紀に突如として『呂氏春秋』十二紀に、ほぼ完成した形で出現する。しかし「十二紀」の文章が、すべてがそのとき新たに書き下ろされたわけではあるまい。おそらく古い時代の様子を伝えた文献があり、それらを編集しつつできあがったものと思われる。また逆に、現行の十二紀のテキストは、実は漢代に増補されて、その増補された版が『呂氏春秋』十二紀として、今日に伝わっている可能性もあるという。時令思想は、さまざまな分野に及ぶが、ここでは二十四節気に関する部分についてだけ、以下に紹介していく。

7.『呂氏春秋』十二紀、『礼記』月令

季節の推移にともなう気候や動植物の変化を示し、その季節に則した朝廷の行事や施策、農事を指し示したもの（つまり時令思想）といえば、まず思い浮かべるのは『礼記』月令であろう。しかし『礼記《らいき》』月令《げつれい》は、前一世紀の漢代に編纂され、それは秦《しん》の前241年に成立した『呂氏春秋《りょししゅんじゅう》』十二紀の十二ヶ月の時令部分を、ほぼまるごと写し取ったとされる。逆に、現行の『呂氏春秋』十二紀のテキストは、『礼記』月令を写し取ったのだという説もある。あるいは春秋戦国時代から伝わってきた同じ文献を、両者とも別個に借用した、また一部手を加えた、その結果だという可能性も考えられている。いずれにしろ、両者がもとにした原資料群の存在を想定すれば、今日の形になった前漢や秦代をもって、単純に両書の成立時期だとは言いにくい面がある。時期に関しても重層的に考えるべきであろうし、成立の経緯に関しても、資料の複層的な相互依存の可能性を想定しておくべきであろう。そういうことを踏まえつつ、ここでは両者を、仮に「秦代」に成立した『呂氏春秋』十二紀で代表させて紹介していく。

「十二紀」は、季節によって十二の月に分けられている。孟春之月《もうしゅんのつき》、仲春《ちゅうしゅん》之月、季春《きしゅん》之月、孟夏《もうか》之月、仲夏《ちゅうか》之月、季夏《きか》之月、孟秋《もうしゅう》之月、仲秋《ちゅうしゅう》之月、季秋《きしゅう》之月、孟冬《もうとう》之月、仲冬《ちゅうとう》之月、季冬《きとう》之月である。これらの月が、どのような時節に当たるのか、その月には太陽が恒星間で、どこに位置しているのか、によって示される。たとえば孟春之月なら

「日在営室」（太陽は営室にある）のだという。つまり天の黄道・赤道付近に28の星座（二十八宿）を設定し、営室（ペガスス座α星β星、室宿）の場所に、太陽が位置しているのだと述べている。二十八宿という、いわば中国式黄道赤道上での、太陽の位置を基準にして、その月を定めているのである（二十八宿については『漢書』律暦志の項を参照）。

また日没後の薄明の昏《こん》、日の出前の薄明の旦《たん》の時間帯に、それぞれどんな星が南中しているか、によっても各月の時節を示している。孟春之月は「昏参中」、「旦尾中」という。つまり昏には参（オリオン座）が南中し、旦には尾（さそり座の尾）が南中するという。これは恒星の年周運動から時節を知ろうとする方法である。

また孟春之月は、立春が来るという。同様に孟夏、孟秋、孟冬之月は、立夏、立秋、立冬が来るという。さらに仲春には春分、仲夏に夏至、仲秋に秋分、仲冬に冬至が来るという。このように二至二分四立の八節が、必ず定まった八つの月に来るように決められている。八節、つまり季節の八個のメルクマールが、八つの月に固定化されているのである。以上から、この「十二紀」が純粋な太陽暦の一種であることは明々白々である。

ところが、「十二紀」が陰陽暦だとの誤解が一部にはある。しかし、少しく立ち止まって考えれば、季節暦の「十二紀」が、陰陽暦であるはずがない。「十二紀」には、仲春之月に「桃李華《はな》さく」、孟秋之月に「白露降《くだ》る」、仲秋之月に「麦を植《う》うるを勧《すす》め、時を失う或《あ》ること毋《な》からしむ」、季冬之月に「鵲《かささぎ》始めて巣くう」などと、季節と密着した物候や農事が、多く記されている。ところが陰陽暦では、多いときには前後で一ヶ月ほども季節がずれることがある。そんなことでは、季節の指標になるはずがない。これにそって農事を進めたら、農業は大失敗に終わる。

また「十二紀」には、閏月についてひと言も記載がない。ところが陰陽暦にとっては、閏月は必須のものである。それなしでは陰陽暦が存在し得ない、不可欠のものである。しかも少なくとも三年に一回はやって来るという頻度である。意地悪な問を発すれば、閏月に当たったとき、季節は、動植物の成長リズムは、どうなっているのだろうか。農事は何をすればいいのだろうか。

ところで「十二紀」が編集されたころ、秦国では四分暦の一種である顓頊暦《せんぎょくれき》が施行されていた。もちろん陰陽暦である。「十二紀」では四立が来る四つの月で、その三日前に太史の官が、天子に向かって、立春等の四立が来ることを伝えることになっている。たとえば孟春之月では、「是《こ》の月や、立春を以てす。立春に先だつこと三日、太史《たいし》之《これ》を天子に謁《つ》げて曰く：某日は立春なり。……」とある。ここで太史が、三日後に立春が来ます、などと言っているのは、その陰陽暦の四分暦の上で、何月何日が立春の日であると特定している。その陰陽暦のなかに、太陽暦の立春が記されているのである。世の中で実際に用いられている陰陽暦と、そのなかに記されている太陽暦の要素を区別しておく必要がある。

「十二紀」には、四立以外にも、二十四節気の名称を彷彿とさせるものが現れている。たとえば「始めて雨水あり」「蟄虫《ちっちゅう》咸《みな》動き、戸を啓《ひら》いて始めて出ず」「小暑《しょうしょ》至る」「白露降る」「霜始めて降る」などである。

しかし、一年を24等分しているわけではなく、二十四節気にはいま一歩のところである。だからといって「十二紀」が、二十四節気からほど遠いというわけではない。

「十二紀」の本文には、左に掲げるように、毎月を特徴づける数個の物候がまとまって、前方の段にひとまとまり、後方の段にひとまとまりと、なっていることが比較的多い。ひと月ごとに、物候がおおよそ二群ずつのまとまりとなっているようにみえる。つまり十二ヶ月で物候のまとまりが二十四群あるようにみえる。そしてその二十四群は、かなりの部分で、後の「節月」二十四気七十二候の分類に一致する。たとえば仲秋之月では、前の段に「盲風至、鴻雁来、玄鳥帰、群鳥養羞」とあり、後の段に「雷始収声、蟄虫附戸、殺気浸盛、陽気日衰、水始涸」とあるが、これは仲秋の節と中、つまり八月節の白露「鴻雁来、玄鳥帰、群鳥養羞」と、八月中の秋分「雷始収声、蟄虫培戸、水始涸」とになっている。このことは、「十二紀」で月ごとにおおよそ二つずつある物候のまとまりが、月の枠が取り外されてみれば、24の分類となっていたということである。したがって「十二紀」は、物候のまとまり方からみると、二十四節気の実体をかなりの部分で備えていたことになる。こう見てくれば、二十四節気は、「十二紀」のなかの二つの物候のまとまりを、それぞれ独立させてできあがった、と言っても大過ないであろう。

またこの二十四という数字は、「十二紀」と「八節」の最小公倍数にもなっており、整合性が取れている。

『呂氏春秋』十二紀の物候（許維遹『呂氏春秋集釈（新編諸子集成）』中華書局、２００９年）

孟春之月、…東風解凍。蟄虫始振。魚上氷。獺祭魚。候雁北。

…是月也、以立春。…是月也、天気下降、地気上騰。天地和同、草木繁動。

仲春之月、…始雨水。桃李華。蒼庚鳴。鷹化為鳩。…是月也、玄鳥至。

…是月也、日夜分。雷乃発声。始電。蟄虫咸動、開戸始出。

季春之月、…桐始華。田鼠化為鴽。虹始見。萍始生。

…是月也、生気方盛、陽気発泄、生者畢出、萌者尽達、不可以内。

…是月也、…時雨将降、下水上騰。…是月也、…鳴鳩払其羽、戴任降于桑、…

孟夏之月、…螻蟈鳴。丘蚓出。王菩生。苦菜秀。

…是月也、以立夏。…是月也、聚蓄百薬。靡草死。麦秋至。

仲夏之月、…小暑至。螳蜋生。鵙始鳴。反舌無声。

…是月也、日長至。陰陽争、死生分。…鹿角解。蝉始鳴。半夏生。木菫栄。

季夏之月、…涼風始至。蟋蟀居宇。鷹乃学習。腐草化為蚈。

…是月也、樹木方盛。…水潦盛昌、…是月也、土潤溽暑、大雨時行。

孟秋之月、…涼風至。白露降。寒蝉鳴。鷹乃祭鳥。

…是月也、以立秋。…天地始粛。…是月也、農乃升穀。

仲秋之月、…涼風生。候鳥来。玄鳥帰。群鳥養羞。…是月也、…乃勧種麦

…是月也、日夜分。雷乃始収声。蟄虫俯戸。殺気浸盛、陽気日衰。水始涸。

季秋之月、…候雁来賓。爵入大水為蛤。菊有黄華。豺則祭獣戮禽。

…是月也、霜始降、…寒気総至、…是月也、草木黄落。…蟄虫咸俯在穴、皆墐其戸。

孟冬之月、…水始氷、地始凍。雉入大水為蜃。虹蔵不見。

…是月也、以立冬。…天気上騰、地気下降、天地不通、閉而成冬。

仲冬之月、…氷益壮。地始坼。鶡鴠不鳴。虎始交。

…是月也、日短至。陰陽争、諸生蕩。…芸始生。茘挺出。蚯蚓結。麋角解。水泉動。

季冬之月、…雁北郷。鵲始巣。雉雊。鶏乳。…征鳥厲疾。

…是月也、…氷方盛、水澤復。…是月也、日窮于次、月窮于紀、星迴于天、数将幾終、歳将更始。

8.『淮南子』天文訓・時則訓

『淮南子《えなんじ》』の前に、『逸周書《いつしゅうしょ》』時訓解が持ち出されることがある。「時訓解《じくんかい》」の二十四気七十二候は、北魏の正光暦の項で述べるように、出自がはっきりしない面がある。よってここでは暫時考慮外とする。

前漢初期の『淮南子』（前139年）は、秦代の『呂氏春秋』より百年ほど時代が下る。その『淮南子』時則訓は、『呂氏春秋』十二紀の十二ヶ月の時令部分を、端折って書き写していることが多いが、新たに付け加えられたところもある。

一つは、「十二紀」では、月の名前については、孟春之月、仲春之月、季春之月、孟夏之月……などと季節を付けただけだったのが、「時則訓」では、正月、二月、三月……などとも言いかえていることである。もちろんこれは陰陽暦の正月、二月、三月……などではない。いわゆる後の節月と呼ばれているものである。節月は、二十四気をあたかも暦ふうに十二ヶ月に当てはめたものである。立春を孟春正月一日で年初とし、毎月一日に立春、驚蟄、清明などの節気が来て、毎月十六日に中気が来る。ひと月は節気と中気からなっており、すべての月は三十日で、一年360日である。これについては「大唐陰陽書」「節気カレンダー」の項で説明する。しかし「時則訓」のこの月名の言い方が、「十二紀」や「時則訓」の太陽暦を、陰陽暦と勘違いさせる原因の一つとなったであろうことは、容易に想像がつく。

「十二紀」と異なるもう一つの点は、北斗七星の回転（年周運動）を取り入れたことである。「十二紀」では、二十八個の恒星群のなかで、太陽がどこに位置しているか、また昏旦の時間帯に南中している星はどの星か、の情報を示すことによって、その月が一年の太陽暦のなかで、どこにあるのかを教えていた。『淮南子』もほぼそれを踏襲するが、さらに北斗七星の柄《え》が指し示す方向を導入する。

今日の世界標準の星座体系（88星座）には、北斗七星という星座は存在しない。それは大熊座の腰から尻尾にかけての部分にすぎない。古代中国人は、それを大熊の一部などではなく、お椀と柄のつながった一つの柄杓《ひしゃく》と見た。七星の部分は、大熊の腰から尻尾の先に向かって、つまりお椀の先端から握り手の柄の最も手前に向かって、㈠ドゥベ、……、㈤アリオト、㈥ミザール、㈦アルカイドと名づけられている。中国名では、㈠天枢、……、㈤玉衡、㈥開陽、㈦揺光（瑤光）である。

北斗七星の柄が指し示す方向とは、この㈥ミザール＝開陽から、㈦アルカイド＝揺光（瑤光）へ向かう方向である。一般に斗柄《とへい》（『天文訓』では斗杓《とひょう》）と呼ばれるものは、㈤アリオト＝玉衡を含めた柄の部分の三つの星であるが、古天文学では、とくに㈥から㈦の、二つの星が指す方向として用いられている。

「時則訓」では、たとえば節月で正月、二月、三月を次のように言う。

孟春之月は、招揺《しょうよう》は寅《とら》を指す。昏に参が中し、旦に尾が中す。……。
仲春之月は、招揺は卯《う》を指す。昏に弧が中し、旦に建星が中す。……。
季春之月は、招揺は辰《たつ》を指す。昏に七星が中し、旦に牽牛が中す。……。

ここでいう招揺《しょうよう》とは、㈥から㈦へ向かう方向であり、すなわち斗柄である。ほかに異説として、招揺は㈠、㈤、㈦を結ぶ方向と言うものもある。とするなら、両説の方向の差は約15度で、北斗七星の反時計回りの回転方向に向かって、㈥と㈦の結ぶ線が、㈠、㈤、㈦の結ぶ線より前、つまり進行方向の側にある。15度の差ということは、一節気分、つまり半月分の差ということでもある。

斗柄が、十二支の方向のどれを指すかを、斗建《とけん》と呼ぶ。建は指すの意味。それによって今がどんな季節か、太陽暦の節月では何の月かが示される。斗建は月建とも呼ばれるが、この月は節月の意味で、陰陽暦の暦月ではない。この北斗七星の季節時計で、閏月のある陰陽暦の月を知ることはできない。

斗建で季節を知る仕組みを、今ここで少し説明しておく。北の空に、天の北極を中心にして大円が描かれており、反時計回りに、子丑寅卯辰巳午未申酉戌亥の十二支が刻まれていると想定する。十二等分なので30度間隔である。北極

漢代画像石に見える
北斗七星（『金石索』
武梁祠第三石より）

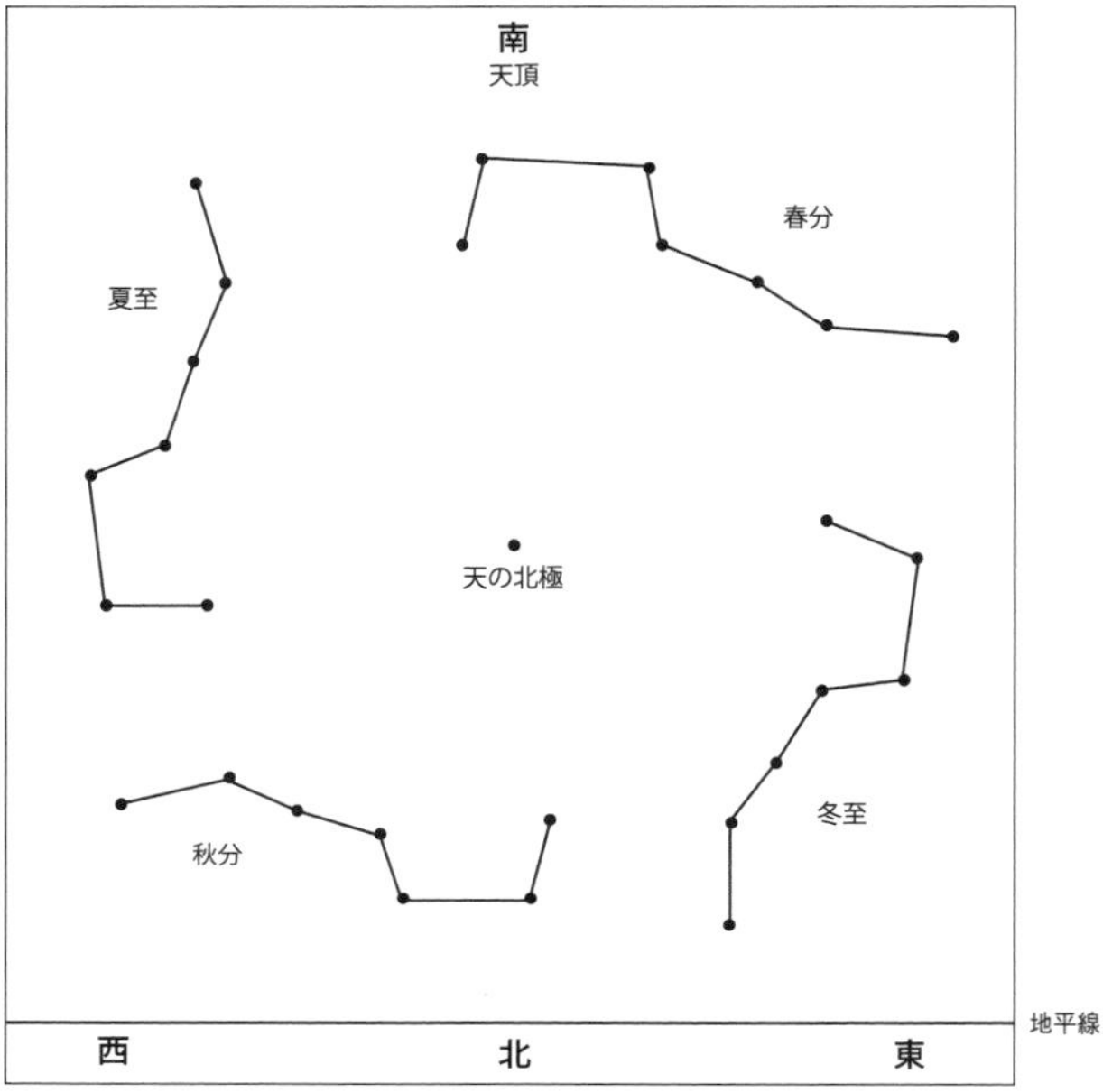

図２　北斗七星の年周運動

を真正面に見上げて、地平線、足元の方向が子（北）、頭頂の方向が午（南）、右手方向が卯（東）、左手方向が酉（西）である。ただしその方位が記された円は、平面ではなく半球面の空に描かれているので曲面のカーブがあり、とくに東西方向は水平ではなく、への字状に足下へ（北へ）、少し垂れ下がっていると想像すべきであろう。天の北極も、現在のこぐま座のポラリスではなく、春秋戦国期は、こぐま座のポラリスと、北斗七星の第五星（玉衡）のアリオトを結んだ線上で、三分の一ほどポラリスから離れてアリオトに近かった。そこが当時の北極（星）であり（必ずしもそこに星があるわけではない）、その北極を中心に、今よりずっと北極に接近した、より小さな半径で、北斗七星は回転していた。だから北斗七星の動きは、人々の目にはもっと顕著にうつっていたであろう。

仮に真昼でも星が見えるとして、同じ場所に立って北極を見続けるなら、北斗七星は一日で（厳密に言うと一日ではなく、地球が自転する23時間56分４秒。これに対して一日＝24時間は、季節変動する真太陽の南中から南中までの時間を、平均化・

標準化した平均太陽の時間のこと)、北極の回りを反時計回りに一周するのが見えるだろう。北斗七星の柄の先端の二星を時計の短針とすれば、2時間ごとに30度間隔の十二支の刻みを、短針は移動していく。地球の自転による日周運動である。

今度は、見る時間を固定して一年間見続けるなら、北斗七星は一年間で北極(星)の回りを一周する。たとえば、20時前後に指定するなら、観察に便利であったろう。というのも、北緯35度あたりでは、冬至と夏至とでは、日没の時間が約2時間半も違う。時間を一定するなら、日没が最も遅い夏至(19時17分)ごろの昏の時間が一つの候補となろう。だからたとえば20時ちょうどに、北斗七星の柄が作る針を一年間見続けるなら、ひと月ごとに反時計回りに、十二支の方向を指し示していくことになる。地球の公転による年周運動である。

たとえば前500年、洛陽《らくよう》(東経112度24分、北緯34度48分)の春分、夏至、秋分、冬至の、夜8時の北斗七星の動きは、ほぼ【図2】のようになる(ステラナビゲータ11参照)。

「時則訓」によれば、孟春之月の正月が、立春のある月で、北斗七星の斗柄は、寅を指す。仲春之月の二月は、春分のある月で卯を指す。三月が辰、四月が巳を指す。以下同様に続き、左に示すとおりである。(ただし見やすいように整理し、今日の方角を付加している。)

〔節月〕	〔八節〕	〔季節の月〕	〔斗建(十二支で示される斗柄の指す方角)〕
正月	立春	孟春之月	寅(東北東)
二月	春分	仲春之月	卯(東)
三月		季春之月	辰(東南東)

四月	立夏	孟夏之月	巳（南南東）
五月	夏至	仲夏之月	午（南）
六月		季夏之月	未（南南西）
七月	立秋	孟秋之月	申（西南西）
八月	秋分	仲秋之月	酉（西）
九月		季秋之月	戌（西北西）
十月	立冬	孟冬之月	亥（北北西）
十一月	冬至	仲冬之月	子（北）
十二月		季冬之月	丑（北北東）

なお、北斗七星の傾き具合で、季節を知るためには、一年を通じて北斗七星が見えていることが重要である。今は、長安～洛陽の北緯35度付近では、三ヶ月ほどは、地平線の近くまで下がって一部が見えなくなり、北京あたりの北緯40度で、かろうじて通年にわたって地平線の上にある情況である。しかし当時は、柄が最も低く垂れ下がっても、地平線の下に沈んでしまうことはなかった（地球の自転軸が首ふりをする歳差運動のためである。）とはいえ、北斗七星の第七星は、前五世紀にはもう地平線近くまで垂れ下がり、かなり見えづらくなっている。『漢書』以後の正史の律暦志には、斗柄の観測数値が記載されないのは、その機能が意味を成さなくなったからであろう。

『淮南子』の画期的なことは、始めて一年を二十四等分したことである。「天文訓」に次のように言う。

両維の間は、九十一度十六分度の五にして、斗は日に行くこと一度。十五日もて一節と為し、以て二十四時の変を生ず。斗、子を指せば則ち冬至なり。……十五日を加えて、癸を指せば則ち小寒なり。……

このようにして二十四気をまわり、最後に、

十五日を加えて壬《じん》を指せば、則ち大雪なり。……十五日を加えて子を指す。

となって冬至にもどる。両維の間の九十一度十六分度の五は、91度プラス16分の5の意で、16分の5は、5÷16で、0・3125。よって91・3125度となる。度は長さの単位で、ここでは日数。一周は四つの維で、91・3125度×4維＝365・25度となる。これは四分暦の基数である一回帰年である。この一年について、冬至を起点に、十五日間隔で順次二十四気を分けているのである。

『淮南子』は、二十四に分ける順序や、十五日ずつという分け方を示しただけではなく、その名称に関わる言葉もほぼ今日と同じである。違うのは「雷、蟄を驚かす」と「清明風至る」と「白露降る」のように、三文字以上の主語述語の構造で表現され、二字熟語の名詞として独立していない三節気だけである。もうここには、太陽暦としての二十四節気が、実質的に完成しているとみなしてよいであろう。

ただ、一回帰年の365・25日を二十四等分していくと端数がでてしまう。また一節気15日間隔で、節気を決めていくと15日×二十四節気＝360日で一年に5・25日足りない。この二つの辻褄が、きちんと突きつめられていない、つまり一回帰年365・25日という不都合な現実と、二十四等分という美しい理論の整合性が、うまくとれていない。これを、実際に世の中で使われている暦の中に、どのような日付として落とし込むかという問題は、理論書である「天文訓」の課題ではなかったろう。それは、暦の編纂を任務とする、朝廷の一部門が担当すべきことであり、それが始めてなされたのは、三十五年後の前漢武帝のもとでの太初暦であった。

「時則訓」では十二節月を斗柄の方向（斗建）で示していたが、「天文訓」ではさらに節気を斗建でも示している。一覧表に示せば次のようになる。二十四の方向は十二支では間に合わないので、十干から八つ（甲乙丙丁庚辛壬癸）借りてきている。さらに四立の報徳之維、常羊之維、背陽之維、蹏通之維で、それぞれ東北、東南、南西、北西を示している。

子	冬至
癸	小寒
丑	大寒
報徳之維	立春
寅	雨水
甲	雷驚蟄
卯	春分
乙	清明風至
辰	穀雨
常羊之維	立夏
巳	小満
丙	芒種
午	夏至
丁	小暑
未	大暑
背陽之維	立秋
申	処暑
庚	白露降
酉	秋分
辛	寒露
戌	霜降
蹏通之維	立冬
亥	小雪
壬	大雪

一節気ごとに柄の方向が15度ずつ移っていくが、この斗柄の動きの指標が有効であるためには、少なくとも二つの条

件が必要だったろう。一つは、単に昏とか旦とかではなく、一年を通して定刻を指定して観測できることである。つまり時計の技術進歩である。同じ夜でも一時間経過すれば、15度（一節気ぶん）も動いてしまうからである。もう一つは、この狭い15度を測定できる、天文観測の道具ができあがっていることである。ある程度の測定の誤差、幅は許されるとして、早くも戦国時代にはその両者はおおかたは実現できていたと思われる。

なお、『淮南子』と前後する時期に、『周髀算経《しゅうひさんけい》』がある。その成立時期が『淮南子』の前か後かについては、まだ定説はない。ただその二十四節気の部分については、私見では『淮南子』の後とみなすほうが自然である。さらに、もっと時代を下って「太初暦」と比べた場合、その前か後かについても、定めがたいところがある。『周髀算経』については、本編第2節・仲春の詩・驚蟄 3ａの参考「啓蟄と驚蟄について」を参照。

第3節　二十四節気の確立、および充実期

1.『漢書』律暦志（太初暦・三統暦）

前漢の太初元年（前104）から施行された唐都、鄧平《とうへい》、落下閎《らくかこう》等の「太初暦《たいしょれき》」で、はじめて今日の二十四節気の名称が、すべて出そろった。ただ太初暦の原著はすでに失われたが、劉歆《りゅうきん》が前漢末の綏和《すいわ》二年（前7）に、太初暦に若干の修正を加え、名前を「三統暦《さんとうれき》」と変えた暦法が、『漢書《かんじょ》』律暦志《りつれきし》に残されている。一般には、太初暦・三統暦は一体のものとして扱われる。

この太初暦によって、二十四節気が名実ともに成立したと言うことができる。ただし順番が二箇所違う。驚蟄と雨水が入れ替わり、また穀雨と清明も入れ替わっている（順番の変更は二義的な問題なので、ここではこだわらないことにする。『後漢書《ごかんじょ》』律暦志からまた元にもどる）。この二十四節気が、実際の暦つまり陰陽暦の中に落とし込まれることになる。つまり二十四の節気すべてに具体的な日付が付けられることになるのである。その際、その一回帰年365・25日の中に、二十四個の節気がどのように入るのか、その原理を単純な計算で考えてみる。平気法である。

まず、1年365・25日÷24気で、1節気あたり、15・21875日となる。圭表を用いた観測で確定された冬至の日から、節気を計算していく。冬至になったときが、ちょうどその日の始まりの子刻（0時00分）だとする。まず冬至を

15日とする。端数の0・21875日は暦の日数に入れることができないので、その分を次の節気へ繰り越していく。この作業を何回か行い、端数が積み重なって1を越えたとき、1日がその節気に加算されて、その節気は16日となる。同時に1を引いた残りが、次の節気に繰り越されていく。そうやって二十四の節気をめぐって最後の大雪の節気が終わったとき、左のように、16日の節気が5回入ることになり、1年はリセットされて冬至点にもどる。365日が過ぎているしかしそのとき、0・25日が翌年へ繰り越されている。毎年こうやって0・25日ずつ繰り越され、四年目が終わるときは、それが積もってちょうど1日分となる。だからその年は366日となり、16日ある節気が6回来ることになる。こうやってふたたびまた、4年サイクルの新しい1年が始まる。

〔節気〕　〔次の節気への繰り越しぶん〕（⑯は1節気が16日ある場合。節気の順番は標準的なものによる。）

冬至	0・21875
小寒	0・21875＋0・21875＝0・4375
大寒	0・4375＋0・21875＝0・65625
立春	0・65625＋0・21875＝0・875
⑯雨水	0・875＋0・21875＝1・09375　（＋1日で16日。残りの0・09375を繰り越す）
驚蟄	0・09375＋0・21875＝0・3125
春分	0・3125＋0・21875＝0・53125
清明	0・53125＋0・21875＝0・75
穀雨	0・75＋0・21875＝0・96875

⑯立夏　０・９６８７５＋０・２１８７５＝１・１８７５　（＋１日で16日。残りの０・１８７５を繰り越す）
小満　０・１８７５＋０・２１８７５＝０・４０６２５
芒種　０・４０６２５＋０・２１８７５＝０・６２５
夏至　０・６２５＋０・２１８７５＝０・８４３７５
⑯小暑　０・８４３７５＋０・２１８７５＝１・０６２５　（＋１日で16日。残りの０・０６２５を繰り越す）
大暑　０・０６２５＋０・２１８７５＝０・２８１２５
立秋　０・２８１２５＋０・２１８７５＝０・５
処暑　０・５＋０・２１８７５＝０・７１８７５
白露　０・７１８７５＋０・２１８７５＝０・９３７５
⑯秋分　０・９３７５＋０・２１８７５＝１・１５６２５　（＋１日で16日。残りの０・１５６２５を繰り越す）
寒露　０・１５６２５＋０・２１８７５＝０・３７５
霜降　０・３７５＋０・２１８７５＝０・５９３７５
立冬　０・５９３７５＋０・２１８７５＝０・８１２５
⑯小雪　０・８１２５＋０・２１８７５＝１・０３１２５　（＋１日で16日。残りの０・０３１２５を繰り越す）
大雪　０・０３１２５＋０・２１８７５＝０・２５　（残りの０・２５を翌年へ繰り越す）

『漢書』律暦志（太初暦・三統暦）では、太陽がどの位置にあるとき、どの節気となるかを示している。それぞれの節気の太陽の位置が、天球上に設定された二つの大きな物差し、すなわち十二次と二十八宿で示されている。

たとえば、大雪から冬至、小寒、大寒を次のように言う。

星紀：初、斗十二度、**大雪**。

中、牽牛初、**冬至**。……。

玄枵：初、婺女八度、**小寒**。

中、危初、**大寒**。……。

降婁：中、婁四度、**春分**。……。

鶉首：中、井三十一度、**夏至**。……。

寿星：中、角十度、**秋分**。……。

まず「星紀」や「玄枵」などが、いわゆる十二次《じゅうにじ》で、十二次という物差しは、天の赤道帯の一年を、均等に十二に分けたものである。だから同じく一年を均等に二十四に分けた二十四気とうまく対応する。次頁の一段目のように、十二次は星紀から始まり析木で終わる。

十二個の「次」には、それぞれ二つの節気が来る。いま少し先走って、後世の「節月」を用いて説明してみると、それぞれの「次」の「初」めには、二十四気の「節気」が来て、まん「中」以後には「中気」が来る。つまり十二次の「初」と「中」が、二十四気の節気と中気に対応している。だからたとえば、冬至は「中気」で十二次の「星紀」の真ん中に来るし、大雪は「節気」で「星紀」の初めに来る。このように見てくれば、左の五段目のように、「節月」のなかに配置された節気・中気と、パラレルであることに気づく。（「節月」は、『晋書』律暦志で、「中気」は『漢書』律暦志で、それぞれはじめて登場する。）

十二次は、夜空の恒星を見ながら、恒星を基準に定めたわけではないので、恒星の実体がないとも言える。しかし二十四気と対応しているので、今日の太陽黄経でもって、おおかたの位置を見当づけることができる。左の六段目である。ただし、当時の二十四気は平気法だが、太陽黄経で示すのは今日の定気法であり、そもそも十二次は天の赤道帯で、黄経は黄道なので物差しが少しずれる。

次に二十八宿《にじゅうはっしゅく》という物差しによって、太陽がどの宿の、どの位置にあるか、そのときはどの節気かを、それぞれ示している。左の三段目である。たとえば太陽が斗の宿の12度に来ているなら、節気は大雪であるというように。

〔十二次（よみ）〕		〔二十八宿中での節気の星度〕		〔節月〕	〔太陽黄経（度は省略）〕
星紀（せいき）	初	斗十二度	大雪	十一月節	255
	中	（牽）牛初	冬至	十一月中	270
玄枵（げんきょう）	初	（婺）女八度	小寒	十二月節	285
	中	危初	大寒	十二月中	300
娵訾（しゅし）※	初	危十六度	立春	正月節	315
	中	（営）室十四度	驚蟄	正月中	330
降婁（こうろう）	初	奎五度	雨水	二月節	345
	中	婁四度	春分	二月中	0
大梁（たいりょう）	初	胃七度	穀雨	三月節	15

	中	昴八度	清明	三月中	30
実沈（じっちん）	初	畢十二度	立夏	四月節	45
	中	井初	小満	四月中	60
鶉首（じゅんしゅ）	初	井十六度	芒種	五月節	75
	中	井三十一度	夏至	五月中	90
鶉火（じゅんか）	初	柳九度	小暑	六月節	105
	中	張三度	大暑	六月中	120
鶉尾（じゅんび）	初	張十八度	立秋	七月節	135
	中	翼十五度	処暑	七月中	150
寿星（じゅせい）	初	軫十二度	白露	八月節	165
	中	角十度	秋分	八月中	180
大火（たいか）	初	氐五度	寒露	九月節	195
	中	房五度	霜降	九月中	210
析木（せきぼく）	初	尾十度	立冬	十月節	225
	中	箕七度	小雪	十月中	240

（※『漢書』の諏訾を一般的な娵訾に改めた。また驚蟄・雨水・穀雨・清明の太陽黄経は『漢書』律暦志の順番に対応させた。）

二十八宿は、広くいえば天の赤道・黄道付近を、不均等に二十八に分けたものである。二十八宿はぐるりと一周すれば360度ではなく、365（+0・25）度（日）となる。たとえば運動場《トラック》を思い浮かべると、その365度は、東を起点に、東↓北↓西↓南の順で四つのコーナーに分けられる。東北西南には、それぞれ七つずつの宿が、西から東に向けて配置される。東のコーナーには七つの宿が、合わせて75度。北のコーナーには、七つの宿が、合わせて98度。西は80度。南は112度となり、合わせて365度となる。四等分ではない。たとえば北にある七つの宿は、斗の宿が26度、牛の宿が8度、（婺）女宿が12度、虚宿が10度、危宿が17度、（営）室宿が16度、壁宿が9度で、合わせて98度となる。

これらは円周の長さではない。地球から、28個の宿の目印の星、つまり距星まで引かれた線が、互いに作る角度であり、それを距離のように言い慣わしたもの、つまり角距離である。それぞれの宿の最も西側にある目立つ星が距星《きょせい》で、距星から東隣の距星までの角度上の距離（幅、長さを想像してもよい）が、その宿の持ち分である宿度＝距度《きょど》となる。『漢書』の場合は、黄道宿度ではなく赤道宿度の値であり、したがって赤経の差でもある。

左は『漢書』律暦志の二十八宿の赤道宿度と、それぞれの距星、および今の星座では何に相当するかを示したものである。この赤道宿度は、時代をくだるごとに、何度か微修正され、元の授時暦で最も高い精度になったという。

	〔二十八宿・宿度〕	〔漢字音，和名〕	〔今の星座名〕〔括弧内はギリシア文字の慣用的な読み方〕
東	角 12	かく，すぼし	おとめ座α（アルファ）
	亢 09	こう，あみぼし	おとめ座κ（カッパ）
	氐 15	てい，とも	てんびん座α（アルファ）
	房 05	ぼう，そい	さそり座π（パイ）
	心 05	しん，なかご	さそり座σ（シグマ）

尾 18 び，あしたれ さそり座μ1（ミュー）

箕 11 き，み いて座γ（ガンマ）

北

斗 26 と，ひつき いて座ψ（ファイ）

牛 08 ぎゅう，いなみ やぎ座β（ベータ）

女 12 じょ，うるき みずがめ座ε（イプシロン）

虚 10 きょ，とみて みずがめ座β（ベータ）

危 17 き，うみやめ みずがめ座α（アルファ）

室 16 しつ，はつい ペガスス座α（アルファ）

壁 09 へき，なまめ ペガスス座γ（ガンマ）

西

奎 16 けい，とかき アンドロメダ座ζ（ゼータ）

婁 12 ろう，たたら おひつじ座β（ベータ）

胃 14 い，えきえ おひつじ座35

昴 11 ぼう，すばる おうし座17

畢 16 ひつ，あめふり おうし座ε（イプシロン）

觜 02 し，とろき オリオン座ψ1（ファイ）

参 09 しん，からすき オリオン座δ（デルタ）

南

井 33 せい，ちちり ふたご座μ（ミュー）

鬼 04 き，たまおの かに座θ（シータ）

柳	15	りゅう，ぬりご	うみへび座δ（デルタ）
星	07	せい，ほとほり	うみへび座α（アルファ）
張	18	ちょう，ちりこ	うみへび座υ1（ν）（ウプシロン）（ニュー）
翼	18	よく，たすき	コップ座α（アルファ）
軫	17	しん，みつかけ	からす座γ（ガンマ）

角→亢→氐→…→軫への方向は、西から東への方向である。この並びのまま、角と軫をつないで円を作れば、円のつなぎ方によって、回転の方向が二つできあがる。

角にピンを刺して、軫を下側から右に回して円を作れば、角→亢→氐→…→軫は反時計回りとなり、軫を上側から右に回せば、角→亢→氐→…→軫は時計回りとなる。時計回りの円は、天の北極から南極を見た方向であり、普通はこの図がよく紹介されている。反時計回りの円は、天の南極から北極をみた方向、つまり人が地上から天を見上げた方向となる。冒頭で黄道上での太陽の動きを紹介したが、その図と同じ方向になり、こちらが理解しやすい。

この南北両方向からの図は、左頁に掲げたように、たとえば、宋の蘇頌《そしょう》の『新儀象法要《しんぎしょうほうよう》』のなかで、「渾象《こんしょう》北極（星）図」と「渾象南極（星）図」として描かれている。円の分割の幅が違うのは、それぞれの宿の宿度の違いである。それぞれの宿度は、宋代と漢代では同じだったり、少し違ったりするが、だいたい似たような幅（宿度）とみなしてよい。この図で漢代を想像すれば、漢代の斗宿は26度もあるので幅広に描かれ、牛宿は8度しかないので幅が狭い。外周が天の赤道で、円の中心は、渾象北極図が天の北極で、渾象南極図が天の南極である。渾象南極図の中心の円内は、北半球からは南天の星が見えないので空白になっている。太陽はこのドーナツ状の帯の中を、渾象北極図が時計回り

渾象北極圖

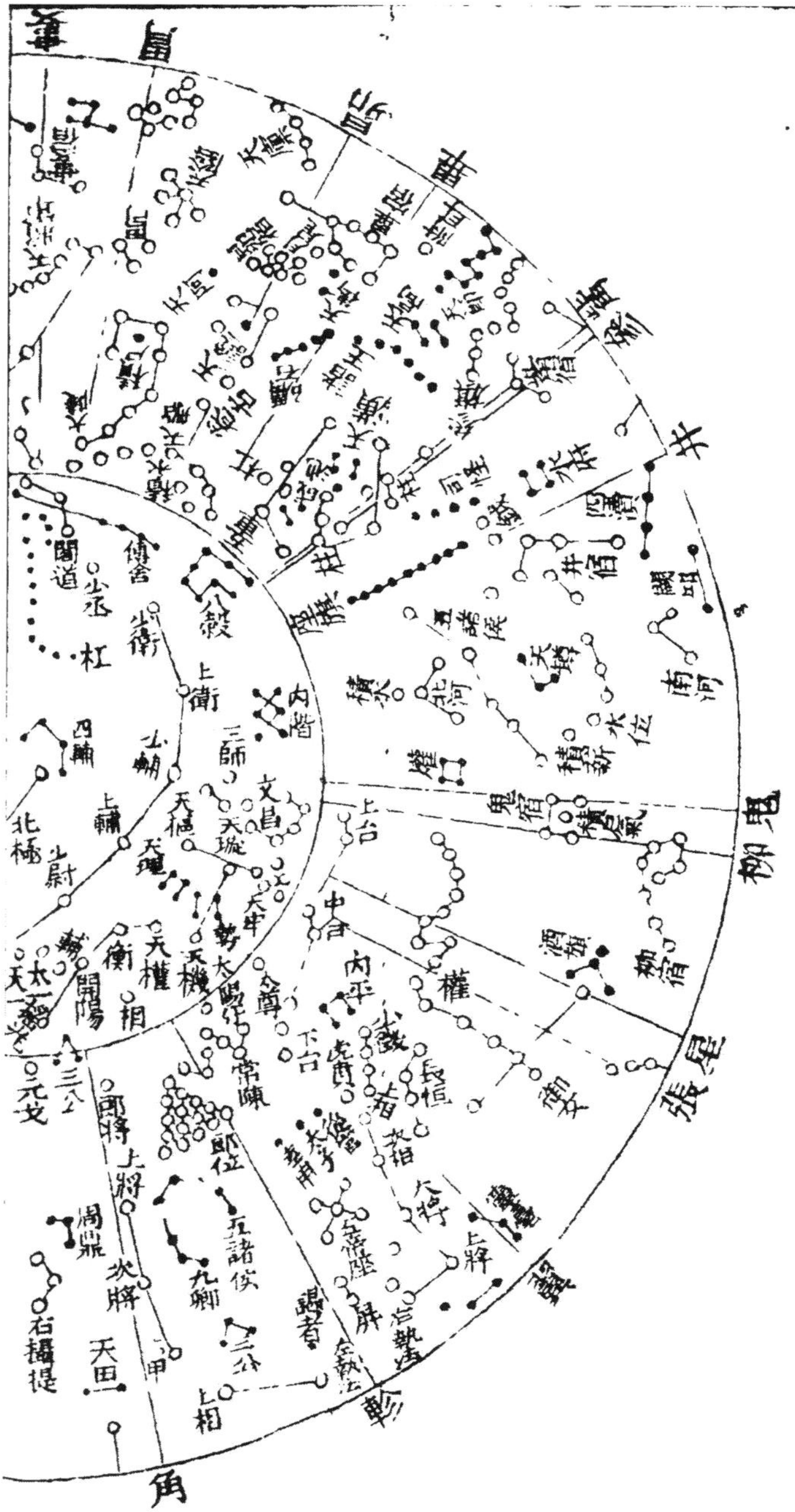

角
軫
張
星
柳
鬼
井
北極
四輔
上輔
少尉
文昌
天理
天槍
內階
三師
上台
中台
下台
八穀
傳舍
閣道
杠
勢
相
天田
右攝提
周鼎
三公
元戈
五諸侯
九卿
郎位
郎將
常陳
權
南河
北河
積水
積薪
水位
井宿
鬼宿
柳宿
酒旗

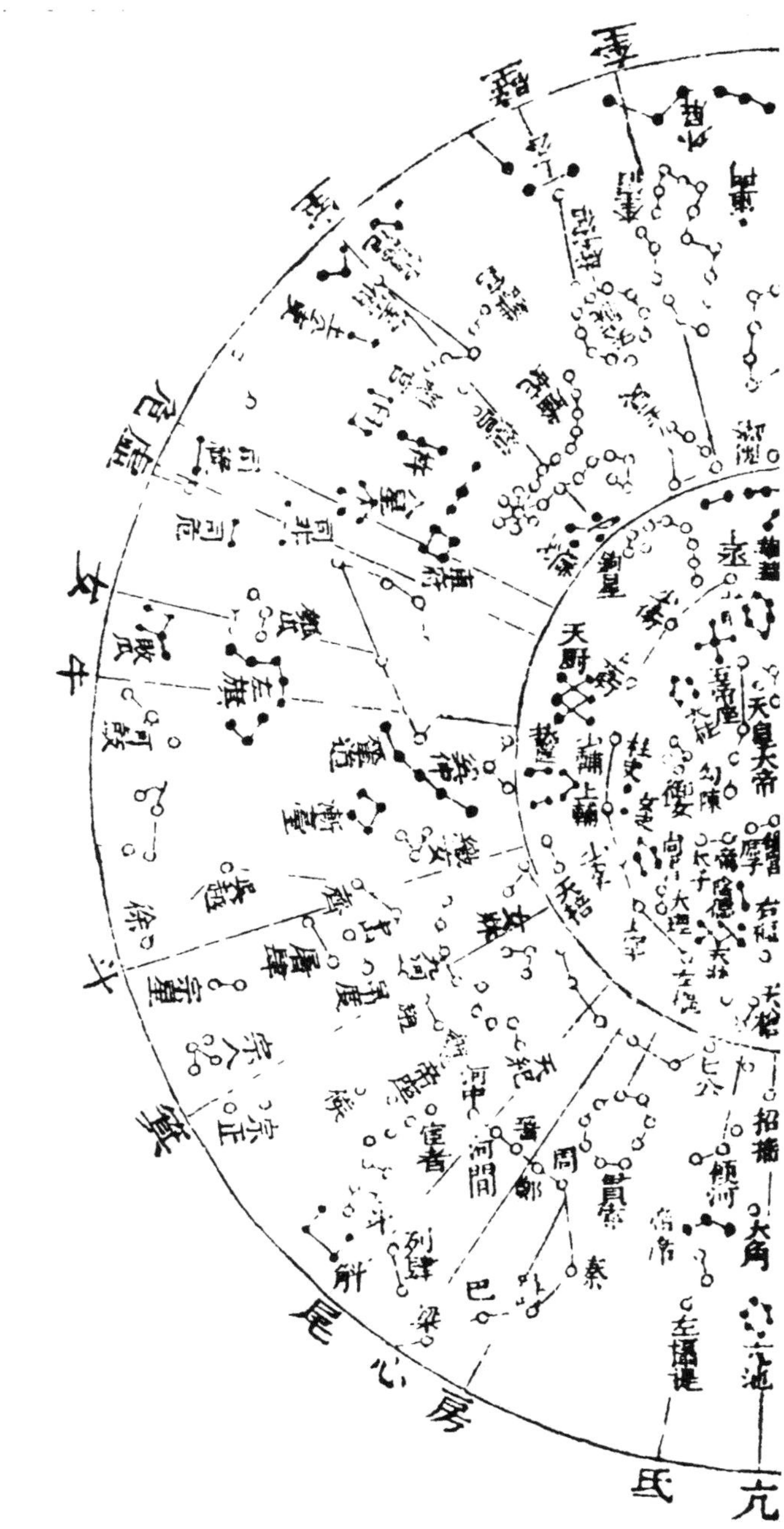

蘇頌「渾象北極星図」（『補守山閣叢書』より）

渾象南極圖

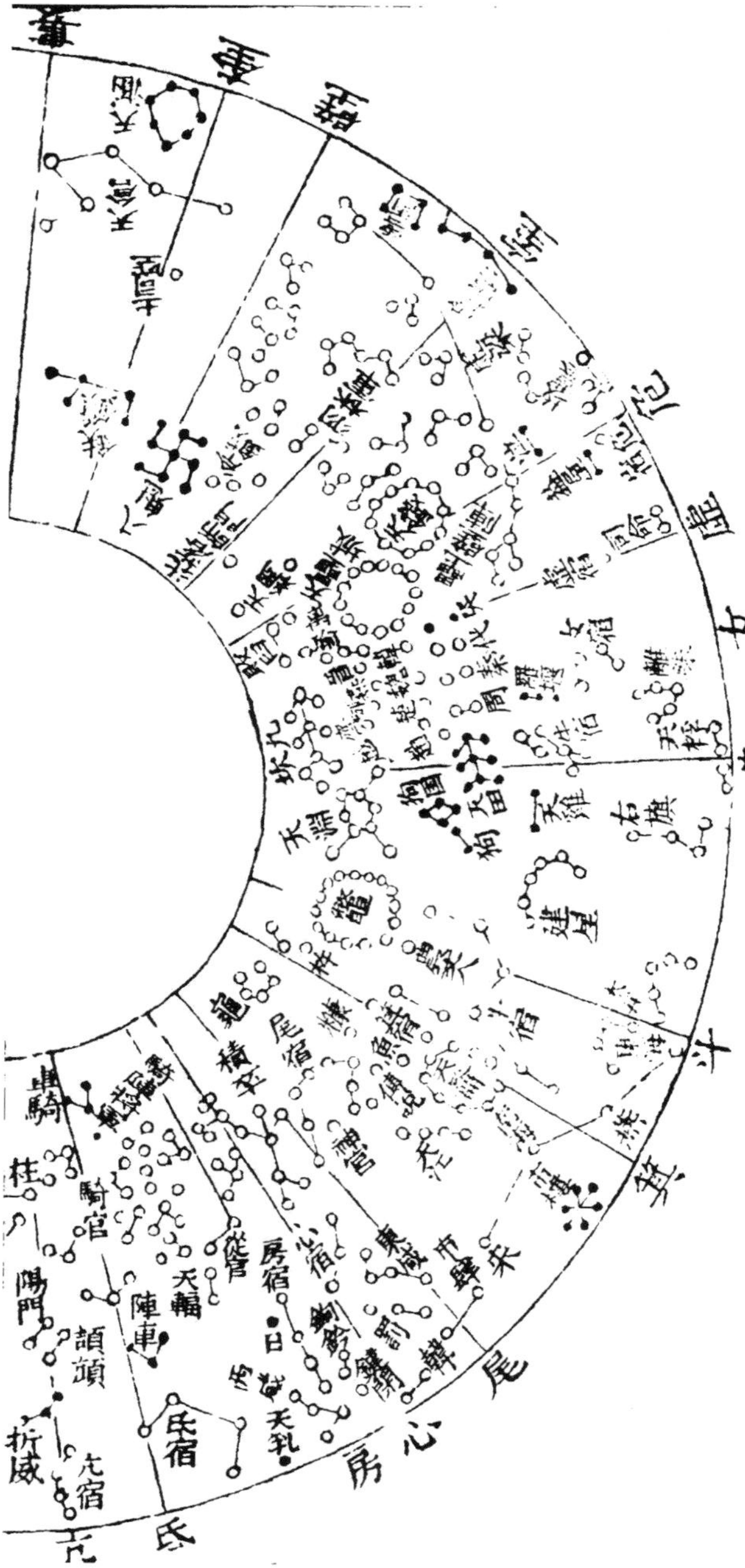

蘇頌「渾象南極星図」（前図に同じ）

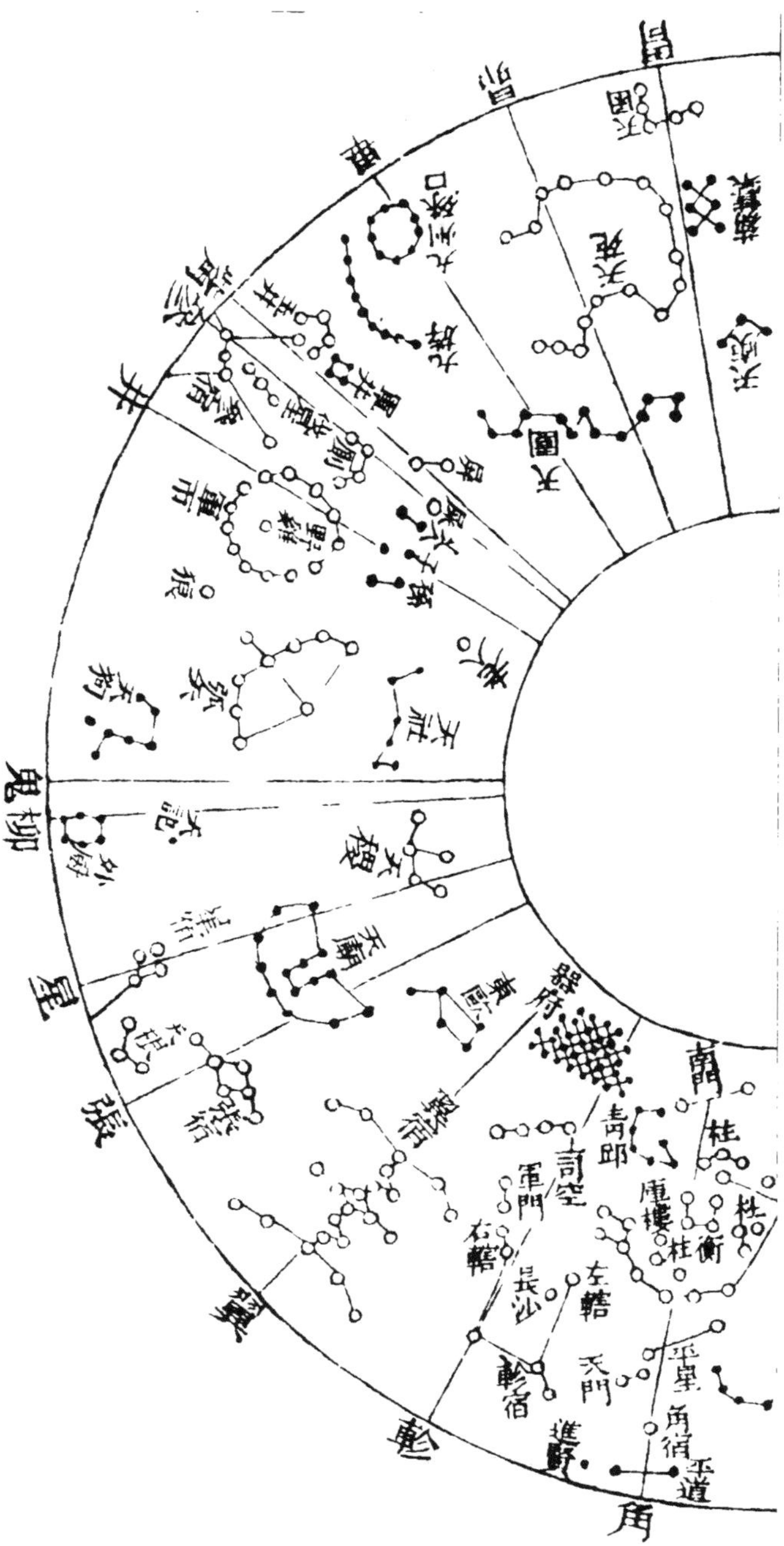

に、渾象南極図が反時計回りに回る。

初めに引用した「斗十二度、大雪」は、斗宿の持ちぶんが26度のところを12度の点に、太陽が位置している、だから節気は大雪だ、の意味である。また「牽牛初、冬至」では、持ちぶんが8度の牛宿の初めに、太陽が来ていれば、冬至だと述べている。さらに「婺女八度、小寒。……危初、大寒」は、太陽が、持ちぶん12度の（婺）女宿のなかで8度に位置していれば、小寒であり、残りの5度ぶんを回りきって、さらに持ちぶん10度の虚宿を過ぎて、持ちぶんが17度の危宿に入れば、そのとき大寒の節気であることを示している。5度＋10度＝15度で、これは小寒の期間の15日である。左に、誤解が生じやすいところを図示したが、目盛りは境界の起点に立っているので、12−8＝4ではない。

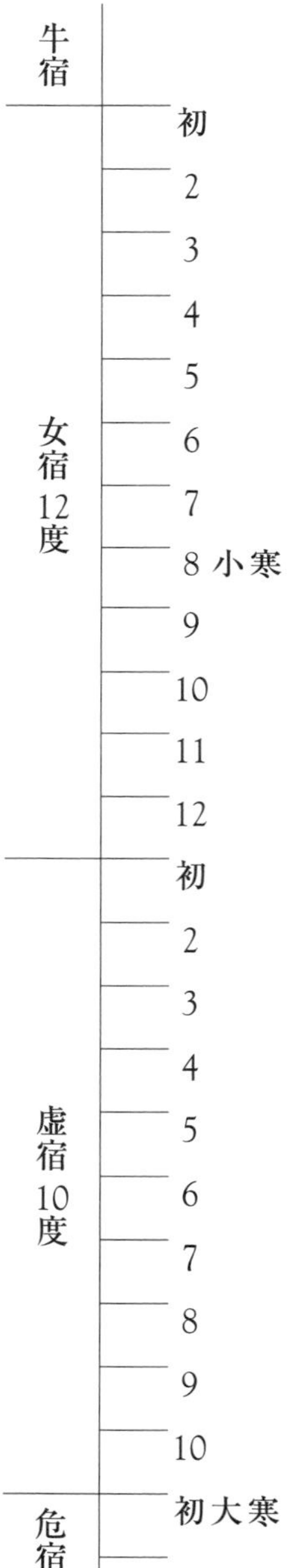

なお、二十四気の目印に使われたその二十八宿の距星を、その時点で、星空で確かめることはできない。そのときは昼間で星が見えず、ようやく夜になったときは、実は真反対の節気、季節の星が見えている。

2.『後漢書』律暦志（後漢四分暦）

太初暦・三統暦のあと、後漢の元和二年（85）から、三国時代まで百数十年使われた暦法は「後漢四分暦《ごかんしぶんれき》」と呼ばれるが、そこには、二十四気ごとの各種の数値が、表の形式で記載されている。いまその二至二分だけを取り出して左に示す。それを見てわかるように、『漢書』律暦志と比べると、新しい情報が六つも追加されている。

〔節気〕	〔日所在〕	〔黄道去極〕	〔晷景〕	〔昼漏刻〕	〔夜漏刻〕	〔昏中星〕	〔旦中星〕
冬至	斗二十一度 八分退二	百一十五度	丈三尺	四十五	五十五	奎六 弱	亢二 少強退一
春分	奎十四度 十分	八十九 強	五尺二寸 五分	五十五 八分	四十四 二分	鬼四	斗十一 弱退二
夏至	井二十五度 二十分退三	六十七 強	尺五寸	六十五	三十五	氐十二 少弱退二	室十二 少弱進三
秋分	角四度 三十分	九十 半強	五尺五寸	五十五 二分	四十四 八分	牛五 少	井十六 少強退三

（范曄《はんよう》『後漢書《ごかんじょ》』律暦志、つまり西晋《せいしん》の司馬彪《しばひょう》『続漢書』律暦志による。さらにその律暦志巻下「暦法」の部分は、劉洪《りゅうこう》が光和元年〈178〉に著したもの。）

一段めの「日所在」は、太陽の位置を二十八宿という物差しで表しているが、これは『漢書』律暦志と同じく、天の赤道を基準にした宿度で示すやり方である。ただ数値が詳細になり、また数値自体も数度ずつ動いている。

これは二十四気が動いているのではなく、二十四気に対応する恒星の見え方が、歳差《さいさ》運動によってずれたのである。仮に5度動いたとする。歳差運動は約26000年で一周（360度回転）するので、一度動くのに72年余かかることになる。5度動くためには三百数十年が必要となり、『漢書』律暦志と『続漢書』律暦志の時代差とだいたい辻褄が合う。

二段めの「黄道去極《こうどうきょきょく》」も、そのときの太陽の位置で、黄道にいる太陽が、天の北極からどれだけ南に離れているか、どれだけ南に角度が開いているかを示している。よく似たものに今日使われている赤緯があるが、赤緯は天の赤道を0度として、天の北極を+90度、天の南極を-90度とする。だからその時の太陽の赤緯と黄道去極の合計は、常に90度となる。「日所在」が東西の水平方向なら、「黄道去極」は南北の垂直方向となり、球面の天に引かれた縦と横の角度の目盛りで、太陽の位置を示している。冬至のときは太陽は低いので、北極から最も遠く（角度が最も開いており）、夏至のときは太陽が高いので、北極から最も近い（角度が狭い）。だから北「極を去る」度数も、冬至は最大で、夏至は最小となっている。春分と秋分は、ほぼ同じ度数である。春分と秋分の数値がわずかに違うのは、この節気の日付が平気法にもとづいて決められ、その日の「黄道去極」を測っているからであろう。定気法（太陽黄経）による実際の春分・秋分とは、最大で三、四日も日付がずれることがある。

三段めの「晷景《きえい》」は、冒頭で紹介した圭表《けいひょう》で測った、南中時の太陽の影である。日晷《にっき》と呼ばれるものがあるが、それは日時計を指し、日時計なら棒の下には、普通は円盤状のものが置かれる。しかし圭表という道具は、南中時のみの影の長さを測ればよいので、立てられた棒の下には、やはり一本の棒状のものがあれば用が済む。目盛りを刻んだ「圭」が地面に水平にして、正しく南北方向に置かれ、その南端から「表」が直角に立ち上がっていさえすればよい。

地面に直角に立てられた棒と、その影の長さは、直角三角形を作るので、単純に考えれば三角関数を用いて簡単に求められる。影の長さは、棒の高さ×太陽の高度角のコタンジェントである。棒の高さは、特別な圭表でない限り、伝統的に8尺と定まっている。一方、太陽の高度角は、観測地点の緯度が定まれば、門外漢でもその時々の値を、国立天文台の「暦計算室」や天文ソフトなどから、容易に求めることができる。ここではステラナビゲータ11を用いて検証してみる。

地点を後漢の都洛陽（東経112度24分、北緯34度48分。標高はゼロとする）に、年代を仮に西暦200年（後漢の建安五年）とする。この年の冬至は、定気法（黄経270度）ではユリウス暦12月21日（平気法では冬至は十一月一日、ユリウス暦で12月24日で三日遅い）で、南中時の太陽高度は31・56度。8尺×31・56のコタンジェント（1・628）で、13・024尺と長さが出る。約13尺、つまり1丈3尺（前掲表では丈三尺）である。ちなみに夏至（定気法のユリウス暦で6月23日）は、棒の高さ8尺×太陽高度78・87のコタンジェント（0・196）＝1・568尺＝約1尺5寸（表では尺五寸）となる。なお後漢の1尺を23cmとして計算すれば、8尺＝1m84cmの棒が作る影は、冬至、夏至でそれぞれ約3mと、35cmとなる。

四段めの「昼漏刻《ちゅうろうこく》」「夜漏刻《やろうこく》」は昼時間と夜時間である。黄道去極と晷景が、渾天儀《こんてんぎ》と圭表の器具を用いた実測値なのに対して、昼夜の時間は上記の実測値から、計算によって求められた値である。これらの実測、計算値は、嘉平《かへい》三年（174）のものと言われる。春分、秋分は、一般には昼夜の時間はほぼ同じである。当時は一日百刻で、本来なら昼夜は五十刻ずつである。ところがここでは、昼が夜より十刻（144分）ほど多くなっている。それは当時の昼夜の考え方が、今日と違うからである。日の出直前の旦《たん》、日没直後の昏の時間帯は、戸外で文字が読め、労働ができるほどの薄明るさである。その昏と旦の時間は、普通はそれぞれ二刻半（36分）とされ、昼に入れられていた。だから昏と旦のあわせて五刻ぶんが、夜から取られて昼に算入されていた。その五刻を昼からとって夜にもどしてやると、昼夜はほぼ同じになる。なお、当時は一日（24時間＝1440分）を100刻と数えていたので、一刻が14・4分となる。昏、旦の二刻半は36分で、五刻は72分である。

五段め、六段めの「昏中星《こんちゅうせい》」（昏は昬の俗字）と「旦中星《たんちゅうせい》」は、昬と旦の時間帯に南中する、つまり子午線《しごせん》を通過する星の意味である。このようなやり方で季節を知る方法は、これまで見てきたように古くから用いられてきた。しかし『後漢書』の場合は、ピンポイントで恒星を挙げているのではない。二十八宿という、天の赤（黄）道沿いのベルト地帯に刻まれた、星度メジャーで示している。ただしこれも実測値ではなく、計算値である。

たとえば春分の昬中星は「鬼四」とあるが、「鬼」は二十八宿の南方の宿で、宿度は4度、つまり4度の幅（角距離）を持った宿である。次の「四」は、そのなかで4度の場所に位置していることになる。また冬至の昬中星「奎六弱」の「弱」などの、二行目の小文字は、度以下の端数で、一度を十二等分した中国独特の単位で、０・０８３３……の刻みになる。

それぞれの昬旦の時間に、子午線近くに、必ずしも目立つ恒星があるわけではない。あるとすれば単なる偶然にすぎない。だから実在する具体的な星ではなく、連続した二十八宿の巻き尺の中で、その目盛り上の位置を示すことしかできなかったのであろう。

旦中星、昬中星の考え方を現代風にアレンジし、赤道帯にあまりこだわらず、２０２０年で洛陽で見える有名な星を探せば、春分（3／20）の昬中星なら、おおいぬ座のシリウスが、夏至（6／21）の昬中星なら、おとめ座のスピカが、秋分（9／22）の旦中星なら、オリオン座のみつ星が、冬至（12／21）の旦中星なら、おとめ座のポリマが、それぞれ候補となるであろう。

以上のように『後漢書』律暦志は、二十四のそれぞれの節気に対して、いろいろな角度から、太陽と節気に関する天文学的データを積み上げようとしている。この路線は、『漢書』律暦志がはじめたもので、さらに『後漢書』律暦志が発展させ、方向付けたといえる。以後の律暦志もみなこの路線を踏襲し、さらに別の角度からのデータを付け加えたり、数値を精密化していくことになる。このほかにも、二十四気と惑星や月との関連など、多くの天文学的、暦学的データが記載されているが、それらは地球が受ける太陽エネルギー、つまり季節とは直接関係ない。

季節の変化を作り出す太陽の動きと、それに呼応する二十四節気の天文学的データは、この『後漢書』律暦志で基本的な枠組みができあがったので、あとはいくつかの点について簡単に紹介することにする。

3.『晋書』律暦志（景初暦）・『宋書』律暦志（元嘉暦）

三国魏の楊偉《ようい》の「景初暦《けいしょれき》」（237～444～451年）のなかで、二十四気の節気と中気が、左に掲げたように、十二ヶ月ときれいに対応したいわゆる「節月《せつげつ》」の形が、はじめて登場する。それ以前の歴代の律暦志類の中で、「中気」の初出は『漢書』律暦志で、「節気」の初出は『後漢書』律暦志である。また『漢書』律暦志の中気の原点が、十二次の「初」と「中」の、「中」にあったであろうことは、すでに述べたとおりである。

節	十一月	大雪
中	十一月	冬至
節	十二月	小寒
中	十二月	大寒
節	正月	立春
中	正月	雨水
節	二月	驚蟄
中	二月	春分
節	三月	清明
中	三月	穀雨
節	四月	立夏
中	四月	小満
節	五月	芒種
中	五月	夏至
節	六月	小暑
中	六月	大暑
節	七月	立秋
中	七月	処暑
節	八月	白露
中	八月	秋分
節	九月	寒露
中	九月	霜降
節	十月	立冬
中	十月	小雪

（『晋書』律暦志下「推閏月術」、『宋書』律暦志中「推閏月術」）

これ以後はみなこの形を用いることになる。ただし、『晋書』では、一年が大雪十一月節・冬至十一月中から始まっており、冬至を起点とする天文観察の形式が優先されている。

次の宋の元嘉暦《げんかれき》（『宋書《そうじょ》』律暦志下「推閏月術《すいじゅんげつじゅつ》」）になってはじめて一年が、立春正月節・雨水正月中から始まり、実際の陰陽暦と違和感がないような配列になる。ここに至って、「節月」の基本は整ったと言える。

ただし、まだ各節気は三候に等分されていない。七十二候が配列されて、後世の「二十四気七十二候」の節月の形が整うのは、次の『魏書《ぎしょ》』律暦志に載せる北魏の正光暦からである。

4.『魏書』律暦志（正光暦）

北魏末期に施行された「正光暦」（523〜539〜565年）に、はじめて七十二《しちじゅうに》候《こう》が記載された。一つの節気は、それぞれ三つの候からなり、24気×3候＝72候、である。しかしまだ初候《しょこう》、次候《じこう》、末候《まっこう》の名前は出てこない。それがはじめて出て来るのは、文献上で確認できるところでは、『隋書《ずいしょ》』律暦志下巻に載せる隋《ずい》の劉焯《りゅうしゃく》の「皇極暦《こうきょくれき》」からである。

正光暦では、同時に七十二候の一つの候を何日にするか、という計算法も載せられた（『魏書』律暦志上）。これ以後、多くの暦書が、これにならって七十二候およびその計算法を載せるようになる。

計算法の原理は冬至を起点に一回帰年を七十二等分する。正光暦の場合は、一回帰年（一太陽年）が365・2437293７日で、一候は約5・0728日になるという。各時代の暦書、暦法で、一回帰年をとる数値が異なるので、一候の数値も、微妙に違ってくる。しかし小数点のある日は、実際の暦には載せられないので、結果的に一候は五日か六日になる。六日となっているときは、後で述べるように、結局は「没日」だと解してよいだろう。

正光暦が採用した七十二の物候は、みな『礼記』月令（『呂氏春秋』十二紀）の物候から、一部を切り取ったり、字面を代えたりして持ってきたものである。たとえば、『礼記』季冬の「鶏乳」（小寒に相当）を、正光暦は立春の初候に置き、表現を変えて「鶏始乳」という。また『礼記』仲秋の「盲風至」（白露に相当）を、正光暦は白露次候の「暴風至」と言いかえ、『礼記』孟秋の「天地始粛」（立秋に相当）を、正光暦は白露の初候に繰り下げている。このように『礼記』と季節が少しずれるところがあるが、七十二個の物候の表現を定め、その表現や枠組みの基本が、後世まで継承されたというのは、正光暦編纂者たちの大きな功績であろう。

　七十二候は、通説では先秦から漢代にかけての著作とされる『逸周書《いっしゅうしょ》』の、「時訓解」という篇のなかで、ほぼ確立したと言われる。たしかに唐の『大唐陰陽書《だいとういんようしょ》』や「大衍暦《たいえんれき》」や「宣明暦《せんみょうれき》」所載の七十二候と比べてみると、順序も文字面も含めて、『逸周書』の七十二候は、必ず『大唐陰陽書』か大衍暦か宣明暦の七十二候に、完全に一致している。しかし、これまで見てきたように、『呂氏春秋』十二紀から『淮南子』天文訓・時則訓へと、次第に二十四気の名称が確定していき、一気十五日の原則が作られていった流れからみると、時訓解はあまりにも完成しすぎているようにみえる。時訓解の七十二候は、まだ発展途上にあるはずの時代のありさまからは、異様に突出している。『逸周書』本体はともかく、そのなかの時訓解の一篇は、後世の仮託の作だという疑いをぬぐい得ない。百歩譲って時訓解が先で、正光暦が後にできたとしても、七十二候を暦書にはじめて取り上げたことの意義は、少しも減じるものではない。

　また正光暦の七十二候は、時訓解に比べて、全体的に物候が後ろに繰り下がり、季節が遅れている。そのことでかえって、黄河中流域の気候に合致する点が生じたようにも見える。一方、正光暦は北魏《ほくぎ》の旧都平城（山西省大同市、北緯40度、標高１０５０ｍ）の気候を反映しているという説もあるが、それは当たらないのではないか。平城から洛陽への遷都が終了したのが太和十九年（495）で、それから十三年後の神亀年間（518〜9）に正光暦は作られ、さらに三年後の正光四年（523）に実施されているからである。七十二候の配列に関しては、中国には北魏の正光暦と、唐の『大唐陰陽書』・大衍暦・宣明暦系統の二つしかない。唐代に『大唐陰陽書』・大衍暦・宣明暦の配列が定まってから、清朝に至るまで、国の都が開封、杭州、南京、北京と大移動したにもかかわらず、その配列はほぼ一定している。そのことを考えただけでも正光暦の独自の配列は、中国の物候のあり方に、多様性をもたらすものとして貴重だと言えよう。

『魏書』正光暦の七十二候（『魏書』巻107律暦志上）

（㈠、㈡、㈢の番号は著者が付加したもの。また原典では冬至から始まるが、比較のため立春始まりになおした。）

立春	㈠鶏始乳	㈡東風解凍	㈢蟄虫始振
雨水	㈠魚上氷	㈡獺祭魚	㈢鴻雁来
驚蟄	㈠始雨水	㈡桃始華	㈢倉庚鳴
春分	㈠鷹化鳩	㈡玄鳥至	㈢雷始発声
清明	㈠電始見	㈡蟄虫咸動	㈢蟄虫啓戸
穀雨	㈠桐始花	㈡田鼠化為鴽	㈢虹始見
立夏	㈠萍始生	㈡戴勝降於桑	㈢螻蟈鳴
小満	㈠蚯蚓出	㈡王瓜生	㈢苦菜秀
芒種	㈠靡草死	㈡小暑至	㈢螳蜋生
夏至	㈠鵙始鳴	㈡反舌無声	㈢鹿角解
小暑	㈠蝉始鳴	㈡半夏生	㈢木槿栄
大暑	㈠温風至	㈡蟋蟀居壁	㈢鷹乃学習
立秋	㈠腐草化蛍	㈡土潤溽暑	㈢涼風至
処暑	㈠白露降	㈡寒蝉鳴	㈢鷹祭鳥
白露	㈠天地始粛	㈡暴風至	㈢鴻雁来
秋分	㈠玄鳥帰	㈡群鳥養羞	㈢雷始収声
寒露	㈠蟄虫附戸	㈡殺気浸盛	㈢陽気始衰
霜降	㈠水始涸	㈡鴻雁来賓	㈢雀入大水化為蛤
立冬	㈠菊有黄華	㈡豺祭獣	㈢水始氷
小雪	㈠地始凍	㈡雉入大水化為蜃	㈢虹蔵不見
大雪	㈠冰益壮	㈡地始坼	㈢鶡旦不鳴
冬至	㈠虎始交	㈡芸始生	㈢茘挺出
小寒	㈠蚯蚓結	㈡麋角解	㈢水泉動
大寒	㈠雁北向	㈡鵲始巣	㈢雉始雊

5.『隋書』律暦志（皇極暦・大業暦）

隋の張胄玄《ちょうちゅうげん》が、劉焯《りゅうしゃく》の暦法を部分修正した「大業暦《たいぎょうれき》」（608～618年）になると、二十四気のそれぞれに、はじめて日の出、日の入りの時刻が記載された。『隋書《ずいしょ》』律暦志中巻に、その数値が記載されている。元来は実測だと考えられているが、冬至、夏至を中心に対称になる二気ずつは、みな同じ値になっている。たとえば、冬至をはさんで立冬と立春が対になり、夏至をはさんで立夏と立秋が対になるのは、イメージしやすい。同様に、大寒と小雪、穀雨と処暑、……などのように。大業暦では二十四気の日の出、日の入りの時刻が、次のように記載される。その一部を取り出して示すと、

〔二十四気〕	〔日出〕	〔日入〕
大寒 小雪	卯八刻四十九分	酉一分
穀雨 処暑	卯一刻二十八分	酉六刻五十二分

のようになる。

いま、穀雨と処暑の日の出、日の入りの時刻を、現在の時間に換算してみる。卯や酉は、十二支（子丑寅卯辰巳午未

申酉戌亥）によって一日を12等分する十二時辰（十二辰刻）で、一つの単位が2時間となる。子が今の23:00～01:00、丑が01:00～03:00とつづき、……亥が21:00～23:00、のようになる。起点は子であるが、0:00ではなく、23:00となる。「刻」は当時は一日100刻なので、24時間＝1440分＝100刻で、一刻＝14・4分（14分24秒）。「分《ぶ》」は、『隋書』では一刻＝60分《ぶ》なので、一「分《ぶ》」は、今の0・24分《ふん》（14・4秒）である。

　これをもとに日の出の時刻を計算してみる。「卯一刻二十八分」は、卯が05:00～07:00なので、05:00＋（1刻＝14・4分）＋（28分《ぶ》×0・24分）＝05:00＋14・4分＋6・72分＝05:00＋21・12分＝5時21分7・2秒となる。

　日の入りの時刻「酉六刻五十二分」も同様に、酉は17:00～19:00なので、17:00＋（6刻×14・4分）＋（52分《ぶ》×0・24分）＝17:00＋86・4分＋12・48分＝17:00＋1:00＋26・4分＋12・48分＝18:00＋38・88分＝18時38分52・8秒となる。

【補注】これらを、ステラナビゲータ11で、検証してみると、西暦600年の長安の穀雨・処暑の日出、日入の時刻の地方平時（地方平均太陽時＝地方平均時＝地方時）と、おおむね同じ時刻となる。また1400年後の現在とも、あまり変わらない。これはたまたま処暑、穀雨ごろが、地方平時と地方真時（地方真太陽時＝視太陽時）が、一、二分の差しかないからであろう。その場所の地方真時は、季節によって一日の長さが微妙に異なる実際の太陽（真太陽）が、その場所で南中するときを、お昼の12:00とし、次のお昼の南中までを一日とする時刻制度である。ところが地方平時は、どんな季節でも、一日が必ず24時間だと仮想され、計算され平均化された太陽（平均太陽）を用いる。この二つの時刻制度の時刻の差（均時差）が零のとき、つまり二つの時刻制度の時刻が同じになるとき、地方平時でも太陽が南中する時刻が12:00となる。ステラナビゲータは地方真時を表示しないが、このときだけは、ステラナビゲータの地方平時の時刻で、その日の、その地の、地方真時を知ることができる。厳密にはその日は、年に四回だけである。

同じく隋の劉焯《りゅうしゃく》の「皇極暦《こうきょくれき》」には、「夜半漏《やはんろう》」という時間が記載されている。彼は張胄玄との論争に敗れ、彼の作った暦はついに施行されなかったが、『隋書』律暦志下巻に、その暦学の数値が記載されている。夜半漏（夜漏半）は、中国式考え方での、つまり日没から日の出までの時間から、昏と旦の薄明《はくめい》の時間を差し引いて残った夜の時間を、ちょうど半分にしたものである。これについては次の項で説明する。

なお皇極暦は、太陽の（見かけの）運行の遅速（日行盈縮《にっこうえいしゅく》という）にもとづく定気法の考え方によって、二十四節気の日付を求めたが、用いられることはなかった。

6.『旧唐書』律暦志（戊寅暦）

唐の傅仁均《ふじんきん》の「戊寅暦《ぼいんれき》」（619年）になると、二十四気ごとの一更《いっこう》、一籌《いっちゅう》の長さが、はじめて記載されるようになる。

いま、冬至と夏至を左に取り出して示すと、次のようになる。

〔二十四気〕	〔日出〕	〔日入〕	〔夜漏半〕	〔一更〕	〔一籌〕
冬至	辰二十四分之二十	申七刻十二分	二十七刻十二分	十一刻	二刻四分
夏至	寅七刻十二分	戌二十分	十七刻十二分	七刻	一刻九分

（『旧唐書』律暦志一）

更と籌は、普通は更点《こうてん》と呼ばれ、夜の時間を五つの更に分け、さらに一更を五つの点（籌）に分け、更の変わり目には鼓を打ち、点の変わり目には鐘を打って、夜の時間の進行を人々に知らせた制度である。昼と夜の時間は季節によってかわり、冬至のころが夜がいちばん長くなり、夏至のころがいちばん短くなる。昼はその反対。夜の時間は本来は毎日わずかずつ移り変わって行くが、日々、夜の時間を計算するわけではない。24個の節気の変わり目だけをチェックし、その節気入りの日でもって、十五、六日間の節気の期間を代表させ、節気ごとに夜の時間の五等分（一更）と、さらにその五等分（一点＝一籌）の時間を示している。

冬至は、夜漏半（隋の皇極暦では夜半漏）が二十七刻十二分《ぶ》とあるので、夜漏（日没後と日出前の二つの薄明を合計した五刻を、差し引いた中国式夜の時間）は、その倍の五十四刻二十四分《ぶ》となる。戊寅暦では、『隋書』とちがって一刻＝二十四分《ぶ》であり、五十四刻二十四分《ぶ》は、分《ぶ》の位が繰り上がって五十五刻となる（『後漢書』律暦志の冬至の夜漏刻と同じ数値）。一更はその五分の一なので十一刻となる。つまり冬至の一更は、今の時間になおすと、14・4分×11刻＝158・4分（2時間38分24秒）である。

次に一籌（一点）は、十一刻の五分の一なので、2・2刻となる。2・2刻は、2刻＋0・2刻＝2刻＋24分《ぶ》×0・2＝2刻＋4・8分《ぶ》で、端数を切り捨てて二刻四分となる。これを今の時間になおすと、まず一分《ぶ》は一刻（14・4分）の二十四分の一なので、0・6分《ふん》（36秒）である。そこで冬至の一点は、14・4分×2刻＋0・6分《ふん》×4分《ぶ》＝31・2分（31分12秒）となる。冬至の一点から冬至の一更を検算する時は、切りすてられた0・8分《ぶ》＝28・8秒を勘案する必要がある。夏至でも同じ。

夏至も同様に計算して、夜の時間は、夜漏半の17刻12分を倍にして、34刻24分、24分は1刻なので、つまり35刻。一更はその五分の一で7刻。つまり夏至の一更は、14・4分×7刻＝100・8分＝1時間40・8分（1時間40分48秒）となる。次に一籌は、その五分の一で1・4刻となり、1・4刻は、1刻＋0・4刻＝1刻＋0・4×24分《ぶ》＝1刻＋9・

6分《ぶ》で、端数を切り捨てて1刻9分である。今の時間では、14・4分《ふん》+0・6分《ふん》×9分《ぶ》=19・8分（19分48秒）である。

このように節気ごとに夜の時間が違うので、鼓や鐘を打つ間隔も、節気ごとに異なっている。これは1400年前の長安の時間であるが、今の西安時間で更点の時間を割り出しても、二、三分も変わらない。このように更点時制は、季節によって異なる昼夜の時間にもとづいている。これは不定時法と呼ばれるものである。

また、唐の高僧で暦学者の一行《いちぎょう》（683～727）が作った「大衍暦《たいえんれき》」では、二十四気七十二候を、易の理論で説明しようとしている。漢代の孟喜がはじめた「卦気説」にもとづくと言われている。たしかに陰と陽の消長とその変化の繰り返しは、冬至から春分を経て夏至へ、さらに秋分を経て冬至にもどり、それを繰り返す太陽の動きときわめて相性がいい。しかしこれは、季節の変化を説明するための、一つの思想、理論なので、ここでは取り上げないことにする。

7.『大唐陰陽書』

唐の呂才《りょさい》らは、太宗の命を受け『陰陽書《いんようしょ》』五十三巻を編纂した（641年）。この書は、中国では散佚したが、日本に伝来し、『日本国見在書目』には五十一巻とあるが、今は伝わらない。そのなかの巻三十二と巻三十三が、『大唐陰陽書《だいとういんようしょ》』二巻本として別個に独立して行われた。奈良、平安時代以降、毎年発行された具注暦のマニュアル本として利用されたという。具注暦は、その日の吉凶や禁忌などたくさんの情報が漢文で記された暦で、余白のあるものは日記がわりにも使われた。

『大唐陰陽書』は数本の写本が残っており、ウェブ上でも三本が閲覧できる。左の表は、十七世紀後半の書写と考えられている国立天文台蔵本（外題「宣明暦二十八宿吉日考入」内題「大唐陰陽書」）をもとにして、京都大学人文科学研究所蔵本（最も古い書写とされるが立秋から大寒の下巻のみ）、国立国会図書館蔵本（上巻のみで三分の二ほどが欠落）を参照しつつ、七十二候部分だけを取り出し、原典の「節気名＋節月名」の順序を、先後を入れ替えるなど、若干の整理を加えたものである。明らかな誤字、異体字などは、時代は九十年ほど下がるが『新唐書』の「大衍暦」に依拠して改めた。（とくに太字の乃・坏・武・蝉などが、大衍暦と異なるが、意味的には同じである。）

正月節	立春	一日	東風解凍
		六日	蟄虫始振
		十一日	魚上氷
正月中	雨水	十六日	獺祭魚
		二十一日	鴻雁来
		二十六日	草木萌動
二月節	驚蟄	一日	桃始華
		六日	倉庚鳴
		十一日	鷹化為鳩
二月中	春分	十六日	玄鳥至
		二十一日	雷乃発声
		二十六日	始電
三月節	清明	一日	桐始華
		六日	田鼠化為鴽
		十一日	虹始見
三月中	穀雨	十六日	萍始生

七月節	立秋	一日	涼風至
		六日	白露降
		十一日	寒蟬鳴
七月中	処暑	十六日	鷹**乃**祭鳥
		二十一日	天地始粛
		二十六日	禾乃登
八月節	白露	一日	鴻雁来
		六日	玄鳥帰
		十一日	群鳥養羞
八月中	秋分	十六日	雷乃収声
		二十一日	蟄虫**坏**戸
		二十六日	水始涸
九月節	寒露	一日	鴻雁来賓
		六日	雀入大水為蛤
		十一日	菊有黄花
九月中	霜降	十六日	豺乃祭獣

		二十一日	鳴鳩拂其羽
		二十六日	戴勝降桑
四月節	立夏	一日	螻蟈鳴
		六日	蚯蚓出
		十一日	王瓜生
四月中	小満	十六日	苦菜秀
		二十一日	靡草死
		二十六日	小暑至
五月節	芒種	一日	螳螂生
		六日	鵙始鳴
		十一日	反舌無声
五月中	夏至	十六日	鹿角解
		二十一日	**蝉**始鳴
		二十六日	半夏生
六月節	小暑	一日	温風至
		六日	蟋蟀居壁
		十一日	鷹乃学習
六月中	大暑	十六日	腐草為蛍
		二十一日	土潤溽暑
		二十六日	大雨時行

		二十一日	草木黄落
		二十六日	蟄虫咸俯
十月節	立冬	一日	水始氷
		六日	地始凍
		十一日	野鶏入大水為蜃
十月中	小雪	十六日	虹蔵不見
		二十一日	天気上騰地気下降
		二十六日	閉塞而成冬
十一月節	大雪	一日	鶡鳥不鳴
		六日	**武**始交
		十一日	茘挺出
十一月中	冬至	十六日	蚯蚓結
		二十一日	麋角解
		二十六日	水泉動
十二月節	小寒	一日	雁北郷
		六日	鵲始巣
		十一日	野鶏始雊
十二月中	大寒	十六日	鶏始乳
		二十一日	鷙鳥厲疾
		二十六日	水沢腹堅

※大雪次候の「武始交」は、そのままでは意味が通じない。隋の劉焯の暦法は、その物候を冬至の初候に用いている。中華書局版校点本『隋書』の校勘記に、唐人が諱を避けて虎を武に換えたのだと言う。『隋書』は唐に編纂されているからである。敦煌写本に残る唐代の具注暦の残本で、乾符四年、光啓四年、景福二年のものなども「武」に作る。鄧文寛『敦煌天文暦法文献輯校』も校注で、唐の先祖の諱を避けたからだという（江蘇古籍出版社、１９９６年）。今、それにしたがっておく。

各月のはじめに、二十四気と七十二候が日付を付けて記してある。一部欠けているテキストもあり、書式も少し異なるが、それを補足整理して総合すると、一年ぶんの二十四気七十二候の暦ができあがる。日付が付くので実際の暦のように見えるが、もとより実社会で使われるような陰陽暦ではない。しかし二十四気七十二候に、このように系統的に日付が付けられたものは、今日残る文献では、この『大唐陰陽書』が初めてである。この日付は、もちろん陰陽暦の暦月ではなく、太陽暦の節月の体系に付けられた日付である。毎年発行された具注暦の、二十四気と七十二候の部分は、この暦をモデルに付け加えられたと考えられている。

8. 節気カレンダー（唐・呂才『大唐陰陽書』による）

右の節月の二十四気七十二候の暦に、一日ごとのすべての日付を入れれば、次頁のような一年360日の「節気カレンダー」となる。そうやってできあがった暦の特徴は、一年、12ヶ月、360日で、一ヶ月は30日、ひと月に、節気と中気があり、一気は15日で、三候があり、一候は五日である。各節気の五日間からなる一行め、二行め、三行めが、それぞれ初候（第一候）、次候（第二候）、末候（第三候）となる。

正月、二月、三月、……を、孟春正月、仲春二月、季春三月、孟夏四月、仲夏五月、季夏六月、孟秋七月、仲秋八月、季秋九月、孟冬十月、仲冬十一月、季冬十二月などと言ってもよい。先後の語順を逆にして、正月孟春、二月仲春、三月季春、……などと言ってもよい。

正月立春
1 2 3 4 5
6 7 8 9 10
11 12 13 14 15
雨水
16 17 18 19 20
21 22 23 24 25
26 27 28 29 30

二月驚蟄
1 2 3 4 5
6 7 8 9 10
11 12 13 14 15
春分
16 17 18 19 20
21 22 23 24 25
26 27 28 29 30

三月清明
1 2 3 4 5
6 7 8 9 10
11 12 13 14 15
穀雨
16 17 18 19 20
21 22 23 24 25
26 27 28 29 30

四月立夏
1 2 3 4 5
6 7 8 9 10
11 12 13 14 15
小満
16 17 18 19 20
21 22 23 24 25
26 27 28 29 30

五月芒種
1 2 3 4 5
6 7 8 9 10
11 12 13 14 15
夏至
16 17 18 19 20
21 22 23 24 25
26 27 28 29 30

六月小暑
1 2 3 4 5
6 7 8 9 10
11 12 13 14 15
大暑
16 17 18 19 20
21 22 23 24 25
26 27 28 29 30

七月立秋
1 2 3 4 5
6 7 8 9 10
11 12 13 14 15
処暑
16 17 18 19 20
21 22 23 24 25
26 27 28 29 30

八月白露
1 2 3 4 5
6 7 8 9 10
11 12 13 14 15
秋分
16 17 18 19 20
21 22 23 24 25
26 27 28 29 30

九月寒露
1 2 3 4 5
6 7 8 9 10
11 12 13 14 15
霜降
16 17 18 19 20
21 22 23 24 25
26 27 28 29 30

十月立冬
1 2 3 4 5
6 7 8 9 10
11 12 13 14 15
小雪
16 17 18 19 20
21 22 23 24 25
26 27 28 29 30

十一月大雪
1 2 3 4 5
6 7 8 9 10
11 12 13 14 15
冬至
16 17 18 19 20
21 22 23 24 25
26 27 28 29 30

十二月小寒
1 2 3 4 5
6 7 8 9 10
11 12 13 14 15
大寒
16 17 18 19 20
21 22 23 24 25
26 27 28 29 30

第4節　陰陽暦の中の二十四節気

1．太陰暦（陰暦）のしくみ

中国の陰陽暦について説明する前に、まず陰陽暦のなかにある陰暦＝太陰暦の要素について簡単に説明しておく。厳密には、イスラム暦で用いられている純粋な陰暦とは異なる部分もある。中国の歴史には、純粋な陰暦が用いられた記録はない。中国の歴史で最初に出てくる暦は、むしろ簡略な太陽暦のほうである。

陰暦の基本は、月の満ち欠けの形を利用して、今が何日かを知ろうとしたものである。地球から見える月の満ち欠けは、誰でも、どの地からでも、等しく仰ぎ見ることができ、規則的であり、循環して、何百年、何千年と繰り返していくから、満ち欠けの形を日付に対応させることができ、何千年にもわたる暦を作ることができる。

陰暦の基本モデルは次のようになっている。

・一ヶ月は29日か30日であり、29日を小（の）月、30日を大（の）月などと呼ぶ。これは月の満ち欠けの形が、約30日でもとの形にもどるからである。実際には平均して約29・53日だが、それは29日と30日の二ヶ月で、満ち欠けが二サイクルあると考えてもよい。陰暦には28日、31日などは存在しない。

・一年は十二ヶ月である。陰陽暦にあるような閏月は、陰暦にはない。これは、月の満ち欠けのひとめぐりが、十二回繰り返されたら、もとの季節にもどっているからである。12回満月を見れば、もとの季節にもどるので、これを一年としている。ただちょうど一年ではなく約11日足りないが、これは後で述べる。

・月の満ち欠けを目印にする暦なので、一日の始まりは、月が見えはじめる日没からとなる。といってもこれは、純粋な陰暦のイスラム暦のことであり、中国の陰陽暦では、一日は日の出から始まり、のちには真夜中から始まるとした。

・月の満ち欠けの形と日付は、あくまでおおよそのモデルであるが、北緯35度付近では次のように対応する。

一日じゅう月が見えなければ、それが暦での毎月の初日（朔）となる。このような月は新月と呼ばれる。イスラム暦では、夕方西の空の低いところに、はじめて非常に細い三日月を実見した日が、毎月の初日となり、この細い三日月が新月となる。

・新月というのは、太陽、月、地球がこの順で、同じ方向に並んだ状態で、地球から見ると、月と太陽は、ほぼ同時に昇ってほぼ同時に沈む。月は太陽の光を受け、その反射している部分が、地球から見えて月の形になるのだが、新月のときは、月の後ろ側に太陽があるので、月が太陽で照らされている面はみえない。月が消えてなくなってしまったわけではない。地球から見ると、月は太陽のすぐ近くにある。方向は同じだが一直線に重なっていない。太陽のすぐ上になったり、下になったりしている。もし一本の線の中で重なれば、月が太陽を隠すことになり、日食になる。月が地球の回りを回っていて、毎月一回、太陽、月、地球の順で同じ方向に並んだにしても、必ずしも日食が起こるわけではない。それは、月の公転軌道面が、地球の公転軌道面に対して斜めにずれているからである（約5度のずれ）。

・二、三日たつと、日の出からしばらくしてやや細い三日月が昇る。月が顔を出し始めたとき、太陽は東の空の低いところにあり、光がまぶしくて月は見えない。太陽が沈んで空が暗くなりはじめたとき、三日月が西の空の低いところにある。このような月の形が、旧暦の日付では三日か四日あたりとなる。イスラム暦の日付では二、三日遅れる。このとき月は太陽の後を追いかけている。

・日暮れ方、D字型の半月（弓張り月・弦月・上弦）が南の空に昇っているなら、暦の八日前後となる。このとき太陽、地球、月の位置関係は直角三角形をなしている。地球は直角のところにあり、その両端に太陽と月があり、月は太陽におおよそ90度遅れて回っている。太陽が南の空で最も高いころ、月の出が始まり、太陽が没もうとするとき、D字型の月が南中している。真夜中に、飯茶碗の形になって月は沈む。

・満月ならほぼ暦の十五日となる。ただし十六日はもちろんだが、時によっては十四日、十七日も満月になる。太陽、地球、月が、この順でほぼ一直線に並んでいる。太陽が東の空から昇り始めると、満月が西の空で沈み始める。一日が終わって、太陽が西の空に沈み始めると、東の空から大きなまん丸い月が昇り始める。真夜中に月が南中する。やがて、朝日が昇りはじめても、西の空にはまだ丸い白い月が見えている。このころはすでに暦の十七、八日ごろである。

・真夜中になって、ようやく東の空から半月（弓張り月・弦月・下弦）が昇り始めるなら、暦の二十三日前後である。朝日が昇るころ、逆D字型になった月が南中している。月は白く見える。太陽が南中するころ月は沈む。このとき月、地球、太陽は直角三角形をなしており、直角を作る角に地球があり、月の後をおおよそ90度遅れて、太陽が追いかけている。

・真夜中を過ぎ、朝が近くなってくるころ、東の空から逆三日月の形をした細い月が昇り始めると、暦の二十七日前後である。やがて日が昇り始め、日が高く昇るにつれ、白くなった月は見えづらくなっていく。このとき太陽は月の後を追いかけている。

このように、月の形によってだいたいの日付の見当をつけることができる。これを暦に使ったのが陰暦である。ところで、満ち欠けの一サイクルを12回繰り返したら、季節が元にもどり、ほぼ一年が過ぎている。つまり12回満月を見たら一年が経っている。

しかし実は、満ち欠けの一サイクル（一朔望月）は約29・5日である。これは、小数点を付けられない暦の上では、59日（29日＋30日）で二回満ち欠けがあるということである。二回満ち欠けがあったので二ヶ月たったと思っていると、59日しかたっていない。さらに満ち欠けを、12回繰り返したので、十二ヶ月、一年がたったと思っていると、実は354日しか経っていない。（29・5日×12回＝354日）

日付で考えなおすと、まず1月1日からはじめて、満ち欠けを12回繰り返したので、1月1日にもどったかと思っていると、実は、太陽暦ではまだ12月21日である。そこから二年目、さらに満ち欠けを12回繰り返したとき、二年が過ぎたかと思っていると、まだ12月10日である。三年目、そこからさらに満ち欠けを12回繰り返し、三年が過ぎたと思っていると、太陽暦ではまだ11月29日である。こうやって月の満ち欠けだけを見て暦を数えていると、三年経ったと思っていると、実は太陽の動きから一ヶ月あまり遅れてしまっているのである。九年経ったと思っていると、三ヶ月遅れている。つまり一季節の遅れである。18年経つと6ヶ月遅れ、冬のはずがまだ夏である。陰暦で、冬の一月一日に種を蒔くとメモを残していても、18年経つと、夏になっていることになる。こんな暦に頼っていては、少なくとも農業はやれないことになる。

2. 陰陽暦（陰陽合暦・旧暦・太陰太陽暦）のしくみ

三年たって一ヶ月遅れているなら、三年目に一ヶ月挿入して、三年目を13ヶ月にすればよい。そうすれば四年目はだいたい元の季節にもどり、季節に合致した暦になっている。これが陰陽暦の原理である。中国の陰陽暦の一年の基本パターンは、次のようになっている。

- 一年は十二ヶ月または十三ヶ月。十三ヶ月のときは、その中のまるまる一ヶ月が閏月である。
- 一年は、354日が基本である。
  354日とは、（大の月30日＋小の月29日）×6＝59日×6＝29・5日×12月、の意である。

  ほかには355日、383日、384日の四種が主なパターンであり、稀に353日、356日、385日などもある。
- 一年間の大月と小月の割合は、次のようになる。
  （大月×6）＋（小月×6）＝354日　（59×6）＝354
  （大月×7）＋（小月×5）＝355日　（59×5）＋30＋30＝355
  （大月×6）＋（小月×7）＝383日　（59×6）＋29＝383
  （大月×7）＋（小月×6）＝384日　（59×6）＋30＝384
- 閏月は、閏正月、閏八月などのように呼ぶ。閏月はどの月にもあり得る。
- 陰陽暦では閏月のある年を閏年という。（太陽暦の新暦では閏日のある年を閏年という。）

およそ三年に一回、まるごと一ヶ月を挿入する。その結果、何日になっているかというと、3年×354日＋30日＝1092日（29日の月を入れると一日少なくなるが、それは考慮外とする）。三年目に閏月を入れるやり方だと、1092日が経過していることになる。3年で1092日なので、一年が364日となる。太陽暦で3年経過した日数の365×3＝1095日と、だいたい同じになる。

しかしこの単純計算でも、すでに3日のズレがある。このズレをより少なくするために、21年に7回、閏月を入れるところを、19年に7回の頻度で入れる。今は一回帰年（一太陽年）は365・2422日だが、戦国時代の四分暦では365・25日と見なされていた。そうすれば、19年は、19×365・25日で、6939・75日。19年に7回の閏月をいれれば、19年では、19×12月＋7月＝235月。一方、今日の月の満ち欠け（朔望月）は、29・530589日であり、235月で6939・688415日となる。四分暦のなかでこの章法を用いれば、19年後には、6939・75日－6939・688415日＝0・061585日≒89分の差まで縮まっている。今の数値で章法を用いれば、235月×今の朔望月－19年×今の一回帰年＝0・086615日≒125分、の差である。この計算法は中国では「章法」と呼ばれ、古代ギリシアでは「メトン周期」と称されている。とはいえ、まだズレは残っているので、より誤差を少なくするため、後には章法にしたがわないより正確な暦法が案出された（「破章法」）。

三年目の最後に閏月を入れるやり方（歳末置閏）では、一ヶ月以上遅れてから閏月が入ることになる。そこで、各月の様子を見ながら、閏月を入れれば、よりズレが少なくなる。そこで考え出されたのは、各月には、必ず決まった太陽暦の指標である中気（冬至・春分・夏至・秋分などの十二個の気）が、来るようにしておくことであった。たとえば十一月といえば、必ず太陽暦の冬至が来る月のこと、などと取り決めておけば、陰陽暦の日付のなかでは、一ヶ月弱しかずれない。その月の内に中気が来るとは、最も早い場合で月の初めに来る、最も遅い場合で月末に来る、という意味である。冬至のとき、(わかりやすいように太陽黄経のたとえで言うと)、太陽は黄経上の270度の所にいる。そんな冬至が、陰陽暦では必ず十一月一日から十一月三十日の間にしか来ないようにしておき、十月に来たり、十二月に来たりは絶対にしない、という取り決めである。陰陽暦を使っているかぎり、冬至は十一月の一ヶ月の枠内でしか動かないのである。陰陽暦内では、冬至が早く来ても遅く来ても、そのズレは一ヶ月以内におさまる。

ただそのためには、最低でも、月の満ち欠けの規則を把握したうえで、次の年のいつが新月になるのかを予測できていなければならない。同時に、太陽の動きを掌握して、暦の上でいつが何の中気の節気入りになるのか、などが推算されていなければならない。それぐらいの予測ができるほどの天文観測の精度が上がっており、同時に暦法の進歩もあるということが前提となる。そしてそれが可能となったのは、漢初の太初暦からである。

ある新月(朔)から月末(晦)までの、ワンサイクルのひと月があって、その月を何月と定めるかは、そのワンサイクルの中に、どの中気の始まりの日が来ているかで、決まっている。

【中　気】	雨水	春分	穀雨	小満	夏至	大暑	処暑	秋分	霜降	小雪	冬至	大寒
	⇔	⇔	⇔	⇔	⇔	⇔	⇔	⇔	⇔	⇔	⇔	⇔
【陰陽暦】	一月	二月	三月	四月	五月	六月	七月	八月	九月	十月	十一月	十二月

のような対応の中で、月の名前が決まっている。中気と中気の間隔は30日で、没日が入れば31日である。この中気が、ひと月ずつ季節を推し進めていく太陽の動きの里程標となる。

一方、太陽の周期とは必ずしも連動しない月の周期は、新月から次の新月までの間隔は、平均29・5日で、暦のうえでは、29日の小の月か、30日の大の月しかない。だとすれば、中気の始まりから次の中気の始まりまでの太陽の動きの30日間、31日間のあいだに、新月から次の新月までの月の動きのワンサイクルが、すっぽり入ってしまい、その月に中気の始まりの日が来ないときがある（次頁ＡＢＣ月を参照）。そのとき、右の原則が成り立たない。その月には中気の始まりの日が来ないので（太陽の里程標がないので）、その月は季節的には無の扱いとなる、あるいは前月と同じ月の名を繰り返しながら、次の中気が来るまで、そのひと月は足踏み状態に置かれる、だからその月の干支も進まず、前月の干支をそのまま用いると考えてよい。それが閏月である。このような、中気の始まりの日が来ない月を閏月とするやり方は、「無中気置閏《むちゅうきちじゅん》（無中置閏）」と呼ばれる。

後漢の賈逵《かき》（30〜101）は「閏月には中気無し（閏月無中気）」（『後漢書』律暦志・中）と述べており、隋の劉焯（前述）の暦法には「其の月に中気無ければ閏と為す（其月無中気者為閏）」（『隋書』律暦志・中）とある。さらに清の暦学者の王《おう》錫闡《せきせん》（１６２８〜１６８２）は、漢以前の上古は、暦術が粗略であったため歳末置閏であったが、漢以後は精密になっていき、（元までは）、「中気を挙げて以て月を定め、月に中気なければ即ち閏と為せり（挙中気以定月，而月無中気者即為閏）」（『清史稿』列伝293）と述べている。

閏月をどのように入れるかと問題を立てれば、それは暦学者の高度な専門領域である。しかし、実際の暦を見ながら、どのように閏月が入っているか、その結果から置閏の原理原則を確認するのは容易である。たとえば、宋の咸平二年（999）の閏三月で検証してみよう。

左のように、Ａ月、Ｂ月、Ｃ月があり、大小の月の配列も定まり、没日も考慮に入れて何日にどの節気が来るかも確定しているとする。

A月		B月		C月	
1		1		1	**小満**
2		2		2	
3		3		3	
4		4		4	
5		5		5	
6		6		6	
7		7		7	
8		8		8	
9		9		9	
10		10		10	
11		11		11	
12		12		12	
13		13		13	
14		14		14	
15	清明	15	立夏	15	
16		16		16	芒種
17		17		17	
18		18		18	
19		19		19	
20		20		20	
21		21		21	
22		22		22	
23		23		23	
24		24		24	
25		25		25	
26		26		26	
27		27		27	
28		28		28	
29		29		29	
30	**穀雨**			30	

A月は、月末に中気の穀雨が来るので、三月と定まり、C月は、月初めに中気の小満が来るので四月と決まる。ところがB月には中気が来ない。よってB月は閏月となる。そのときB月は、「閏A月」と呼ばれる。

以上のように、月名を定めていくとき、可能なかぎり季節とパラレルな関係を保つことができるようにと、二十四節気が用いられた。ズレが大きくなったら、そのたびごとに閏月を入れて、ズレを修正していく、その目盛りのために二十四節気が作られたと言ってもよい。その結果、あくまで陰陽暦のなかでは、陰陽暦の日付と節気とは、前後一ヶ月以内のズレに収まるようになった。二十四気の成立と無中気置閏は、セットになっている。それが可能となったのは、先にも述べたように漢初の太初暦からであるが、これによって、十九年に七回閏月を置く章法は、ひとまずは発展的に、そして原則的に解消されたと考えてよい。

月の満ち欠けを優先する陰陽暦のなかに、太陽の位置は今はここにありますよ、という印を入れた。満ち欠けの月の形が推移していく時間軸と、暑さ寒さをもたらす太陽が動いていく時間軸の、二つの時間軸が同時に、陰陽暦には流れている。繰り返せば、陰暦を用いながら、季節のズレの拡大に歯止めをかけるために、太陽の季節の里程標、二十四節気が考案された。あるいは、太陽暦からひどくずれない陰陽暦のために作られたと言ってよい。

しかし、それももとを正せば、月の満ち欠けが織りなす最高のカレンダー、その恩恵を受けながらも、なおかつ牧畜や漁撈や狩猟を含む広義での農的生産活動を、季節にしたがってより順調に行うためである。陰陽暦は、そんな人間の一挙両得の欲望を満たすための工夫であったといえる。

3. 旧暦（平気法）のひと月に出現しうる節気

実際の暦の中では、その月にはどんな中気、節気が（部分的にも）あり得るか。その可能性を示したものが左の一覧である。その中で、上段の太字は中気で、その月の内に、中気の始まりの日が来る。中気の始まりの日は、その月の一日から三十日までのいずれかの日となる。一方、節気の節入りの日は、前月の十六日から当月の十五日までのいずれかの日となる（次項の4．で参照）。

下段の閏月の場合は、閏月の前月月末に、中気の始まりの日が来て、閏月には中気の始まりの日が来ることはない。しかしその閏月の前半は、実態としては（9割余は）中気である。閏月に節入りが来るのは、十二節気だけである。

正月には大寒・立春・**雨水**・驚蟄。
二月には雨水・驚蟄・**春分**・清明。
三月には春分・清明・**穀雨**・立夏。
四月には穀雨・立夏・**小満**・芒種。

閏正月は前半雨水、後半驚蟄。驚蟄の節入りは十四、五、六日
閏二月は前半春分、後半清明。清明の節入りは十四、五、六日
閏三月は前半穀雨、後半立夏。立夏の節入りは十四、五、六日
閏四月は前半小満、後半芒種。芒種の節入りは十四、五、六日

五月には小満・芒種・**夏至**・小暑。　閏五月は前半夏至、後半小暑。小暑の節入りは十四、五、六日
六月には夏至・小暑・**大暑**・立秋。　閏六月は前半大暑、後半立秋。立秋の節入りは十四、五、六日
七月には大暑・立秋・**処暑**・白露。　閏七月は前半処暑、後半白露。白露の節入りは十四、五、六日
八月には処暑・白露・**秋分**・寒露。　閏八月は前半秋分、後半寒露。寒露の節入りは十四、五、六日
九月には秋分・寒露・**霜降**・立冬。　閏九月は前半霜降、後半立冬。立冬の節入りは十四、五、六日
十月には霜降・立冬・**小雪**・大雪。　閏十月は前半小雪、後半大雪。大雪の節入りは十四、五、六日
十一月には小雪・大雪・**冬至**・小寒。　閏十一月は前半冬至、後半小寒。小寒の節入りは十四、五、六日
十二月には冬至・小寒・**大寒**・立春。　閏十二月は前半大寒、後半立春。立春の節入りは十四、五、六日

右の一覧で、たとえば旧暦正月には、大寒から、立春、雨水、驚蟄の四種類の節気が来る可能性がある。ただし、それは一月の内に、同時に四種類すべての節気が存在するという意味ではない。たとえば、宋の乾道二年正月の具体例で示せば次のようになる。

・最初の一週間が大寒　（前年十二月二十二日が大寒の始まりの日）
・真ん中の十五日間が立春　（正月八日が立春の始まりの日）
・最後の八日間が雨水　（正月二十三日が雨水の始まりの日）

月の中央に、ある節気・中気の始まりがくると、その両端にはその前後の節気または中気が存在する。その場合は

三種類となる。このようなことはどの月でも起こる。というよりは、このように一つの月に三つの節気があることが、むしろ普通であり、二つの節気しか存在しない場合が稀である。

4．節気の開始日について

小寒などの「節気」の節気入りについては、次のように考える。小寒の例で示しているが、理屈はほかの立春など十二の「節気」でも同じい。あくまで平気法の場合であり、定気法を採用した清の順治二年（1645）以降の旧暦には適用できない。

・中気の冬至は十一月一日から十一月三十日までの間に必ず来る。
・冬至が最も早く十一月一日に来たとき、冬至の期間は、15日間（ないし没日の入った16日間）なので、十一月十五日（ないし十一月十六日）までとなる。
・その翌日が小寒の節気入りなので、十一月十六日（ないし十一月十七日）が、小寒の節気入りとなる。
・冬至が最も遅く十一月三十日に来たとき、冬至の期間は、15日間（ないし没日の入った16日間）なので、十二月十四日（ないし十二月十五日）までが冬至となる（はずである）。
・その翌日が小寒の節気入りなので、十二月十五日（ないし十二月十六日）が、小寒の節気入りとなる（はずである）。
・しかし、十二月十六日が小寒の節気入りになれば、十二月三十日までが小寒の節気となってしまい、大寒の節気入りが十二月に来る余地がなくなる。
・ところが中気の大寒の節気入りは必ず十二月一日〜三十日までの間に来なければならない。よって、十二月十六日が小寒の節気入りとなることはできない。

・以上から、小寒の節気入りは、没日や大の月、小の月を考慮したとしても、十一月十六日から十二月十五日の間のいずれかの日、となる。

（閏月の場合）

・閏月のときは、閏十一月十四、十五、十六日が小寒の節気入りとなる。そこから15日間（または没日が入れば16日間）が小寒となる。理由は以下のとおり。

・最も早い場合で、もしも閏十一月十三日に小寒の節気入りが来ることになれば、没日が入って16日間になったときでも、二十八日までで小寒が終わってしまい、閏十一月二十九日が大寒の節気入りにならざるを得ない。中気の大寒の節気入りが来れば、閏月ではなくなってしまう。

・最も遅い場合で、もしも閏十一月十七日に小寒の節気入りが来ることになれば、直前の冬至は、（没日が入った場合）閏十一月一日からとなってしまい、また没日が入らない場合は、冬至は閏十一月二日からとなってしまう。いずれにせよ閏十一月に冬至の節気入りが来てしまうことになり、中気の冬至の節気入りがあれば、それは閏月ではなくなってしまう。

・『漢書』律暦志に「中気の節気入りが、その月の月初または二日に来ている場合は、前月は閏月だ」と言う。これは右の説明と符節が合う。（「中気、朔若《も》しくは二日に在《あ》れば、則ち前月は閏なり」中気在朔若二日、則前月閏也。）

5. 陰陽暦の中の太陽暦の要素

現行の太陽暦では、400年で3回の閏年をキャンセルすることを考慮外として、当面は四年に一度、閏年が来て閏日が一日ある。実はこれが陰陽暦でもちゃんと実行されている。ただしその一年は、年号で区切られた一年ではない。年号（陰陽暦）で言うと、たとえば宋の咸平元年も、咸平二年も一年だが、咸平元年は354日しかなく、咸平二年は384日もある。そうではなく陰陽暦に組み込まれている太陽暦の目印で見ていく。つまり、節気の冬至から冬至前日までを一年と勘定する。そうやって四年間を数える。

たとえば、宋の至道二年の冬至から、咸平三年の冬至直前までの、太陽暦での四年間を数えると1461日ある。新暦でいうと、996／12／21から、1000／12／21までである。その内訳は以下のとおりである。


至道二年の冬至十一月四日から、年末の十二月二十九日まで、27日＋29日＝56日。

至道三年は、29日×5月＋30日×7月＝355日。

咸平元年は、29日×6月＋30日×6月＝354日。

咸平二年は、29日×6月＋30日×7月＝384日。

咸平三年の元日から冬至十一月十八日の前日までは、29日×5月＋30日×5月＋17日＝312日。


右の冬至から冬至直前までの、四年間の延べ1461日は、365日×4年＋1日＝1461日であって、閏日の一日ぶんが、ちゃんと組み込まれている。このように陰陽暦は、太陽暦の要素をきちんと包含している。言いかえれば、四分暦での一回帰年（一太陽年）である365・25日×4年＝1461日ということである。

6．旧暦の日付と新暦の日付の関係

旧暦（陰陽暦）の日付は、季節を正確には反映していないが、ある一定の範囲内で変動しつつ、季節とそれなりに対応している。新暦の日付が、太陽の黄道上の目盛り（地球の公転軌道の裏返し）を、定量的に少しずつ移動していることと比べれば、旧暦の日付は、いくらかは早まったり遅れたりしながら、季節の動きとおおかたは並走している。先に見たとおりである。新暦と旧暦の日付の関係を、ここでは具体的に唐代の場合でみてみよう。

旧暦の日付が、新暦の日付から最も離れたときは、一例を挙げれば、武徳二年（619）の三月一日（閏月が入った直後）であろう。その日は新暦で4月23日である。数え方や時代によっても異なるが、最大の差は五十二、三日であろう。

逆に、最も接近する例としては、唐の大中十四年（860）の十月三十日（閏月が入る直前）などがある。新暦では11月20日となり、日付では二十日しか違わない。つまり旧暦の日付は、新暦の日付に対しては、ほぼ二十日から五十二、三日の変動幅で、遅くなっているといえる。

今度は、同じ旧暦の日付でも、新暦になおすとどうか。やはり年によって両者が近くなったり、遠くなったりする。互いのその変動の差は、最大一ヶ月である。たとえば同じ正月元日が、貞観四年（630）の元日は、新暦で2月21日であるのに、建中三年（782）の元日は、1月22日となっている。元日でも、ある年は最も寒い大寒のときだったのに、ある年は、とっくに立春を過ぎて雨水に入っていたということになる。

同様に、同じ重陽の節句の九月九日でも、大順元年（890）は、新暦の9月30日となるが、永昌元年（689）は、10月30日であり、やはりその互いの差は、最大一ヶ月である。重陽の節句といっても、菊の花がまだ開花期になっていなかったり、もうとっくに菊の花は終わってしまっていたりするのである。

第5節　二十四節気と太陽エネルギー

1．二十四節気と日の出・日の入りの方角、南中高度、昼時間

各節気の太陽の動きは、付表の「二十四節気の日出入時間・昼時間・南中高度、日出入方位角・夾角、および八節間の増減」を参照していただきたい。

地球は、公転軌道面に対して自転軸が23・4度（23度26分）傾いている。この傾きを持ちながら公転していることが、地球のある場所が一年間を通じて、受け取る太陽エネルギーが変化していく理由である。

地球のある場所（面）が、太陽から熱量を受け取るのは、その場所で太陽が地上に出ているときである。太陽がどれぐらい地上に出ているか、つまりある場所での太陽の露出の度合いによって、太陽から受け取るエネルギーが決まってくる。その太陽の露出度の度合いは、主に次の三つによるであろう。ただし、太陽光をさえぎる雲や塵埃などは、考慮外とする。

㈠、日の出から日の入りまでの時間、㈡、空に昇る太陽の高さ、㈢、日の出の方角から、日の入りの方角までの太陽の現れる角度、である。そして人々はこの三つが作り出す関係によって、太陽熱量の多さ、少なさを直感的に感じることができる。

(一)、日の出から日の入りまでの時間（昼時間）

太陽の南中時の高度や、日の出・日の入りの時間などは、いろいろな事情から、冬至と夏至の日にぴたりと極値になるわけではない。しかし、ここでは二十四節気の大勢を示すため、二至の数値で話を進めることにする。また北緯35度付近であれば、海抜零メートルとして、そして地方時で考えれば、世界のどこであっても、この小著が対象とする千数百年ぐらいは、数値はおおかた同じとみなしてよい。

昼の時間の長さは、夏至は14時間30分で最長となり、冬至は9時間50分で最短となる。その差は4時間40分もあり、夏至は、冬至の1・5倍ほどもある。

(二)、太陽の南中高度

北緯35度で、南中時の太陽の高さは、夏至は78・4度である。これは感覚的にはほとんど頭の上である。冬至は31・6度で、北極星の見える高さより低い。夏至は冬至の2倍半ほどもある。

日の光は、地球を包む大気層を通過して地表に届く。その大気層をトンネルとすれば、夏至は太陽が高い所にあるので、大気のトンネルの長さが短くなり、冬至は太陽が低くなるので、大気のトンネルの長さが長くなる。そのトンネルが長いと、大気によって乱反射が起こったり、吸収されたりすることがより多くなり、地表に届く太陽熱が少なくなる。

また、ある場所に射しこむ太陽光を、大きい円筒型の光の束と見た場合、真上から射しこむと、密度が濃いが、斜めから射しこむと、密度が薄くなることがわかる。この点でも、低い位置から太陽が斜めに射しこむ冬至が、光が弱くなり、高い所から射しこむ夏至が、光が強いことが理解できる。太陽の高度によって、地表面が受け取る太陽の放射エネルギー量は異なってくるが、北緯35度の場合でいうと、冬至の南中時は、夏至の南中時に比べると、そのエネルギー量は、約半分になると言われる。

(三)、日の出の方角から日の入りの方角まで、太陽の現れている角度（夾角）

北緯35度で、日の出の方角は、夏至は、冬至よりも約60度も広がって、つまりより北側から昇る。日の入りの方角も、夏至は、冬至より約60度も広がって、つまりより北側に沈む。春分・秋分を真東から昇り真西に沈むとすれば、その東西の一直線から、夏至、冬至はそれぞれ約30度ずつ広がったり（北側よりだったり）、狭くなったり（南側よりだったり）している。年間でのそのぶれの幅は、日の出、日の入りとも、それぞれ60度もある。

日の出の方角から、日の入りの方角までの角度（ここでは夾角《きょうかく》と呼ぶことにする）は、冬至は123・2度で、夏至は239・4度である。真南から真北への一直線を中心に考えると、冬至は真南から東と西に向かって120度開いており、夏至は、その倍の240度開いている。冬至と夏至は、その開きで約120度の差があり、夏至は、冬至の2倍近くも広い。

2．受け取る太陽エネルギーの量と気温のタイムラグ

夏至のときが、地球が受け取る太陽エネルギーは最大である。しかし気温が最も上がるのは、二十四節気が作られた中国大陸の真ん中の黄河中流域では、一ヶ月後、つまり二節気後の大暑のころである。またその逆に、地球が受け取る太陽エネルギーが最も小さくなるのは冬至であり、それからひと月後、つまり二節気後の大寒のころ最も気温が下がる。

これは、地球がいわば巨大な岩石の塊だから、熱せられてもすぐ熱くならず、冷やされてもすぐ冷たくならないからである。そこには一ヶ月ぐらいの時間が必要である。

それに対して、同じ地球でも、日本は、黄河中流域よりさらに半月ほど遅れて、三節気後の立秋のころに、最も暑くなり、立春のころに最も寒くなる。これは、日本が海洋のなかに浮かび、黄河中流域が中国大陸のど真ん中にあるからである。海水と陸の比熱の違いで、海水が陸より比熱が大きいので、より冷めにくく、より熱くなりにくいからである。しかし同じ中国でも、東の沿海地区は、黄河中流域と日本の中間ぐらいで、一候から二候ぐらいの差があるとみなしてよい。

付1．二十四節気概説関連年表

前13000　この前後、新石器時代が始まる。

前8000　このころまでに、稲（長江中下流域）、アワ、キビ類（華北）、小麦（地中海東部沿岸地区）などの栽培が始まる。

〔太陽の動き（冬至と夏至、または春分と秋分）を観測できていた古代遺跡〕

前3100年ごろ～前2900年ごろ　アイルランドのニューグレンジの大型石室墓（世界文化遺産1993年）。

前2100年～2000年前後　山西省襄汾の陶寺遺跡の天文観測台遺構

前2000年ごろ～前1600年ごろ　イギリスのストーンヘンジの環状石柱群（世界文化遺産1986年）。

前300年ごろ　南米ペルーのチャンキロ遺跡。

後500年半ば～1000年ごろ　メキシコ・マヤ文明のククルカン神殿（世界文化遺産1988年）。

秋田県の大湯《おおゆ》環状列石など。

前2200　この時期の二至、二分が、後に成立した『尚書』尭典に反映か。

前2070　禹の夏王朝（～前1600年）が成立。

この時期の物候が「夏小正」に反映。七十二候の源流の一つ。

前1600　夏が滅び殷王朝が始まる。殷の陰陽暦は歳末置閏。

前1046　周王朝が成立。
西周時代、暦学上では実質的に殷代の延長。
前770　春秋時代以前に、一回帰年は365・25日。
周が都を洛陽に遷し、東周（春秋時代と戦国時代）が始まる。
前551〜479　孔子在世。
前432　古代ギリシアのメトンがメトン周期を発見。
このころ、春秋末から戦国時代、陰陽暦の四分暦が施行。章法（＝メトン周期）の採用。
前403　戦国時代（〜221年）、始まる。
前300　このころ、斉国の学士が数百千人。この前後、管仲の名に託した『管子』が成立か。三十節気説。
前241　『呂氏春秋』成立。立春、立夏、立秋、立冬の四立が登場。二十四気七十二候の萌芽。
節月の発想が萌し、二十八宿や昏中星、旦中星でその時期を示す。
前221　秦の始皇帝、中国を統一。
先秦から漢代にかけて『逸周書』成立。そのなかの「時訓解」の成立時期はいまだ定論がない。
前202　劉邦（漢の高祖）、漢王朝を建て、翌年長安を都とする。
前139　『淮南子』成立。二十四気の名称がほぼ出そろう。二十四気の実質が備わる。節月がほぼ成立。
節月と二十四気の時期を斗建でも示す。
『周髀算経』が、この前後に成立か（春秋戦国や後漢とする説もある）。
前二世紀頃、戴徳が『大戴礼記』「夏小正」を取りまとめる。

前104	漢の太初元年、太初暦（～84年）が施行。二十四気が確立し無中気置閏を用いる。十二次と二十八宿で二十四気の時期を示す。
	前一世紀ごろ、『礼記』月令が編纂される。
前45	古代ローマのカエサルがユリウス暦を制定、施行。
前7	漢の綏和二年、劉歆が太初暦を増訂して「三統暦」を作る。
85	後漢の元和二年、いわゆる「後漢四分暦」（范曄『後漢書』律暦志＝司馬彪『続漢書』律暦志）が施行。
	二十四気について、新たに黄道去極、晷景、昼漏刻、夜漏刻などを記載。
237	三国魏の楊偉の景初暦（～444～451年）が施行。節月の形式ができあがる。
445	南朝宋の元嘉二十二年、元嘉暦（～509年）が施行。今日と同じ節月の形式が完成。
523	北朝北魏の正光四年、正光暦（～539～565年）が施行。実際の暦にはじめて七十二候が記載。
597	隋の開皇十七年、張冑玄の暦（～607年）が施行（暦法の名称等は伝わらず）。
600	隋の劉焯が皇極暦を作る（施行されず）。二十四気ごとの夜半漏が記載。七十二候の初候、次候、末候の名称が登場。劉焯の暦法まで正光暦の七十二候を用いる。
604	日本、推古十二年、はじめて陰陽暦（中国の元嘉暦）を用いる。
608	隋の大業四年、張冑玄が劉焯の暦法を修正し、大業暦と称されて施行。各二十四気の日出、日入の時刻が記載。
619	唐の武徳二年、傅仁均の戊寅暦（～664年）が施行。二十四気ごとの一更、一籌の長さが記載。
641	唐の貞観十五年、呂才ら『陰陽書』五十三巻を編纂。中国で散佚。日本に伝来、その中の一部が、『大

唐陰陽書』二巻本として通行。現行の七十二候と、内容も順序も同じものがはじめて出現。

７２９　唐の開元十七年、一行の大衍暦（〜761年）が施行。

７６４　日本、大衍暦を施行。

８２２　唐の長慶二年、徐昂の宣明暦（〜892年）が施行。

８６２　日本、貞観四年、大衍暦をやめて宣明暦（〜１６８４年）を施行。

１０８６　北宋の元祐元年、沈括、二十四気にもとづく「十二気暦」を作る。

１０９４　北宋の紹聖元年、蘇頌が『新儀象法要』（「渾象北極星図」「渾象南極星図」）を著す。

１２８１　元の至元十八年、郭守敬の授時暦（〜１６４４年）が施行。

１５８２　ローマ法王グレゴリウス13世が、グレゴリオ暦を施行。

１６０９　ドイツ人のヨハネス・ケプラー、プラハで惑星の運動に関する法則（第一、第二）を発表。

１６４５　清の順治二年、時憲暦（〜１９１１年）が施行。ケプラーの法則を取り入れ、はじめて定気法を用いる。

１６８５　日本、貞享二年、宣明暦をやめ、貞享暦（〜１７５４年）を施行。平気法。七十二候が、部分的に日本（京都）の風土にそって改変。

１７５５　日本、宝暦五年、宝暦暦（〜１７９７年）を施行。貞享暦の七十二候を改変。以後の暦はこの七十二候を踏襲。

１７９３　フランス革命暦（共和暦）が施行。秋分の日を、毎年10月1日と定め、年始とする。

１７９８　日本、寛政十年、寛政暦（〜１８４３年）を施行。ここまで平気法。

1844 日本、弘化元年、天保暦（〜1873年）を施行。これより定気法。

1852 清の咸豊二年、太平天国の壬子二年、太平天国で二十四気を応用した天暦（〜1864年）を施行。

七年後、天暦を改良して太平新暦。

1873 日本、明治六年、グレゴリオ暦を施行。

日本、旧暦の明治五年十二月三日を、新暦の明治6年1月1日とする。

日本、明治五年十二月三日〜年末までの、旧暦の十二月の暦日は存在しない。

1912 清の時憲暦を廃し、グレゴリオ暦を採用。清の宣統三年十一月十三日を、中華民国元年（1912）1月1日となす。

2016 中国が申請した二十四節気が、ユネスコの世界無形文化遺産に登録。

付2．北緯35度周辺の北半球地図、北緯35度周辺の東アジア地図（帝国書院「ハイマップマイスター」にて作成）

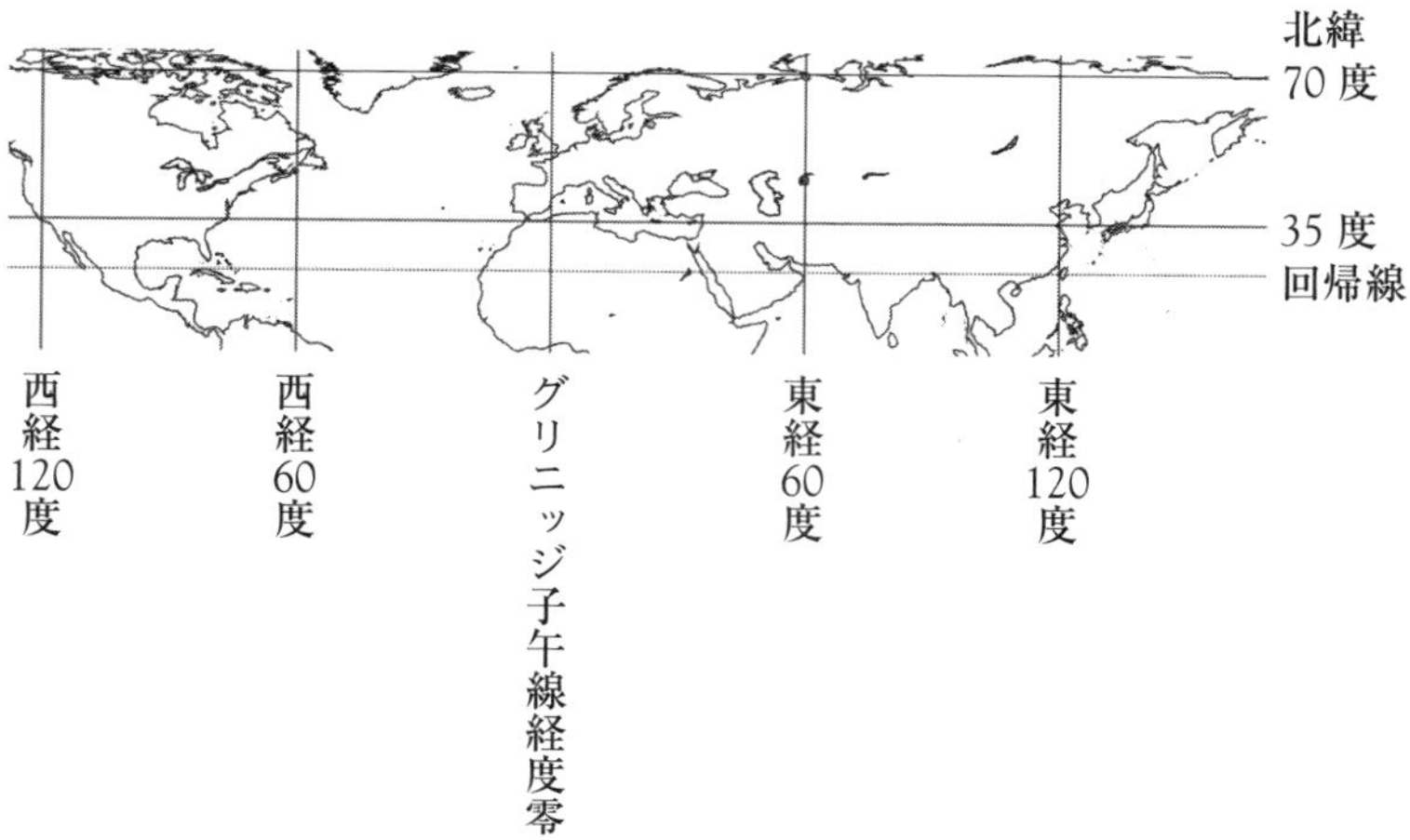

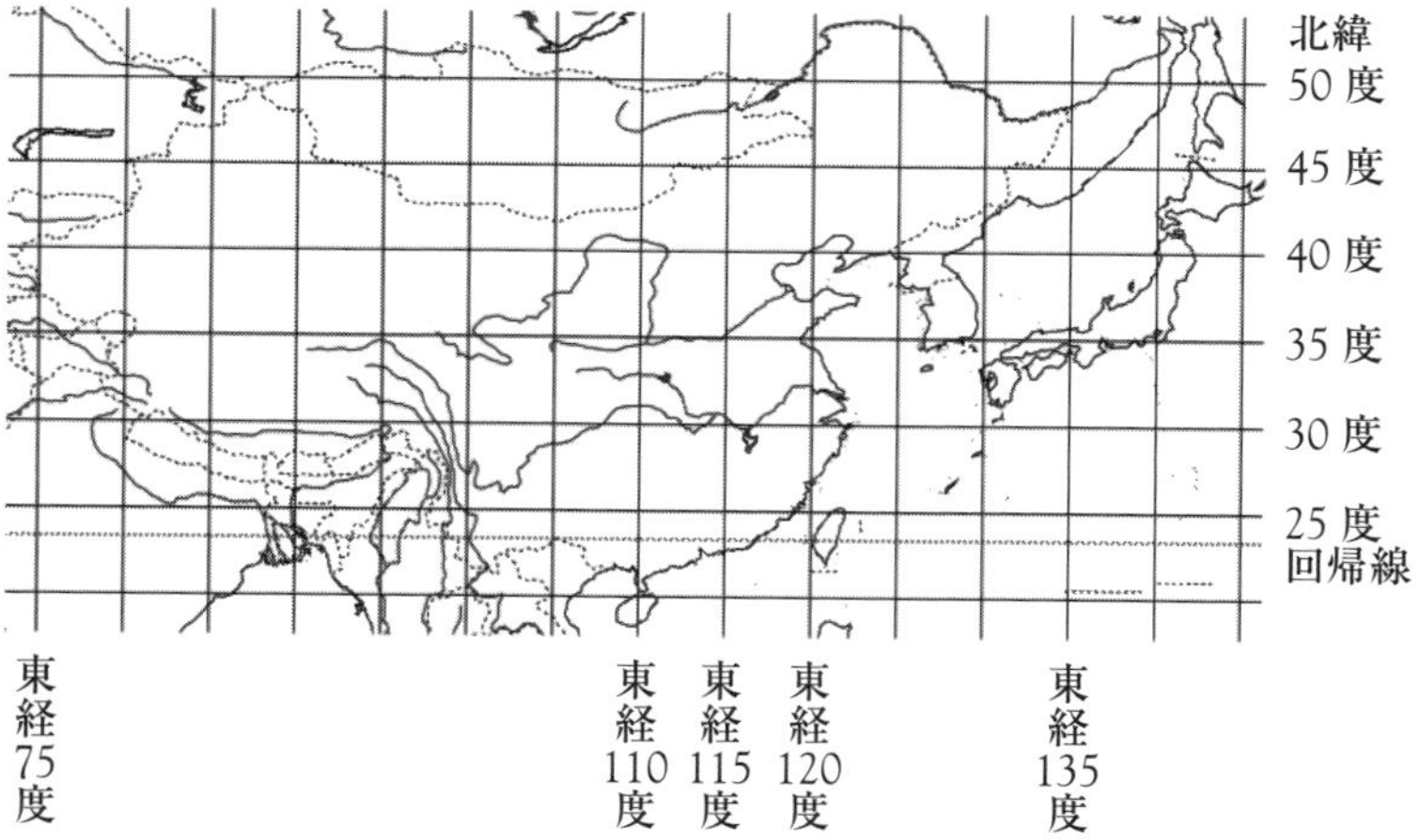

付3．二十四節気の日出入時間・昼時間・南中高度、日出入方位角・夾角、および八節間の増減

（付：西安市節気初日平均気温および八節間の増減）

日出の方位 東から 南へ〜度 北へ〜度 （十進法）	日入の方位 西から 南へ〜度 北へ〜度 （十進法）	日出日入の 方位間の 広がり （夾角） 度（十進法）		八節間 の増減
南へ 28.4	南へ 28.4	123.2	冬至	
南へ 27.2	南へ 27.2	125.6	+18.0	
南へ 24.3	南へ 24.2	131.5		
南へ 19.5	南へ 19.3	141.2	立春	立春
南へ 13.4	南へ 13.2	153.4		+40.2
南へ 6.6	南へ 6.4	167.0		
北へ 0.6	北へ 0.8	181.4	春分	春分
北へ 7.7	北へ 8.0	195.7	+40.3	
北へ 14.5	北へ 14.7	209.2		
北へ 20.7	北へ 21.0	221.7	立夏	立夏
北へ 25.4	北へ 25.6	231.0		+17.7
北へ 28.6	北へ 28.7	237.3		
北へ 29.7	北へ 29.7	239.4	夏至	夏至
北へ 28.7	北へ 28.6	237.3	-18.2	
北へ 25.6	北へ 25.4	231.0		
北へ 20.7	北へ 20.5	221.2	立秋	立秋
北へ 14.9	北へ 14.6	209.5		-39.9
北へ 7.8	北へ 7.6	195.4		
北へ 0.8	北へ 0.5	181.3	秋分	秋分
南へ 6.3	南へ 6.5	167.2	-40.5	
南へ 13.5	南へ 13.7	152.8		
南へ 19.5	南へ 19.7	140.8	立冬	立冬
南へ 24.0	南へ 24.1	131.9		-17.6
南へ 27.2	南へ 27.3	125.5		
南へ 28.4	南へ 28.4	123.2		冬至

二十四節気	太陽黄経	新暦日付	日出時刻	日入時刻	昼時間		八節間の増減	南中時の太陽高度		八節間の増減
	度	年 / 月 / 日	時 : 分	時 : 分	時間 : 分		時間 : 分	度（十進法）		
冬至	270	2018/12/22	7:04	16:53	09:49	冬至		31.6	冬至	
小寒	285	2019/01/06	7:08	17:03	09:55	+45		32.5	+7.1	
大寒	300	2019/01/20	7:06	17:16	10:10			34.8		
立春	315	2019/02/04	6:57	17:31	10:34	立春	立春	38.7	立春	立春
雨水	330	2019/02/19	6:42	17:46	11:04		+1:35	43.6		+16.4
驚蟄	345	2019/03/06	6:24	18:00	11:36			49.2		
春分	0	2019/03/21	6:03	18:12	12:09	春分	春分	55.1	春分	春分
清明	15	2019/04/05	5:42	18:24	12:42	+1:35		61.0	+16.3	
穀雨	30	2019/04/20	5:23	18:36	13:13			66.4		
立夏	45	2019/05/06	5:05	18:49	13:44	立夏	立夏	71.4	立夏	立夏
小満	60	2019/05/21	4:53	19:01	14:08		+47	75.1		+7
芒種	75	2019/06/06	4:46	19:11	14:25			77.6		
夏至	90	2019/06/22	4:46	19:17	14:31	夏至	夏至	**78.4**	夏至	夏至
小暑	105	2019/07/07	4:52	19:17	14:25	-48		77.6	-7.2	
大暑	120	2019/07/23	5:02	19:10	14:08			75.1		
立秋	135	2019/08/08	5:14	18:57	13:43	立秋	立秋	71.2	立秋	立秋
処暑	150	2019/08/23	5:25	18:40	13:15		-1:34	66.6		-16.1
白露	165	2019/09/08	5:37	18:18	12:41			60.8		
秋分	180	2019/09/23	5:48	17:57	12:09	秋分	秋分	55.1	秋分	秋分
寒露	195	2019/10/08	6:00	17:35	11:35	-1:36		49.3	-16.5	
霜降	210	2019/10/24	6:13	17:15	11:02			43.4		
立冬	225	2019/11/08	6:27	17:00	10:33	立冬	立冬	38.6	立冬	立冬
小雪	240	2019/11/22	6:40	16:51	10:11		-45	35.0		-7.0
大雪	255	2019/12/07	6:54	16:48	09:54			32.5		
冬至	270	2019/12/22	7:04	16:52	09:48		冬至	31.6		冬至

節気初日気温平均 () 内は沈姣姣による度（摂氏）	八節間の増減		二十四節気
0.1（0.5）	冬至		**冬至**
-1.0（-0.7）	-0.6		小寒
-0.4（-0.4）			大寒
-0.5（1.2）	立春	立春	**立春**
2.5（3.3）		+9.4	雨水
5.6（6.3）			驚蟄
8.9（9.3）	春分	春分	**春分**
12.5（13.3）	+8.7		清明
14.8（15.7）			穀雨
17.6（18.4）	立夏	立夏	**立夏**
20.2（21.1）		+8.1	小満
23.4（24.0）			芒種
25.7（26.0）	夏至	夏至	**夏至**
25.9（26.4）	+1.3		小暑
27.4（27.6）			大暑
27.0（27.1）	立秋	立秋	**立秋**
24.3（24.4）		-8.6	処暑
20.5（21.2）			白露
18.4（18.7）	秋分	秋分	**秋分**
15.7（15.8）	-9.2		寒露
11.6（12.3）			霜降
9.2（9.4）	立冬	立冬	**立冬**
5.0（5.3）		-9.1	小雪
2.2（2.3）			大雪
0.1（0.5）		冬至	**冬至**

付：西安市節気初日平均気温
および八節間の増減

右表について

・おおよそ中国中原の中央に位置する、北緯35度・東経115度の地点（標高０ｍ）での、太陽の動きを示した。

・Google earth上で言えば、山東省菏沢市東明県南韓寨付近にあたる。南韓寨から真東の黄河までは約15㎞。周辺には、商丘市、開封市、菏沢市があり、その三点を結んだ三角形の、ほぼ真ん中に南韓寨は位置している。東南東の洛陽まで240㎞。

・数値は国立天文台・天文情報センター・暦計算室「こよみの計算」を用いた。http://eco.mtk.nao.ac.jp/cgi-bin/koyomi/koyomix.cgi

・国立天文台の「こよみの計算」は、中国の場合は中国の標準時（東経120度）を基準にして表示する。この表では、一律に20分（5度×4分）を差し引いて、東経115度での地方平時で示した。とは言え、その数値は結局は中国の標準時での数値と同じになる。

・同じ緯度付近であれば、標高０ｍとすれば、地球上のどこであっても、また紀元前後まで過去にさかのぼっても、太陽の動きの数値はほとんど変わらない。地方平時で見れば、日出・日入の時間もおおかた3、4分内におさまる。
・二十四節気中の八節（二至二分四立）を太字で示した。
・国立天文台の「こよみの計算」では、日出・日入の方位は北を0度とし、東回りに測った角度で示される。この表では、日出・日入の方角を、より直感的に感得できるように、真東と真西から、それぞれどれだけ変化したかを示すようにした。そのため「こよみの計算」の数値から単純な引き算を行い次のようにした。
・日の出の方位は東を0度とし、東から南への角度、または北への角度で示した。
・日の入りの方位は西を0度とし、西から南への角度、または北への角度で示した。
・米国海洋大気庁の《Climate Data Online Search》から得た日平均気温のデータにもとづき、北緯35度に近い西安のそれぞれの節気入りの日（節気初日）について、１９５１年から１９９０年までの40年分の気温の、単純な平均をとって表にした。また八節間の気温の増減も示した。節気初日の日付は、左の２０１９年の日付と同じものとした。
・さらに、沈姣姣・徐虹・李建科・王靖・高紅燕「近60年西安市24節気気温変化特徴及突変分析」（『資源科学』第35巻第3期、中国科学院地理科学与資源研究所、２０１３年）の掲載する表2「不同年代24節気初日気温距平」（648頁）は、「西安市１９５１年～２０１０年逐日気温観測資料」によって、近60年間の平均気温を出したものであり、いまその数値を括弧内に記した。この論文に掲げる節気初日の気温が、総じて高いのは、わたしの単純な平均の出し方との違いというよりは、極近の１９９０～２０１０年の気温上昇分が反映しているからだと思われる。

本編　二十四節気の詩の検討

第1章　春

第1節　孟春の詩

立春 2a（りっしゅん）

冬至より太陽が高く昇り、昼時間も長くなり、日の光が輝き、**春**の気配が**立**ちはじめる。太陽黄経は315度。地球は、太陽のまわりを回る地球の公転軌道上で、春分から315度、冬至から45度回ってきたところに位置している。夏至まで135度、一日に一度進むとして約4ヶ月半である。

新暦の日付では2月4日前後。またそこから2月17、18日ごろまでの半月の期間をも指す。

明代までの旧暦（平気法）では、立春の節気入りは十二月十六日~正月十五日までのいずれかの日。閏月のときは閏十二月十四日、十五日、十六日のいずれかの日。

節月は正月節。

立春 2a（元末明初）張昱「癸亥立春、在壬戌十二月二十五日」

（元末明初）張昱「癸亥立春、在壬戌十二月二十五日」

癸亥《きがい》の立春《りっしゅん》は、壬戌《じんじゅつ》の十二月二十五日に在《あ》り　　張昱《ちょういく》

一歳両春応是閏、　一歳《いっさい》に両春《りょうしゅん》は　応《まさ》に是《こ》れ閏《じゅん》なるべし
自題春帖自相憐。　自《みずか》ら春帖《しゅんちょう》に題《だい》して　自《みずか》ら相憐《あいあわ》れむ
苟全性命君之賜、　苟《かりそめ》に性命《せいめい》を全《まっと》うするは　君《きみ》の賜《し》なり
痛念文章児不伝。　痛念《つうねん》するは　文章《ぶんしょう》の　児《こ》に伝《つた》わらざること
随俗辛盤惟赤手、　俗《ぞく》に随《したが》い　辛盤《しんばん》は　惟《た》だ　赤手《せきしゅ》のみ
省思旧物只青氈。　省《かえり》み思えば　旧物《きゅうぶつ》は　只《た》だ　青氈《せいせん》のみ
土牛雖送余寒在、　土牛《どぎゅう》は送《おく》ると雖《いえど》も　余寒《よかん》は在《あ》り
未可重裘換薄綿。　未《いま》だ重裘《ちょうきゅう》は　薄綿《はくめん》に換《か》うる可《べ》からず

「洪武《こうぶ》十六年の癸亥《きがい》の年の立春は、洪武十五年の壬戌《じんじゅつ》の年の、十二月二十五日に在《あ》る」
一歳《いちねん》に両度《にど》、立春が来るのは、是《こ》れこそ応《まさ》に閏年《うるうどし》のときである、
今日、わたしは、立春に貼《は》りだす帖《かきもの》に、自《み》ずから言葉を題《かきつ》け、自分を相い憐れんでいる。
この年に至るまで苟《かりそめ》にも性命《いのち》を全うできたのは、わが君王の賜《たまもの》であり、
心中に痛く念《おも》うのは、わが家の文章学問を、わが児が学び伝えなかったこと。
立春の習俗に随って　辛《から》みの野菜をならべて作った大盤《おおざら》は、惟《た》だ自分の赤手《すで》を使っただけ、
わが家には、どのような旧《ふる》いよい物があるか省《かえり》みて思うと、只《た》だひとつ青い毛氈《フェルト》の敷物があるだけ。
泥や土で作った土牛で、寒気はもう送り出したはずだとは雖《いって》も、なお余寒が残って在《い》るので、
わたしは未《ま》だ、冬の重ねの裘《かわごろも》を、春の薄い綿《まわた》に、着換えることが可《でき》ないでいる……。

作者の張昱《ちょういく》は廬陵《ろりょう》（江西省吉安市）の出身で元末明初の人。生卒年は未詳。元の滅亡後は官に就かなかった。いちど明の太祖朱元璋《しゅげんしょう》に召されたが、朱元璋はその高齢を憐れみ、厚い礼をもって帰したという。杭州西湖の山水の間に逍遥し、八十三歳で亡くなった。

さて、この詩はいつ作られたのだろうか。二句めに、「春帖」に題しているとあるので、立春の日であることには間違いない。「春帖」は、古くは「宜春」という字を書いて、立春の日に門に貼り出したり、幟に書いたりしたが、後には絶句や対聯などで立春らしい内容を書くようになった。ではどの年の立春であろうか。

詩題に「癸亥立春」というが、癸亥の年は、張昱の生涯で考えると、明の洪武十六年にあたる。ところが、この癸亥の年には立春は存在しない。だから「癸亥の立春」という言葉は、あり得ない事柄である。

また「壬戌十二月二十五日」は、洪武十五年にあたる。この壬戌十二月二十五日は立春である。この年は実は正月十四日も立春であった。つまりこの壬戌洪武十五年（1382／1／23～1383／2／10）は、正月十四日（1382／2／5）と十二月二十五日（1383／2／5）と、一年に二度も立春が来ているのである。一年が384日あり、閏二月が来て一年が十三ヶ月であった。そのかわり翌年の洪武十六年癸亥の年には立春が来ない。だからこの詩は、年末の立春の日にあたって、「今日は今年二度めの立春だが、実はこの立春は、来年の分の立春なのだ。来年は立春がないのだから。」という意味を込めて、詩題を書いているのである。

このような状況は、今の新暦ではあり得ないが、旧暦では二、三年に一度は現れる。いわば正常な状態である。一年に二度立春が来るときは閏月がある。あるいは閏月があれば一年に二度立春が来ると言いかえてもよい。閏月の入れ方を、あくまで原理的に章法（メトン周期）で考えれば、十九年に七回閏月を入れるので、一年に二度立春がある年は、十九年に七回来ることになる。ただし、実際には、厳密にその頻度どおりにならないこともある。

旧暦の一年間において、立春の来るパターンをここで少し詳しく見ておくと、次の四つになる。

㈠、一年に二度。年初と年末に来る。　◎
㈡、一年に一度。年初に来る。　□
㈢、一年に一度。年末に来る。　⧄
㈣、一年に一度も来ない。　×

それぞれの下に付けた記号で、洪武十五、六年前後で立春が来た様子を示すと、左のようになる。

洪武	1	◎
	2	×
	3	□
	4	◎
	5	×
	6	◎
	7	⧄
	8	×
	9	◎
	10	⧄
	11	×
	12	◎
	13	×
	14	□
	15	◎
	16	×
	17	◎
	18	⧄
	19	×
	20	◎
	21	⧄
	22	×
	23	◎
	24	×
	25	◎
	26	⧄
	27	×
	28	◎
	29	⧄
	30	×
	31	◎
建文	1	×
	2	□
	3	◎
	4	×
永楽	1	◎
	2	⧄
	3	×
	4	◎
	5	×
	6	□
	7	◎
	8	×
	9	◎
	10	⧄
	11	×
	12	◎
	13	⧄

立春が来なかった年「×」や、二度来た年「◎」が、いかに頻繁に現れていたかがよくわかる。むしろ立春が年初に一度だけ来る年「□」は、右の四十八年間で言うとわずかに四回だけだった。▼1

この詩には二句めに「春帖」、五句めに「辛盤」、七句めに「土牛」が登場するが、いずれも立春の日の行事で用いられるものである。「春帖」は先に述べたとおりで立春の日に書き出すが、これとよく似たものに「春聯《しゅんれん》」がある。それは大晦日に張り出して、元日を迎えるためのものである。この詩でいうと五、六日後である。

「辛盤」は五辛盤《ごしんばん》のことで、ネギ、ニラ、ニンニクの芽など、品目は時や場所によって異なるが、辛味のある五種類の蔬菜類をとりそろえた大皿である。普通は元日に供されるが、立春にも食べられていた。[2] 春盤《しゅんばん》とも呼ばれる。ここは立春に準備された辛盤である。

「土牛」は、節月で十二月、つまり小寒と大寒の節気に、土や泥で牛を作って寒気を送り出す儀式をした。『礼記』月令の「季冬之月」に「土牛を出《つく》り、以て寒気を送る」とある（『呂氏春秋』季冬紀も同じ）。ここではその表現を用いている。しかし後漢になると、新たな性格が付け加わり時期も移動した。立春の時期の行事となって、農作業の開始を農民に知らせるためのものとなった。さらに南北朝から隋唐になると、牛を鞭打つ「打春牛」や「鞭土牛」という演技的動作が加わり、梁、宋、金以後は、娯楽的色彩が強まり、明、清の時期は、さらに楽舞や民間芸能とも結びついて、盛んに行われるようになった。[3] この詩が作られた明初は、春牛の行事が作者の近辺でも、にぎにぎしく執り行われていただろう。ただ作者は、春の耕作を知らせる春牛のお祭りより、寒さを送り出してくれる土牛としての性格のほうに、より関心が向いている。

立春となったのに、まだ寒いというが、これは立春の詩によく描かれる。実際の体感にもとづく表現であろう。しばしば立春以降、最低気温が出る。たとえば作者が晩年を過ごしたこの杭州市の、近年の60年弱の気温で見てみよう。大寒と立春のそれぞれ十五日間の、毎日の平均最低気温を平均すると、0・9度と2・6度である。同様に十五日間の毎日の平均最高気温の平均は、大寒は7・9度、立春は9・7度となり、たしかに立春のほうが確実に暖かくなっている。しかし極端最低気温の出方を見てみると、零下8度以下が出たことは、大寒の期間では一日だけだが、立春の期間は三日出ている。しかも小寒から春分の期間を通して、極端最低気温で最も低い記録は、零下10度（1969年）であり、それは立春の初候に出ている。[4] だから、立春が暖かくなっているのは言うまでもないのだが、立春の期間に、その冬の最低気温が出て、より寒い日がしばしばやって来ているのである。こうした動向は今も明代も、さして変わらないのではなかろうか。

いずれにしろこの詩は、立春の道具立ての言葉を散りばめ、立春らしい詩に仕立て上げている。作者は、晩年に近い齢に立春を迎えて、自分の生涯を振り返った。そしてここまでなんとか生きて来られたのは、天子のおかげだと感謝を忘れない。しかし実際には自分の晩年は貧しく、息子の将来も期待できず、めでたい立春などとは、とても言えたものではない、といくらかの自嘲を込めて述べる。そんな貧寒の身の上が、まだ寒い立春のなかで、いっそうあぶり出されている。実感のこもった詩と言えるのではないか。

＊ 詩の本文は『張光弼詩集』巻7（『四部叢刊続編』集部第451冊、商務印書館、1934〜1936）による。五句めの「槃」は「盤」に改めた。明の田汝成『西湖遊覧志余』巻11（成文出版社、1983年）によれば、張昱が官を辞めたとき、居室は廃れており、友人が寄付を募って修築したとある。

▼1 民衆レベルでも、これらの現象に強い関心が持たれていたことは、『二十四節気農諺大全』（50〜52頁）『中華気象諺語大観』（313〜314頁）に、多くの諺語が収集してあることからもわかる。いまその両書から拾うと（括弧内は地名）、「一年打両春、一年不打春」（山西）、「一年赶双春、三年一次閏」（福建）は、ただ単にそういう暦上の現象があることを言ったもの。「一年打両春、黄土変成金」や、上句をやや変えただけの「一年両個春、〜」「一年両頭春、〜」（山西、江蘇、山東、河南）は、一年に立春が二度来ると、よい年、豊年だと言うもの。しかし「一年両頭春、苦煞種田人」（上海）はその逆方向の意味。上句は同じ主旨で、下句の表現が変容した「〜、餓死経紀人」「〜、爹無衫、媽無裙」（海南）なども、同じく不作を予兆する。また立春が来ない年については「年逢無春好種田」「無春之年是豊年」（湖北の鄂）などがあり、豊年だと言う。

▼2 辛盤が立春に供されている例を挙げる。元末明初の陶宗儀の詩「臘月癸亥立春、喜晴、三首」に、其一「……今日初晴値立春。……土牛綵仗寒猶冱、蔬甲雕盤緑未匀。」、其二「開歳三元尚一旬、東城簫鼓已迎春。辛盤切出絲絲細、……」の句があ

る（『陶宗儀集』上冊所収『南村詩集』巻3、浙江古籍出版社、２０１４年）。詩題の「臘月癸亥立春」は、明の洪武三十一年十二月二十一日（１３９９／２／５）の立春を指す。だから其二で「開歳三元尚一旬」とあって、新年の元日（三元）まではなお十日（一旬）あると述べているのである。なお、これは張昱の詩の十六年後である。ちなみに、この場合の「癸亥立春」は、癸亥の年ではなく癸亥の日の意味である（上に「臘月」という暦月の名が来ているので）。

▼３　閔宗殿「古代的勧農備耕民俗—迎春」（『古今農業』２００４年第1期）、黎国韜「春牛舞与立春儀考」（『文化遺産』２０１２年第1期）を参照。

▼４　《天気後報》の「杭州一月份毎日気候候数据」「杭州二月份毎日気候候数据」のデータをもとに計算。洪武十五年の大寒は、十二月十日～二十四日（１３８３／１／21～２／４）。その直後の立春は、洪武十五年十二月二十五日～洪武十六年一月九日（１３８３／２／５～２／19）。それぞれ十五日間で、平気法の原理的節気期間となっている。よって定気法による今日の節気の日付とは、わずかな差がある。ここでは平気法の日付の期間で、近年の杭州市の数値を見た。

立春２a　（宋）韓琦「至和乙未元日立春」

（宋）韓琦「至和乙未元日立春」

元日難逢是立春、
普天誰不喜佳辰。
一年気候均諸節、
万卉芳菲実九旬。
柏葉始傾為寿酒、

至和《しわ》乙未《いつび》、元日《がんじつ》立春《りっしゅん》　韓琦《かんき》
元日《がんじつ》に　逢《あ》い難《がた》きは　是《こ》れ立春《りっしゅん》
普天《ふてん》　誰《たれ》か佳辰《かしん》を喜《よろ》ばざる
一年《いちねん》の気候《きこう》　諸節《しょせつ》均《ひと》しく
万卉《ばんき》の芳菲《ほうひ》　実《まこと》に九旬《きゅうじゅん》
柏葉《はくよう》始《はじ》めて傾《かたむ》く　寿《じゅ》を為《な》すの酒《さけ》

土牛随示力耕人。
故陰尽革無余臘、
端朔陽来慶共新。

土牛《どぎゅう》　随示《すいじ》す　耕《こう》に力《つと》むるの人《ひと》
故陰《こいん》　尽《ことごと》く革《あらた》まって　余臘《よろう》無《な》く
端朔《たんさく》　陽来《ようきた》って　共《とも》に新《あら》たなるを慶《よろこ》ぶ

「北宋の至和二年、乙未《きのとひつじ》の年の元日、同時に立春」
元日に巡り逢うのが難しいもの、是《こ》れこそ立春の日と重なることである、
普《あまね》くこの天《あめ》が下《した》で、いったい誰がこの佳《よ》い辰《とき》を喜ばないだろうか。
一年の二十四気と七十二候の、諸《もろもろ》の節の期間はみな均《ひと》しく、
万《よろず》の卉《くさ》ぐさが、花が咲き芳《かんば》しく菲《しげ》るのは、実に九旬、すなわち九十日の間である。
柏《このてがしわ》の葉を浸《ひた》し、長寿の祝いと為《な》す酒を、今日始めてさかずきに傾け、
土で牛をつくっておき、耕作に力《つと》める農人《のうみん》に、時節に随って春耕が近いことを示す。
故《ふる》い陰の気は、尽く革《あらた》まって、臘月《ろうげつ》こと十二月の、余す日は一日も無く、
新年の端《はじめ》の朔日《ついたち》に、陽の気がもどって来て、万事すべて共に新たとなるのを慶祝する。

作者の韓琦《かんき》（１００８～１０７５）は、相州《そうしゅう》（河南省安陽市）の人。北宋の三代の皇帝に仕え、名臣、賢相とうたわれた。十年ものあいだ宰相の位にあり、社会、経済の安定と発展に寄与した。熙寧《きねい》二年（１０６９）から王安石《おうあんせき》の変法が実施されると、たびたび反対したが、四年後には、相州の長官となって郷里に帰り、二年後に亡くなった。人となりはきわめて寛大であったという。

詩題にあるように北宋の仁宗《じんそう》の至和二年（１０５５）は、暦の上での元日が、ちょうど二十四節気の立春の、節入り

の日となる元日立春であった。この至和二年は一年が354日しかない。このとき韓琦は四十八歳、并州（山西省太原市）の長官であった。この三年後には宰相となる。

立春の節入りの日は、年末の十二月の後半に来ることもあり、また正月の前半に来ることもあるが、ぴたりと元日に立春が来ることは珍しかった。これ以後の元日立春（元旦立春）は元祐八年（１０９３）であるが、そのとき彼はもう亡くなっている。それ以前では二十九歳の景祐三年（１０３６）、十歳の天禧元年（１０１７）である。これだけから見ても、一生のうち二度または三度めぐり来るかどうかの頻度であり、めぐりあえば相当めでたいこととなる。[1]

三句めの一年の「気候」は、ここでは気象、天候の意味ではない。「気」は二十四気の気で、それぞれの十五日間。「候」は七十二候の候でそれぞれの五日間を意味している。[2] 節月の考えでは、一年を三六〇日と設定し、まず一年が冬至と夏至に二分され、その中間点の春分と秋分でさらに二分されて、一年が四等分される。これで春夏秋冬の四季を得るが、それぞれの四季が始まる起点を、それぞれの中間点に置く。立春、立夏、立秋、立冬である。かくて一年が八等分される。さらにそれぞれが三等分されて、十五日ずつの二十四気ができあがる。最後にそれぞれの気がさらに三等分されて、五日間ずつの七十二候ができあがる。三六〇日で不足する五日または六日は没日として、実際の暦月の中に入れ込んでいく（序編第3節8．節気カレンダーを参照）。

四句め「花々が開くのは九旬」と言うのは、節気で勘定すれば、この立春から始めて雨水、驚蟄、春分、清明、穀雨までの六節気となる。一節気十五日で勘定して九十日、九旬である。なぜ穀雨で終わるのかと言えば、花が咲くのは春の三ヶ月で、穀雨で春が終わり、花も終わると考えられていたからであろう。穀雨の次は立夏で、立夏となれば、夏が始まるからである。

この終わり方は、明初の王逵《おうき》によって完成され、後には文人の間に流行する「二十四番花信風」[3]とも共通する。王逵の二十四番花信風《にじゅうしばんかしんふう》は、小寒から始めるのだが、一節気ごとに三つの花信風を、つまり候（五日）ごとに一つずつ数えていき、穀雨で終わる。小寒から穀雨まで八節気、二十四候、四ヶ月、十二旬、百二十日となる。起点を立春とするか、小寒とするか、したがって期間も九十日か、百二十日かで異なるが、やはり立夏の前、穀雨で花が終わる。▼4 ちなみに王逵の花信風では、立春の花は迎春《おうばい》、桜桃《しなみざくら》、望春《しもくれん》であるが、実際の開花時期とはずいぶんズレがある。

五句めの柏葉酒は柏酒ともいうが、それを元日に飲むのは、古く漢代からある行事で、この柏はブナ科落葉樹のカシワではなく、ヒノキ科常緑樹のコノテガシワである。▼5 六句めの土牛を作って、春耕のまもないことを農民たちに知らせるのは、前の詩で述べたとおり、立春の勧農行事である。

元日と立春が重なったことを祝うこの詩は、詩の作り方としては、元日と立春の典型的な二つの行事が、同じ重みで列挙されている。形式的で個性がないと言われればそれまでだが、今日というめでたい日の喜び、それは誰もが等しく享受できる公的な喜びと言っていいのだろうが、それがそのまま作者自身の個人的な喜びと、すなおに一体化したものとして描かれている。いかにも温厚で、やがて高位にのぼっていく、保守中庸的な為政者にふさわしく、破綻なく作られているといえよう。このような詩が、いわゆる朝廷の重臣の風格を持った「台閣体《たいかくたい》」と呼ばれるものであろう。

＊ 詩の本文は『全宋詩』第6冊巻318による。また、余敏輝・史芳樹「韓琦生平功業述評」（『徐州教育学院学報』1999年・第1期）、劉樸兵「近十幾年来韓琦研究綜述」（『殷都学刊』2003年・第2期）、莫礪鋒「論北宋名臣韓琦的詩歌」『文学遺産』2014年・第1期）等を参照した。

▼1 中国では「正月立春」「元旦立春」と題する詩は少なくない（ただし「朔旦立春」という表現が使われた事例は少なく、使われた場が特殊である。だから一般には使われないとみなしてよいであろう）。しかし日本では事情が異なるようである。べ

ルナール・フランク（田中新一訳）「（翻訳）〝旧年〟と春について」に、次のような指摘がある。「一年の元日と立春とが重なることのほうは、すでに見てきたように、はるかに稀で、かつ現実には一層の注意を惹く現象であった。しかし、それは前者と比較できるような魅力ある文学的主題を決して構成することはなかったようである。更なる感動の要素を含むにも拘わらず、人々は多分新年の賀に立ち勝る程の独創的な詩的言挙げの機会をそこに見出さなかったのであろう。」（田中新一『平安朝文学に見る二元的四季観』所収、風間書房、1990年）これから、平安朝の日本人が、元日と立春の一致という事象について、あまり詩的感動を持たなかったようだとわかる。陰陽暦の暦月も二十四節気の節月も、人間が作り出した時間を計るためのシステム、人工物であり、しかも日本人にとっては舶来の、高度な天文学、暦学の学問体系であり、数学と組織的な天文観察を用いた先進的な科学である。日本へ導入された後も、限られた人々の間でだけ継承されていた。だから一般には、その二つの人工物どうしの一致の面白さが、ピンと来なかったのではないか。日本人はそれよりも、自然の季節の移ろいと、その人工物の示す時間とのズレのほうに、関心があったように思われる。

▼2　気候にはさまざまな意味があるが、ここでの気候は二十四気と七十二候のそれである。明の郎瑛の『七修類稿』巻三、天地類「気候集解」は、二十四気と七十二候に関する旧説を、批判的に再検討したものである。その「気候集解」の前にある「節中気候」で、節気と中気と候について、「毎月有節気、有中気。如丑之終、寅之始則為節。寅之半則為中。五日為一候。積六候而成月。故一歳則有七十二候。三候為一気。積六気而成時。故一歳則有二十四気也。」（『続修四庫全書』第1123冊）のように説明している。また唐の孔穎達も、二十四気と七十二候の気と候の期間・間隔について、『礼記』月令の「孟春之月」の冒頭部分で、「凡二十四気、気有十五日有余、……。凡二十四気、毎三分之、七十二気、気間五日有余、故一年有七十二候也。……五日、以五日一候也。」のように説明している（『礼記正義（十三經注疏：整理本）』巻14「月令」、鄭玄注、孔穎達疏、北京大学出版社、2000年）。

▼3　程傑「二十四番花信風考」（『閩江学刊』2010年1期）を参照。

▼4　王逵の二十四番花信風に対する考えは、『蠡海集』気候類にある（この王逵が宋の王逵ではなく、明の王逵だと述べたのは、四庫全書の編纂官たちである）。「……是以有二十四番花信風之語也。五行始于木、四時始于春、木之発栄于春、必於水土、水

土之交在于丑、隨地闢而肇見焉、昭矣。析而言之、一月二気六候、自小寒至穀雨、凡四月八気二十四候。毎候五日、以一花之風信応之。世所異言、曰始于梅花、終于楝花也。詳而言之、小寒之一候梅花、……穀雨三候楝花。花竟則立夏矣。」（『文淵閣四庫全書』第866冊）ここで王逵は、二十四番花信風は小寒一候の梅花からはじまり、穀雨三候の楝花《せんだん》で終わり、そして夏が始まると述べている。

それに対して、一般的な考えでは、四季は四立の立春、立夏、立秋、立冬から始まり、それぞれ九十日である。春も当然九十日である。立春から始まる春は花の季節で、その花は梅花から始まり、九十日で春が終わるので、花も九十日で終わる。これはいわば通念として成立していると、みなしてよいであろう。

▼5 『植物の漢字語源辞典』、また『植物の和名・漢名と伝統文化』第五章「柏、かしわ―誤写とそれを受け容れる背景㈠」を参照。

参考 「没日について」

没日《もつにち》については、内田正男『日本暦日原典《れきじつ》』暦法編第一章Ⅶ「没日と滅日」（雄山閣出版、1975年）、内田正男『暦と時の事典』「没日」（雄山閣、1986年）、広瀬秀雄『暦（日本史小百科）』（「没日」、東京堂出版、1993年新装版）、湯浅吉見「宣明暦の没日・滅日について」（『暦と天文の古代中世史』第Ⅰ部第三章、吉川弘文館、2009年）、細井浩志『日本史を学ぶための〈古代の暦〉入門』Ⅲ第2章6「没日・滅日」（吉川弘文館、2015年）等を参照した。

各正史の律暦志等には、推没日、推没日術、求没日、求没日術などと記載されている。たとえば『旧唐書』律暦志二の「没日を求むるの術」に「次の没を求むるは、前の没に因りて、日六十九を加う。」などとある。内田正男氏の上掲書暦法編には「大体没日の間隔は69・64日である……」としながらも、実際にはその数値とは全然違う例があるとの指摘もある。（序編第1節4．平気法を参照）

立春２ａ（南宋）施枢「立春」

（南宋）施枢「立春」

雪花風細払春旗、
一色雲辺漏暖曦。
群吏守文行故典、
長官書祝致新祠。
土牛底事遭身砕、
綵勝随時把鬢欺。
争似野人閑可睡、
枕辺掻髪自吟詩。

立春《りっしゅん》　施枢《しすう》
雪花《せっか》　風細《かぜほそ》く　春旗《しゅんき》を払《はら》い
一色《いっしょく》の雲辺《うんぺん》　暖曦《だんき》漏《も》る
群吏《ぐんり》　文《ぶん》を守《まも》って　故典《こてん》を行《おこな》い
長官《ちょうかん》　祝《しゅく》を書《か》きて　新祠《しんし》に致《いた》す
土牛《どぎゅう》　底事《なにごと》ぞ　身《み》の砕《くだ》かるるに遭《あ》うは
綵勝《さいしょう》　時《とき》に随《したが》い　鬢《びん》を把《と》って欺《あなど》る
争《いか》でか似《に》らん　野人《やじん》の閑《しず》かに睡《ねむ》る可《べ》きに
枕辺《ちんぺん》に　髪《かみ》を掻《か》きて　自《みずか》ら詩《し》を吟《ぎん》ず

「立春の日に」

花が散るように雪が降り、風が細くかすかに吹いて、立春にかかげる青い旗をなで払っている、
また灰色一色の雪雲《ゆきぐも》の一辺からは、暖かい曦《ひ》の光が漏れている。
吏卒《したやくにん》は群れ集まり、古式の文事をかたくなに守って、故《ふる》い典礼の儀式を執り行い、
長官は、立春の祝詞を書きおろし、飾りも新たな祠《ほこら》に、つつしんで捧げ致す。
土でつくられた牛は、底《なん》たる事か、その身が砕かれてしまう難に遭《あ》うとは、

時のはやりに随《したが》った綵《あやぎぬかみかざり》の勝は、女たちの鬢髪本来の美しさを把欺《あなど》っているかのようだ。
争《どう》して今の私が似ていようか、隠遁した在野の人のように、閑《しず》かに睡眠可《でき》る状態に、
枕辺に坐って、いい詩をひねりだそうと、頭の髪を掻きつつ自ら詩を吟じてうなっている。

作者の施枢《しすう》は、南宋末の丹徒《たんと》（江蘇省鎮江市）の人で、生卒年は未詳。紹定五年（1232）、科挙の試験に落第した。その後、呉越《ごえつ》の間に遊歴を重ね、詩才をみがき、生計の道をさぐって職を求めた。科挙をあきらめた者は、詩文の才を看板に、大官の私設秘書などの職を得ようと世間を渡り歩いた。南宋末にこういう一群の詩人が澎湃として現れ、とくに彼らは江湖派《こうこは》と呼ばれた。▼1 施枢もそうした江湖派詩人のひとりと目されている。彼は科挙落第後、三年めに蘇州《そしゅう》で提挙常平使（物流、価格等の総監督官）の私設秘書となり、それを手始めに転々と官界を渡り歩き、十一年めにして、正式な国家公務員といえる溧陽県（江蘇省常州市）の長官となり、三年後に任期を終えた。それ以後の消息はわからない。

自分を売り歩くとき、有力な宣伝材料となるのが自選の詩集であった。この立春の詩は、彼の最初の自選集「芸隠《げいいん》倦游稿《けんゆうこう》」の冒頭に収められている。▼2 その序文によれば、そこに収められた百篇の詩は、端平元年から端平三年までの間に詠まれたものだとわかる。一方、この詩が作られたのは、七句めで「在野の人」という言い方をしていることから、まだ作者が職に就いていない時期だと考えられる。さらに序には、科挙に落第したあと、端平元年から、浙江省《せっこうしょう》の杭州《こうしゅう》を中心に歴遊し、端平二年の秋、呉の地で上掲の提挙常平使の幕に入ったと書いてある。以上の条件を重ねあわせれば、この立春詩は、端平元年から端平二年の秋までの作となる。ところが、端平元年には立春は来ない。端平二年には、正月九日（1235／2／5）と十二月二十日（1236／2／5）に立春が来る。秋には職を得ているので、

結局この詩は、端平二年の一回めに来る立春、正月九日の詩だと絞られてくる。江蘇から浙江一帯の、ある町での作であろう。

一句め「雪花」は雪のような花の意味もあるが、ここでは散る花のように降る雪。立春は文字から見ると暖かそうに見えるが、実は大寒の直後で、大寒から立春にかけてのころ、しばしば最低気温が出る。この詩のように、立春以後に雪が降るのは、むしろ正常な現象だとみなしてよい。しかし地球はすでに太陽のまわりを回る公転軌道上で、冬至点から春分点のちょうど真ん中に来ている。たとえばこの詩が作られた可能性が高い杭州市で見てみると、概略で東経120度、北緯30度（標高は考慮外）として、まず南中時の太陽の高さは44度で、冬至の36・5度から7・5度高くなっている。冬至のころ最も高く昇ったこの太陽の高さの、それ以上を立春のころは、今の杭州の地方平時でいえば、10時25分から14時7分まで3時間42分ものあいだ、ずっと南の空で保持していることになる。日の出と日の入りの方角がなす角度も、冬至のころの126・1度から143・3度へと17度余広くなり、昼の長さも10時間12分から10時間51分へと、約40分長くなっている。これらの数値は、11月初旬の立冬ごろと同じである。[3] こうした太陽の光の増大、すなわち春の気配を、雪雲の切れ間から漏れ射す日光に、作者は見いだしているのであろう。

五行思想では春は木に属し色は青である。だから一句めの春の旗は青い旗である。立春の日に、この旗を樹の梢に提げた。春幡《しゅんぱん》、青幡《せいはん》ともいう。

立春は、朝廷にかぎらず地方の役所でも、春を迎える行事が行われた。三、四句めには、江南のある町でも伝統にのっとって、儀式が重々しく執り行われている様子が描かれている。しかし作者はそんな物々しい儀式に、何の感銘も受けていない。土牛《どぎゅう》は前の詩にも見えた勧農行事である。春牛という呼び名が一般化して各地で盛んに行われ、今日まで引き継がれて伝統行事となっている所もある。土牛はもともと官僚が鞭打っていたが、後には春と樹木の成長をつかさどる、神（句芒《こうぼう》）に扮した人が鞭打った。牛はやがて打ち砕かれ、その土は御利益のあるものとして、人々に争って持ち去られた。知識人である作者はそういう風習を冷ややかに見ている。

六句めの綵勝《さいしょう》は、絹や紙などで作った髪飾りで、これを頭に飾るのは立春の日の習俗である。ここも、世間に流行している華美な髪飾りよりは、もともと髪が持っている本来の美しさがいいと、民衆とは違う価値観を表明している。

立春の節入りの日は、宋代も一日の休暇であった。作者も官に就いていたのなら、今日は休みだったろう。しかし冒頭でも触れたように、もともと無位無官の、在野にある身だったはずである。あえてそういう身分の特権はと言えば、朝はゆっくり寝坊しておれるということである。この朝寝の特権は、宮仕えにある人がうらやむところでもあり、隠者がその身分を謳歌する点でもある。唐の孟浩然《もうこうねん》が「春眠《しゅんみん》暁《あかつき》を覚えず、処処《しょしょ》啼鳥《ていちょう》を聞く」と詠ったのも、まさにその隠者の朝寝の特権であった。

作者の施枢も、そうできるはずなのに、しかしそうはなっていない。彼は、評判になるようないい詩ができないものかと、外出もせずベッドのそばで、詩句をひねりだそうと、頭を掻きながら苦しんでいる。その苦労もひいては口を糊するために必要なのである。科挙の道をあきらめた者は、学問や教育等のほかは、詩文や芸の才によってしか、職を得ることができなかったのだから。作者は、そんな自分の生き様、境遇を冷ややかに客観化している。立春という華やいだ記念日に、世間の喜びに斜に構えざるを得ないのも、故なきことではなかった。

しかしそのことがかえって、ほかの詩人には見られないような感性を産みだし、詩を面白くしている。一方、政界の枢要に君臨した先の韓琦は、このハレの日をいかにも為政者の立場から、自分の喜びと一体化することができ、よく言えば破綻のない、悪く言えば当たり障りのない没個性の詩を詠じていた。二人の詩は、自ずと風格もできかたも違う。

＊ 詩の本文は、『全宋詩』第62冊巻３２８２による。伝記は『宋才子伝箋証（南宋後期巻）』卞東波「施枢伝」によった。

▼１ 江湖派については、内山精也編『南宋江湖の詩人たち―中国近世文学の夜明け』（勉誠出版、２０１５年）を参照。

▼２ 「芸隠倦游稿」は、宋の陳起『江湖小集』巻23（『文淵閣四庫全書』第１３５７冊）や宋の陳思『両宋名賢小集』巻295（『文淵閣四庫全書』第１３６４冊）に収められている。その自序に「余下壬辰（紹定五年〈１２３２〉）第、始学詩、間吟殊未与意合。甲午（端平元年〈１２３４〉）往来錦谿（浙江省臨安県）、或自家山趨京城、萍汎不羈、毎多感賦、至市橋見月之句、若有悟解。及乙未（端平二年〈１２３５〉）秋、入呉摂庾台（提挙常平使）幕、丙申（端平三年〈１２３６〉）秋、復過越、訪東畘先生唫、又少暇日、捜故篋、得五言、七言、絶句、可意者、僅百篇、題曰勌游稿。」という。丸括弧内は筆者注。

▼３ 数値は『ステラナビゲータ11』によって、日時を１２３４年から１２３５年に設定したものによる。なお『(C)国立天文台』「こよみの計算」で、約800年後の２０２０年の場合で見ても、当然ながらほぼ同様の結果が得られる。杭州の地方平時（local mean time; LMT）は、実は中国標準時（北京時間）と同じである。中国標準時は東経120度線の地方平時を基準にしており、杭州はほぼ東経120度線にあるからである。だから杭州の地方平時が、中国標準時になっていると言いかえてもよい。

雨水 2b （うすい）

陽気が生じて気温が上がり、氷が融け、雪が**雨**に変わり、降**水**量も多くなる。

太陽黄経は330度。地球は、太陽のまわりを回る地球の公転軌道上で、春分から330度、冬至から60度回ってきたところに位置している。夏至まで120度、一日に一度進むとして約4ヶ月である。

新暦の日付では2月18、19日ごろ。またそこから3月4、5日ごろまでの半月の期間をも指す。

明代までの旧暦（平気法）では、雨水の節気入りは正月一日～正月三十日までの間のいずれかの日。十二月や二月や閏月に雨水の始まりの日は来ない。

節月は正月中。

雨水 2b （明）陳献章「正月二日、雨雹」

（明）陳献章「正月二日、雨雹」（自注）是日雨水節。

正月二日《しょうがつふつか》、雹雨《ひょうふ》れり　（自注）是《こ》の日《ひ》は雨水節《うすいせつ》なり

陳献章《ちんけんしょう》

雨水不雨水、　雨水《うすい》に　水雨《みずふ》らず
雨雹胡乃然。　雹《ひょう》雨《ふ》るは　胡《なん》ぞ乃《すなわ》ち然《しか》る
小者如蓮実、　小《ちい》さき者《もの》は　蓮《はす》の実《み》の如《ごと》く
大者如弾丸。　大《おお》きなる者《もの》は　弾丸《だんがん》の如《ごと》し
仍聞隔江言、　仍《な》お聞《き》く　江《こう》を隔《へだ》てて言《い》うを
有雹大如拳。　雹《ひょう》有《あ》り　大《おお》きなること拳《こぶし》の如《ごと》しと

吾君古帝尭、　吾《わ》が君《きみ》は　古《いにしえ》の帝尭《ていぎょう》にして
神功格皇天。　神功《しんこう》は　皇天《こうてん》に格《いた》る
雹往而霰来、　雹往《ひょうゆ》きて　霰来《あられきた》らば
無乃為豊年。　乃《すなわ》ち　豊年《ほうねん》と為《な》ること無《な》からんや

（自注）後二日雨霰。　（自注）後二日《のちふつか》にして霰《あられ》雨《ふ》る。

「正月二日に雹《ひょう》が雨《ふ》った」（詩題の下の自注）是《こ》の日は雨水《うすい》の節気《せっき》であった

今日は雨水《うすい》の節気というのに、天は雨水《あまみず》を降らすことなく、
かえって雹《ひょう》を雨《ふ》らせたが、胡乃《どうし》て然《そん》なことがおこったのか。
雹《ひょう》の小さい者は、蓮の実の如《よう》であり、
大きい者は、弾《はじ》き弓の弾丸の如《よう》であった。
仍《そのうえ》さらに聞いたのは、江を隔てた対岸の人々が次のように言っていたこと、
雹《ひょう》が降るというめずらしいことが有って、大きいことといったら人の拳《こぶし》の如《よう》だったと。
吾《われ》らの主君は、まさに古《いにしえ》の尭《ぎょう》帝のような聖天子であられ、
その功績は、皇《おお》いなる天の神の高みに格《いた》るほどのもの。
だから今度の雹もその威力で、雹《ひょう》が往《い》って、霰《あられ》がふって来るかもしれないのだ、
そうなれば、かえって豊年と為《な》ることが、乃《どうし》てありえ無いであろうか。
（自注）二日をおいて、その後にほんとうに霰《あられ》が雨《ふ》ったのだった。

作者の陳献章《ちんけんしょう》（1428～1500）は、広東《カントン》の新開（広東省江門市）の人。明代中期の儒者、思想家で心学の先駆者とされる。王陽明《おうようめい》と並び称される湛若水《たんじゃくすい》はその高弟のひとり。詩も多く残しており、自然、平易の風があると評される。北京で行われる科挙の中央試験の会試に、三度応じて三度合格しなかった。彼は仕官の道をあきらめ、郷里の白沙村で学問と思索にはげみ、また弟子の教育にいそしみ、享年七十三歳で生涯を終えた。

作者自身が詩題に付けた注によれば、正月二日は二十四節気の雨水であった。雨水が正月二日に重なるような日が、彼の一生でどのように来たのか。七十三年間の彼の生涯でみてみると、それは三度あった。一つ目は三十四歳の天順五年、二つ目は五十三歳の成化十六年、そして三つ目が、七十二歳の弘治十二年である。この詩はそのいずれかの年に作られたことになるが、わたしの推測するところ、それは三つ目の弘治十二年（1499／2／20）だと思われる。というのも、詩の後半で、時の皇帝を、伝説上の聖天子である尭帝と述べて、極まりない崇敬の念を表し、さらに「吾が君」と親愛の情をもって称しているからである。その背景には次のようなことがあった。

五十五歳の成化十八年、陳献章は地元の大官によって、朝廷に推薦された。地方の長官が在野に埋もれている賢者を、朝廷に推薦するのは、いわば義務であった。それは朝廷に人材を供給するだけではなく、在野の怨嗟の声をなくし、在野に希望を与え、朝廷の人材登用の寛大な姿勢を示すことでもあった。科挙は何度も落第したが、すでに赫々たる大儒の声望を一身に集めていた陳献章に、白羽の矢が立つのは当然であった。彼は意にそわぬまま、広東から都の北京までのぼった。八ヶ月の長旅をへて、翌成化十九年三月末に北京に到着した。旅の途中で持病の病を悪化させたため、また家に残した母の孝養のためもあって、そのまま郷里に帰ることを乞い、許された。郷里に帰りついたのは、その年の十二月初めであった。そのとき天子から特別の恩顧をもって、郷里にあって、在宅のままでの翰林院検討《かんりんいんけんとう》の官を授かった。その官は科挙の進士科出身と同待遇で、この時期には宰相に登る一つのルートともなっていた。もちろん俸給も支給される。感激した陳献章が、皇帝へのいっそうの敬愛の念を抱いたことはいうまでもない。十七年後、死の数日前、陳献章は朝廷の正式な服と冠を身につけ「いましも吾は吾が君を辞さん（吾辞吾君）」[1]と述べ、辞世の詩を作って死んでいった。「吾が君」の語にも現れているような、こうした皇帝への熱い思いがあるのは、五十七歳以降だと考えられるからである。

雨水の節入りは、新暦では2月19日ごろで、黄河中流域で作られた二十四節気では、雨水という名には、それまでは雪が降っていたのに、このころから雪が雨に変わるという意味が込められていた。雨水のころは、冬から春への変わり目で、春を先取りして急に暖かくなったり、また寒のもどりがあって寒くなったりする。雨水の節入り後に雪が降ることもある。

作者の郷里の江門市を、開封《かいほう》市と比べてみる。幾たびか古都でもあった開封市は、黄河中流域で、中原のど真ん中にあり、二十四節気が生まれた地域と重なり、かつ日本の京都と同じ北緯35度線上に位置し、中国の一つの標準として、比較に便利である。

近年の江門市の雨水初候（2／20～24）の、日ごとの平均最高気温を単純に平均すれば18・4度、平均最低気温のほうを平均すれば14度。この二つから一日の平均気温を出すことはできないのだが、仮に足して二で割れば、16・2度である。同じような操作を開封市の、二ヶ月遅れの穀雨末候（4／15～19）の時期について行えば、16度となり、ほぼ同じ数値を得る。この操作が非常に乱暴であることを重々承知の上で、一つの荒っぽい推測をすれば、江門市の雨水は、中原の二ヶ月後、4月中旬の気温を先取りした暖かさである、と言ったとしても、大きくはずれることはないのではないか。[2]たしかにこれでは雪も霰も降りそうにない。しかしこの期間の極端最低気温を、（いま江門市のデータがないので）60㎞北の広州市のデータで見てみると、雨水初候の五日間に出た極端な最低気温の平均が3・2度で、これならば極端な最低気温がでたときには、稀に雪や霰《あられ》が降らないわけではないことがわかる（大寒1bの注2を参照）。

この詩では中国の最南部で、雨水の日に雹《ひょう》が降っている。[3] 雹は積乱雲のなかで生じるので、一般に晩春や初夏に多く、まだ寒い雨水の時期に発生するのは稀である。広東の場合は、発生する場合は少し早く3月〜5月が主である。[4] だから、この時期に雹が降ったのは、ややイレギュラーな天候であったろう。元来が暖かい広東の地に、北西から強い寒気団が急に入り込み、積乱雲が発達したのであろう。降雹と同時に強風が吹き荒れ、雷鳴も響いたと思われるが、そのことは詩には描かれていない。詩に言うように握り拳ほどの大きさの雹が降れば、農作物や建造物に大きな被害を与え、家畜や人が死傷することもある。陳献章の白沙村では蓮の実ほどの小さな雹で、たいしたことはなかったであろうが、対岸の村は相当なダメージを受けたに違いない。ただし霰となれば雹の小さいものをいうに過ぎず、農作物を打ち砕くことはない。

中国は世界的に見ても雹の災害が多い国である。しかし二十世紀後半期の統計では、広州、江門以南から沿海地域までは、海南島の西南、広西壮族自治区南岸などとともに、降雹《こうひょう》の日数が全国で最も少ない地域にあたる。雹の降る年平均日数は０・１日以下であり、雹が見られない年が圧倒的に多い。広東省全体でも、年平均日数は０・５日以下である。[5]

明清時代の具体的な降雹日数はわからないが、各地に発生した雹害が地方史などの文献に記録されており、その雹害の統計、分析がなされている。倪玉平氏[6]の研究によれば、広東省の雹害件数は、清朝268年間の全雹害件数６４０４回のうち309回で、全体の5％弱を占め、全国第七位である。広東省は、近年の降雹日数の圧倒的少なさとは対照的に、清朝ではむしろ上位に位置している。

また顔停霞氏[7]らの研究は、明朝275年間で１９７０回の雹害の記録を収集している。それによれば、そのうち広東省が164回で、全国の総数の8・3％を占め、全国四位にまであがっている。しかも陳献章の晩年にあたる1488年ごろから、明代全体の雹害が増えはじめている。年による増大の幅の差はあるが、陳献章がこの詩を書いた時期は、全体としては雹害の増大期と言える。

したがって、陳献章としては、以前は雹なんて滅多にお目にかからなかったのに、なぜか近年多くなった、と感じていたのではなかろうか。しかし、明代の詩で雹を描くものは、ほとんどが単なる自然現象としての降雹である。陳献章のように雹をきっかけに、農業にも関心を寄せているのは稀である。[8] そこにも陳献章詩の特徴があると言えよう。

一般に中国では冬季は雨量が少ないから、雨水の時期に十分な雨が降らなければ農業に悪影響を与える。冬季の降雪の重要さは小寒、大寒の節で述べるが、この雨水の時期の降雨もまた豊作の予兆とされる。代表的な農諺《のうげん》に、

雨水有雨荘稼好、　雨水に雨が降れば農作物に好く、
大春小春一片宝。　春に植え秋に収穫する作物も、秋に植え翌春に収穫する作物も、みんな豊作となる。

がある。これと同類の農諺が、さまざまな表現のバリエーションを持ちながら、黄河から長江さらに華南の地まで、広く知られている。[9]

とはいえ実際には、雨水の時期に十分な降水があるとは限らない。雹《ひょう》は農作物に被害をもたらすが、霰《あられ》ならすぐ融けて、作物に水分を補給してくれる。だから雹が止んで、天子の威力で霰になって欲しいと、作者は願いたくなったのであろう。そして偉大な功績を持つ吾が天子なら、そうできると半ば信じている。もちろん皇帝が雹を霰に変じたわけではない。しかし後述するように、三日めにはそうなったのである。詩の途中で、何の脈絡もなく突然、今上皇

帝の神のごとき功績がでてくるのは、雹から霰へ「奇跡」を起こしてもらいたいという、吾が君への願いが、そして吾が君ならできるはずだという確信が、ひそんでいたからではないか。

この詩には、雨水の日に雨が降らず雹が降ったという驚きと、雹が霰となって水をもたらして欲しいという願いの、二つが盛り込まれている。陳献章の詩集では、この詩の直後に「五日に霰雨《あられふ》る（五日雨霰）」の詩が置かれている。[10] この詩の二日をおいた後の正月五日に、ほんとうに霰が降ったことをうたっている。そのなかで、

空に映じて、柳の絮《わた》のような雪が、忽《たちま》ち舞い飛んだのだ、　映空絮忽飛、
この南国の越の国に、雪が降ることは無いなんて、誰が謂《い》ったのか！　誰謂越無雪。

と詠じている。ただし、ここで柳絮《りゅうじょ》に喩えられている雪は、パラパラと地面に降りしき、瞬時に地面を白くする霰ではあるまい。湿ってゆっくり舞い下り、地面に落ちるやたちまち融けて消えるぼたん雪であったろう。

＊ 詩の本文は孫通海点校『陳献章集』巻4（理学叢書、中華書局、1987年）による。伝記は黎業明『陳献章年譜』（嶺南思想家文献叢書、上海古籍出版社、2015年）を参照した。

▼1 門人の張詡の「白沙先生行状」（『陳白沙集附録』、『文淵閣四庫全書』第1246冊）に「歿之前数日、蚤具朝服朝冠、令子弟扶掖、焚香、北面五拜三叩首、曰：吾辞吾君。」とある。死の直前のこの行為は、当時としても珍しかったとみえ、大寒の詩で取り上げた同じ広東の人、屈大均（1630～1695）も、『広東新語』巻九「白沙逸事」に記録している。

▼2 《天気後報》からそれぞれ得た数値によって計算した。「江門二月份毎日気候数据」、「開封四月份毎日気候数据」、「広州二月份毎日気候数据」である。ちなみに米国海洋大気庁《NNDC Climate Data Online》から、開封の穀雨末候の中日である4

月17日のみの気温の、15年間（1959、63、75～88）の平均をとれば、14・8度である。中国大陸の、とりわけ内陸部の気温の特徴は、日較差が大きいので、江門市のように日較差が小さい所と比較しにくい。したがってまず各日平均最高気温レベルで見ると、春分の末候（3／31～4／4）とちょうど同じであるが、平均最低気温レベルで見れば、立夏の次候（5／10～／14）とちょうど同じである。

▼3　張徳二主編『中国三千年気象記録総集・第2冊』（鳳凰出版社・江蘇教育出版社、2004年）によれば、この弘治十二年（1499）正月に、広東省の五県で、雪、霰、雹などが降ったことが記されている。とりわけ新会県、開平県、台山県では、正月壬戌の日（すなわちこの年の雨水の日）に、雹が降り、三日めの乙丑の日に、霰が降ったと記されている。陳献章が詩に描いたことは、事実そのものであり、地方志にも記録されるような異常気象だったことがわかる。

▼4　『中国農業気象学』377頁、図5-40「各地区主要降雹時間分布図」による。

▼5　『中国農業気象学』376頁、図5-39「年平均氷雹日数図」による。また『中国気候資源地図集』273頁「年平均氷雹日数」も参照。

▼6　倪玉平「清代氷雹災害統計的初歩分析」（『江蘇社会科学』2012年01期）の表2「清代氷雹省区分布」による。一方、呉滔「明清雹災概述」（『古今農業』1997年04期）は、清朝の順治年間から道光年間までの207年間で、1281回の雹害を集計した「清前期全国各省（区）雹災発生次数統計」（倪玉平氏によれば『清実録』からのもの）を載せるが、それによれば、清朝後期の嘉慶、道光年間はゼロ、清朝中期の乾隆年間は、広東省が占める割合は全国の0・3%、清朝前期の雍正年間は、5・7%、康熙年間は10・4%、順治年間は10・5%となっており、乾隆期を境に、時代をさかのぼるとともに全国で占める広東省の割合が次第に多くなっている。

▼7　顔停霞・畢碩本・魏軍・李禧亮「明代雹災的時空特徴分析」（『熱帯地理』2013年05期）。そこには「在1488年以後、毎年的雹災次数総体増加」「総体上看、我国明代的雹災情況呈現出前期少、後期多的特点。」などとある。

明清期には、広東でも雹が降っていたのは、明清小氷期（小氷期 Little Ice Age の中国での呼び名）と関係があるのだろう。前掲の『中国農業気象学』によれば「盛夏の時期は、中国東部の北緯35度以南は、亜熱帯高気圧の支配下にあり、冷たい空気が侵入しにくく、零度の空気層の高度が地面から非常に高く、たとえ雲の中で雹ができたにしても、多くは落下する途中で融けてしまう」（377頁）という。明清小氷期の時代は、広東も今日より低温で、雹が降る条件ができていたのだろう。

▼8 《捜韻》(https://sou-yun.com) によって、「雹」字を単純に検索して得た69例の結果による。《捜韻》には、明代については現時点で、７１８５人の作者、２６６０８０首の詩が収録されている。

▼9 『二十四節気農諺大全』による。「大春」は、たとえば稲、トウモロコシ、大豆、落花生などで「秋熟（作物）」とも言われ、「小春」は小麦や菜の花などで「春熟（作物）」とも言われる。

▼10 『陳白沙集』巻五（『文淵閣四庫全書』第１２４６冊）による。陳献章の詩は詩体別に区分してあるが、それぞれの詩体区分のなかでは、通例にそって制作年順に配列してあると考えられる。その前提での話である。また末句の自注とも符節があう。

参考　（明）居節「春晴書見」

（明）居節「春晴書見」

金羈芳草去翩翩、
王謝児郎美少年。
雨水已過正月後、
鶯花不隔短筇前。
春雲擬黛山千畳、
画閣籠煙柳半天。

春晴《はるは》れて、見《み》るところを書《しょ》す　居節《きょせつ》

金羈《きんき》　芳草《ほうそう》　去《さ》ること翩翩《へんぺん》たり
王謝《おうしゃ》の児郎《じろう》　美少年《びしょうねん》
雨水《うすい》は已《すで》に過ぎ　正月《しょうがつ》の後《あと》
鶯花《おうか》は隔《へだ》てず　短筇《たんきょう》の前《まえ》
春雲《しゅんうん》は黛《まゆずみ》に擬《なぞら》え　山《やま》は千畳《せんじょう》
画閣《がかく》に煙《けぶり》籠《こ》め　柳《やなぎ》は半天《はんてん》

燕子未来寒食遠、　燕子《えんし》　未《いま》だ来《き》たらず　寒食《かんしょく》遠《とお》く
誰家庭院試鞦韆。　誰《た》が家《いえ》の庭院《ていいん》か　鞦韆《しゅうせん》を試《こころ》むる

「春の晴れた日に、見たところを詩に書いた」
黄金の羈《おもがい》を飾った馬が、芳しい春草を踏みつけて、馳せ去《ゆ》くさまは翩翩《かろやか》で、
まるで南朝の大貴族、王氏や謝氏の児郎《わかさま》のような、美少年であることよ。
雨水の節入りは已に過ぎ、いまはもう正月の後の二月となり、
わたしの短い筇《つえ》から、遠くは隔てず、すぐ目の前に、高麗鶯《こうらいうぐいす》が鳴き、花が咲いている。
春の雲のたなびくさまは、黛《ひきまゆ》に擬《なぞら》えられ、千重《ちえ》に百重《ももえ》に、はるかに山は畳なわっている、
閣《たかどの》は、絵画《いろどり》もうつくしく煙霧《もや》がたち籠《こ》め、柳は芽吹いて葉を伸ばし、天《そら》の半ばを占めている。
燕子《つばめ》は未《ま》だ南国から訪れて来ず、寒食の節句も遠い先のこと、
それなのに誰の家の庭院《なかにわ》だろうか、早々と寒食・清明節の鞦韆《ぶらんこ》あそびを試みているのは。

作者の居節《きょせつ》の伝記はよくわかっていない。近年の研究によれば、生卒年は、嘉靖六年（１５２７）から、万暦十三、四年（１５８６〜７）という。呉《ご》（江蘇《こうそ》省蘇州《そしゅう》）の人で、著名な書画家の文徴明《ぶんちょうめい》に師事した。官に就かず、書画を売って生計を立て、後年は虎丘《こきゅう》の地に家を借り、貧窮のなかで六十歳のころ亡くなった。詩が作られた場所は、わずかな伝記からも蘇州だと考えられるが、年代はわからない。

一、二句めの王氏、謝氏は、南朝の上流貴族の代名詞となっているもので、その富貴な若殿が豪奢な馬で駆けるさまは、若々しくて華やかな、早春にふさわしい雰囲気を作り上げている。見るところを書くという詩題になっているの

で、そういう若者を実際に見たのであろう。この時期の蘇州は、世界でも有数の豊かな大都市となっていたので、そのような着飾った富裕階層の若者も少なくなかったであろう。

三句めは、正月の後とあるので、ここで詠じられている暦月は、もう旧暦二月になっているはずである。さらに雨水は已に過ぎたという。こういう場合は、まるごとその節気が過ぎたということと、その節入りの日が過ぎたということの、二つが考えられる。前者だと、その節気が終了して、次の節気（ここでは驚蟄）に入っていることになる。通常は後者の場合が多いが、そのときは、まだその節気内にとどまっている。雨水は節月では正月中気なので、その節入りは必ず旧暦の正月中に来る。雨水を已に過ぎたという言い方だが、雨水の節入りから何日ぐらいを過ぎたあたりか。この語感からは、実際にどれぐらい過ぎたのか、なかなか決められない。

たとえば雨水の節入りが正月末ごろに来て、雨水からすでに「数日」が過ぎたのだとすれば、この詩が作られた時期は、まだ雨水の節気内にある。ただ、詩に描かれている物候のありさまからすると、季節的には雨水はもう終わっているようにも思われる。一方、詩には寒食節、清明節はまだ遠い先だと書いてあるので、この詩は雨水末から驚蟄、そして春分に入ってまもないころ作られた蓋然性が高い。

四句めの「鶯花」は、実態はよくわからない。「鶯花」といえば、普通は「鶯」と「花」の二つを指す。日本風に考えれば、ウグイスとウメとなろう。日本の鶯は、近年の観察記録では2月下旬、雨水の後半から鳴き始める。[1]だから梅はまだなんとか咲いており、季節としてはこの詩と齟齬はない。

しかし中国では「鶯」はコウライウグイス（高麗鶯＝黒枕黄鸝）であり、日本の鶯とは別種の鳥である。[2]中国の鶯の初見日はかなり遅く、江南は4月下旬から5月初めにかけてである。[3]清明を過ぎて穀雨になったころに、鶯は姿を見せはじめる。だとすれば、詩に描かれている季節よりも、ひと月は遅いことになる。

そこで考えられることは二つある。一つは、明代の作者が詩で用いた「鶯」は、今日の中国の「鶯《コウライウグイス》」とは必ずしも同じものではないかもしれないということ。つまり同じ鶯の字であっても、時代によって中味が異なっていたかもしれないということ。もう一つは、作者が春の鳥の看板として、鶯を挙げているのであり、そのころ鳴いている鳥を、あれこそ鶯だと同定して詩に書き込んだわけではない。つまりほかの鳥かもしれないものを鶯として挙げたという可能性、の二つである。所詮詩は文学であり、作者も自然科学者ではない。博物学に詳しい詩人もいれば、鳥や花の名にぞんざいな詩人もいる。だから漢詩には、鳥とか花とかだけ書いてあって、具体的な色も声も描写していないものが意外と多い。そういうタイプの詩の場合は、立ち入って詮索しても、無い物ねだりというものであろう。

以上は、「鶯花」が「鶯」と「花」の二つを意味すると解した場合である。ところで、宋代の詞二万余首を集めた『全宋詞』のなかでのことであるが、「鶯花」は鳥と花ではなく、「桜花」という花を指すという説がある。▼4「桜花」は、日本の桜や中国の桜桃《シナミザクラ》なども含む、広い意味でのバラ科サクラ属の花々で、3月から4月に開花する。この詩の場合も、そのような広義でのサクラの花だったのかもしれない。あるいはそれに似た花を、作者は「鶯花」と呼んだ、そういう可能性も残る。

五、六句め、山には雲や靄がたなびき、彩りも美しい建物はもやに包まれ、芽がふくらみはじめた柳がこんもりと広がり、春空を半ばほども占めている。みな雨水以後の節気にふさわしい。日本の七十二候だが、貞享暦《じょうきょうれき》（1685）の雨水次候に「霞《かすみ》が碧《あお》き空を彩《いろど》る」とあり、宝暦暦《ほうれきれき》（1755）の次候に「霞《かすみ》が始めて靆《たなび》く」とある。

六句めの「柳は天に半ばす」だが、実は具体的な柳の様子がよくわからない。柳にもいろいろあるが、詩で言う柳は、普通はシダレヤナギと考えておいてよいであろう。▼5柳と言えば、まずは清明である。ただ4月上旬の清明の時期に詩に描かれる柳は、場所にも、その年の寒暖にもよるが、すでに葉が茂った青または緑の柳であったり、開花後に飛ぶ柳絮《りゅうじょ》であったり、また若葉の柳にかかるもや、すなわち「煙柳」などであったりするのが多いと思う。それに対してこの詩に描かれている3月上中旬ごろの江南の柳は、芽吹きから、若葉が伸び始めている段階の柳であろう。[6]

七、八句め、燕が来るのは『礼記』月令以来、伝統的な観念としては春分である。寒食節《かんしょくせつ》は、おおよそ春分の最後の一両日、つまり清明の直前で、新暦では4月4日ごろである。女性の鞦韆《ぶらんこ》乗りは、この時代は寒食節、清明節の行事であった。[7]だからこの最後の聯は、春分ごろには帰ってくる燕もまだ来ないし、春分の終わりにある寒食節も遠い先だし、清明節も来ていないのに、もうブランコの準備をするなんて、なんて気が早い人なのだろうと、あきれて見せているのである。だからといって作者は、そんなせっかちな人をいぶかったり、揶揄したりしているのではない。そういう口調を取りつつも、実は春の訪れを待ち焦がれている人に、共感を寄せているのである。

おそらくこの日は、寒かった立春も終わり、正月も過ぎて旧暦二月に入り、本格的な春の到来を思わせるよく晴れた暖かな日、新暦でいうと3月上中旬から下旬のはじめごろであったろう。作者はそんな春日和のなかで心もなごみ、馬を走らせる若者をまぶしくながめ、ブランコにためし乗りしてはしゃぐ娘たちを、ほほえましく思っていたに違いない。居節は当時の著名な画家で、今は山水画や茶に関する書画しか伝わらないが、この詩に描かれているような早春の風俗も絵にしていたのかもしれない。

＊　詩の本文は、『列朝詩集』丁集第八（『四庫禁燬書叢刊』第96冊、北京出版社、2000年）による。生卒年は婁瑋「居節生年考―兼談幾件伝世居節和文徴明画作」（『故宮博物院院刊』2015年2期）による。また程質清「居節簡介」（『書法』上海書画出版社、1996年02期）も参照した。

▼1　日本の鶯の初鳴きの平年値を、『気象庁』ホームページ「生物季節観測累年表」「うぐいすの初鳴」（1953～1998年）で見れば、南西諸島を含めても雨水以降、とくに2月下旬以降である（大分だけが例外的に早く2／14である）。平年値

で言えば、立春に鳴く鶯はまだいない。ただし、最早値で言えば、九州本島は立春前後に鳴き始め、本州最南端の和歌山県潮岬が1／16、奈良、京都が1／11、1／31などとなっている。

▼2　中国の「鶯」はスズメ目コウライウグイス科のコウライウグイスで、日本にはいない。日本で稀に見かける場合は、旅鳥または迷鳥とされる。日本の「鶯」はスズメ目ヒタキ科ウグイス亜科のウグイスであり、大きさも形も（鳴き声も）違う別種の鳥である。加納喜光『動物の漢字語源辞典』（東京堂出版、２００７年）参照。

▼3　中国の鶯の初見日の記録は、李桂垣「黒枕黄鸝在我国的春季遷徙」（『動物学研究』１９８４年4期）の「黒枕黄鸝北遷時国内各地的首見日期」による。ここには、49地点の（少なくとも１９４７年から１９８２年までの断続的な観察記録かと思われる）初見日が記されている。これによれば雲南省の勐海県（１９６０／１／23）、勐連県（１９６０／２／13）、広州市（１９６３／２／４）などが早く、江南は、上海市（記録年無しの４／27）、南京市（記録年無しの５／１）、江蘇省塩城（１９７２／５／８）、浙江省麗水（１９６４／５／２）などとなっている。また最近の中国のネット上に見える報告なども これと大差ない。

▼4　劉暁静「宋詞中的『鶯花』即『桜花』辨」（『皖西学院学報』２０１６年06期）

▼5　『植物の漢字語源辞典』、とりわけ『植物の和名・漢名と伝統文化』第七章「中国の楊柳」の詳細な検討に依拠すれば、詩中の「柳」はシダレヤナギとみなしてよいであろう。

▼6　林磊・ほか四名「江蘇省常州地区垂柳物候特徴及其与気象要素関係的探討」（『河南農業』２０１６年11期）に、発芽については「各芽開放期在2月中旬」、葉については「展葉始期在2月末，展葉盛期一般在3月初」、開花については「開花始、盛期基本在3月中下旬」とある。このデータが示す柳の生長度は、本詩に描かれる情況に比べると、いささか早い感がある。この論文は２０１３年の単年の観測結果である。《天気後報》の２０１１～18年の数値によれば、右の論文の調査がなされた２０１３年の常州の2月、3月は、２０１４年とともに、月平均最低・最高気温が、前後の年から2度ほど抜きんでて暖かくなっている。そのことが成長度の早さに影響を与えていた可能性がある。この論文には「以本地為例，日平均気温毎升高1℃，垂柳的展葉始期会提前4d左右；日平均気温毎升高1℃，開花盛期会提前5d左右。」とある。常州の２０１３年3月期

の日平均気温を入手できないが、もしも平年より2度高かったのだとすれば、平年では展葉始期が3月初旬、展葉盛期が3月中旬というふうに補正されてくる。

また劉淑蘭・ほか四名「浙江垂柳物候分析与気候因子関係研究」(『科技通報』2011年6期)では、2007年に至るまでの十年近くの17地点での観測値が示されている。そのなかで浙江省の湖州と嘉興が、江蘇省の常州に近いので、仮にその両地の観測値を示すと、発芽期がともに2/23、葉が茂る時期がそれぞれ、3/6と3/7、開花の盛期が3/26、3/18となっている。前者の論文が出す数値の補正と、後者の論文の数値は、本詩の描く柳の成長度と大きな齟齬はない。ただ四百数十年前の柳の生長度を、今日と比べてどれだけ意味があるのかわからないが、一つの目安とはなるであろう。

ところで日本の場合は、シダレヤナギの発芽が、1953年以来いくつかの地方気象台で観測され、平年値が出されている(『気象庁』ホームページ「生物季節観測累年表」)。たとえば神戸の平年値は3/12、最早値は2/19、最晩値は4/2。津は、それぞれ4/2、3/16、4/25など。最早値と最晩値の開きが、二ヶ月以上の地点もあり、発芽期が年による変動が大きいことがわかる。

また中国と日本の七十二候の雨水末候は「草木、萌《めば》え動《いず》る」で、直接柳の名前を挙げないが、佐藤成裕(号は中陵)(1762~1848)の『七十二候新撰』(白井光太郎の手写本(明治24年)は、雨水末候に「垂柳漸緑(しだれやなぎようやくみどりなり)」と述べる(『国立国会図書館デジタルコレクション』インターネット公開資料)。雨水末候の「草木萌動」の一つには、柳の芽生えも入っていたと考えられる。

▼7　ブランコは古く中国の北方民族から伝わり、もとは寒食節の行事だった。唐代に広がり、宋代には、寒食節と連続する清明節にも遊ばれた。その後、やがて寒食節が廃れて行くにつれ、もっぱら清明節の行事となっていった。

第2節　仲春の詩

驚蟄 3a（きょうちつ）

気温が上がり初雷が鳴り、土中に蟄《こも》っていた虫が驚き、穴の戸を啓《ひら》いて地上に出てくる。

太陽黄経は345度。地球は、太陽のまわりを回る地球の公転軌道上で、春分から345度、冬至から75度回ってきたところに位置している。夏至まで105度、一日に一度進むとして約3ヶ月半である。

新暦の日付では3月5、6日ごろ。またそこから3月19、20日ごろまでの半月の期間をも指す。

明代までの旧暦（平気法）では、驚蟄の節気入りは正月十六日～二月十五日までのいずれかの日。閏月のときは閏正月十四日、十五日、十六日のいずれかの日。

節月は二月節。

驚蟄 3a （宋）曹彦約「驚蟄後、雪作未已、阻之湖荘」

（宋）曹彦約「驚蟄後、雪作未已、阻之湖荘」

驚蟄後《きょうちつご》、雪作《ゆきふ》りて未《いま》だ已《や》まず、湖荘《こそう》に之《ゆ》くを阻《はば》まる　曹彦約《そうげんやく》

甲拆多応満薬欄、
跨騾心已払軽鞍。
正疑陰固仍飛雪、
豈有春中却沍寒。
啓蟄候虫猶自閉、
向陽梅子自能酸。
誤成厳冷非天意、
説与人心作好看。

甲拆《こうたく》　多《おお》く応《まさ》に　薬欄《やくらん》に満《み》つべく
騾《ら》に跨《またが》らんとすれば　心《こころ》は已《すで》に　軽鞍《けいあん》を払《はら》う
正《まさ》に疑《うたご》うらくは　陰固《いんかた》まりて　仍《な》お雪《ゆき》の飛《と》ぶかと
豈《あに》　春中《しゅんちゅう》に却《かえ》って　沍寒《ごかん》なること有《あ》らんや
啓蟄《けいちつ》の候虫《こうちゅう》は　猶《な》お自《み》ずから閉《と》ずがごときも
向陽《こうよう》の梅子《ばいし》は　自《おの》ずから能《よ》く酸《す》し
誤《あや》まって厳冷《げんれい》と成《な》るは　天意《てんい》に非《あら》ず
人心《じんしん》を説《と》き与《あた》えて　好看《こうかん》を作《な》さしめん

「驚蟄の後に、思いがけず雪と作《な》って未《ま》だ已《や》まない。湖畔の荘園に之《ゆ》くのを阻《はば》まれてしまった」

欄《かき》のなかの芍薬《しゃくやく》の花畑は、種子の甲《から》が拆《ひら》け、多応《おおかた》もう新芽が満ちているだろう、騾馬《らば》に跨《またが》って行こう、そう思うと、心のなかでは已《すで》にほこりもうち払って、鞍《くら》も軽やか。

陰の気が固まり、仍《さら》に飛ぶ雪になったのではと、正《まさ》しく疑ってしまう、春の最中なのに、却《かえ》って沍《こお》る寒さになるなんて、豈《どう》してこんなことが有るのだろう。

啓蟄の時候に這い出してくる虫は、猶《な》お自《み》ずから穴に閉じこもっているようだが、春の陽光に向かいあう梅の子《み》は、自《おの》ずから能く熟《う》れて酸っぱくなってゆくのだ。

なにかの誤まりで厳しい冷たさに成ったのであり、天の意思では非《あるま》い、天にたいして、人々の心願《ねがい》を説《と》き与《あた》えてやって、はやく仲春の好き看《ながめ》を作《な》さしめたいとおもう。

作者の曹彦約《そうげんやく》（1157〜1228）は、都昌《としょう》の人（江西省九江市都昌県）で、南宋の名臣のひとりに数えられている。都昌は南北に長い鄱陽湖《はようこ》の真ん中あたりに位置し、湖に面している。鄱陽湖は中国最大の淡水湖で、その北で廬山《ろざん》の秀峰を西に見ながら、北に向かって長江に流れ込む。詩題にいう「湖荘」は、詳細はわからないが彼の詩集に頻繁に出てくる。たとえば「雪辺の廬岳は雲千嶺、雨後の湖荘は水一腰。」（「家本譙人得奉祠亳州喜賦述懐」詩）などと詠じているので、おそらくは廬山を北の方向に望む、鄱陽湖畔にある広い農地付きの別荘、荘園かと思われる。作者は、機会あるごとにその湖荘を訪ね、花木を手入れするのが唯一の楽しみだなどとも述べている。詩の制作年はわからない。

詩題に、驚蟄になった後、雪が降って、湖畔の別荘に行けなくなった、と書いてあるが、ちょうどそのときかと思われる詩がもう一首ある。「驚蟄の後に雪ふり、徐孟堅を訪ぬれども遇《あ》わず、坐し待つこと甚《はなは》だ久し」と題する五言詩である。湖畔の別荘に行けなくなったので、友人の徐孟堅を訪問したけれども彼が不在で、長いあいだ待つことになったという。その詩に、「種子の甲《から》の拆《ひら》くは、先に達せるものに遅れ、花の芳菲《かぐわ》しきは、しばらく後に図《はか》るを約す。（甲拆遅先達、芳菲約後図）」とある。驚蟄後に雪が降ったため、種子の発芽が遅れ、開花の楽しみが後回しになると述べており、表現がよく似ている。この二つの詩にあるように、寒のもどりが強いときは、江南でも驚蟄後に雪や霜が降るのは、決して珍しいことではない[1]。

一句めの薬欄は、芍薬《しゃくやく》の花畑を仕切る垣や欄であるが、広く一般の花壇の柵なども意味する。どちらの意味でも通じるが、ここでは一応前者の意味で解しておいた。おそらく別荘には、「立てば芍薬」ではないが、鑑賞のためだけではなく、漢方の薬材としても、紀元前の『詩経』の時代より重宝されてきたシャクヤク畑があったに違いない[2]。芍薬の繁殖には、株分け、種まき、挿し木、根挿《ねざ》し、圧条法（茎伏《くきふ》せ）等が用いられる。種まきの場合は、8月に採取した種子を9月ごろ播種すれば、翌春に芽を出す[3]。だから驚蟄になってからのこの時期に、去年まかれた芍薬の種から、もう新芽がすっかり出そろっているに違いない。作者はそう思うと、居ても立ってもいられない。冬の間はラバに乗ることもなかったのだろう。鞍のほこりをはらって、準備万端、はずむ心で鞍も軽い。まるで子どものように喜んでいる。それが突然の雪で行けなくなったのだ。どんなにか落胆したことだろう。

立春と雨水の初春の一ヶ月を過ぎて、驚蟄となればもう仲春の月である。それなのになぜ、こんなに凍てつくほどの寒さがぶり返したのか。ほとほと理解に苦しむ。この寒のもどりで、せっかく越冬中の戸穴《あな》から這い出そうとしてきた虫たちも、あわててまた戸穴に閉じこもろうとしている。しかしそれでも春は確実に進行している。立春に咲きはじめた梅の花も、日向《ひなた》の枝先では小さな実を付け、やがては酸っぱく熟していくのだ。

せっかくの驚蟄に雪を降らせるなど、こんな意地悪をするのは、もともと天の意志ではないのだ。人々は春には、春爛漫の景色をこそ待ち望んでいる。この願いを天に伝えて天を説得して、今いちど、陽光あふれる春景色を現出させたい、作者はそう願っている。気候を左右する天と作者の関係は、決して対立的でも悲観的な関係でもない。曹彦約は四代の皇帝のもとで官職にはげみ、常に民を愛《いつく》しむ立場から政治を行ったという。最初は花畑に行けない自分の落胆から出発し、最後は冷えあがったこの寒のもどりを追っ払って、花盛りの青春を人々に見せてやりたい、と詩を締めくくる。ここにも作者の「愛民」の思想がよく現れている。この詩には至るところ杜甫の影響が見られる。

＊　詩の本文は『全宋詩』第51冊巻2731による。伝記などは胡倩「南宋詩人曹彦約行年考」『南昌航空大学学報』2014年）も参照した。

▼1　降雪の条件があるかどうかを、気温の面から確認しておきたい。いま《天気後報》の都昌のデータがないので、緯度がほぼ同じで、それぞれ大きな湖にも近接しているという条件で、九江、南昌、岳陽の近50余年の「极端最低温度」を見てみる。やはりどの場所でも、驚蟄の期間に氷点下以下になる日が来ている。それをなるべく年が重ならないように任意に拾ってみ

ると、以下のようになる。

九江市（鄱陽湖）：-1度（1967／3／6）、-1度（1956／3／12）

南昌市（鄱陽湖）：-1度（2005／3／12）、-2度（1957／3／13）

岳陽市（洞庭湖）：-2度（1954／3／7）、-1度（1966／3／8）

また『中国気候図（簡篇）』によれば、三月中の「極端最低気温」は、九江が-2・8度（1920～38年）、南昌が-0・4度（1929～38年、1946～53年）、兵陽が-2・5度（1930～38年）となっている。これらから、たとえ雪は積もらなくても、みぞれになったり雪が降ったりする可能性があったと考えられる。気温から降雪の可能性をさぐることについては「大寒」詩の注2を参照。

▼2　古い例として『詩経』鄭風「溱洧」の「維《こ》れ士《おとこ》と女と、伊《こ》れ其《そ》れ相い謔《たわむ》れ、之《これ》に贈るに勺薬を以てす。」が有名である。勺薬は芍薬のこと。漢代の鄭玄の解説では、男女が夫婦の事を行い、別れの際に男が女に芍薬を贈って、恩愛の情を結び、契りのものとしたという。薬剤となるのはその根で、中国最古の薬学書『神農本草経』以来、常に取り上げられ、今日でも女性に効果のある薬として用いられている。

▼3　陳俊愉、程緒珂主編『中国花経』（上海文化出版社、1990年）の芍薬の繁殖の条（195～200頁）。また潘炳文・彭鳳英「芍薬種子育苗法」（『中草薬』1996年第6期）、陶新宇・ほか二名「芍薬種子萌発特性的研究」（『赤峰学院学報：自然科学版』2005年第6期）なども参照。

参考　「啓蟄と驚蟄について」

1．節気の専門用語としての啓蟄と驚蟄

曹彦約の詩題では驚蟄と言い、五句めでは啓蟄と言う。驚蟄《きょうちつ》か啓蟄《けいちつ》か、二つの言い方について、まずは暦書《れきしょ》のなか

でどのように用いられていたかを確認しておきたい。暦書で用いられる場合は暦学《れきがく》の専門用語であり、一般名詞ではない。つまり太陽暦としての二十四節気中の一節気の名称である。

暦書のなかで最初に登場するのは驚蟄である。前漢の太初暦《たいしょれき》とその改訂版としての三統暦《さんとうれき》であり、正月中気で立春の次に置かれる。立春→驚蟄→雨水→春分となっている。太初暦・三統暦は、前漢の紀元前104年から、後漢の紀元84年まで施行される。そののち後漢四分暦《ごかんしぶんれき》も驚蟄の名前を引き継ぐが、順番がかわって二月節気となり、立春→雨水→驚蟄→春分となる。以後、中国の暦書は、中国最後の陰陽暦となった清朝の時憲暦《じけんれき》（1645～1911）に至るまで、文献的に確認しうるかぎり、一時期を除いて、みなこれを引き継ぐ。太陽暦となった今日も同じである。その一時期とは、隋から初唐にかけての約百三十年間（597～728）であり、大業暦《たいぎょうれき》（597～618）、戊寅暦《ぼいんれき》（619～664）、麟徳暦《りんとくれき》（665～728）が施行された時期である。この三つの暦書だけが、啓蟄の名を用いた。順番は立春→雨水→啓蟄→春分である。

日本の場合は、中国のどの暦書を用いたかによって、啓蟄か驚蟄かがことなってくる。ただし貞享暦（1685）以降、日本の状況を勘案した暦が施行されてからは啓蟄となり、太陽暦となった今日まで引き継がれている。以下、年表ふうにまとめておく。順番については、みな立春→雨水→驚（啓）蟄→春分である。


604～691年は、元嘉暦（驚蟄）。

692～696年は、元嘉暦（驚蟄）と儀鳳暦（啓蟄）の併用期。（儀鳳暦は中国の麟徳暦の日本名）

697～763年は、もっぱら儀鳳暦＝麟徳暦（啓蟄）の時代。

764～857年は、大衍暦（驚蟄）。

858～861年は、大衍暦（驚蟄）と五紀暦（驚蟄）の併用期。

862～1684年は、宣明暦（驚蟄）の時代。
1685～1872年は、貞享暦、宝暦暦、寛政暦、天保暦であり、みな啓蟄。
1873年以降、今日まで啓蟄。

ただし暦書以外の普通の文章のなかでは、どの時代も、啓蟄が用いられたり、驚蟄が用いられたりしていた。その間の事情は、日本も中国も同じである。

2. 物候としての啓蟄

中国の文献で最初に現れるのは、驚蟄ではなく啓蟄のほうである。最も古いのは「夏小正《かしょうせい》」に言う「正月、啓蟄」であろう。「夏小正」は、夏王朝（前2070～前1600）時代の一種の農事暦で、夏の社会の実際の季節、生物の成長、人間の生産活動等の一年のサイクルを反映していると考えられている。だから用いられている言葉も、ほぼ夏の時代の言葉遣いを伝えていると考えられている。

「夏小正」で啓蟄というのは、冬ごもりしていた虫が姿を現してくる時節というほどの意味で、物によってあらわされた一つの時候、つまり一つの「物候」（自然暦）を意味するにすぎない。たとえば「夏小正」では、啓蟄の後に「雁北に郷《むか》う」「魚陟《のぼ》りて氷を負《お》う」などが記されているが、そのような物候の一つである。つまりは数多くある自然暦の一つの指標であって、もとより後世の暦学上の専門用語の啓蟄ではない。ただし言葉としては、後世の二十四節気の啓蟄のルーツはここにあると言ってよいであろう。

次に古いのは『周礼《しゅらい》』冬官考工記《とうかんこうこうき》で、太鼓作り職人の鞾《うん》人の条である。「凡冒鼓、必以啓蟄之日」とあり、太鼓の皮を張る（冒）のは、必ず啓蟄の「日」でなければならないという。この「日」は特定のある一日ということではなく、もっと広く、〜の時候、〜のころの意味であろう。「冬官考工記」には、特定の日に〜を作るという表現は見あたらない。それからしても、やはり「夏小正」や次の春秋左伝のような、ある程度の時間的幅を持った物候である。常識的に考えても、ある特定の日だけにしか太鼓の革張りをしてはいけないというのは、現実的ではない。「冬官考工記」の成立年は諸説あるが、ここでは戦国時代（前403〜前221）の初期という最も一般的な説にしたがっておく。ただし部分的には周代の文章も含まれ、秦漢時代に付け加わった部分もあると言われている。

また、右と前後する時期と思われるのが、『春秋左伝』桓公《かんこう》五年の伝である。年四回の祭り、㊀郊（春の天の祭り）。㊁雩（夏の雨乞い祭）。㊂嘗（秋の新嘗祭）。㊃烝（冬祭り）の祭りの時期について、「凡《およ》そ、祀《し》は啓蟄にして郊し、龍見えて雩《う》し、始めて殺《さい》して嘗《しょう》し、閉《へい》して烝《じょう》す。（凡祀、啓蟄而郊。龍見而雩。始殺而嘗。閉蟄而烝。）」とある。それぞれ四つの祭りの時期の目安は、㊀啓蟄のころ。㊁黄昏時に東の空に龍星が見えはじめるころ。㊂花が枯れ葉が落ち始めて秋の粛殺の時期になるころ。㊃虫が穴を閉じて冬ごもりするころである。これらの言い方からすると、『春秋左伝』の四つの祭りの時期も、四つの物候が目安となっていると理解される。春秋左伝の啓蟄も、「夏小正」や冬官考工記と同じで、暦学上の特定の日などではない。この書の成立時期も議論が多いが、ここでは最も有力と考えられる戦国時代の中期と考えておく。以上の文献によるかぎり、戦国時代までには、物候の一つとして啓蟄という言葉が存在していたと言える。

3．驚蟄という言葉の誕生

次に秦代になると、『呂氏春秋《りょししゅんじゅう》』「十二紀」孟春之月《もうしゅんのつき》に「東風解凍、蟄虫始振。」とあり、仲春之月《ちゅうしゅんのつき》に「雷乃発声。

始電。蟄虫咸動、開戸始出。」とある。またそれを下敷きにしたと考えられる『礼記《らいき》』月令《げつれい》では、仲春之月の「開戸」の部分が「啓戸（戸を啓《ひら》く）」となっている。『呂氏春秋』も『礼記』月令も、春がはじまって虫が活動しはじめることを、立春と仲春の、二段階に分けて書いてあるように読める。氷が融けて、蟄虫が始めて振るうのが立春の段階。仲春になると、雷・電が発生し、蟄虫が咸動《みな》き、戸を開（啓）いて始めて出てくる、というように。ここで雷・電と関連づけてあるのは、蟄虫が戸を開くことであり、驚くという文字は使われていない。これらの言い方は、啓蟄と驚蟄の、そのどちらの言い方でもないが、その双方に近い言い方をしているように見える。

その後は、右の『呂氏春秋』を踏まえた形で、前漢の前139年に、『淮南子《えなんじ》』の「時則訓」孟春之月に「東風解凍、蟄虫始振蘇（始めて振《ふる》い蘇《よみがえ》る）。」とあり、仲春之月に「是月也、日夜分、雷始発声、蟄虫咸動蘇（咸動《みなうご》き蘇る）。」とある。振、雷声、蟄虫、動などの言葉に注目すれば、『呂氏春秋』・『礼記』から『淮南子』へは、一直線につながっていることが見てとれる。

また『淮南子』天文訓には、一年を二十四に分割する二十四節気の考え方が打ち出され、今の驚蟄のルーツと考えられる「雷驚蟄」というフレーズ（主語＋動詞＋目的語という構造）が用いられている。「天文訓」のいう一年の二十四分割は、現在の二十四節気とほぼ同じで、三つの節気の呼び方「雷驚蟄」「清明風至」「白露降」が、少しく異なるにすぎない。

この『淮南子』の言い方を整理し、漢字二文字の名詞形として統一したのが、太初暦《たいしょれき》であったろう。『淮南子』の「雷驚蟄」が、太初暦の「驚蟄」に、「清明風至」が「清明」に、「白露降」が「白露」に落ち着くのは、きわめて自然である。ただし太初暦は、雨水と驚蟄、清明と穀雨の順序を入れ替え、立春→驚蟄→雨水→春分→穀雨→清明→立夏……となっている。いずれにしろ、はじめて驚蟄という独立した二字熟語を、節気の名称として用いたのは太初暦であったろう。

一方「驚蟄」は、このような暦学の用語としてではなく一般名詞としても、つまり春になって雷に驚き現れ出た虫類などの意味で、暦書以外の詩や文章の中でも使われるようになる。それは漢以後であり、物候としての啓蟄が、先秦から使われていたのとは対照的である。

4.『周髀算経』、「時訓解」、および避諱について

ところでここに少し厄介なものがある。『周髀算経《しゅうひさんけい》』である。この書は、部分部分が長い時間をかけて次第に形をなしてきたものと言われ、その成立年代には多くの考え方があって、いまだに百家争鳴の情況である。[1] 現行のテキストには、一部が漢代以後に改変された部分も残すのではないかと思われる。その巻下には、圭表による太陽南中時の節気ごとの影の長さが記されている（必ずしも実測ではない）。たとえば啓蟄は八尺五寸四と六分の一分、春分は七尺五寸五分、……などのように。今日の二十四節気と同じ順序、立春→雨水→啓蟄→春分→清明→穀雨……なのだが、節気の名前が、驚蟄ではなく啓蟄となっている。

序編で述べたように、二十四節気が二至二分四立の八節を経て、次第に整備されていった過程を考えると、『淮南子』以前に、このようにきちんと名称と順序が整った文献が存在するとは考えにくい。二十四節気が成立するには、『淮南子』の役割が必須であったろう。そう考えるのが自然である。もしも『周髀算経』の成立が太初暦のあとなら、『周髀算経』の二十四節気の一段は、1．まずは太初暦で成立した節気名を受けつぎ、2．太初暦の節気の順序を入れ替え、3．さらに漢代以前の古い文献であるように演出するため、驚蟄を啓蟄に書き換えたということになろう。もしも太初暦の直前なら、淮南子によって二十四節気成立の直前に至るまで到達していたものを、『周髀算経』が確立させたこ

とになり、通説の変更が求められることになる。ただこの問題はわたしの手に余ることなので、ここでは判断を差し控え、如上の二つの可能性を提起して置くにとどめる。

ところで、太初暦が驚蟄となっているのは、紀元前157年に即位し、同141年に崩じた劉啓《りゅうけい》（景帝《けいてい》）の名の「啓」を避けたからだと言う意見がある（宋・王応麟《おうおうりん》『困学紀聞《こんがくきぶん》』巻5）。が、ここではこの説は取らない。もしもそうなら、節気の名称として啓蟄を使うことが、太初暦以前に一般化していた必要がある。一般化していたので、太初暦は啓蟄を使いたいところを、あえて驚蟄に換えたのだということになるのだが、先に述べたようにそういう事実は、普通には想定しがたいからである。

なお『逸周書《いつしゅうしょ》』「時訓解」に、「驚蟄之日」とある。ただしこの「時訓解」は、漢代以後の仮託の作である可能性が高いので、ここでは暫時考慮外としておく（序編第3節4．『魏書』律暦志を参照）。

▼１　馮礼貴「『周髀算経』成書年代考」（『古籍整理研究学刊』１９８６年第４期）は、成立年代に関する歴代の国内外の諸説を紹介し、前漢、後漢に成立年代を置くものが多く、さらに前漢に置くものがより多いと述べる。氏自身は、成立を紀元前200年ごろとする。程貞一・聞人軍訳注『周髀算経訳注』（上海古籍出版社、２０１２年）は、春秋末から戦国初期の成立とし、二十四節気等については『淮南子』天文訓と近い時代であろうとする。橋本敬造「周髀算経」全訳が『中国天文学・数学集（科学の名著2）』（朝日出版社、１９８０年）に収められている（273～350頁）。

春分3b（しゅんぶん）（付　春社について）

立春から立夏前までの**春**を中**分**し、真東から日が昇り真西に沈んで、昼夜が等しくなる。

太陽黄経は0度。地球は、太陽のまわりを回る地球の公転軌道上で、春分から0度、冬至から90度回ってきたところに位置している。夏至まで90度、一日に一度進むとして約3ヶ月である。

新暦の日付では3月20、21日ごろ。またそこから4月3、4日ごろまでの半月の期間をも指す。

明代までの旧暦（平気法）では、春分の節気入りは二月一日～二月三十日までの間のいずれかの日。正月や三月や閏月に春分の始まりの日は来ない。

節月は二月中。

春分3b　（唐）権徳輿「二月二十七日、社兼春分、端居有懐、簡所思者。」

（唐）権徳輿「二月二十七日、社兼春分、端居有懐、簡所思者。」

二月《にがつ》二十七日《にじゅうしちにち》、社《しゃ》は春分《しゅんぶん》を兼《か》ぬ。端居《たんきょ》して懐《おも》うこと有《あ》り、思《おも》う所《ところ》の者《もの》に簡《かん》す。

権徳輿《けんとくよ》

清昼開簾坐、　清昼《せいちゅう》　簾《れん》を開《ひら》いて坐《ざ》せば
風光処処生。　風光《ふうこう》　処処《しょしょ》に生《しょう》ず
看花詩思発、　花《はな》を看《み》て　詩思《しし》発《はっ》し
対酒客愁軽。　酒《さけ》に対《たい》して　客愁《かくしゅうかろ》軽し
社日双飛燕、　社日《しゃじつ》　双飛《そうひ》の燕《つばめ》

春分百囀鶯。　春分《しゅんぶん》　百囀《ひゃくてん》の鶯《うぐいす》
所思終不見、　思《おも》う所《ところ》は　終《つい》に見《み》えず
還是一含情。　還《ま》た是《こ》れ　一《いっ》に情《じょう》を含《ふく》む

「二月二十七日は、春社の祭日が春分の日を兼ねました。わたしは居住まいを端《ただ》してこの日を過ごし、胸に有《いだ》いた懐《おも》いをこの詩に詠じ、思う所の者《ひと》への書簡《てがみ》とします。」

清らかな昼なか、簾《すだれ》を開けはなって、しずかに坐っていると、
微風《そよかぜ》がふきわたり、春の光の輝きが処処《ここかしこ》に生じています。
花を看ていると、詩思《しごころ》が発《おこ》り、
酒に対《むか》っていると、客中《たび》の愁《うれい》が軽くなっていくようです。
土地神社《とちがみ》さまの祭りの日に、燕は双《ふた》つならんで飛び、
おなじく今日、春分の日に、高麗鶯《こうらい》は百《もも》に千《ち》に、鳴き声も多様に囀《さえず》っています。
思う所《ひと》は、終《つい》に姿を見せませんでした、
こうしてわたしは、還是《かえっ》て深い情《おもい》を、一途に含《いだ》いています。

作者の権徳輿《けんとくよ》（759～818）は、中唐期の政治と文学、その二つの世界を同時に代表する重要人物である。四歳で詩を作ることができ、十五歳ですでに文章数百篇を著し、三十六歳で詔勅を起草した。大臣、宰相、地方の大官を歴任し、その政治は寛大で温厚だと評されている。詩では、単身赴任のときなどに、妻に送り続けた一連の詩がとくに有名である。

まず、詩題にいう「社」について説明しておく。「社」は土地の神様で、古代社会の世界各地に見られる地母神《ちぼしん》である。上には天の神、下には土地の神のいわゆる皇天后土《こうてんこうど》の「后土」と同じである。社の祭りが最も盛んだった唐代、宋代について言えば、社は春と秋に祭られ、春は豊作への祈願で、秋は収穫への感謝である。それぞれの社祭を春社、秋社という。▼1 社の祭りの日、つまり社日の日取りは、立春を起点に考えるので、太陽暦の一種と考えてよい。農業に関する祭なので、太陽暦で日取りを決めるのは当然であろう。太陰暦では毎年ほぼ十一日ずつ季節が早まっていくので農業の指針にはならない。中国の陰陽暦でも、年によっては一ヶ月も季節がずれることがあるので、やはり農業には適さない。ただ社祭は太陽暦に属すとは言え、十干の変数を加算するので、毎年一日から十日以内のズレが生じることになる。

日取りの決め方は、まず冬至の日が定まり、そこから立春の日も決まる。その立春から数えて五番目の戊（ぼ・つちのえ）の日となる。（立春がたまたま戊の日ならその戊は数えない。）たとえばこの詩が作られたと考えられる大暦十四年(779)でいうと、立春は正月十一日壬子《じんし》であり、そこから五番目の戊の日を数えていくと、二月二十七日戊戌《ぼじゅつ》となる。▼2

壬子 立春正月十一日
癸丑
甲寅
乙卯
丙辰
丁巳
① **戊**午
己未
庚申
辛酉
壬戌
癸亥
甲子
乙丑
丙寅
丁卯
② **戊**辰 雨水正月二十七日
己巳
庚午
辛未
壬申
癸酉
甲戌
乙亥
丙子
丁丑
③ **戊**寅
己卯
庚辰
辛巳
壬午
癸未 驚蟄二月十二日
甲申
乙酉
丙戌
丁亥
④ **戊**子
己丑
庚寅
辛卯
壬辰
癸巳
甲午
乙未
丙申
丁酉
⑤ **戊**戌 春社二月二十七日
己亥

作者がこの日どこにも出かけず、家で閑居しているのは、春社の日は唐代は休日だったからだろう。ただ春分の日も一日の休みとなったので、この詩のように春社と春分が重なった場合は、どのようになっていたのかはわからない。一、二句めから、この日がよく晴れた日であることがわかる。「風光」は、風が吹いて草木を揺らし、陽光が反射することであるが、もちろん春に限ったことではない。しかしその用例を見る限り、春の詩のなかで使われることが断然多い。

光の量について言えば、昼時間の長さ、南中時の太陽高度、日の出から日の入りまでの夾角など、いずれも立春ごろから伸び幅が目立ちはじめ、春分から清明にかけて一気に増し、立夏を過ぎると伸び幅は少なくなっていく。つまり春分から清明にかけてが、光量の増大の傾斜が最も急である。また風についても春は風が多く吹き、強風も多い。[3]だから人々が春分から受ける印象は風と光と言ってよく、「風光」こそこの時期に最もふさわしい言葉と言えよう。あとひと月も過ぎれば初夏の風薫る5月になる、その手前の風光るなのである。

五句め、燕が出てくるのも春分の時期にふさわしい。春分の時期は、南から燕がやって来て、北へ雁が帰っていく。七十二候では春分の初候が「玄鳥《つばめ》至る」であり、『礼記』月令でも「仲春之月」に挙げられている。春分のころは春社のころでもあるので春分のころにやって来る燕は「社燕」とも言われる。しかしここでは、なぜ双《ふた》つながら飛ぶつがいの燕なのか。[4]

春分、春社の時期は、動植物が生産、生殖活動を始める時期である。植物は芽吹き、動物は卵や子を生む、またはその準備を始める。古代の人々にとって食物の豊作と子孫の繁栄とが最大の願いであり、両者は深く結びついていた。だから農耕の開始にあたって豊穣の予祝あるいは祈願として、男女の交わりを摸した儀式が、世界各地でさまざまな形でなされた。あるいは春社の日に、歌垣のような男女の自由な結びつきが許されることもあった。春分、春社のころ渡ってくる燕は、まもなくつがいとなって、人目に付きやすいところに巣を作って卵を生み、子育てを始める。毎年定期的に巣にもどり雛を育てる燕は、生産、再生産のシンボルとなりやすかった。

その昔、殷《いん》の基礎を築いたのは契《せつ》であるが、契の母は簡狄《かんてき》といい、彼女はほかの女性と湯浴みしているとき、ツバメが卵を落としたのを見て、彼女だけが卵を飲んで、彼女だけが契を生むことができた。この『史記』の殷本紀《いんほんぎ》の説話は、そのような燕と一体化することによって、その燕の力を借りて妊娠出産したいという願望の反映ではなかったか。春分、春社の時期の燕には、そういう人々の二重三重の無意識の思いが重なり、夫婦一対の鳥となっていたのではなかろうか。

六句めで鶯（コウライウグイス）が鳴いているのは、七十二候の驚蟄の次候に「倉庚鳴《そうこう》く」とあり、古くはすでに『礼記』月令の「仲春之月」に「倉庚鳴く」とあるからであろう。七十二候の選定は、その時期にその物候が最も盛んなものを選んだというより、その物候が始めて現れる時期を選んでいる。そのことは物候に「始めて～する」という形が少なくないことからよくわかる。唐の宣明暦所載の七十二候には、なんと十七もの物候で「始」が使われている。その時期からその物候が「～し始める」というのが、本来の七十二候の主旨であろう。

この詩の制作年はわからないが、節気を手がかりに絞り込むことができる。権徳輿の生涯で、二月二十七日が春分となる年は三回ある。先に挙げた大暦十四年のほか、貞元十四年（798）、元和十二年（817）である。さらに春分が、春社と重なる年となると、三つめの元和十二年の二月二十七日が、丁巳の日なので候補からはずれ、残りの二つとなる。それぞれ二十一歳と四十歳である。次は詩の内容と彼の伝記から絞り込んでいくことになる。

前者の二十一歳のときは、基本的に丹陽《たんよう》（江蘇省南京市）にいて遊学中であり、求職活動中であった。職を得るのはその翌年である。四句めに「客愁」とあることからも、この時期の可能性が高い。後者の四十歳のときは、駕部員外郎の官にあり都長安にいた。官界での交際に忙しかったであろう。詩の季節的内容からすると、南京でも長安でも当てはまる。しかしこの詩の後半で、雌雄仲良く飛ぶ燕が描出され、待ち人に会えず、ますます思いが深くなったことを述べるなど、いかにも二十一歳の青年の詩にふさわしい。確実な証拠があるわけではないが、作者二十一歳時の大暦十四年の詩だと考えておきたい。

＊　詩の本文は『古今歳時雑詠』巻10による。伝記的背景は、蒋寅『大暦詩人研究』下編「権徳輿年譜略稿」（中華書局、1995年）、厳国栄『権徳輿研究』（中国社会科学出版社、2006年）によった。なお生年を上元二年（761）とする説もあるが、ここでは採らなかった。その場合は、この詩を作ったのは十九歳となる。河内昭円「権徳輿の贈婦詩について」（『大谷学報』63―2、1983年）は「この詩人には「愛妻詩人」あるいは「愛情詩人」の敬称を贈ってよいであろう。」とある。

▼1　春社については『中国古代の年中行事』春冊、384〜399頁を参照。

▼2　ここでもう一つ、『古今歳時雑詠』に載せる唐の元稹の「華嶽寺」と題する詩を例に挙げてみよう。周相録『元稹年譜新編』（上海古籍出版社、2004年）によれば、二十六歳のときである。題注に「貞元二十年（804）正月二十五日、自洛之京。二月三日春社、至華嶽寺、憩竇師院。曾未逾月、又復徂東、再謁竇師、因題四韻而已。」とあるので、そこから春社の日取りを検証してみる。貞元二十年は十二月に立春が来る。春社を数えるには、この場合は前年十二月の立春から起算する。

癸亥　立春　十二月十六日
甲子
乙丑
丙寅
丁卯
①**戊**辰
己巳
庚午
辛未
壬申
癸酉
甲戌
乙亥
丙子
丁丑
②**戊**寅
己卯　雨水　正月三日
庚辰
辛巳
壬午
癸未
甲申
乙酉
丙戌
丁亥
③**戊**子
己丑
庚寅
辛卯
壬辰
癸巳
甲午　驚蟄　正月十八日
乙未
丙申
丁酉
④**戊**戌
己亥
庚子
辛丑
壬寅
癸卯
甲辰
乙巳
丙午
丁未
⑤**戊**申　春社　二月三日
己酉　春分　二月四日
庚戌

右のように、たしかにこの年の二月三日は春社であった。そしてこの年はその翌日に春分が来ており、春社と春分で連休となっていたであろう。

▼3 春分の節気の風については、『二十四節気志』「春分」に「春の風は必ずしもやさしく、恵みをもたらすだけではない。しばしばシベリアから出て、寒さ、砂塵、春寒をもたらす。春の風はハサミにでも、短刀にでもなることできる」と言う。また『中華気象諺語大観』節気類春分に、「春分天変又多風」、「春分有風、秋分有雨」などとある。二十四節気ではなく四季の春についてだが、『中国気候（中国自然地理系列専著）』第六章：気候要素特徴、第三節：風向和風速、表6・2「中国の四季の年平均風速」でも、四季の中では春がとりわけ速い。

▼4 民間では、この時期の鳥はみなつがいだと、考えられていたようだ。「春分鳥無単（春分は鳥はみなつがい）」とある。『（公暦二〇一七）気象暦』（中国気象局気象宣伝与科普中心編著、気象出版社、2016年）の「春分気象農諺」による。

ただこうした民衆的感情とは別に、知識人の作る詩は、詩作時の作者の気分のありさまが、詩の中味を決めることが多い。だから、そのときの作者の気分次第で、相手を見つけられない単独の燕が詩人の目に「発見」されてしまうことがある。つまり孤独な気分の作者には、燕も孤独に見えるのであって、そういう燕が詩に書き込まれることになる。

たとえば宋の徐鉉（917〜992）の「春分日」という詩。李振中『徐鉉集校注』巻二（中華書局、2016年）はこの詩を制作年未詳とするが、「仲春初四日、春色正中分」とあるので、二月四日が春分の日となるのを調べれば九三七年か九四八年かであり、作者が二十一歳か三十二歳のときの詩だとわかる。そこに描かれる燕は「燕は飛ぶこと猶お箇箇たり」とあるように、まだつがいとなっていない。結句で「思婦、高楼にありて晩《く》れゆき、その歌う声は悲しく聞くに可《た》えず」とあるように、若い女も孤独で伴侶となるべき男を求めている。春分だというのにまだ単独の燕、そして男を恋い慕う女、このようなものに目がいってしまう作者も、まだうら若く、おそらく燕や思婦と同じ心境だったのだろう。

春分３b　（宋）朱淑真「春半」

（宋）朱淑真「春半」

拭目憑闌久、
柔風払面吹。
鶯花争嫵媚、
詩酒闘清奇。
已近清明節、
初過上巳時。
莫縈尋俗事、
随意楽春熙。

春半《はるなか》ば　朱淑真《しゅしゅくしん》
目《め》を拭《ぬぐ》いて　闌《らん》に憑《よ》ること久《ひさ》しく
柔風《じゅうふう》　面《めん》を払《はら》いて吹《ふ》く
鶯花《おうか》　嫵媚《ぶび》を争《あらそ》い
詩酒《ししゅ》　清奇《せいき》を闘《たたか》わす
已《すで》に　清明《せいめい》の節《せつ》に近《ちか》く
初《はじ》めて　上巳《じょうし》の時《とき》を過《す》ぐ
俗事《ぞくじ》を尋《たず》ぬるに縈《まつ》わること莫《な》かれ
意《い》に随《したが》いて　春熙《しゅんき》を楽《たの》しまん

「春も半ばのころ」

目を拭って瞳をこらし、闌干に久しく憑《よ》りかかっていると、
柔らかい風が吹いてきて、顔面《かお》をそっと払った。
高麗鶯《こうらいうぐいす》の声と、花の色が、どちらが嫵媚《うつく》しいかを争っている、
詩にふけることと、酒をたしなむことは、どちらが清らかで奇《すぐ》れているか、闘いきそっている。
季節は、もう已《すで》に清明の節気に近く、
初《ちょう》ど三月三日の、上巳《じょうし》の時を過ぎたころ。
俗事を尋ねまわるなど、そんなことに自分から縈《まつ》わりつか莫《な》いようにしよう、

意《こころ》のままに随って、この春の煕《ひかり》を楽しもう。

朱淑真《しゅしゅくしん》は、宋代の著名な女流詩人である。しかし詳しい生卒年は未詳で、北宋の人、南宋の人、また北宋から南宋にかけての人などさまざまな説がある。▼1 結婚後の生活は不幸であり、作品には満たされない思いや憂愁、怨恨がしばしば表現されている。

詩題に言う「春半」は春分の意味ではない。文字どおり春の中ごろで春分も清明も含む。朱淑真にはほかにも「春半」と題する詞が二首あるが、ここで取り上げている詩のほうが、わたしには面白く読める。

一句めの「目をぬぐって長らく闌干によりかかる」は、目を凝らして作者が春景色をしっかり観察していることを表している。二句めはその緊張を解くかのようにやわらかい風が顔を撫でる。うまくできているのは次の三、四句めの対句。表面上は鶯と花が美しさを競っていると書いてある。しかし実際は作者が心のなかで、鶯と花のどちらがより美しいのか、と決めかねて自問しているのであろう。四句めも同じ構造。字面では詩作と飲酒はどちらがよりすぐれているか、それを競っていると書いている。しかしそれも作者が、どちらがもっとよいのかを決めかねているのであろう。この句の面白いところは、鶯も花も詩も酒もみんな好いと、ひと言で片付けてしまっていない点であろう。その四つを前にして優劣つけがたいと迷い、それは春を迎えての嬉しい迷いであるのだが、それを形象化し、擬人化しているところであろう。

五句めと六句めの「清明」と「上巳」は、作者がこの詩をいつ作っているのかを述べている。それぞれ太陽暦と陰陽暦の両方から条件を出し、その二つの条件が同時に満たされる部分を浮かび上がらせ、読者に制作時期を示している。このやり方は、理知的な営為を詩のなかでなす、いかにも宋代的な特徴を持っていると言えよう。

最後の句「意のままにこの輝く春を楽しまなくては」という言い方は、誰もが普通に口にすることで、どうということはない。しかし直前の句は「俗事を自分から尋ねる。その結果自分自身がそれにまといつかれてしまう。その負の連鎖を意志の力で断ち切らなくては」という。春を楽しむことの反対のものとして、俗事を自分から探し出し、それに囚われ振り回される、という人間の動きを取り出している。そしてそんなことをするまいと、自分に言い聞かせている。俗事を否定する言い方はほかの詩人でもよくする。しかし作者は、人間の性として、自分から俗事を探しまわって、挙げ句の果てはこころを疲れさせてしまうものなんだ、だからそんなことに陥らないようにと述べる。たしかにそう言われてみると、我々は往々にして自らよけいなことを探し出し、お節介をしがちなものである。おそらく彼女も何度も、そんな誘惑に駆られたことがあったのだろう。だからそんな胸中の誘惑に対して、ここではそんな心のうごきを詩によって形となし、その誘惑から逃げ切ろうとしているのに違いない。この句を見ていると、作者が自分の心の動きを客観的に見つめることのできる、自立した女性だったのではないかと思わせる。この観察力の確かさは、ほかの詩人の追随を許さないように見える。また、こういう境地に立つことができるためには、それ相応の年齢を重ねなければならないのではなかろうか。このことは後述するように、詩の制作時期を決める一つの手がかりになってくる。

さて、五、六句めで作者がつけた「清明」と「上巳」の条件から、この詩の制作時期を少し絞ってみよう。六句め「初めて上巳の時を過ぐ」で、「初」とはちょうどいましがたの意味だから、ちょうど三月三日上巳の日を過ぎたとき、つまり三月四日と考えてよいのではなかろうか。三月五日だと、すでに間延びした感がある。

次に五句め「已に清明節に近い」、この言い方から、春分の節入りの日から清明節まで、半分はもう過ぎただろう、ということがわかる。それがどのような時点にあるのか、まず一節気十五日の場合で考えてみる。

① 春分
2
3
4
5
6
7
⑧
❾ 三月四日
❿ 三月四日
⓫ 三月四日
12
13
14
15
⑯ 清明

右の図で⑧の時点が、春分から八日めで、⑧から数えると清明まであと八日ある中間点である。しかし「已に」という副詞は、もうすっかり状況が進行し、大勢が定まっているという語感なので、中間点をすぎて一節気の三分の二を過ぎるか過ぎないかあたりと考えてよいであろう。とすれば、春分からは九日めで清明まであと七日ある❾の時点か、また春分からは十日めで、清明まであと六日ある❿の時点か、さらに春分からは十日めで清明まであと五日ある⓫の時点あたりを考えてよいのではないか。ただし春分からさらに十二日めあたりとなると、「もう近い」ではなく、「間近、目の前」などとなるであろうから、除外したほうがよいであろう。

次に没日が入って、一節気十六日の場合は、右と同じ要領で⑨が中間点となる。⑨は春分から九日めで、⑨からその日を入れて数えると清明まで八日ある。よって「已に清明に近し」は❿⓫⓬が候補となろう。⓬は春分から十二日めで清明まではその日を入れて五日ある時点である。

① 春分
2
3
4
5
6
7
⑧
⑨ 三月四日
❿ 三月四日
⓫ 三月四日
⓬ 三月四日
13
14
15
16
⑰ 清明

よって以上から、二つの場合を合わせて、❾❿⓫⓬のころに三月四日が来れば、「初めて上巳の時を過ぐ」「巳に清明節に近い」の二つの条件が満たされることになる。さらに節気期間が十五日か十六日かで、不適当な場合があれば適宜除外すればよい。

次に春分と清明と三月四日が、右のような位置関係に来る日を、作者の生涯で探すことになる。その際、作者の生卒年が実ははっきりしないという問題がある。そこでここでは仮に魏秀琪氏の説によって、[2]作者の生卒年を、１０７９または１０８０年から、約１１３１年から１１３３年までと設定し、さらに、詩の内容から、作者の十代は含めなくてもよいこととして、条件に合う年を探してみる。実際には二十歳以前を除外して、１０９９年から１１３３年までの期間で、清明になるまで四日から八日間が存在し、そんな日がちょうど三月四日となる、そういう状況をチェックすればよいことになる。

左がその結果で、

(西暦)	(旧暦春分)	(二月の大小月)		(旧暦清明)	(春分の期間)	(年齢)
１１０２年	二月二十六日	二月三十日	三月四日	三月十二日	16日間	23、24歳

1110年	二月二十四日	二月二十九日	三月四日	三月十一日	16日間	31、32歳
1118年	二月二十三日	二月三十日	三月四日	三月九日	16日間	39、40歳
1121年	二月二十六日	二月三十日	三月四日	三月十一日	15日間	43、42歳
1129年	二月二十四日	二月二十九日	三月四日	三月十日	15日間	50、51歳

可能性としては五箇所もあり、これではほとんど意味をなさいないといわざるを得ない。しかし七句めの「俗事を尋ぬるに縈《まつ》わることなかれ」という屈折した、自己をよく客観化できた表現の重みを最大限加味するとすれば、この五つの可能性は決して均等ではないだろう。可能性から言うと年齢の高いほうから順に、可能性も高いと言っていいのではないか。そして二十代、三十代になると、その可能性は非常に少ないと考えてもいいのではなかろうか。ただし以上は作者の生卒年を北宋末から南宋初めとした場合にすぎない。ほかの年代であっても、これと同じ方法を用いれば、やはりいくらかは絞り込んでいけるのではないか。以上は、節気を用いた方法によるシミュレーションの一例である。

＊ 詩の本文は『全宋詩』第28冊巻1583による。

▼1 姜秀艶「近10年朱淑真研究述評」（『長春大学学報』2003年06期）。

▼2 魏秀琪「朱淑真生平研究総述」（『浙江教育学院学報』2002年01期）。

第3節　季春の詩

清明 4 a（せいめい）

天気は暖かくやわらぎ万物が再生し草木は緑に、冬枯れの景色が消え、**明**るく**清**くなる。

太陽黄経は15度。地球は、太陽のまわりを回る地球の公転軌道上で、春分から15度、冬至から105度回ってきたところに位置している。夏至まで75度、一日に一度進むとして約2ヶ月半である。

新暦の日付では4月4、5日ごろ。またそこから4月19日前後までの半月の期間をも指す。

明代までの旧暦（平気法）では、清明の節気入りは二月十六日～三月十五日までのいずれかの日。閏月のときは閏二月十四日、十五日、十六日のいずれかの日。

節月は三月節。

清明 4 a （唐）顧非熊「長安清明言懐」

（唐）顧非熊「長安清明言懐」

長安《ちょうあん》　清明《せいめい》、懐《おも》いを言《い》う　　顧非熊《こひゆう》

明時帝里遇清明、
還逐遊人出禁城。
九陌芳菲鶯自囀、
万家車馬雨初晴。
客中下第逢今日、
愁裏看花厭此生。
春色来年誰是主、
不堪憔悴更無成。

明時《めいじ》　帝里《ていり》に　清明《せいめい》に遇《あ》い
還《ま》た遊人《ゆうじん》を逐《お》うて　禁城《きんじょう》を出《い》ず
九陌《きゅうはく》の芳菲《ほうひ》　鶯《うぐいす》自《おのずか》ら囀《さえず》り
万家《ばんか》の車馬《しゃば》　雨初《あめはじ》めて晴《は》る
客中《かくちゅう》　第《だい》より下《お》ちて　今日《こんにち》に逢《あ》い
愁裏《しゅうり》　花《はな》を看《み》て　此《こ》の生《せい》を厭《いと》う
春色《しゅんしょく》　来年《らいねん》　誰《たれ》か是《こ》れ主《しゅ》たらん
憔悴《しょうすい》して更《さら》に成《な》ること無《な》きに　堪《た》えざらん

「長安で清明の節気をむかえ、懐《おも》いを詩に言いあらわした」

光明な治政のこの時下に、皇帝の里のこの都で、清明の節気に遭遇し、わたしも還《ま》た、物見遊山に興じる都の人士を逐《お》いかけて、禁中の宮城より出かけた。都大路の九本の陌《みち》のべには、草花が芳《かお》って菲《かんば》しく、高麗《こうらい》鶯も自《おのずか》ら囀《さえず》り、雨が止み、初《いまし》も晴れわたって、万戸の家々から、多くの車馬が繰《く》りだした。都への客《たび》の中で、科挙の試験にまたもや下第《かだい》し、かえって今日のよき日にめぐり逢った、悲愁のただ裏《なか》にあって美しい花を看て、落第つづきの此《こ》の人生が、はなはだ厭《いと》わしく思われる。来年は誰《だれ》是が首席合格者となり、この春景色を、主人公として独り占めにするのだろう、わたしは憔悴して、更に来春も成功すること無く、もう堪《た》えられなくなるであろう。

作者の顧非熊《こひゆう》（797〜854）は、南朝の顧野王《こやおう》の末裔で、中唐の著名な詩人顧況《こきょう》（約727〜816ごろ）の子で、潤州丹陽《じゅんしゅうたんよう》（江蘇省鎮江市）の人。科挙に三十年落第し続けた人として、もっぱら有名である。彼の詩集には落第を詠った詩が数多く残されているし、友人たちからも慰めの詩を送られている。

唐代、科挙の最終試験は首都長安で行われた。安史の乱後は、副都の洛陽《らくよう》でも十年ほど行われたことがあるが、作者の場合はもうすでに、長安でしか行われていなかった。試験日や合格発表の日は例年定まっていなかった。中村裕一氏の『中国古代の年中行事（春冊）』には、試験日や合格発表日を記載する資料が十余例挙げられている。その日付を見ると、例外的だと思われる正月の例をのぞけば、氏が述べるとおり「二月に実施されるのが標準であり、時としては三月に実施されることもあった」と言うほかはない。▼1 しかしかなり不規則に見える旧暦での日付を、太陽暦の二十四節気でとらえなおしてみると、一つの慣例のようなものが浮かび上がってくる。それは通例では、どんなに早くても驚蟄より前には試験は行われないこと、しかし春分の期間が終わるまでには実施されたようであること、したがって合格発表は早い場合は驚蟄の節気にあることもあるが、普通は春分から清明の期間中が多いこと、そして遅くとも穀雨まで、発表が遅れてしまうことはないようであること、である。だからこの詩のように、春分の期間に発表があって落第し、すぐさま清明節にめぐりあったというのは、普通にあり得ることだった。

四句めについて、春分から清明にかけての時期は、冬と春のせめぎ合いで、まだ気候が安定していない。春分も含めてこの時期は、風や雨が周期的におそってくるし、雪や霜さえ降ることもある。雨量も多くなるが、何よりも天気が変わりやすい。前日前夜からの悪天候が、朝になってすっかり行楽日和になるということはしばしば起こる。「雨初めて晴る」というのは、この詩でも案外そうだったのかもしれない。

二句め四句めで、都中の人々が車馬を繰り出して郊外へ花見に出かけている。唐代は、火を使わずに冷たい食事をする寒食節の三日と、それに連続する清明とを連ねて、当初は四日の、後には七日までの休暇が与えられた。[2]官吏だけではなく官所有の奴隷階級にも三日の休暇が与えられた。[3]だから「万家の車馬」というのは修辞の上での誇張ではあろうが、百万都市と言われる当時の長安では、その実態は十分に備わっていたろう。清明は元来は二十四のなかの一つの節気に過ぎなかったが、唐代は格上げされて節日とみなされていた。さらに一日の休暇である三月三日の上巳《じょうし》節と、時期が相前後することもあり、清明節の休暇に、本来は寒食節の墓参りがなされたり、上巳節の踏青《とうせい》すなわち郊外への花見遊山がなされたりして、この上巳節、寒食節、清明節の三つの行事が混在して行われていた。[4]

　もしも寒食、清明の七日休暇の前後に、上巳節がつながれば、八日間の大型連休となったであろう。たとえば、作者の生きている時代で言えば、大和四（830）年や会昌五（841）年は、清明が三月七日に来る。この場合、清明の前後三日を休暇とする考え方を援用すれば、清明節は三月四日から十日までとなり、前日の三月三日の上巳節を加えると連続八日の連休となる。その場合、連休は、

三月三日	三月四日	三月五日	三月六日	三月七日	三月八日	三月九日	三月十日
上巳	休暇	寒食	休暇	清明	休暇	休暇	休暇

のように続く。[5]

　たとえ上巳節が寒食、清明に連続しなくても、重なったり、飛び石になったりしても、この時期の祝祭ムードは盛り上がったであろう。このように見てくると、この清明節前後の時期がいかに春祭りの気分に浮かれた週間であったかがわかる。世の中がかくも陽気な気分に満ちあふれているとき、今年もまた作者は落第した。周囲が華《はな》やいでいれ

ばいるほど、自分のみじめさが際立ってくる。作者は絶望の寸前である。いな、来年の受験まで生きていけるかどうか、それさえ自信をなくしている。恋愛詩は、恋が成就した喜びより、失恋の悲しみを歌ったほうがより人を感動させる。合格の喜びを詠じて名詩となったものもあるが、落第の嘆きを詠ったものが、より多くの人の共感を得たのではなかろうか。

何度も落第しているうちに、かえって彼の詩名は上がっていった。言い伝えでは、彼の名が合格者名簿にないことをいぶかった皇帝は、彼を追加合格させたという。しかし、人生の大半をかけた科挙受験だったのに、合格するや何年も勤めないうちに、せっかく得た官職をさっさと辞めて隠遁してしまった。無味乾燥の雑務や徴税の仕事に耐えられなかったのであろう。人生の最初の関門を通過できず、何度もつまずき続けたことが、かえって彼の詩名を後世に残したというのは、皮肉と言わざるを得ない。つまずきの連続こそが彼の人生の真実であったのであり、彼の生活も感情もそして文学も、みなそこにあったのではなかろうか。

＊詩の本文は『古今歳時雑詠』巻14による。詩人の出自、生卒年などは、馬栄娟『顧非熊及其詩歌研究』（河北大学、中国古代文学、2012年修士論文）による。

▼1　清の徐松「登科記考凡例」に「其応挙者、郷貢進士例於十月二十五日集戸部、……正月乃就礼部試。試三場……。毎一場已、即榜去留。通於二月放榜、四月送吏部。」（徐松『登科記考補正』上冊、孟二冬補正、北京燕山出版社、2003年）という。つまり正月に試験、二月を通して合格発表だという。呉宗国『唐代科挙制度研究』（遼寧大学出版社、1997年）は、合格発表について、普通は二月であり、早い場合は正月、遅い場合は三月、いずれにしろ固定した期日はなかった（61頁）と述べ、また明経・進士科の試験は一般的には正月であるという（51頁）。ただ両者ともその正月、二月という言い方が正確さに欠けることは、中村裕一氏が挙げる十余の例から明らかである（『中国古代の年中行事（春冊）』「貢挙試の実施時期」408～

414頁)。

▼2　『中国古代の年中行事（春冊）』「寒食・清明の休暇」（558～563頁）が詳しい。七日間の休暇であったことを示す資料は、いくつかあるが、ここでは三つあげておく。まず円仁の『入唐求法巡礼行記』巻四の会昌五年（845）に「寒食。従前已来、准式賜七日暇。」（深谷憲一訳、中公文庫・中央公論社、１９９０年）とある。また宋の『冊府元亀』巻六十、帝王部、立制度一に、（大暦）「十三年、詔自今已後、寒食通清明、休假五日」では、五日だった休暇を、（貞元）「六年（790）三月丙午（九日）、加寒食假寧七日」のように、七日に増やしている（周勛初等校訂、鳳凰出版社、２００６年）。さらに宋の王楙『野客叢書』巻十六「大節七日假」に「国家官私以冬至、元正、寒食三大節為七日假、所謂前三後四之説、僕考之、其来尚矣」（王雲五主編『叢書集成初編』第305冊、商務印書館、１９３９年）など。

▼3　中村裕一氏上掲書「官戸・官奴婢の寒食休暇」561～562頁。

▼4　唐代の上巳節の一日休暇と踏青、寒食節の墓参りについては、それぞれ『中国古代の年中行事（春冊）』「上巳の休暇」（643頁）、「上巳の行事、１、踏青」（646～7頁）、「寒食の拝墓と寺観参詣」「寒食拝墓の紙銭」（590～603頁）を参照。

一方、宋代になると上巳節は、唐代ほど盛んではなくなり、宋代以後は、上巳節の内容は清明節に取って代わられたと、張丑平氏の博士論文は述べる。張丑平『上巳、寒食、清明節日民俗与文学研究』（南京師範大学博士学位論文、文学院中国古代文学、２００６年）

▼5　清明の前後三日の説。宋の王溥『唐会要』巻八十二「休暇」に「（開元）二十四年二月十一日、敕：寒食、清明、四日為假。至大暦十三年二月十五日、敕：自今已後、寒食通清明、休假五日。至貞元六年（790）三月九日、敕：寒食、清明、宜准元日節。前後各給三日」（歴代会要叢書、上海古籍、１９９１年）とあり、この場合の「前後」は清明の日の前後だと考えられる。その論証の詳細は張勃氏の（博士学位論文）『唐代節日研究』第二章 新興節日研究、三、清明作為独立節日的興起（山東大学、中国古代史、２００７年）にゆずるが、氏は清明が節日として発展していくなかで、休暇も増えていったことを述べる。わたしも氏の意見に賛成である。寒食節の三日休暇には一日め、二日め、三日めにそれぞれ個別の名称が与えられずっと固定していた。したがって七日の休暇に延長されたときは、清明節の休暇が増えていったと考えざるを得ない。その場合

は「従来の寒食節三日休暇＋増加した清明節四日休暇」の形になる。それは結果を見ながら言いなおせば「清明を中心に前後三日の休暇」と言いかえることができる。その場合の連休は、休暇＋寒食＋休暇＋清明＋休暇＋休暇＋休暇となる。

また南宋の陳元靚『歳時広記』（十万巻楼叢書本）巻十五・寒食上「百四日」の項に、『歳時雑記』を引いて、「歳時雑記引假寧格：清明前二日為寒食節。前後各三日、凡假七日」とあり、この「前後」は、「寒食節の中日のそれぞれ前後三日」とも、「清明の前後それぞれ三日」とも読める。前者の場合の連休は、休暇＋休暇＋休暇＋寒食＋休暇＋清明＋休暇となる。しかし、上述したような主旨にのっとって、この資料も後者の意味、つまり清明の前後各三日の意味で解しておく。

また、上巳節が寒食、清明の後ろに接続する場合もある。この場合は二月が、(a)小の月か、(b)大の月かで、日取りが一日違ってくる。ほかの年にはあるのだが、たまたま作者の時代には、このような日はめぐりあわせて来なかった。

(a)	二月二十五日	二月二十六日	二月二十七日	二月二十八日	二月二十九日	三月一日	三月二日	三月三日
	休暇	寒食	休暇	清明	休暇	休暇	休暇	上巳
(b)	二月二十六日	二月二十七日	二月二十八日	二月二十九日	二月三十日	三月一日	三月二日	三月三日
	休暇	寒食	休暇	清明	休暇	休暇	休暇	上巳

参考「唐宋期の清明と寒食節の位置関係について」

ここでは唐宋期に限って述べる。寒食（ここでは三日間の寒食節の中日の意味で用いる）が、清明の直前（つまり春分の期間の最後の日）に来るのか、清明の二日前に来るのか、実際には二つの場合があった。直前に来る場合は、三日間の寒食節の最終日と清明とが重なる。しかしいずれにしろ、清明の前後各三日の連休という仕組みは変わらない。以下、実際に寒食節の日が、何年の何月何日かを特定できる資料をあげて、具体的な日付を見ておきたい。ただしよく知られている円仁《えんにん》の『入唐求法巡礼行記《にっとうぐほうじゅんれいこうき》』▼1の三例に、わたしはここで宋代の二例を追加できたにすぎない。

結論を先に述べておくと、三日間の寒食節の中日が、清明と重なることはない。つまり寒食節の中日は、必ず春分の節気内にある。[2] 春分の節気の最後の日か、最後から二番目の日が寒食節の中日である。言いかえれば、寒食節の中日は、清明の二日前にも、一日前にもあり得る。同義反復になるが、寒食節の最終日は、清明と重なる年もあれば、重ならない年もある。[3]

次に、寒食がいつ来るのかの日数について。古い文献の中で、寒食は「冬至後、一百四日」や「去冬節、一百五日」また「去冬至、一百六日」、さらに「冬至後、一百六日」などとさまざまに説明されている。実際には以下に示すように一百七日のときもある。

なおこの数字の数え方だが、単に言葉の上での可能性としては、その日数に冬至を含める、含めない。寒食の日を含める、含めない。寒食節の初日、中日のどれをとるか。それらの双方の組み合わせなど、いろいろあり得るだろう。そしてそれによって数値が変わってくる。ここで示しているのは、冬至の日を含めた数え方である。そこから寒食の中日となった日までを数えた日数である。おそらくこの数え方が、最も妥当性があると思われる。

❶『入唐求法巡礼行記』開成四年（839）二月の「十四、十五、十六日、此三箇日是寒食日。」について。

001日め	十一月二十七日	冬至		
104日め	二月十二日			
105日め	二月十三日		休暇	
106日め	二月十四日	寒食節休暇	休暇	
107日め	二月十五日	寒食節中日	休暇	107日＝（16日×2節気）＋（15日×5節気）

108日め	二月十六日	寒食節休暇	清明休暇
109日め	二月十七日		休暇
110日め	二月十八日		休暇
111日め	二月十九日		休暇

この年、開成《かいせい》四年の清明は二月十六日であり、冬至から寒食節の中日まで百七日ある。この年は、没日が冬至と雨水の内にあるので、16日の節気が二個、15日の節気が五個で、(16×2)+(15×5)=107、となり計一百七日となる。図に示すと次のようになる。

節気	日数	計
冬至 没日	16	107
小寒	15	
大寒	15	
立春	15	
雨水 没日	16	
驚蟄	15	
春分 寒食	15	
清明		

このように節月の考え方を用いれば、なぜ冬至後百五日めや、百六日めなどという言い方があるのかが、理解しやすくなるであろう。円仁の日記には「十四、十五、十六日」が寒食日と書いてあるので、二月十五日がその寒食節の中日となる。寒食節の中日は、清明の一日前であり、清明と寒食節の最終日が重なっている。

❷『入唐求法巡礼行記』開成五年（840）二月の「廿三日、寒食節、三日断火。」について

001日め	十一月九日	冬至	
101日め	二月二十日		
102日め	二月二十一日		
103日め	二月二十二日		
104日め	二月二十三日	寒食節休暇	休暇
105日め	二月二十四日	寒食節中日	休暇
106日め	二月二十五日	寒食節休暇	休暇（16日×1節気）＋（15日×6節気）
107日め	二月二十六日		清明休暇
108日め	二月二十七日		休暇
109日め	二月二十八日		休暇
110日め	二月二十九日		休暇

106

15　15　15　16　15　15　15

冬至　小寒　大寒　立春　没日　雨水　驚蟄　春分　寒食　□□　清明

この年、開成五年の清明は、二月二十六日であり、冬至から寒食節の中日までは百五日しかない。この年の没日は立春の内にあり、寒食節と清明は重ならない。円仁の日記の「廿三日」を、寒食節の開始日をいったものとみなし、「二十三日から寒食節が始まり、この日から三日間火を断つ」と解釈するのが、最も理にかなう。だとすれば、続く二日は寒食節の休暇で、寒食節の中日は二十四日となる。清明の二日前が寒食節の中日である。

❸『入唐求法巡礼行記』会昌二年（842）二月の「十七日、寒食節。前後一日、都三日暇、家家拝墓。十九日、清明節。」について。

001日め	十一月一日	冬至		
103日め	二月十四日			
104日め	二月十五日			
105日め	二月十六日	寒食節休暇	休暇	
106日め	二月十七日	寒食節中日	休暇	
107日め	二月十八日	寒食節休暇	休暇	（16日×2節気）＋（15日×5節気）
108日め	二月十九日		清明休暇	
109日め	二月二十日		休暇	

110日め　二月二十一日　休暇
111日め　二月二十二日　休暇

この年、会昌二年の清明は二月十九日であり、冬至から寒食節の中日まで百六日ある。この年の没日は小寒と春分の内にある（以下、節気の図示は省略）。この場合は、清明と寒食節は重ならない。清明の二日前が寒食節の中日である。寒食節にみな墓参りしている。寒食節は日本には導入されなかったので、円仁には珍しかったのであろう。だから詳細に記録を残しているのかもしれない。

❹宋の韓琦（1008〜1075）の「庚戌二月十六日、寒食、会雅集堂」の詩について。（『全宋詩』巻331、第6冊4076頁）

001日め　十一月三十日　冬至
103日め　二月十四日
104日め　二月十五日　寒食節休暇　休暇
105日め　二月十六日　寒食節中日　休暇
106日め　二月十七日　寒食節休暇　休暇（16日×1節気）＋（15日×6節気）
107日め　二月十八日　清明休暇
108日め　二月十九日　休暇
109日め　二月二十日　休暇

110日め　二月二一日　休暇

この庚戌《こうじゅつ》の年（1070）の清明は二月十八日であり、冬至から寒食節の中日まで百五日ある。この年の没日は大寒の内にある。この詩の初句に「百五の嘉《よ》き辰《とき》に此《ここ》に筵《うたげ》を命じ、中分の春色は芳《かぐわ》しさ妍《うつく》しさを極《きわ》む（百五嘉辰此命筵、中分春色極芳妍）」というのは、寒食節の中日が冬至から「百五日」めであることを言う。詩題に言う「二月十六日寒食」は寒食の中日を指し、ここも寒食節三日の休暇と清明の前後三日の休暇とがうまくかみ合っている。

❺宋末元初の陸文圭（1250～1334）の「庚午三月初九日、寒食、有感」の詩について。（『全宋詩』巻3711、第71冊44583頁）

001日め	十一月二十三日	冬至		
104日め	三月七日			
105日め	三月八日	寒食節休暇	休暇	
106日め	三月九日	寒食節中日	休暇	
107日め	三月十日	寒食節休暇	休暇	（16日×2節気）＋（15日×5節気）
108日め	三月十一日		清明休暇	
109日め	三月十二日		休暇	
110日め	三月十三日		休暇	
111日め	三月十四日		休暇	

この庚午《こうご》の年（1330）の清明は三月十一日であり、冬至から寒食節の中日まで百六日ある。この年の没日は冬至と雨水の内にある。詩題に言う「三月初九日寒食」は、寒食の中日を指すと考えられるが、そうであるなら寒食節は清明の二日前となる。この韓琦と陸文圭の場合は、よく似たパターンといえる。

▼1 深谷憲一訳、中公文庫・中央公論社、1990年。

▼2 明の張萱《ちょうけん》は、1608年刊『疑耀』巻五「寒食」のなかで「寒食は節気に準じたもので、仲春の末であり、清明は三月の初めだ（今寒食、準節気是仲春之末。清明是三月之初）」だと述べている（王雲五主編『叢書集成初編』第341冊、商務印書館、1939年）。張萱がここで仲春や三月などと言っているのは、太陽暦の節月であって、陰陽暦（暦月）ではない。つまり仲春之末は「二月中」の春分の末日で、三月之初は「三月節」の清明の節入りを意味している。実際の陰陽暦（旧暦）では、寒食は三月にも来る。しかし、清明と寒食（寒食節の中日）は絶対に重ならないことを述べている。もしも重なれば、春分の最終日と清明の節入りが重なることになり、そんなことはあり得ない話だからである。

▼3 南宋の呉自牧の『夢粱録』巻二「清明節」に「寒食第三日、即清明節」（『文淵閣四庫全書』第590冊）という。また張丑平氏は「在唐宋時期寒食節的第三天也是清明節、二節緊緊相連。」と言い、また「唐代清明節和寒食節是連在一起的、寒食最後一日即清明。」などと言う。『上巳、寒食、清明節日民俗与文学研究』第一章第二節「寒食節的演変」（南京師範大学博士学位論文、中国古代文学、2006年）。しかし寒食節の最終日（三日め）は清明だ、というこの二者の意見は、ここに挙げた五つの例では❶にしか当てはまらない。❷から❺までの四例では、寒食節の最終日は清明とはなっていないのである。この二者の説は、一面の事実しか説明しえていず、不十分である。

清明４a　（南宋）虞儔「清明」

（南宋）虞儔「清明」

江南三月暮春天、
上巳清明五日前。
紅杏園林初過雨、
緑楊庭院欲生煙。
無花無酒傷今日、
宜麦宜蚕勝去年。
却怪山中時候早、
樹林深処有鳴蝉。

清明《せいめい》　　　　虞儔《ぐちゅう》

江南三月《こうなんさんがつ》　暮春《ぼしゅん》の天《てん》
上巳《じょうし》は清明《せいめい》の　五日前《いつかまえ》なり
紅杏《こうきょう》の園林《えんりん》　初《はじ》めて雨過《あめす》ぎ
緑楊《りょくよう》の庭院《ていいん》　煙生《もやしょう》じんと欲《ほっ》す
花無《はなな》く酒無《さけな》く　今日《こんにち》を傷《いた》み
麦《むぎ》に宜《よろ》しく蚕《かいこ》に宜《よろ》しく　去年《きょねん》に勝《まさ》る
却《かえ》って怪《あや》しむ　山中《さんちゅう》の時候《じこう》の早《はや》きを
樹林《じゅりん》の深処《しんしょ》　蝉《せみ》の鳴《な》く有《あ》り

「清明の日に」

旧暦三月、暮春の時候の江南は、天は清く明るくかがやき、三月三日の上巳節《じょうしせつ》は、今年は、はやくも清明の五日前にやって来た。果樹を植えた園林では紅《くれない》の杏《あんず》の花に、初《いまし》も雨がふり過《や》んで、屋敷の庭院《なかにわ》では緑の楊柳《やなぎ》のあたりに、うすい煙霧《もや》が生じようと欲《し》ている。今日のこの節日の連休を、花も無いまま酒も無いまま、わたしは感傷的になって過ごしているが、今年の気候は、麦にも適宜で、蚕にも時宜をえたもので、去年よりはずっと勝っている。山中は平地より寒いはずなのに、却って初夏の時候が、早くおとずれるものなのかと、樹林のおく深い処に、もう蝉の鳴く声が有るのを、わたしは怪しくおもっている。

虞儔《ぐちゅう》は南宋の寧国《ねいこく》（安徽省寧国市）の生まれで、官は兵部侍郎《していろう》にまで達した。防衛省副大臣クラスである。最近の研究では、紹興《しょうこう》七年（１１３７）か、九年（１１３９）、あるいは紹興十年（１１４０）ごろ生まれ、嘉泰《かたい》三年（１２０３）ごろ逝去したと言われている。唐の白居易を尊び、自身の作品集を『尊白堂集』と名づけたほどであり、詩は平明で流暢かつ自然と評されている。たしかにこの詩などもそうした風格を持つ。

一、二句めには、三月三日の上巳節が、清明の五日前に来たと書かれている。ということは、清明が三月八日に来た年ということである。ここからこの年の上巳節が、早くめぐってきたのか、遅くやって来たのか、判断することができる。以下は今日の定気法の観点から、大ざっぱな数値で考えてみる。

清明は太陽黄経が15度であるが、地球の公転軌道に置き換えて考えれば、地球が春分から15度、公転軌道を回ってきた時点である。その時点が旧暦で三月八日だというので、三月三日の太陽黄経は、おおよそ5度（五日分）手前の黄経10度ということになる。つまり春分からほぼ十日後に、上巳節が来ていることになる。地球は太陽のまわりを回っているが、一年分の360度を365日かけて回っているので、だいたい一日1度回ると考えてよいからである。

最も遅く上巳節がめぐってくるケースは、二月十六日が清明となる年である。たとえば、作者の時代で言えば、紹興二四年（１１５４）など。このとき三月三日までは最大十七日（二月が大の月）あり、そのときの太陽黄経は、15度＋17度で、32度となる。つまり春分から一ヶ月あまりが過ぎて、ようやく上巳節となるのである。

逆に最も早く上巳節がやって来るのは、三月十五日が清明となる年である。たとえば紹興十三年など。三月三日は清明の十二日前で、太陽黄経は15度－12度＝3度となる。つまり春分からわずか三日で、もう上巳節となるのである。

このように太陽暦の春分点を基準に陰陽暦をうごかし、最も早い場合と最も遅い場合の相対のなかで見ていけば、当時の人が暦の中で、遅い早いなどと言っている季節の感覚がよくわかる。三月八日に清明がやって来たこの年は、春分から十日後に上巳節となっているので、季節から言うと比較的早くめぐってきたことになる。作者は、今年の上巳節は、もうやって来たのかと、少し驚いていたのではなかろうか。▼[1]

またここからは、詩の制作時期も絞り込むことができる。彼の生涯で、清明が三月八日となる年を探してみると、紹興七年（１１３７）、淳熙《じゅんき》二年（１１７５）、紹熙《しょうき》五年（１１９４）の三回めぐって来ている。最初の紹興七年は、どんなに早い出生の説を取っても、せいぜい四歳なので除外する。残りの一つは淳熙二年で、このとき作者は三十九歳、四十一歳、四十二歳あたりである。二つめの紹熙五年の場合は、五十二歳、五十四歳、五十五歳あたりとなって、二つの候補が残ることになる。

ところで、清明が三月八日に来たとき、さらにその前日の三月七日か、前々日の三月六日かが寒食節（の中日）となったであろう。いずれにしても前節で述べたとおり、清明の前後三日が休暇となれば、この年の寒食節、清明節の休暇は、三月五日から十一日までとなったはずである。とすれば、二日前は三月三日で、上巳節となり一日の休暇である。連続八日の休暇とはなっていないが、それでも左のように、八日間の大型飛び石連休となったであろう。

三月三日　上巳節　休暇
三月四日　平日
三月五日　休暇　三月六日　休暇　三月七日　休暇
三月八日　清明節　休暇

三月九日　休暇　　三月十日　休暇　　三月十一日　休暇

ところが作者は、百花が咲きほこるこの清明の季節の、大型連休であるにも関わらず、五句めで今日という日を悲しんでいる。しかも酒もなく花もないという。これはいささかおかしくないか。彼の伝記を見ても、四十代の初めには、これをうまく説明するものがない。

一方、五十代前半はどうであったか。実は、紹熙五年三月の一年半前、つまり紹熙三年（１１９２）の九月、彼の最愛の母親が亡くなっていた。ときに紹興の検察・警察長官であった虞儔は、すぐさま職を辞し、故郷に帰って喪に服した。あしかけ三年の後には喪が明け、紹熙五年の十二月には官職に復した。つまり紹熙五年三月の清明節の休暇期間中は、虞儔はちょうど母親の喪に服していたことになる。もともと親思いだと称されていた虞儔は、当時を振り返って「余は太夫人の憂に居ること三年、涙は老眼に枯る……」と題する詩のなかで、「三年涕涙《なみだ》劇《はげ》しきこと懸河《たき》のごとし」という句を残しているほどである。おそらくこうしたなかで「花無く酒無く、今日を傷み」という句が作られたのではないか。

七句めで「山中」というのは、郷里の家を、繁華な街から離れたものだと称したかったのだろう。清明の季節だというのに、初夏の蝉がもう鳴いているので、たしかにそこには季節の訪れが早かったに違いない[2]。しかし、ときが進むのが早いと初めて気がついたのは、まもなく喪が明けるころではなかったか。母の死以来、作者はずっと悲しみのなかにあり、あのときから世界はまるで止まってしまったかのようであった。それなのに、今気づいてみると、季節の動きはわたしの気持ちとは関係なく、どんどん進んでいたのだ。

作者の悲しみとは裏腹に、この詩には、すっかり春の盛りとなったことを象徴する言葉で埋め尽くされている。江南、三月、暮春、清明、紅杏、過雨、緑楊、生煙、麦、蚕、蝉等々。描かれる外界が、みな清明の季節の明るさに輝いている。作者の心を裏切って、世界はこんなにも清く明るいのだ。やがて作者が悲しみから癒えるとき、作者と美しい季節を織りなす自然との溝も埋まってゆくのだろう。

＊　詩の本文は、『全宋詩』第46冊巻2462による。伝記等は、鐘振振「虞儔小伝訂補」（『南京師大学報・社会科学版』2009／01）、韓立平「南宋三詩人生年考」（『文学遺産』2009／09）、姚婷婷（修士論文）『虞儔及其詩歌研究』（安徽大学、2016年）第一章・第二節「生平仕履」などを参照した。

▼1　以上のことを『ステラナビゲータ11』で検証してみる。地点を南宋の首都杭州（北緯30度、東経120度）に設定し、太陽の南中時の黄経を示すと次のようになる。

紹興十三年（1143）三月十五日が清明のとき、この年の三月三日の上巳節は、黄経5度、新暦で3月27日。

紹興二四年（1154）二月十六日が清明のとき、この年の三月三日の上巳節は、黄経33度、新暦で4月24日。

紹熙五年（1194）三月八日が清明のとき、この年の三月三日の上巳節は、黄経12度、新暦で4月2日。

南宋の節気の日付は平気法によるが、黄経は定気法で示しているので、一、二度（一両日分）ずれることがある。また旧暦の三月三日を新暦になおせば、最も早い場合が3月27日、最も遅い場合が4月24日、この詩の場合は4月2日、などとなる。もちろんこの方法が手っ取り早い。しかし旧暦のその記念日が、季節の移ろいのなかで、早くめぐってきているのか、遅く来ているのかなどを、直感的にあるいはアナログ的に理解するには、春分点などの太陽暦の起点からの時間を見ていったほうがよい。

▼2　普通は、平地より山中のほうが気温が低くなる。高度が高くなれば気温が下がるからである。しかしここでは、逆に平地より山中が暑いという。これについては、気象学で言われる気温の「逆転層」が生じている可能性を、考えていいかもしれない。

穀雨　4b（こくう）

雨量が多くなって、野山の青葉や、麦などの**穀**類をうるおし、春爛漫の風光となる。

太陽黄経は30度。地球は、太陽のまわりを回る地球の公転軌道上で、春分から30度、冬至から120度回ってきたところに位置している。夏至まで60度、一日に一度進むとして約2ヶ月である。

新暦の日付では4月20日前後。またそこから5月4、5日ごろまでの半月の期間をも指す。

明代までの旧暦（平気法）では、穀雨の節気入りは三月一日〜三月三十日までの間のいずれかの日。二月や四月や閏月に穀雨の始まりの日は来ない。

節月は三月中。

穀雨　4b（明）沈守正「歩至九峰寺」

（明）沈守正「歩至九峰寺」

穀雨相催物物新、
散行時譲汲泉人。
共聴牧子吹蘆管、
一任松花打角巾。
有竹有藤将廃寺、
好風好日半閑身。

歩《あゆ》みて九峰寺《きゅうほうじ》に至《いた》る　　沈守正《しんしゅせい》

穀雨《こくう》　相《あ》い催《うなが》して　物物《ぶつぶつ》新《あら》たに
散行《さんこう》して時《とき》に譲《ゆず》る　汲泉《きゅうせん》の人《ひと》
共《とも》に聴《き》く　牧子《ぼくし》の　蘆管《ろかん》を吹《ふ》くを
一《ひとえ》に任《まか》す　松花《しょうか》の　角巾《かくきん》を打《う》つに
竹有《たけあ》り　藤有《ふじあ》り　将《まさ》に廃《すた》れんとする寺《てら》
好風《こうふう》　好日《こうじつ》　半《なか》ば閑《かん》たるの身《み》

安能移榻渓流上、　安《いずく》んぞ能《よ》く　榻《とう》を渓流《けいりゅう》の上《ほと》りに移《うつ》し
怪石高梧作比隣。　怪石《かいせき》　高梧《こうご》を　比隣《ひりん》と作《な》さんや

「歩いて九峰寺に至る」

穀雨の節気に降る雨で、物という物は、相手に催促されたかのように、みな新しく生まれ変わっている。
散策しながら寺へむかって行くと、泉に水汲みに来る人と、時おり出逢い、道を譲った。
牛牧《か》いの童子《わらべ》が吹く、蘆管《あしぶえ》の音に耳を傾け、わたしは水汲みに来た人と共に聴いた、
松の花片が角頭巾《かくずきん》に打《お》ちてきても、わたしは一《ひとえ》になすがままに任《まか》せていた。
境内には古びた竹が有り、また老いた藤も有り、将《いまに》も廃寺になろうとしているが、
ここには好い風と好い日ざしがあって、しかも今日のわたしは半ば閑居の身のうえ。
安《なん》とかして、臥榻《ねいす》を寺の渓流の上《ほと》りに移してきて、
奇々怪々の石や高い梧桐の樹を、隣人と作《な》して比《なら》びあうことが、能《でき》たらいいのになあと思う。

作者の沈守正《しんしゅせい》（1572～1623）は、明末の銭塘《せんとう》（浙江省杭州市）の人。三十歳のころ科挙の地方試験に合格して挙人の身分を得た。しかしさらに上級試験の進士科には、落第したのか、それともそもそも受験しなかったのかは、よくわからない。晩年に都察院という検察・行政監察機関の末端の官に就いている。万暦四十三年（1615）に出版した『詩経説通』によって、明代の詩経学者として近年注目され始めている。もっぱら聖人の経典として解釈されてきた詩経を、文学芸術の観点から再解釈するという、明代の新しい詩経解釈史の中で、大きな役割を果たしたという。▼1

この詩は作者が穀雨の季節に、九峰寺▼2（浙江省台州市）を尋ねたときの詩である。彼はこの寺が気に入っていたらし

く、台州にいたとき少なくとも四首の詩で、この寺を描写している。この詩題には、九峰寺に歩いて行ったと書いてある。しかし別の詩によると、同じく九峰寺に行くのに、籃輿《かご》に乗って出かけたこともあったことがわかる。昔は士大夫層の人間は、馬や驢馬、また車やかご（籃輿《らんよ》・轎子《きょうし》）に乗って、出かけるのが普通であった。ただ新暦で四月下旬のこの穀雨の時期は、六句めに「好き風、好き日ざし」とあるように、自分の足で歩いていったほうが断然気持ちよかったに違いない。

春分をとっくに過ぎて、もう晩春の後半にはいり、立夏の直前である。山も野も河も、冬枯れの景色は一変し、世界中がみずみずしい緑におおわれている。一句めの「物物新た」というのは、いかにもそんな穀雨の節気をあらわす言葉にふさわしい。

二句め、ある人が泉の水を汲みに、こんなところまでやって来ている。もちろんそれは生活用水を得るためではない。この穀雨の時期は茶摘みが始まるときでもある。九峰寺の位置する台州地区には、仏教の名山、天台山があり、同時にこの地方一帯は、古くから有名な茶の産地でもあった。平安時代の留学僧最澄《さいちょう》は、天台宗の教学とともに、茶もまた日本に伝えたという伝承がある。茶聖と呼ばれる唐の陸羽《りくう》によれば、茶を飲むのに最も適した水は、山中の水である（『茶経』五之煮）。茶を飲むのにこういうこだわりを持つ人は、きっと風雅な人に違いない。あるいは当時よく茶を飲んだのは寺院においてだったから、この九峰寺の僧であったかもしれない。いずれにしろ作者と二人して、牛飼の童子が吹く笛の音を楽しんでいる。そういう山中の境地であったことも、言いたかったのだろう。

穀雨は農事が繁忙になる時期でもある。この時期、早稲の苗代を作ったり、早いところでは田植えも始まり、牛が活躍する。三句めの牛は水牛で、その平らな背に乗るのは少年で、その少年が吹くのは葦笛に決まっている。そういう構図が定まって来るのは、いつ頃からだろうか。確証があるわけではないが、早くて唐からで、宋代ごろに確立したのではなかろうか。

四句め、寺を訪れたとき、作者が頭にかぶっていたのは角巾である。官職にある人間が身につけるのは、冠である。もちろんこの日は出勤していないので冠はかぶる必要はない。しかしことさらに、隠者のかぶり物である角のある角巾と言ったことで、隠遁の雰囲気がただよう。しかもそこに落ちてくる松の花、おそらくは馬尾松《ばびしょう》の花片を、作者は避けようとも払いのけようともしていない。自分の頭巾に落ちるがままに任せている。水汲みの人に出逢ったときも、道を争うのではなく、譲っている。ここには有為ではないところの、無為自然の人生態度が、それは隠者の処世態度といってもいいのであるが、それがよく現れている。

たどり着いたお寺は、すっかり荒れ果てて、竹や藤が生い茂っていた。別の詩にも繰り返し、その寺が古く、高い松、長い竹、古い藤などが茂っていると描かれているので、作者は空想などではなく、ありのままに寺の様子を描写したのだと思われる。もちろん豪華な伽藍や多勢の参詣人でにぎわう寺もよい。しかし作者はことさらにこんな廃寺同然の寺が気に入っていた。もとより寺院と隠遁の関係は深い。完全に隠遁してしまうことのできない士大夫にとって、俗気のない寺院は、手頃に隠遁気分に浸ることのできる空間であった。俗塵にまみれた官僚たちの、精神の回復、バランスをとる上で、それらの寺院は重要な役割を果たしていた。

だからこそ結句で言うように、今日せっかくの休日に必要なものは、損得の利害に関わる友人たちではなかった。飾ることもなく世の動きにも同調せず、永遠に不変の石であり、また鳳凰の鳥がそこにだけ止まるという高潔な梧桐、そういうものをこそ隣人としたかったのであろう。

＊　詩の本文は『雪堂集』巻二（『四庫禁燬書叢刊』第70冊、北京出版社、1998年）による。伝記は『杭州府志（清乾隆刻

本)』巻93文苑の引く『銭塘県志』などによる(『続修四庫全書』第703冊)。

▼1　李淑清「関于沈守正『詩経説通』的詩学考量」(『綿陽師範学院学報』31―7、2012年)による。

▼2　九峰寺という名の寺は全国に少なくない。沈守正の死後百年ほどして編まれた、清の沈翼機編纂『(勅修)浙江通志』巻231(『文淵閣四庫全書』第525冊)は、台州にある九峰寺についても取り上げ、その際、その寺に由来のある詩として、この詩を紹介している。このことからこの九峰寺が台州にある寺だとわかる。宋代に創建され、一度焼けて再建された。明代に修理されているが、作者のころは相当廃れていたことは、本文に述べたとおりである。

参考「陸游の穀雨の詩(七十七歳)」

南宋の嘉泰元年(1201)、陸游はときに七十七歳、郷里の山陰(浙江省紹興市)に隠退していた。亡くなる八年前である。陸游は、立夏、大暑、白露の節気で取り上げるので、詳細はそれにゆずるが、その詩は銭仲聯氏の『剣南詩稿校注』に、おおかたは制作順に収められている。それによれば、この年の立春から立夏の前までの春三ヶ月で、六十首の詩を作っていることがわかる(巻四十五)。そのなかから、詩題の日付や詩の配置場所から、穀雨十五日間の詩とみなされる詩を紹介し、さらにその問題点にも言及したい。なお【 】内の日付は旧暦、( )内は新暦である。

【三月十一日】穀雨(1201/04/22)

この年はこの日に穀雨の節気入りとなった。

【三月十四日】穀雨・初候四日め(1201/04/25)

この日、「甲子の日に晴れた」と題する詩を作っている。干支が甲子の日は、六十日間隔で繰り返し現れるが、この前後では晩春のこの日しかない。その前は一月十三日で雨水の節気、その後は五月十五日で夏至の節気である。

「甲子日晴」
沢国春多雨、閲月殊未止。皇天俄悔禍、畀以晴甲子。
山川相炳煥、桑柘鬱千里。壠麦行可穫、呉蚕亦三起。

ここは水沢の国で春は雨が多く、とくに今年は、先月から雨が降り続きだった。ところが、天が反省したのか、甲子の日に晴天をもたらしてくれた。雨が上がると、山も川も明るく輝き、桑の木は鬱蒼として千里にわたって茂っている。麦もゆくゆくは収穫できそうであり、郷里の呉の国の蚕も、三度目の蚕眠から起きあがったところだ、と詠じている。

『剣南詩稿校注』では、この詩の直前に、「晩春に長雨が続き鬱を晴らす」と題する詩が置かれている。その詩の直後にこの「甲子日晴」が来るので、雨のち晴れの関係では整合性がある。おそらく陸游の原初の詩集もそのような配列になっていたのであろう。

「春晩久雨排悶」
積雨暗村墟、幽居雑蛙蚓。泥潦欲升階、几席或生菌。……

長雨続きで、昼でも村は薄暗く、ひっそりした侘び住まいは、カエルやミミズと一緒に暮らすほどの湿ったところである。泥水の水たまりがかさを増し、（カエルやミミズどもが）家の土台の階段まで昇ってこようとしているし、肘掛けや寝ござにはカビが生えている、と詠じる。

カエルが鳴き、ミミズが這い出してくるのは、七十二候では、立夏の初候と次候である。それぞれ「螻蟈《かえる》鳴く」「蚯蚓《みみず》出ず」となっている。先行する『礼記』や『呂氏春秋』や『淮南子』もみな「孟夏之月」の最初に配当してある。ただここでは、作者が湿った地面に生活する小動物と一緒にすんでいること、そんなじめじめした陋屋のさまを強調しているだけであり、季節を表そうとしているわけではない。一般にカエルは、夏よりは春の詩のなかで、しばしば登場する。詩のなかではむしろ、春を表す小動物と考えたほうがよい。だから必ずしも穀雨ではなく、もっと早い節気、たとえば清明や春分でもいいのだろうが、ここは、『剣南詩稿校注』の配列を尊重して、三月十四日の甲子の日の前で、穀雨の節気入り前後と考えておくことにする。詩題に春分とあり、穀雨は節月では季春三月の最後の節気である。

【三月十六日】穀雨・次候[1]（1201／04／27）

この日、「三月十六日、至柯橋、迎子布東還、二首」の詩を作った。この詩の日付は、穀雨から六日めである。ただ、この詩には季節を表す表現は見られない。

【三月二十日】穀雨・次候五日め（1201／05／01）

この日、「三月二十日、子供らは外に出かけ、私はひとり北向きの窓べに坐っている」という二首連作の詩を作っている。詩は嘉泰元年春の作ということであるが、もしそうなら、この年の三月二十日は、穀雨に入ってから五日目である。しかしこの詩に描かれているのは、晩春ではなく初夏の様子である。

「三月二十日、児輩出謁、孤坐北窓」

園林春已空，陂港雨新足。泥深黄犢健，桑老紫椹熟。……

田園のなかの、林の花は落ちて、春景色はもう空っぽとなり、池も小川の水も雨で満ちている。水がたまって深くなった水田には牛が元気に耕し、桑の葉は古くなり、桑の実が紫に熟している、と詠じる。桑の実が熟すのは、初夏で、普通は小満から芒種にかけてであろう。その時期には、水田にも水が張られ牛が耕し始める。詩題にある北側の窓も、普通は初夏以後の詩に詠われる。二首めの詩では、

「又」

歳月不相貸、布穀忽已鳴。新夏亦自佳、北窓緑陰成。……

歳月は人を待たず進んでいき、気づけばカッコウがもう鳴いている。めぐってきた新しい夏もまたいいもので、北側の窓には、木々が緑の影を作っている、と詠じる。布穀《カッコウ》は夏告げ鳥、田植えを知らせる鳥などと言われる。

このように、この「三月二十日……」に描かれる季節は、晩春ではなく初夏である。ということは、この詩が嘉泰元年に配置されたことに問題があったのだろう。三月二十日に、すでに初夏になっている、そういう年であればよかったのである。そういう年がいつあったのか、陸游の生存期間で見てみると、いくつかの可能性がある。[▼2] たとえば嘉泰元年に最も近い年で例をあげると、陸游七十九歳の嘉泰三年は、三月十八日が立夏で、三月二十日は立夏の三日めとなっていた。つまり節気を手がかりに見ていけば、『剣南詩稿校注』の配列にも、まだこのような不十分な点があるということになろう。

【三月二十四日】穀雨・末候四日め（1201／05／05）

この日、「立夏の前二日に作る」と題する詩を作った。この年の立夏は三月二十六日なので、その二日前は二十四日

となる。

「立夏、前二日作」

晨起披衣出草堂、軒窓已自喜微涼。余春只有二三日、爛酔恨無千百場。……

残紅一片無尋処、分付年華与蜜房。

朝起きるや服を引っかけ草堂から出かけた。軒端には、少しばかりの涼しさが生じているのが嬉しい。春はあと二、三日を余すのみ。花の下で、あと何回も酔っぱらうことができないのが残念だ。……春のなごりの一片の花さえ、もう見つけられない。春に言いつけて、花を蜜蜂に与えてあげたいのに……、と詠じて残春を惜しんでいる。

また、この詩の直前に「春が終わろうとし、喜ぶべき事をいくつか書き記す」と題する詩を作っている。

「春尽、記可喜数事」

……僧招行薬圃、児報得琴材。病退初嘗酒、春残已過災。……

僧に招かれて薬草畑を見て回ったこと。桐の花が咲き終わり、子らが琴の材料になると報じてきたこと。病も退きはじめて酒を飲めるようになったこと。春も終わろうとして、災いも過ぎ去った、と詠じている。

【三月二十六日】立夏・初候（1201／05／07）

この日から春が終わり夏となる。

以上、嘉泰元年の穀雨の時期に配された詩を、いくつか検討してきた。穀雨の節気にふさわしく、十分な雨と春の終わりを惜しむ気持ちなどが描かれていたことがわかる。

＊　詩の本文、および制作年は『剣南詩稿校注』巻45による。

▼1　この年の穀雨の期間は十五日なので没日は入っていない。よって三候の日付は均等に三分割したものを示した。

▼2　三月二十日になったとき、すでに立夏に入っていた、というのは、三月二十日以前に立夏になっていた年を探せばよい。可能性としては、以下のとおりである。１２０３年三月十八日・79歳、１１９５年三月二十日・71歳、１１９２年三月十七日・68歳、１１８４年三月十八日・60歳、１１７６年三月二十日・52歳、１１７３年三月十七日・49歳、１１６５年三月十八日・41歳、１１６２年三月十六日・38歳、１１５４年三月十七日・30歳、１１４６年三月十九日・22歳、１１３５年三月十七日・11歳、１１２７年三月十八日・3歳。この詩の二首めに「読書は老いては倦《う》み易し」の句があり、作者は自分を「老」と表現している。古典詩では、四十過ぎてはじめて自分を「老」と言いだすのが普通である。だから四十歳以前は除外してよいだろう。また一首めの末尾に「微風、酔うところに吹きて醒《さ》め、起きては牛に飯すの曲に和す。」とある。「飯牛」を、牛を飼う自適の生活とみなせば、いったんは官を去り、郷里で恩給生活となった52歳以降がふさわしくなる。とすれば可能性はずいぶんと絞られてくる。

第2章　夏

第1節　孟夏の詩

立夏５ａ（りっか）

日の長さ、高さなど8月初旬の立秋と同じで、**夏**の気配が**立**ちはじめる。

太陽黄経は45度。地球は、太陽のまわりを回る地球の公転軌道上で、春分から45度、冬至から135度回ってきたところに位置している。夏至まで45度、一日に一度進むとして約1ヶ月半である。

新暦の日付では5月5、6日ごろ。またそこから5月20日前後までの半月の期間をも指す。

明代までの旧暦（平気法）では、立夏の節気入りは三月十六日～四月十五日までのいずれかの日。閏月のときは閏三月十四日、十五日、十六日のいずれかの日。

節月は四月節。

立夏５ａ（南宋）陸游「立夏」

（南宋）陸游「立夏」

立夏《りっか》　　陸游《りくゆう》

赤幟挿城扉、
東君整駕帰。
泥新巣燕鬧、
花尽蜜蜂稀。
槐柳陰初密、
簾櫳暑尚微。
日斜湯沐罷、
熟練試単衣。

赤幟《せきし》　城扉《じょうひ》に挿《さ》し
東君《とうくん》　駕《が》を整《ととの》えて帰《かえ》る
泥《どろ》新《あら》たに　巣燕《そうえん》鬧《さわ》がしく
花《はな》尽《つ》きて　蜜蜂《みつほう》稀《まれ》なり
槐柳《かいりゅう》　陰《かげ》初《はじ》めて密《みつ》に
簾櫳《れんろう》　暑《あつ》さ尚《な》お微《かす》かなり
日《ひ》斜《なな》めにして　湯沐《とうもく》罷《や》め
熟練《じゅくれん》　単衣《ひとえ》を試《こころ》む

「立夏の日に」

今日からは、夏の神の赤帝《せきてい》の幟《のぼり》が、城門の扉に挿し立てられることになり、昨日まで君臨していた春の神の東君《とうくん》が、車駕《のりもの》を整えて帰り去った。燕は鬧《さわ》がしく巣作りにはげみ、出来上がった巣の泥は、いかにも真新しい、春は過ぎて夏を迎え、花は尽きて、蜜蜂《みつばち》の姿も稀となった。槐《えんじゅ》や柳の木陰も、このごろ初めて密になってきたばかり、南側の櫳《まど》や簾《すだれ》のあたりは、暑さはまだ尚《な》お微《かす》かである。日が斜めに傾きかけたころ、今日の沐浴、すなわち湯あみをやり罷《お》えたので、熟《に》だして練《ね》りあげた絹で、新たに仕立てた夏の単衣を、今日は試着してみるのだ。

陸游《りくゆう》（1125～1209）は、蘇軾《そしょく》とともに宋を代表する詩人である。二歳のとき、宋は国土の北半分を金《きん》に奪われ、彼は生涯国土復帰の強硬な主張を持ち続けた。愛国詩人と呼ばれる所以である。それがあだとなって、二十年足らずの官僚としてのキャリアは、地方官を転々として恵まれなかった。晩年の二十年ほどは、ほぼ故郷の農村で過ごし、田園を背景にした多くの詩を残した。最晩年の数年は国史編纂官、国家図書館長となり、栄誉職の皇帝の顧問、侍従となった。詩人としての名声は世に満ち、皇帝からも賞賛された。

この詩は、開禧二年（1206）、陸游が八十二歳のとき、郷里の山陰（浙江省紹興市）で作られた。この年の立夏の節入りは三月二十一日（5／7）であり、その日に作ったのであろう。

一句め、町の城門の扉に、赤い旗が立てられている。これは夏をつかさどる神、すなわち赤帝を迎えるためである。『礼記』などによれば、天子は立夏の日に、百官をひきつれ、都の南の郊外に出むいて儀式を執り行った。天子の住まいであり、天下国家の中心である都に、夏の神を迎え入れるためである。この行事は歴代の王朝はみな行ったが、実際には天子が自ら出むく必要はなかった。臣下がその儀式を代行すればよかった。

また中華の国土全体に夏を迎えるためにも、同じようなことをする必要があったのであろう。国土の南の領域で、南の字を冠する山や川を祭らなければならなかった。たとえば唐代の規定では、南岳衡山《なんがくこうざん》を衡州《こうしゅう》で、南鎮会稽山《なんちんかいけいざん》を越州《えっしゅう》で、南海を広州で、南瀆江《なんとくこう》を益州《えきしゅう》で、それぞれ州の長官が儀式を主催した。▼[1]おそらくそれに対応した祭祀が、地方の各都市でもなされていたのだろう。だから立夏の日に、陸游の郷里の山陰県の城門にも、赤旗が立てられていたのだと思われる。

二句め、夏の神がやってくれば、春の神には去ってもらわなければならない。いつまでもぐずぐずしてもらっても、あるいはさっさと逃げてしまわれても、困ったことになる。来るべきときに春が去って夏が来なければ、気候が変調をきたす。それは気候への依存度の高い古代社会においては、重大な事態である。夏が来て、春が去る、これは単なる対句の、言葉のあやという、軽いものではなかったろう。

夏の季節が正しく到来するために、古代の中国人はどのような祈りを込めたのであろうか。黄道を回る太陽が、ちょうど春分点から夏至点に至る真ん中に来たとき、そこから夏が始まるとしてその日を立夏と定めた。そしてその日に夏を迎える儀式をする。夏を偶像化して、赤い色の赤帝と称す。そしてその夏の神を迎える儀式を、都や国土の南の区域で、定められた式次にのっとって厳粛かつ盛大に行う。これが古代の人の祈りであったろう。同じように太陽が黄道上で、夏至点と秋分点の真ん中まで回ってきた時点を、秋が始まる立秋と定め、白帝を西のゾーンで迎える。同様に、秋分点と冬至点の真ん中を立冬となし、黒帝を北のゾーンで迎え、冬至点と春分点の真ん中を立春と定め、青帝を東のゾーンで迎える。今日の天文学で言うと、それぞれ太陽が90度ごとに黄経45度、黄経135度、黄経225度、黄経315度となった時点である。そのとき四季を迎える象徴的な儀式が、国家の行事として執り行われたのである。二千年以上も昔のことである。

ここには、高度な天文学の知識を基礎として、天文学と気候学を人間の感性で直感的にとらえなおし、美しいシンメトリーとして整然と体系化した儀式が定められている。これを宗教と呼ぶべきか、迷信と呼ぶべきか、はたまた科学と呼ぶべきか。おそらくそれは、西欧由来の近代合理主義的な思考の枠組みではとらえきれない、いかにも中国的な概念、思考法と呼ぶべきものであろう。

四つの季節の移ろいを、太陽の動きからとらえて、二至二分四立（冬至・夏至、春分・秋分、立春・立夏・立秋・立冬）の八つの結節点として理解した古代民族は、歴史上決して多くない。西洋のほとんど唯一の代表が古代ケルトの八区分であろう。▼2 古代ケルト人は冬至、夏至、春分、秋分のほかに、それぞれの中間点に四つの区分点を置き、そこを季節の変わり目とした。そして四つの季節は四つの区分点から始まると考えた。これは中国の立春・立夏・立秋・立冬の四立から季節が変わる、とする発想とまったく同じである。ただケルトの場合冬至、夏至、春分、秋分は純粋な太陽暦であったが、それぞれの四つの区分点には太陰暦の要素が加味され、満月の日でなければならなかった。だからたとえば太陽が黄道上で立夏の点に回ってきていても、もしもその日が半輪の月ならば、ケルト人の考える季節の区分点は、あと七、八日後ということになる。このように月の要素を加味すれば、最大ひと月もずれることがあるので、二十四気を用いた中国人の厳密性からすれば、ずいぶん境界がぼやけてくる。

古代ケルト人の国がローマ帝国に滅ぼされた後に、そしてさらにはキリスト教が浸透してきた後には、その四つの区分点は、ユリウス暦また教会暦でそれぞれ2月1日、5月1日、8月1日、11月1日となったのだと言われている。ケルトの行事では、春の始まりがインボルクの祭りで2月1日、夏の始まりがベルテーンの祭りで5月1日、秋の始まりがルーナサ（ルグナサド）の祭りで8月1日、冬の始まりがサウィン（サマイン）の祭りで11月1日である。教会暦が整備されていくなかで、言いかえればキリスト教が浸透していくなかで、元来は太陽の動きを土台とした季節の始まりを告げる祭りだったものが、キリスト教の聖人たちの記念日に置き換えられていった。

かくして2月1日が聖ブリジットの祝日（イギリス）、2日が聖母マリアの浄めの祝日（キャンドルマス）となり、8月1日が聖ペテロの鎖記念日、また英国の収穫感謝日（ラマスの祭日）となり、11月1日が万聖節、その前夜がハロウィン、2日が万霊節（死者の日）となったと考えられている。ただ5月1日はキリスト教以前から、5月の女王《メイクイーン》を選んだり5月柱《メイポール》を立てることで有名な5月祭《May Day》が盛大に行われていて、教会暦からの意味づけがなされることはなかった。しかし5月の女王はやがて聖母マリアの姿となり、5月はマリアの月となった。

ちなみに、太陽暦にもとづく古代民族の祭りが、布教のために教会暦の中に取り込まれたものとして、最も有名なものは、この日から太陽が再生していく冬至の日を、キリストの誕生日と定めたことであろう。またキリストに洗礼をほどこした洗礼者《バプテスマの》ヨハネの誕生日は夏至の日と重なり、マリアがキリストの受胎を告げられた受胎告知日は、春分の日とほぼ重なっている。

西欧社会にキリスト教が深く根付き、日々の生活が教会暦にのっとって取り仕切られた中世の民は、その背景にあった太陽暦の意味合いを知ることはなかったであろう。たしかに農業面における太陽暦は、非常に大ざっぱであるが、時祷書などによって担保されていたであろう。しかし古代ケルト文化のもっていた天文学的知見は、宗教によっておおい隠されてしまったように見える。

ところがそれに比べて中国の場合はどうであったか。たしかにそれぞれの四立の日には、象徴的色彩で称せられた四季の神を、それぞれ四季に対応した四方の領域で、鄭重に迎え入れる行事を行った。しかしこの日取り自体は天文学的暦学的知見であり、その数値が赤裸々に表されたものである。四季を象徴する色も、方向も直観によるとはいえ、整合性がありきわめて合理性に富む。少なくともこの天文学や暦学に関しては、中国古代の人々のほうが圧倒的に、科学的な明知の光に照らされていたのではないか。

三、四句めは、今しも巣作りにいそしむ燕と、逆に開花期が終わって活動が目立たなくなった蜜蜂を対で描く。五、六句めは槐《えんじゅ》や柳の青葉が次第に濃くなり夏が近づく一方で、逆に南の窓辺では夏の暑さにはまだ間があることをいう。いずれも春が終わりを告げ、夏に向かおうとする初夏の状況を、逆向きのベクトル構造の対句で描く。立夏の時期は、一気に夏に向かったり、急に春に後戻りしたりを繰り返しながら、ついには夏の優勢が決定していく過程である。まさにその春と夏が、綱引きをしあう季節にふさわしい、逆方向での巧妙な対句仕立てと言えよう。

最後の二句は、この日湯浴《ゆあ》みをしたことを言う。「湯沐」の字義をさかのぼれば「沐」は元来は髪を洗うことで、いわゆる「沐浴」の「浴」のほうが身体を洗うことである。ただこの詩の場合は湯沐と沐浴は同じ意味で使われている。ただ「浴」といっても、今の日本のように深い湯船に首までたっぷりつかるのではない。浅い大きなたらいの中に立って、垢を洗い落とすのである。当時の湯浴みは朝にも行っているが、この日は、日が傾いて湯浴みを終えたと書いてあるので、午後遅くから始めたのであろう。山陰県の陸游の郷里を大ざっぱに北緯30度、東経120度（標高は除外）とすれば、約八百年前のこの日の日没は、当地の標準時（地方平時）で夕方の6時40分ごろである。日が落ちればまもなく西の空には金星が輝き、やがてそのまわりをこいぬ座のプロキオン、オリオン座のベテルギウス、馭者座のカペラ、ふたご座のカストルとポルックスが、取り囲む構図が次第に浮かび上がってくる。北の空の高いところには、北斗七星が柄杓《ひしゃく》を（下向きに）伏せ、東西に大きく横たわっているのが見えたであろう。[3]

湯浴みは唐代までは日常のことではなかった。唐代は官僚には毎月十日に休日があり、その休日は元来は沐浴のためと称されていたほどである。しかし宋代になると湯浴みはずいぶんと普及した。大都市には公共浴場が出現しただけではなく、寺院にも浴室があり、自宅にさえ浴室を設ける人も出てきたという。北宋の黄庭堅《こうていけん》が宜州《ぎしゅう》（広西壮族自治区）に左遷されていたときは四、五日に一度の頻度で湯浴みしていたという。[4]

ただ陸游の場合はどうであったか、彼の詩文に沐浴の話題はいくつか出てくるが詳細はわからない。唐宋時代の官僚は、立夏の日は一日の休暇であった。しかし郷里に隠退していた陸游には、このような恩恵はもう関係なかった。いつでも湯浴みできたはずである。ただわざわざ立夏の日に湯浴みしたことを詩に書いているのは、やはりやや特別なことだったからに違いない。そして湯浴み後は、新繭から練り上げた、夏用の新しい単衣に着替えたのだった。

＊　詩の本文、および制作年は『剣南詩稿校注』巻66による。

▼1　立夏の儀式、習俗等については、『中国古代の年中行事』（夏冊）160～185頁に詳しい。

▼2　ケルトの暦についてはヴォルフ＝ディーター・シュトルル『ケルトの植物―治療術・植物の魔法・木の暦』（手塚千史・高橋紀子訳、岳陽舎、2012年）、木村正俊『ケルト人の歴史と文化』（原書房、2012年）、木村正俊・松村賢一『ケルト文化事典』（東京堂出版、2017年）等を主に参照し、西欧の祝祭についてはアンソニー・F・アヴェニ『ヨーロッパ祝祭日の謎を解く』（勝貴子訳、創元社、2006年）、フィリップ・ヴァルテール著、『中世の祝祭―伝説・神話・起源』（渡邉浩司・渡邉裕美子訳、原書房、2007年）、植田重雄『ヨーロッパ歳時記』（岩波書店、1983年）、福嶋正純・福居和彦『図説ヨーロッパ歳時記―ドイツの年中行事』（八坂書房、2016年）、チャールズ・カイトリー『イギリス歳時暦』（澁谷勉訳、大修館書店、1995年）ジョルジュ・ビドー・ド・リール『フランス文化誌事典―祭り・暦・気象・ことわざ』（堀田郷弘・野池恵子訳、原書房、1996年）八木谷涼子『キリスト教の歳時記―知っておきたい教会の文化』（講談社、2016年）等を主に参照した。ただしこの部分の記述に関しては、筆者の私見が含まれており、やや勇み足であったかもしれないことをお断りしておく。

▼3　『ステラナビゲータ11』による。

▼4　劉金柱・許啓偉「由黄庭堅《宜州乙酉家乗》対宋人沐浴観的考察」河北大学学報（哲学社会科学版）、2006年6期。

小満5b（しょうまん）

万物は生長し、もう小《すこ》しで天地に満ちわたろうとし、作物も実が小し充満しはじめる。

太陽黄経は60度。地球は、太陽のまわりを回る地球の公転軌道上で、春分から60度、冬至から150度回ってきたところに位置している。夏至まで30度、一日に一度進むとして約1ヶ月である。

新暦の日付では5月21日前後。またそこから6月4、5日ごろまでの半月の期間をも指す。

明代までの旧暦（平気法）では、小満の節気入りは四月一日~四月三十日までの間のいずれかの日。三月や五月や閏月に小満の始まりの日は来ない。

節月は四月中。

小満5b（宋）趙蕃「自桃川至辰州、絶句四十有二、其三十二」

（宋）趙蕃「自桃川至辰州、絶句四十有二、其三十二」

桃川《とうせん》自《よ》り辰州《しんしゅう》に至《いた》る、絶句《ぜっく》四《し》十有二《じゅうゆうに》。其《そ》の三十二《さんじゅうに》　趙蕃《ちょうはん》

一春多雨夏当慳、
今歳還防似去年。
玉暦検来知小満、
又愁陰久礙蚕眠。

一春《いっしゅん》　雨多《あめおお》ければ　夏《なつ》は当《まさ》に慳《お》しむべし
今歳《こんさい》　還《ま》た防《ふせ》ぐこと　去年《きょねん》に似《に》たり
玉暦《ぎょくれき》　検《しら》べ来《き》って　小満《しょうまん》なるを知《し》り
又《ま》た　陰久《いんひさ》しくして　蚕眠《さんみん》を礙《さまた》ぐるを愁《うれ》う

「桃川自《か》ら辰州に至るまで、船上で作った連作の絶句、四十有二首」其の三十二

この一春《ひとはる》は雨が多かったので、今夏は当然雨が慳《けち》られて、少なくなると思っていたら、[1]

夏になっても雨続きで、今歳《ことし》も還《ま》た洪水防止が焦眉の課題で、去年と似たことになっている。
玉のように立派な暦を、頁をめくって検《しら》べて来て、今日が小満になったことをはじめて知った。
又《ま》た、このまま陰雨《あめ》が久しくつづけば、蚕の休眠を礙《さまた》げることになり、私はそれを愁《うれ》えている。

作者の趙蕃《ちょうはん》（１１４４～１２２９）は南宋の信州（江西省上饒《じょうじょう》県）の人。三十六歳で初めて官に就き、泰和県（江西省吉安市）という小さな町の下級事務官となった。三十九歳のとき辰《しん》州（湖南省沅陵《げんりょう》県）に転じたが、上官と意見が合わず辞職を願い出た。四十三歳のときである。趙蕃の官歴はそこで終わる。長沙《ちょうさ》で沙汰を待つこと足かけ三年、ようやく四十五歳のとき、郷里に帰ることができた。それ以後は、著名な周必大《しゅうひつだい》や真徳秀《しんとくしゅう》や陸游《りくゆう》などが、何度か朝廷に推薦したが、また朝廷も彼を召したが、趙蕃はその招きに応じることなく、郷里で隠遁生活を送って世を終えた。▼2

この詩は、おそらく最初の仕官の任期を終え、次の転任先の湖南省の辰州に赴任していくとき、桃源《とうげん》県あたりの船旅の途中で作ったものであろう。だとすれば、淳熙九年（１１８２）であり、その年の小満は、旧暦四月十二日（５／23）で、そのころの作となる。詩題の桃川は、かの桃花源で有名な桃源県一帯を流れる沅江《げんこう》を言ったものと思われる。

桃川から辰州までは直線距離では百五十キロほどしかないが、蛇行を繰り返す沅江をさかのぼっていかなければならない。其の七に「扁《ちい》さき舟の十日のたびじ、夫《そ》れ何をか事とせん」とあるので、小さな川船で、十日ほどもかかったようである。風向き具合では帆が使えないときもある。そういうときは、もっぱら棹をさしたり、船曳き人夫に綱を引いてもらうしかない。其の十七に「今朝、灘《はやせ》の裏《なか》に挽《ひ》きて仍《な》お撐《さおさ》す」とあるように、浅瀬や早瀬があるときもそうであった。しかもちょうどこのときは雨が多くて川幅が広がり、人夫が足を踏みしめて船を引いていく路も漫然となって、どこが道か川かわからなくなっていた。其の三十八に「江《かわ》は漲《みなぎ》って、皆は云《い》う、ふね牽《ひ》きの路《みち》は漫たりと」

という。

思いがけない事故や難所もあり、逆に雨も風もないのに突然早瀬があらわれたり、世の中には川より危険なものはないのだと思い知らされたのだった。其の三十九に次のように詠じる。

安流倏忽起犇湍、　安らかな流れに　倏忽《たちまち》　犇《はし》る湍《はやせ》の　起こりたり
非雨非風勢使然。　そは　雨にも非《あら》ず風にも非《あら》ず　ながれの勢いの　然《しか》ら使《し》むるなり
尽道川流能険悪、　道のかぎりを尽《つ》くし　川の流れとなって　能《よ》く険悪たり
不知世有険於川。　かくて　世に　川よりも険なるものの　有るを知らず

しかも激しい土砂降りになったり、雷鳴がとどろいたり、そんなときは一日じゅう騒がしく、家族連れの旅で、落ち着いて子どもへの、素読の教育もできないほどだった。その豪雨のありさまは其の十九に次のように描かれている。

飛流濺沫瀑争礲、　飛ぶがごとき流れは　濺沫《しぶき》となり　瀑《にわかあめ》は　争礲《じょうろう》たり
電撃雷驚江落洪。　電《いなずま》は撃《う》ち　雷《いかずち》は驚《おどろ》かし　江《かわ》は洪《おおみず》と落《なりゆ》く
尽日喧喧不能息、　日のかぎりを尽《つ》くして喧喧《さわがし》く　いっときも息《いこ》う能《あた》わず
誦書妨我課児童。　書を誦《しょう》するも　我が　児童に課するを　妨《さまた》ぐる

趙蕃は、このように激しい雨が断続する十日ほどの船旅のなかで、四十二首もの七言絶句の連作詩を作ったのだっ

た。

さて、小満の節気はまだ梅雨の時期ではない。地域や年による違いが大きいが、一般的に梅雨は芒種の後半ごろからである▼3。この船旅はちょうど小満の節気に当たっていた。今日が何日かは、旧暦では月の形や月の出入りの時間などを見ていれば、おおよそ見当が付く。しかし今がどの節気なのかは、つまり太陽暦でどのあたりに位置しているのかは、はっきりとはわからない。やはりそこは暦で暦注を点検しなければならない。それが四句めの、暦を調べて小満だとわかったという言い方である。一般に、暦は朝廷管轄の天文台で、観測したデータによって冬至を割り出し、それにもとづいて二十四節気を定め、さらに月の満ち欠けを勘案し、二十四節気、七十二候のほか吉凶等の暦注も付加して翌年の暦が作られた。さらにそれを、この宋代の場合は印暦所で印刷し全国に頒布した。したがって趙蕃のような末端の官も、その写しを持っていたと思われる。

詩の結句で、雨（陰）が長く続くと蚕の眠りが心配だという。たしかにこの時期、雨が続くと湿度が上がり、養蚕に支障をきたすことになる。蚕の眠りは、蚕が眠っているわけではなく、脱皮の準備をするため、葉も食わずにじっと静かにしている状態である。それが眠っているように見えるので、その休眠状態を、中国では古来より「蚕眠《さんみん》」とよんでいる。

4月初めの清明前後から桑の木が芽吹き、やがて春の深まりと同時に葉も繁りはじめると、蚕が卵から孵化《ふか》する。孵化した蚕はさっそく桑の葉を食べはじめ、蚕眠と脱皮のセットを（普通は）四回繰り返す。この蚕の成長期間は温度と湿度がきわめて重要とされる。蚕は自分で体温を一定にできない変温動物で、外界の気温や湿度の影響が大きいからである。四回目の蚕眠を終えた後、糸を吐いて繭《まゆ》を作り、繭の中にこもって蛹《さなぎ》になるが、この段階でもさらに気温と湿度が大事だと言われる。繭の中で蛹になっていくときも、食わずに動かずの状態なので眠っている状態に近いが、これは蚕眠とは呼ばれない。

この詩にいう蚕眠が、何回目の蚕眠を指すのかはわからない。日本の江戸時代の貞享暦（1685）等では、小満の初候に「蚕起食桑」が立てられている。これは「卵から孵化して蟻蚕となり、初めて桑の葉を食べ始める」の意味であろう。一般に今の日本の養蚕では、蟻蚕は孵化してから、6月上旬つまり次の芒種ごろ、最後の四眠を終えて、繭を作り始めるといわれる。この詩に登場する養蚕も、ちょうど日本の養蚕のサイクルを想定すればよいであろう。[4]

この船旅の連作四十二首の絶句には、小満の時期の、この地方特有の物候や季節感がいくつか表現されている。いまそれを左に列挙してみよう。

其の四十一の詩には、以下に掲げるように大麦が黄色になっていることが描かれている。その黄色になった大麦は、小満末候の「麦秋至る」に相当しよう。ただし中国に残る宋代までの暦書では、小満末候は「小暑至る」となっている。その物候は『呂氏春秋』や『礼記』や『淮南子』の古い言い方を援用したものである。「麦秋至る」になるのは、実は元の授時暦（1281）以降のことである、日本の暦も「麦秋至る」とする。[5]

大麦雖黄草与長、　大麦は黄ばむと雖《いえど》も　草と与《とも》に長じ
趁春只用野生桑。　春に趁《したが》いて　只《た》だ　野生の桑を　用うるのみ
為生可歎微如是、　生《くらし》を為《な》すこと　微《わずか》なること是《か》くの如《ごと》きを　歎《なげ》くべし
応坐人稀地力荒。　応《まさ》に人の稀《まれ》なるに坐《よ》りてぞ　地力《ちりょく》もかく荒れたるべし

たしかに大麦はもう黄色になっているのだが、麦畑は荒れて、雑草が麦の草丈と同じまでに伸びてしまっている。蚕

が盛んに桑の葉を食べ始める時期だというのに、かえって野生の桑の葉が使われている。つまり桑畑がまったく整備されていないことを嘆いているのだ。民生の微力なさまときたらこんなありさまで、人口も少ないために地力も痩せ、荒廃しきっている。ユートピア桃源郷の付近を船はさかのぼっているのに、ここにはユートピアとは裏腹な貧しい農村の光景が描かれている。

其の二十五は梅と石榴《ざくろ》を詠う。

摘得青梅江岸辺、　青き梅を　江の岸辺に　摘《つ》み得たり
児童競食也堪憐。　わが児童《こども》らの　競《きそ》い食《くら》うも　也《ま》た憐れむ堪《べ》し
山青指問紅何様、　山の青きなか　指《ゆびさ》して問う　あの紅《あか》きは何の様なるかと
説是石榴花欲然。　われ　こたえて説是《いう》ならく　石榴《ざくろ》の花の　然《も》えんと欲《す》なりと

詩の前半、ここではまだ梅が青い。それを子どもたちが競って食べている。やはりこの土地の貧しさを述べている。其三十では「細雨冥冥《うすぐら》く、梅は黄ならんと欲す」とあり、ここではもう黄色に熟しはじめている。日本の貞享暦《じょうきょうれき》が芒種の末候に採用する「梅《うめ》始めて黄《き》ばむ」がこれに相当しよう。七十二候によれば、日本より当地が、一節気ほど進んでいることになる。詩の後半ではザクロの花が燃えるように、もう真っ赤に咲いていることを述べる。ザクロはちょうど小満から、芒種、そして夏至の次候ぐらいまでの期間に開花する。

其の二十四は、当地の食材について次のように述べる。

魚今絶市菜無有、　魚は今は市《いち》に絶《た》え　菜《さい》も有ること無し
欲問居人啖馬蘭。　ここに居する人びとの　馬蘭《ばらん》を啖《くら》うやいなやを　問わんと欲す

このときは悪天候で、川が荒れて魚が市場にあがらず、また雨続きで蔬菜も不足していたと思われる。そこで当地の人が馬蘭を食べるのかどうかを、（当地の人に）尋ねているのである。馬蘭《ばらん》は一般にはキク科のコヨメナの類である。若葉は食用となり、上海あたりでは今でも野菜として売られている。そこで想起されるのが、小満初候の「苦菜秀《くさいひい》ず」である。この苦菜は同じキク科のノゲシのこととされる。やはり古来より食用とされてきた。「苦菜秀ず」がこの時期の物候に取り上げられたのは、食べられる野菜として人々の目に付く、ポピュラーな植物だったからに違いないが、馬蘭もそういうものとして考えてよいと思われる。この時期に、食用とされる馬蘭が育っていることに、作者の関心が向かっていることがわかる。

其の三十七では蛍が飛んでいる。

坐対蒼然暮色侵、　蒼然《そうぜん》として　暮色《ぼしょく》の侵《おか》しくるに　坐《ざ》して対《むか》えば
忽驚蛍燭度枝深。　忽《たちま》ち驚く　蛍の燭《あかり》の　枝深きところを　とびて度《わた》るに

中国の七十二候では、大暑の初候に「腐草《ふそう》、蛍と為《な》る」が取り上げてあるが、当地では小満の時期であり、ひと月半ほども時期が早い。中国の七十二候に登場する蛍は黄河中流域の陸生の種で、ここ長江中流域の水生の蛍とは、種類が違うのであろう。▼6 日本の風土では東北以北を除き、早いところで小満からホタルが飛び始め、芒種が最も多くて、

夏至の節気が終わるごろまでには、ホタルの活動も終わる。▼7 日本の貞享暦は、ちょうど芒種の次候に「腐れたる草、蛍と為《な》る」を置く。作者が船旅をするこの湖南省北部の蛍は、日本の蛍と時期的に合致している。

＊ 詩の本文は『全宋詩』第49冊巻2641による。

▼1 季節は少しずれるが、似たような発想の諺に「小満雨滔滔、芒種似火焼（小満、雨滔滔《とうとう》なれば、芒種は火の焼くに似たり）」（江西省）とある。小満の時期に雨が多すぎると、次の仲夏の芒種の節気は、火が焼くような日照りになってしまうという。『中華気象諺語大観』節気類・小満。

▼2 胡亜軍『江西「二泉」事迹著作編年』（杭州師範大学、中国古典文献学、修士論文、2014年）、施常州「南宋詩人趙蕃生平与創作考論」（『南京師範大学文学院学報』2015年第2期）による。なお趙蕃の生卒年は、全宋詩や胡亜軍氏の修士論文など、一般には1143～1229年とされる。しかし施常州氏は、生年を一年繰り下げて1144年（～1229年）とし、全宋詩が誤るという。趙蕃の誕生日は紹興十三年十二月五日であり、それを新暦（グレゴリオ暦）に換算すると1144年1月18日となり、施常州氏の指摘は半分は正しい。ただし施常州氏の言う1月11日の日付は、実はユリウス暦での日付であることに注意する必要がある。一般的な暦の換算表は、グレゴリオ暦が採用される以前については、ユリウス暦で示すのが普通である。だからグレゴリオ暦が採用される以前（つまり明の万暦十四年九月十八日、ユリウス暦で1582年10月4日以前）については、そのユリウス暦をもう一度、グレゴリオ暦に変換して示すのが、誤解が生じない。万暦十四年九月十九日（グレゴリオ暦で1582年10月15日）以降については、普通の暦の換算表は、グレゴリオ暦で表示されるので、それをそのまま用いて差し支えない。

▼3 『中国気候（中国自然地理系列専著）』第五章第三節「梅雨」

▼4 財団法人大日本蚕糸会・蚕業技術研究所（鶴井・飯田・常楽・常山）編『養蚕』（同蚕業技術研究所、2010年）

▼5 唐の宣明暦の七十二候は、中国には残っていない。日本と朝鮮半島に伝わるだけである。そこでは「麦秋至る」となっている。日本の暦が、宣明暦から貞享暦に変わってから後も、やはり「麦秋至る」とする。

▼6　付新華『蛍火虫在中国』（湖南人民出版社、2015年）に掲載する種の一覧を見れば、江南、華南、四川一帯の水生種については、（4）5、6、7、（8）月に成虫期を迎えるものが多い。立秋8aの張耒詩を参照。

▼7　百瀬成夫『四季・動植物前線』「蛍の初見前線」（技報堂出版、1998年）、および「生物季節観測値（1953～2011年）」（気象庁編集、一財気象業務支援センター発行、2012年）を参照。

第2節　仲夏の詩

芒種６ａ（ぼうしゅ）

芒《のぎ》のある穀類において、麦類は収穫期を迎え、黍稷《きび》、粟、稗《ひえ》、稲等は種を種《う》える。

太陽黄経は75度。地球は、太陽のまわりを回る地球の公転軌道上で、春分から75度、冬至から165度回ってきたところに位置している。夏至まで15度、一日に一度進むとして約半月である。

新暦の日付では6月5、6日ごろ。またそこから6月20、21日ごろまでの半月の期間をも指す。

明代までの旧暦（平気法）では、芒種の節気入りは四月十六日～五月十五日までのいずれかの日。閏月のときは閏四月十四日、十五日、十六日のいずれかの日。

節月は五月節。

芒種６ａ（南宋）范成大「芒種後、積雨驟冷、三絶」

（南宋）范成大「芒種後、積雨驟冷、三絶」

芒種後《ぼうしゅご》、雨積《あめつ》み驟《にわか》に冷《ひ》ゆ、三絶《さんぜつ》　　范成大《はんせいだい》

其一
一庵湿蟄似亀蔵、
深夏暄寒未可常。
昨日蒙絺今挟纊、
莫嗔門外有炎涼。

其二
梅黄時節怯衣単、
五月江呉麦秀寒。
香篆吐雲生暖熱、
従教窓外雨漫漫。

其三
梅霖傾瀉九河翻、
百瀆交流海面寛。
良苦呉農田下湿、
年年披絮挿秧寒。

其《そ》の一《いち》
一庵《いちあん》の湿蟄《しっちつ》　亀蔵《かめかく》るるに似《に》たり
深夏《しんか》寒暄《かんけん》　未《いま》だ常《つね》なる可《べ》からず
昨日《さくじつ》　絺《くずふ》を蒙《こうむ》り　今《いま》　纊《わたいれ》を挟《かぶ》る
嗔《あや》しむ莫《な》かれ　門外《もんがい》に炎涼《えんりょう》有《あ》るを

其《そ》の二《に》
梅黄《うめき》ばむ時節《じせつ》　衣《ころも》の単《ひとえ》なるを怯《おそ》れ
五月《ごがつ》　江呉《こうご》　麦秀《むぎひい》でて寒《さむ》し
香篆《こうてん》　雲《けむり》を吐《は》いて　暖熱《だんねつ》を生じ
窓外《そうがい》は　雨《あめ》の漫漫《まんまん》たるに従教《まか》す

其《そ》の三《さん》
梅霖《ばいりん》　傾瀉《けいしゃ》して　九河《きゅうが》翻《ひるがえ》り
百瀆《ひゃくとく》　交流《こうりゅう》して　海面寛《かいめんひろ》し
良《まこと》に苦《くる》しからん　呉農《ごのう》の　田下《でんか》に湿《しめ》るは
年年《ねんねん》　絮《わたいれ》を披《かぶ》って　秧《なえ》を挿《さ》して寒《さむ》し

「芒種の節入りになった後、積《ひさ》しく雨が降り続き、驟《にわか》に冷《ひ》え冷《び》えとなった。絶句三首をつくる」

其の一

一屋の草庵に、湿った蟄《むし》が閉じこもっている、まるでそれは穴のなかに蔵《かく》れた亀の似《よ》う。

夏は深まってゆくのに、寒くなったり暄《あたたか》くなったりで、未《ま》だ平常に落ちつくことが可《でき》ない。
昨日は、涼しい絺綌《ちげき》の葛布《くずふ》を蒙《かぶ》っていたのに、今日は纊《わたいれ》を挾《かぶ》っているありさま、
この時期、門の外には、炎熱と冷涼が同時に有るのを、嗔《あや》しんではなら莫《な》いのだ。

其の二

梅が黄色に熟す時節というのに、かえって単衣《ひとえ》の薄着でいるのを怯《おそ》れている、
旧暦五月の江南の呉の地は、麦が秀《ひい》でて収穫も間近というのに、寒い天気になっている。
屋内では、篆文《てんぶん》のようなくねくねした雲煙《けむり》が、お香から吐きだされて、暖かい熱が生じている、
窓の外では長雨が、とめどなく漫漫と降っており、わたしはその降るがままに従教《まか》せている。

其の三

梅が色付くころの霖雨《ながあめ》が、盆を傾け水を瀉《そそ》ぐ土砂降りとなり、九本の河はうずまいて翻り、
百《もろもろ》の瀆《かわ》が交わり合流して、一帯は、ついに一面の海のように寛くなった。
呉の地の農民は、水田の下《ほと》りで雨に濡れ、全身が湿って良《まこと》に辛く苦しいことだろう、
彼らは年年 絮《わたいれ》をひっ披《かぶ》って、稲の秧《なえ》を挿しながら、寒さにふるえているのだ。

作者の范成大《はんせいだい》（１１２６～１１９３）は、南宋の四大家のひとりに数えられる文学者。地方官を歴任したあと、最後は副宰相にまで昇り、官途は順調であったと言える。皇帝の信頼も厚く、彼もその期待によくこたえた。五十八歳の秋に、ようやく辞職願いを許され、俸給のある名目だけの官につけられて、朝廷から優待された。かくて晩年の十年間は、江南地方の郷里の石湖《せきこ》に、大きな別荘を構え、花木を植えて鑑賞し、友人や家族との交流を楽しんだ。その隠

遁生活は士大夫層から賞賛され、うらやましがられたという。一方、農民には同情的で、農村の生活をさまざまに描いていった。この三絶句は隠遁してから三年目の夏、淳熙十三年（1186）六十一歳のときに作られたと考えられる。[1]だとすれば、この年の芒種は旧暦の五月十一日（6／7）である。

石湖は江蘇省太湖《たいこ》の東辺に位置し、太湖と流れが連なっている。太湖周辺の広い低地は、もともと灌漑ができず農業に適さなかった。しかし次第に干拓が進み、とくに北宋末以降は、有力者たちが長大な堤防を作って中を囲い込み、周辺から次第に干拓し耕地にしていく囲田《いでん》（圩田《うでん》・湖田）を開発し、農地が急激に拡大して稲作と麦作が普及していった。

范成大の経済的基盤にも、そういう囲田によって成立した荘園などが背景にあったのかもしれない。しかし范成大が単なる不在地主や強欲な荘園主でなかったことは、彼が郷里の風土をこよなく愛し、農業の実態をよく観察して詩に写し、農民の苦しみをも詩に歌い込むことができたことからよくわかる。

詩題に芒種、積雨（ながあめ）とあり、三句めに梅霖（つゆ）とあるので、この詩が描くのは芒種の節入り後、梅雨期が始まった時期であることがわかる。中国での梅雨は、細かに言えば長江中下流域およびその南北の江南、江淮地区にのみ現れる地域的気象である。『中国気候総論』によれば、1885年から1979年までの95年間の、平均入梅期は6月15日であり、宋英傑氏の『二十四節気志』によれば、平年の入梅期は江南地区（銭塘江流域）が6月8日でやや早く、太湖周辺の長江中下流地区はほぼ夏至直前である。[2]毎年の入梅の時期は、年による差が大きいと言われるが、大ざっぱに見て、芒種の節気は入梅の時期とみてよいであろう。

まず其一の二句めに「暄と寒」と言い、三句めに「絺」を着たり「纊」を着たり、四句めに「炎と涼」と言う。いずれもみな寒さと暑さの二つが、この時期に同時に現れることを述べている。この芒種という時期は、南中時の太陽高度、昼の長さ、日の出の方角から日の入りの方角までの夾角《きょうかく》などは、7月7日ごろの小暑とほぼ同じであり、太陽の露出度はもうほとんど真夏である。だから芒種の時期には、35度ぐらいの高温になることが時として起こる。かと思えば北からの寒気団が強く張り出し気温が下がる。このように寒暖の差が激しく気候が不順なのが、梅雨期の特徴とされる。江蘇省や呉の地方の諺に、「黄梅天《つゆぞら》は十八変する」（『清嘉録』）、「黄梅天は測測《そくそく》としてすばやく変わる」（『中華気象諺語大観』）などという言い方がある。[3] このように其の一は芒種、梅雨期の寒暑の変化の激しさの特徴をうまく表現しえたものだと言えよう。ただ士大夫階層である作者は、そういうときでもずっと家の中にいて、門の外の天気の極端な変化を心に案じながら、詩に詠じているのである。

其の二で、梅が黄ばみ（一句目）、麦が収穫期を迎え黄色に成熟しているのは（二句目）、みなこの芒種をあらわす物候として典型的なものである。其の二は、それらの物候を挙げながら、真夏も間近というのに、かえってうすら寒い気温が出現する梅雨期特有の、天気について詠じている。この現象は、日本では梅雨冷《つゆび》えや梅雨寒《つゆざむ》などと呼ばれている。中国では韻を踏んだ調子のいい諺で、

黄《huáng》梅《méi》寒《hán》、井《jǐng》底《dǐ》乾《gān》。　黄梅のときが寒いなら、井戸の底も乾いて雨ふらず

などとも言われていた。[4]

范成大と親交があり、江南の山陰に隠棲していた陸游も、この時期の梅雨冷えについて次のように詠じている。

老いては　五更《ごこう》の明け方の　寒さに怯《おび》え、　老怯五更寒、
見残しの　夢を見ろうと　重ねの衾《ふとん》を擁《いだ》く。　重衾擁残夢。

この陸游の詩が芒種の詩だとはどこにも書いてないが、詩題に「五月十日暁《あかつき》に寒さ甚《はなは》だしく、布穀《かっこう》の鳴くを聞き感ずること有り」とあり、さらに作られた年が嘉泰元年（1201、77歳）だとわかれば（『剣南詩稿校注』巻46）、あとはその年の二十四節気の日付を調べれば、五月十日が何の節気かがわかる。この年は夏至が五月十三日で、詩題に言う五月十日は夏至の三日前。つまり芒種の末候に、陸游のこの詩が作られたことになる。新暦になおすと6月19日である。

陸游はこの詩の理解を手助けしようと、呉の地の諺だとことわって、次のような対句を紹介している。

未《ま》だ端午《たんご》の節句の　粽《ちまき》を喫《くら》わないうちは、　未喫端午粽、
未《ま》だ冬着の布襖《わたいれ》も　質屋には送《あず》けない。　布襖未可送。

旧暦五月五日の端午節は、二十四節気ではだいたい芒種前後で、小満から夏至の節気の期間中に来る。この諺の言うところは、その時期を過ぎないと、いつ低温が現れるかわからないから、冬着を身近に備えて用心せよ、ということである。陸游がわざわざこのような自注を付けたのは、この現象が他所では理解されないと思ったからであろう。

范成大はこうした梅雨冷えを、「麦秀《ひい》でて寒し」と表現した（二句目）。このような「麦の秀でる、麦秋のころに寒い」という表現は、宋以前の詩には見あたらず、南宋詩からはじめて見える。わたしには、美しい言葉のように響くのだが、意外にも、南宋後もさほど多くは使われていない。所詮、冬小麦を作る長江中下流域での、梅雨期の一つの現象に過ぎず、広大な中国に対してはあまり普遍性がなかったからであろう。いずれにせよ梅雨時に寒くなるのは、北

の高気圧の勢力が強くなるためだが、だらだらと長雨がつづいてずっと日が射さなければ、さらに気温が上がらない。四句めに「雨《あめ》、漫漫《まんまん》」という締まりのない雨の降り方のなかでの、肌寒さを描写するのは、これに相当すると思われる。

三句めでは、其の一と同じように、作者の立ち位置は安全な家の中である。ただ雨だから作者が外に出られなかったというだけではあるまい。家のなかでは香がたかれ、暖かい煙が出ており、作者は窓の外の長雨を、どうしようもない投げ遣りな気持ちで見ている。否、というよりは、自分の力などではどうすることもできない、不可抗力の自然現象として見ているのであろう。

ところが其の三では、打って変わって梅雨は集中豪雨の様相を呈している。絶句三首のクライマックスと言える。一句めの「傾瀉」は傾け瀉《そそ》ぐで、盆（鉢）をひっくりかえして一気に水を流し出すこと。大雨の描写としては今日の漢語では、とくに「傾《qīng》盆《pén》大《dà》雨《yǔ》」がよく用いられる。いくつもの川が氾濫し、合流しあって一面の大海原のようになったというので、相当な土砂降りである。今日で言うとどれぐらいの大雨だろうか。

日本の気象庁の規定では、「激しい雨」が一時間に30㎜以上、50㎜未満、「非常に激しい雨」が50㎜以上、80㎜未満、「猛烈な雨」が一時間に80㎜以上の雨となっている。中国の規定では、一時間に25・0～49・9㎜の降雨量が「大雨」で、50・0～99・9㎜が「暴雨」、100・0～249・9㎜が「大暴雨」で、250・0㎜以上が「特大暴雨」と定められている。▼[5] 大雨の降る基準が、日本より詳しく定められており、いかにも中国の大雨の規模が大きいように見える。

たしかに范成大の描く大雨は、相当に激しい雨であることには違いないが、ある年の記録的な大雨を描いたというのではあるまい。作者の郷里では、ほとんど毎年のように繰り返される大雨を、一般化した形で描写したものであろう。

梅雨期の大雨は、梅雨の前半よりは後半に、すなわち夏至以後に起こることが多いとよく言われるが、この詩は芒種なのでまだ梅雨の前半である。しかし大雨を三首連作の最後に持ってきている点には、いくらかそういう、大雨が遅い時期に現れるという配慮を、感じないわけではない。

最後は、雨の中で身体をびしょ濡れにしながら、田植えをしなければならない農民の苦しさを詠じている。雨の中での田植えは、いわば田植えにはつきものと言わなければならない。今年は雨に濡れずに田植えがすんだなどというのは、滅多にあるものではない。田植えは中国古典詩では「挿秧《そうおう》」と呼ばれるのが最も一般的で、そのほかにも「栽秧《さいおう》、下秧《かおう》」などが用いられる。田植えを描いた詩は決して少なくない。しかし雨に濡れて田植えをする状況を詠うものは、わたしの調べえた歴代の百数十例の限りでは、この范成大のほかは、彼と交流のあった楊万里《ようばんり》（１１２７～１２０６）の次の詩、「插秧歌」だけである。[6]

笠是兜鍪蓑是甲、　笠《かさ》は是《こ》れ兜鍪《かぶと》なり、蓑《みの》は是《こ》れ甲《よろい》なり
雨従頭上湿到胛。　雨は頭の上従《よ》り、湿りて　せなかの胛《かいがらぼね》に到る

田植えに雨はつきものなのに、なぜ雨の中の田植えがほとんど描かれないのだろうか。それはおそらく、詩を作る階層、すなわち士大夫階層（大なり小なりの地主層）が、雨のときは外に出ず、家に引きこもっていたからではないか。ちょうど范成大の其の一、其の二に描いてあったとおりに。だから知識としては雨中にも田植えがなされることは知っていても、実際にそのような場面を切実な思いで見ることがなく、だから結局、題材として詩に描き込まれなかったのではなかろうか。やはり題材に対する深い思いがなければ、詩のなかに取り入れにくいであろう。そうでなければ、知識の羅列になり、詩は薄っぺらのものになるということぐらいは、宋代の詩人たちは理解していたと思われる。そ

ういう意味で、農村の実態に深い関心を寄せていた楊万里と范成大は、特別な存在であったと言えるであろう。また雨中の田植えという農民の苦しい状況を見知ってはいても、それを詩に描けば、地主層という自分の存在に突き刺さってくる。それは自分の存立基盤を危うくするとまではいかなくとも、わずかながらでも自分の精神に不安定な要素をもたらすであろう。心の奥底で本能的にそれを回避する仕組みが働いて、良心的と言われているある詩人たち、たとえば陸游でさえ、こういう現実は描ききれなかったのではないか。

さらに細かく言えば、楊万里と范成大は、雨中の田植えの描写について微妙な違いがある。楊万里の場合は、単に頭から肩胛骨《けんこうこつ》まで雨で濡れるというだけであって、寒いとか熱いとかは書かれていない。范成大は、その雨中の田植えが、辛いものだ、寒いものだと述べる。それによって農民の凄惨な現実の内面に立ち入っている。雨に濡れながらの田植えを、第三者的、客観的に描写するのと、農民が寒がっている、苦しんでいると、価値観を加えて描写することとの間には、やはり違いがあると言わざるを得ない。

宋代になると農業や農民を題材に詩を作るものが俄然多くなってくる。その多くが、儒教的な重農思想から農政、農村、農民に関心を寄せるにすぎない、などというのでは決してない。むしろ、農民の置かれた状況に同情し、農民の苦労を知っているという立場からの詠農詩が目立ってくる。農事にまつわる楽しげな種々のお祭りごと、農民たちの収穫の喜び、そんなものだけを詠うような脳天気な詩は少ないと言ってよい。しかしそういう中でも、范成大の詠農詩は、際立っているといえる。

この芒種の三絶句は、芒種期の梅雨を一般的に描くのではなく、梅雨期の寒暖の変化の激しさ、思いがけない冷え込みの強さ、おそってくる豪雨や大洪水等々、芒種の梅雨の天候を細かく描き分けているし、さらにそれだけではなく、梅雨期の農事の辛さをもしっかり見据え、農民の苦しさに寄り添った詩だと言える。

＊ 詩の本文は『范石湖集』（上海古籍出版社、1981年）巻26による。

▼1 于北山の『范成大年譜』（上海古籍出版社、1987年）の記載による。范成大は最晩年に時代順に自作を編集した全集を完成させている（『石湖大全集』一百三十六巻）。しかし今日残る『石湖詩集』三十四巻は、後人の手が加わり編年に矛盾や乱れが見られる箇所もあるという。この三絶句はその巻二十六におさめられている。一方、作者の代表作として知られる「四時田園雑興六十首」は、その序文に「淳熙丙午」の年に作ったと記す。つまり淳熙十三年（1186）、六十一歳のときであり、三絶句と同じく『石湖詩集』の巻二十六におさめられている。したがって両作品は、きわめて近い時期に作られたと考えてよい。しかもその「四時田園雑興六十首」の其二十六には、この三絶句なかの一句がまるごと採られた、さらにはまた非常によく似た句が存在する。以上の二点から、この三絶句は「四時田園雑興六十首」とほぼ同時期か、その少し前と考えることができる。

▼2 『中国気候総論』第三章第三節二「梅雨的気候特徴」177頁。『二十四節気志』「芒種」91頁

▼3 清の顧禄『清嘉録』巻五「五月」（黄梅天、117頁）による（王邁校点、江蘇古籍出版社、1999年、江蘇地方文献叢書）。なお日本語訳が『清嘉録─蘇州年中行事記』（中村喬訳注、平凡社、1988年）143頁にある。また『中華気象諺語大観』民間節令及干支類・梅、441頁。

▼4 ここは清の翟灝『通俗編』巻3「時序」による（『通俗編（附直語補證）』62頁、商務印書館、1958年）。この諺は広く流布しており、前掲注の『清嘉録』巻五「五月」はじめ、いろいろな書に引かれている。

▼5 日本の場合は、『気象庁』ホームページ「知識・解説」「天気予報等で用いる用語」の「雨の強さと降り方」による。（注意報、警報は除く）中国の場合は、中華人民共和国国家標準（GB/T 21984-2017）『短期天気予報』「降雨量等級劃分表」による。

▼6 銭鍾書『宋詩選注3』72頁による（宋代詩文研究会訳注、平凡社、2004年）。淳熙六年（1179）、衢州（浙江省）での作とある。ちなみにこの年の芒種は四月二十三日。

夏至 6b（げし）

日の長さも高さも最大値に**至**り、太陽エネルギーは極大となり、本格的な**夏**が始まる。

太陽黄経は90度。地球は、太陽のまわりを回る地球の公転軌道上で、春分から90度、冬至から180度回ってきたところに位置している。対極の冬至まで180度、一日に一度進むとして約6ヶ月である。

新暦の日付では6月21、22日ごろ。またそこから7月6日前後までの半月の期間をも指す。

明代までの旧暦（平気法）では、夏至の節気入りは五月一日～五月三十日までの間のいずれかの日。四月や六月や閏月に夏至の始まりの日は来ない。

節月は五月中。

夏至 6b （唐）白居易「和夢得夏至憶蘇州呈盧賓客」

（唐）白居易「和夢得夏至憶蘇州呈盧賓客」

憶在蘇州日、
常諳夏至筵。
糉香筒竹嫩、
炙脆子鵝鮮。
水国多台榭、
呉風尚管絃。

夢得《ぼうとく》が「夏至《げし》に蘇州《そしゅう》を憶《おも》う」に和《わ》し、盧賓客《ろひんかく》に呈《てい》す　白居易《はくきょい》

蘇州《そしゅう》に　在《あ》りし日《ひ》を　憶《おも》えば
常《つね》に諳《そら》んず　夏至《げし》の筵《えん》
糉《ちまき》は香《かんば》しく　筒竹《とうちく》は嫩《やわ》らかに
炙《しゃ》は脆《もろ》く　子鵝《しが》は鮮《あたら》し
水国《すいこく》　台榭《たいしゃ》多《おお》く
呉風《ごふう》　管絃《かんげん》を尚《たっと》ぶ

毎家皆有酒、　家毎《いえごと》に　皆酒《みなさけ》有《あ》り
無処不過船。　処《ところ》として船《ふね》の過《よ》ぎざるは無《な》し
交印君相次、　印《いん》を交《か》わすに　君《きみ》　相次《あいつ》ぎ
褰帷我在前。　帷《とばり》を褰《かか》ぐるに　我《われ》　前《まえ》に在《あ》り
此郷倶老矣、　此《こ》の郷《さと》に　倶《とも》に老《お》いたる矣《かな》
東望共依然。　東望《とうぼう》すれば　共《とも》に依然《いぜん》たり

（自注）予与劉、盧三人、前後相次典蘇州、今同分司、老於洛下。　予《われ》と劉《りゅう》、盧《ろ》と三人《さんにん》は、
前後《ぜんご》相《あ》い次《つ》ぎて、蘇州《そしゅう》を典《つかさど》り、今同《いまおな》じく分司《ぶんし》たりて、洛下《らくか》に老《お》いたり。

洛下麦秋月、　洛下《らくか》は　麦秋《ばくしゅう》の月《つき》
江南梅雨天。　江南《こうなん》は　梅雨《ばいう》の天《てん》
斉雲楼上事、　斉雲楼上《せいうんろうじょう》の事《こと》
已上十三年。　已《すで》に上《のぼ》る　十三年《じゅうさんねん》

「わが友劉禹錫《りゅううしゃく》、字《あざな》は夢得の『夏至の日に蘇州を追憶する』の詩に唱和し、あわせて太子賓客の盧周仁《ろしゅうじん》にこの詩を献呈する」

蘇州に、在任していた日々を憶うと、
常に胸裏に諳《そらん》じ浮かぶのは、夏至の日のうたげの筵。
嫩《やわ》らかくてしなやかな、竹筒に巻かれて、粽《ちまき》は香しく、
鵝鳥の子の、新鮮な肉の炙《あぶ》りものは、ほくほくと脆《やわ》らかい。

水郷の国には、高台や屋根のある榭《たかどの》が多くあり、
呉の地の風習として、管弦の楽が尚《たっと》ばれている。
家毎に皆それぞれ、自慢のおいしい酒が有り、
どこも水路に臨んで、船が通り過ぎない処《ところ》は無い。
私が知事の公印を引き交《わた》したとき、君があとを相い次いだ、
君が車の帷《とばり》を褰《かか》げて、赴任してきたとき、前に我《わたし》が在職していた。
いまは、此郷《ここ》洛陽にわれら三人、倶《とも》に老いてしまったことよ《矣》、
東のほうを望めば想い出がよみがえり、共に依《よ》りすがる然《よう》に、いつまでも心にまとわりつく。

（自注）予《わたし》と劉禹錫、盧周仁の三人は、前後相い次いで、長官として蘇州の地を典《つかさど》ったが、長安と二分されたこの副都で、今また同じく司《つかさ》となって、洛水の下《もと》、洛陽《らくよう》で老いている。

洛水《らくすい》の下《もと》洛陽は、いましも麦秋五月の下弦の月が出ているが、
長江下流の江南は、暗い梅雨《つゆ》の天《そら》だろうよ。
雲と斉《ひと》しく高いと、私が名づけた斉雲楼上での、懐かしい事どもも、
今となっては、もう已《すで》に十三年以上のむかしとなった。

白居易《はくきょい》（772～846）は、陶淵明《とうえんめい》、李白《りはく》、杜甫《とほ》らにつぐ中国を代表する詩人。この詩は、開成三年（838）、作者六十七歳時の作で、その日は夏至だった。このとき作者はすでに政界の中心である長安を去り、副都である東都《とうと》の洛陽に退いて大邸宅を構え、太子少傅《しょうふ》、分司東都という優遇された閑職の官にあった。友人の劉禹錫《りゅううしゃく》（772～842）も同じく洛陽で

太子賓客、分司東都の官にあり、二人は日ごろから頻繁に詩を応酬しあっていた。

　この年の夏至は五月二十三日である。その日、劉禹錫が蘇州を追懐して作った「夏至に蘇州を憶う」の詩を白居易に送ってきた。劉禹錫が作った詩はいま残らないが、白居易はそれに唱和して劉禹錫にこたえると同時に、同じく洛陽で太子賓客の官にあった盧周仁《ろしゅうじん》にこの詩を献呈した。

　というのも、三人ともかつて蘇州の長官として、蘇州に赴任していたことがあったからである。在任の時期は、白居易が宝暦元年（825）五月五日から（つまりその年の夏至の前から）、翌年（826）の九月初めまで、劉禹錫が太和五年（831）冬十月から八年（834）秋七月まで、盧周仁がその後を継いで、太和八年（834）から翌九年（835）秋八月までである。[1] したがって蘇州で迎えた夏至は、白居易が宝暦元年、二年、劉禹錫が太和六年、七年、八年、盧周仁が太和九年となり、それぞれみなが一度は蘇州での夏至を経験している。だから蘇州の夏至は、三人共通の話題となり得たのだった。

　この詩は、白居易がいま洛陽で夏至を迎えながら、十三年前の蘇州の夏至を思い起こしている。つまり、いま黄河中流域に住みながら、十三年前の長江下流域で過ごした夏至を思い出しているのである。したがって、十三、十四句では、同じ夏至なのに、描かれている景観が違っている。洛陽では麦秋《ばくしゅう》であり、蘇州は梅雨である。同じ夏至でも、黄河中流域と長江下流域だから、景観が違うのは当然である。

　とはいえ、蘇州に麦秋の風景がなかったわけではない。蘇州にも麦が育っていたことは、白居易が蘇州長官に着任した二年目に作った詩「劉禹錫の白太守の行に答《うた》う」に、

去年至郡時、　去年　われ　呉郡こと蘇州に至りし時には
麦穂黄離離。　麦の穂は　黄金色に離離としてよく実れり

（『白居易集箋校』巻二一）

とあることからも明らかである。唐代の中後期には、長江中下流域では、稲も麦も作られていた。もちろん必ずしも同じ耕地での二毛作、というわけではないが。[2]「去年、呉郡に至った時」とは、呉郡すなわち蘇州に、長官として着任した宝暦元年（825）五月五日のことをいう。その年の五月五日は新暦では5月30日で、小満の後半にあたり、蘇州ではまさに麦が実り収穫期を迎えているころである。詩では麦が黄金色に輝き、一粒一粒がそろって実っていると、詠じている。その蘇州赴任の際、洛陽を出発したのは三月末日で、ようやく三十六日めに蘇州に着いた。洛陽を出発したときには麦の穂はまだ青く若々しかったろう。南に下るにつれて麦も出穂し、長江を渡ったときには、麦はもうすっかり成熟期を迎えていた。南下とともに麦の成長が進んでいく様子に感動しながら、白居易は南へ旅を続けていたに違いない。だから着任したときには、まさに麦秋の時期だったと、鮮明な記憶をもって詩に描いたのではなかろうか。

ところで蘇州と洛陽とでは、日本でいうと薩摩半島の枕崎と大阪ほどの南北差がある。当然ながら麦秋の時期が違う。長江中下流域は一般には、芒種の終わりごろから、夏至の始まる前までには梅雨期に入る。だからそれまでに小麦は収穫を終わっているのが理想的である。ちょうど夏至の節気入り前後（新暦6月21日ごろ）の蘇州近郊の農村風景は、一方では麦刈りがほぼおわりつつあり、一方では牛が田を耕し、一方では田植えがたけなわ、あるいはもう終わっている、というようにいくつかの段階の農作業が同時に進行していたであろう。

一方、黄河中流域には梅雨は現れない。小麦の刈り入れは、長江中下流域より少し遅れ、一般には小満の終わりから芒種の時期である。夏至にはもう小麦の刈り入れは終わり、小豆や麻やモチキビなどがすでに植えられていたであろう。[3]

それなのに十三句めで、洛陽では夏至に麦秋を迎えているのは、どういうことか。これでは少し遅過ぎはしないか。

しかし次の記事によれば、黄河中流域でも、夏至のころに麦の収穫期を迎えているときもあったことがわかる。北宋の時代のことになるが、開宝六年（973）五月己巳の日に、太祖は開封の玉津園に行幸し、麦刈りを観ている（『宋史』本紀三）。五月己巳は五月十六日で、この年の夏至は五月十四日だから、麦刈りを観たのは夏至の翌々日である。また皇祐元年（1049）五月丙午の日に、仁宗は開封の宝岐殿に行幸し、麦刈りを観た（『続資治通鑑長編』巻166、仁宗皇祐元年）。五月丙午は五月十五日で、この年の夏至はまた五月十四日であり、麦刈りを観たのは夏至の翌日である。この場合の観る行為は、一種の行事である。

右の北宋の前半期は、むしろ白居易晩年の中晩唐より少し暖かかったぐらいである。それでも、洛陽よりやや下流の開封で、ようやく夏至のころ、麦の収穫期を迎えていることもあった、そのことが確認できるのである。[4] したがって白居易が描いた夏至時の洛陽の麦秋は、何もあやしむ必要はなく、そのまま当時の事実を描写したものだったと考えてよいであろう。

さて、本題の詩にもどって十三句めは「洛下は麦秋の月」と詠じるが、どのような月だったろうか。この詩が作られた五月二十三日は、下弦（の月）である。ようやく真夜中に地平線から半月が顔を出しはじめ、やがて日の出となり、それから一時間あまりもたったころには、白くあわい半月が、南天の高いところにかかっている。その月のもとに、東の朝日を受けて黄色に輝きはじめた洛陽近郊の麦畑が広がっている。やがて真昼どきになると、日の光でほとんど目立たなくなった月が、お椀をかぶせたような形で、西の山の端に沈もうとしている。そんな情景を思い浮かべればよいであろう。しかし江南では梅雨のまっただ中で、夏至のころには月などは見えなかったなあ、と白居易は思い出していたのだろう。

ところで白居易が、劉禹錫から蘇州の夏至と言いだされて、まず想起したのはほかでもない、蘇州夏至料理とでも言うべきものであった。この日、料理はたくさん並べられていたろうが、特記すべきは、蘇州風のちまきと、やわらかい鵝鳥《がちょう》の子のあぶり肉であった。

ちまきは、今は普通に「粽《そう》」と書くが、もとは「糉《そう》」の字が用いられていた。粽は後漢の『説文解字』にはまだ出てこず、魏晋南北朝ごろの後出字であろう。宋の『広韻』や明の『正字通』に、粽は糉の俗字だと書いてあり、宋から明代までは、粽はまだ糉の俗字だと考えられていた。清の『康熙《こうき》字典』には、近人は糉を粽と書くとあり、清代には逆転してしまったことがわかる。現代中国語では、糉は異体字とされ、粽のほうで統一されてしまった。

閆艶《えんえん》氏[5]は、北方と南方のちまきが、魏晋南北朝期に合流したと考えている。北方のちまきは角黍《かくしょ》と呼ばれ、モチキビ（黍）で作られていたが、南方のちまきは糉と呼ばれ、モチ米で作られていた。作り方は地方色豊かで、菰《まこも》、葦、竹の子の皮（箬）等々で包み、あるいは竹筒にいれ、腐敗防止のために灰汁に漬けて煮る。白居易が小さいころから食べ慣れていたのは、モチキビの角黍《ちまき》であったろうが、この蘇州風の竹筒に入れたモチ米のちまきが、よほど彼には新鮮だったのであろう。

いまでこそ、ちまきは五月五日の端午節に食べる代表格のようになっているが、元来は夏至の日に食べた。やがて夏至が忌避され、夏至から端午節が生じると、端午節にも食べるようになった（閆艶氏上掲書）。おそらく宋代までは。しかし明代には、もう端午節にしか食べないようになっていったのかもしれない。明の李時珍《りじちん》の『本草綱目《ほんぞうこうもく》』には夏至に食べるとは出てこない。こうして夏至にちまきを食べる習俗は、次第に廃れていったのだと思われる。

また白居易は、鵞鳥の子のあぶり肉も同時に食べているが、春分、清明のころ孵化した雛が、このころまでには幼鳥に成長して、白居易の夏至の宴にのぼっていたのだろう。[6]六世紀前半に書かれた北魏の賈思勰《かしきょう》の『斉民要術《せいみんようじゅつ》』巻九「炙法」第八十には、もっぱら「子鵞《コガチョウ》」を使った炙り肉の調理法だけでも、二種類が紹介してある。「擣炙法《とうしゃ》」と「銜《かん》炙《しゃ》法」である。太田泰弘氏は、前者をよせあぶりもの、後者をつつみあぶりものと訳す。[7] 氏の訳によりつつ前者の調理法をごくごく簡単に記すと、肥えたコガチョウの肉を荒めに切り砕き、調味料としては食酢、瓜漬、シロネギ、ショウガ、ちんぴ、サンショウなどを使う。肉団子にしたコガチョウの肉を竹串にくっつけ、卵白と卵黄をそれぞれ別にして塗りつけ、強火であぶる。焦げ汁が出てきたら食べ頃となる。ちまきよりはこのコガチョウのあぶり肉のほうが、もっとおいしかったのではなかろうか。

唐代は夏至の日と、前後の一日をあわせて三日間が休暇だった。[8] この夏至の宴はその休暇中に開かれたのであろう。とはいえ一般に地方の行政府庁では、長官などの住まいも府庁にあったし、夏至の宴に集った者たちも官僚たちであったから、今日のような意味での公私の区別はなかった。また宴そのものが、公的な社交活動の意味を持っていたからなおさらである。

＊ 詩の本文および制作年は『白居易集箋校』第6冊、外集巻上・詩文補遺一（朱金城箋校、上海古籍出版、1988年）による。

▼1 郁賢皓『唐刺史考全編』第三冊（安徽大学出版社、2000年）、卞孝萱・卞敏『劉禹錫評伝』（南京大学出版社、1996年）による。

▼2 曾雄生「析宋代『稲麦二熟』説」（『歴史研究』2005年）。

▼3 清・徐松輯『宋会要輯稿』には、開封での皇帝の「観刈麦」の行事を五例載せるが、小満の五日めの一例を除き、ほかはみな芒種の期間に行われている。

紀元前一世紀、前漢の黄河中流域の農業を反映すると考えられている『氾勝《はんしょう》之書《ししょ》』には、モチキビの種まきは夏至の二十日前がよいとある。つまり小満の末候である。また十世紀中ごろの、黄河中下流域の農業を反映すると考えられている韓鄂《かんがく》

『四時纂要』から、五月に行うべき農作業を拾うと、次のようなものがある。……麦地を晒《さら》す。小豆を播種する。雄麻（オアサ）を播種する（夏至の十日前が最善で夏至の日は中等、夏至後の十日は遅すぎてよくない）。ゴマを播種するのはギリギリで遅い。越瓜（シロウリ）を播種する。陸稲を移植する。桑の実と黍をまぜて播く、等々。（渡部武『〈四時纂要〉訳注稿—中国古歳時記の研究その2』安田学園発行、1982年）

もちろん『四時纂要』の言う五月は「芒種自《よ》り即《すなわ》ち五月節を得。……夏至は五月中気……」などというように、節月の五月であり、新暦で6月初めごろから7月初めごろまでを意味している。農業を陰陽暦で行うことはできないから、基本的に農書は、旧暦（陰陽暦）ではなく、節月（太陽暦）にもとづいて編集してある。ただし陰陽暦の行事が記されていることもある。

▼4　唐の中後期から五代十国がやや寒く、北宋がやや暖かくなったことは、『中国歴朝気候変化』第八章第二節の二「唐中後期（741—907）：気候転冷」、第九章「北宋：暖乾の朝代」を参照。

また『中国歴史時期気候変化研究』第八章第二節「北宋開封一帯の冬季温度の異常値（平均値からの差違）の推計」は、北宋の開封地区の冬小麦の収穫時期はほとんどが6月上旬、中旬であり、平均の日付は6月13日だという。つまりちょうど芒種の真ん中ほどである。

▼5　ちまきに関しては閆艶『唐詩食品詞語語源与文化之研究』（巴蜀書社、2004年）の解説に負うところが大きい。夏至の日にちまきを食べていた記事はいくつかあるが、古いものではたとえば『太平御覧』巻851飲食部九「糉」に引く晋の周処の『風土記』に「於五月五日及夏至啖之。一名糉。一名角黍。」などとある（張元済ほか編『四部叢刊三編』上海商務印書館、1936年）。また遅い例としては宋の范成大の「夏至二首」其一の六言絶句に「李核垂腰祝饐、粽絲繋臂扶羸。節物競隨郷俗、老翁閒伴児嬉」（『范石湖集』巻23、上海古籍出版社、1981年）とある。また釜谷武志「端午節と五月五日」（『六朝學術學會報』、2003年）も、夏至から端午節が生まれた可能性を論じている。

▼6　北魏の賈思勰の『斉民要術』巻六・養鵝鴨第六十に「供厨者、子鵝百日以外、子鴨六七十日、佳。過此肉硬。」（繆啓愉校釈『斉民要術校釈（第二版）』中国農業出版社、1988年）とある。その校釈に「子鵝、子鴨は六七十日齢で体重が2—

2・5キロ或いはそれ以上になり、肉はやわらかく食に供することができる」とある。

▼7　田中静一、太田泰弘、小島麗逸『斉民要術―現存する最古の料理書』（雄山閣出版、1997年）。「あぶりもの」の翻訳は太田泰弘氏が担当。また竹串については、中村喬『宋代の料理と食品』（朋友書店、2000年）の「炙料理」の項も参照した。

▼8　『中国古代の年中行事』（夏冊）「唐代の夏至休暇」（632～635頁）参照。

第3節　季夏の詩

小暑 7 a（しょうしょ）

炎暑のひと月を、大小二つに分けた前半で、まだ大暑ほど暑くはない。

太陽黄経は105度。地球は、太陽のまわりを回る地球の公転軌道上で、春分から105度、夏至から15度回ってきたところに位置している。冬至まで165度、一日に一度進むとして約5ヶ月半である。

新暦の日付では7月7日前後。またそこから7月21、22日ごろまでの半月の期間をも指す。

明代までの旧暦（平気法）では、小暑の節気入りは五月十六日～六月十五日までのいずれかの日。閏月のときは閏五月十四日、十五日、十六日のいずれかの日。

節月は六月節。

小暑 7 a （南宋）韓滮「十八日小暑大雨」

（南宋）韓滮「十八日小暑大雨」

十八日小暑《じゅうはちにちしょうしょ》、大《おお》いに雨《あめ》ふる

韓滮《かんこ》

申禱山川便作霖、
耘苗時候想田深。
且欣小暑能如此、
更願新秋得似今。
早稲欲花将就実、
晩禾成葉未抽心。
天応不忍焦労意、
直自初栽已望陰。

山川《さんせん》に申禱《しんとう》すれば　便《すなわ》ち霖《りん》と作《な》り
耘苗《うんびょう》の時候《じこう》　田《でん》の深《ふか》きことを想《おも》う
且《しばら》く欣《よろこ》ぶ　小暑《しょうしょ》に能《よ》く此《か》くの如《ごと》きを
更《さら》に願《ねが》う　新秋《しんしゅう》にも今《いま》に似《に》るを得《え》んことを
早稲《そうとう》は花《はな》ひらかんと欲《ほっ》して　将《まさ》に実《み》を就《つ》けんとし
晩禾《ばんか》は葉《は》を成《な》すも　未《いま》だ心《しん》を抽《ひ》かず
天《てん》は応《まさ》に　意《い》を焦労《しょうろう》せさするに忍《しの》びずして
直《ただ》ちに初栽《しょさい》自《よ》り　已《すで》に陰《いん》なるを望《のぞ》むべし

「五月十八日は今年の小暑の節入りで、この日大いに雨がふった」


山川の神々に、申《かさ》ねがさねに祈禱《いのり》をささげると、便《そのま》ま恵みの霖《あめ》と作《な》った、苗を耘《くさぎ》るこの除草の時候に、水がたまって水田が深くなったろうと想像する。

小暑の節気に此《こ》の如《よう》になることが能《でき》たことを、且《しばら》くは欣《よろこ》ぶこととしよう、そして更に、新秋すなわち立秋のころも、今の似《よう》になることが得《でき》るようにと切に願う。

早稲《わせ》はちょうど開花しようと欲《し》ているところで、将《たしか》に実を就《つ》けることであろう、晩禾《おくて》は葉を形成しているが、未《ま》だ心芽を抽《ひ》き出して、株張りがはじまるような段階ではない。

雨が降らなければ、ひとの心意《こころ》を焦《あせ》らせ労《つか》らせることになる、天は応《きっ》とそういうことには忍《たえ》られず、苗を栽《う》えた当初自《か》ら直《ずっ》と、この時期に陰雨《ながあめ》を降らせることを、已《とっく》に展望していたに違いないのだ。

作者の韓淲《かんこ》（1159～1224）は南宋の詩人で、▼1上饒《じょうじょう》（江西省上饒市）の人、享年六十六歳。政治家また文学者として著名な韓元吉の子で、その恩恵（蔭《いん》という制度）によって地方の小官に就いた。その後、南宋の都の臨安（浙江省杭州市）で、国立病院の薬局の下級の官となったが、四十二歳で辞職し、郷里に帰った。翌年、上京して試験を受けたが失敗し、その後終生官に就くことはなかった。郷里では、清貧の生活に甘んじ、人となりは清廉また狷介で、その名声は同郷の趙蕃《ちょうはん》（小満5bで既出）とともに、「江西（あるいは上饒）の二泉」として天下に聞こえたという。

詩題に「小暑」とあるが、小暑という言葉自体は「小《すこ》し暑い」とも読むことができる。たとえば、明の王世貞《おうせいてい》（1526～1590）の「七夕に李通政伯玉に過《よ》ぎる」の詩。これは王世貞が七夕の日に、本でも借りようかと、通政使の李氏を訪問したことを詠じた詩である。その冒頭に、

小暑初残節序嘉、　晩夏おわりて初秋となり　小《すこ》しの暑さ　初めて残るも　いまの節序は嘉《よ》く
探書因過鄴侯家。　書を探さんとて因《よ》りて過《よ》ぎる　蔵書家の鄴侯《ぎょうこう》のごとき君が家に

とある。ここにいう「小暑」は節気の小暑ではない。なぜなら、詩題にある七夕、つまり旧暦の七月七日が小暑となることはないからである。言いかえれば、小暑の節気中に七月七日がやって来ることはない。繰り返せば旧暦の七月七日は、大暑、立秋、処暑の節気のなかの、いずれかの日にしか来ないからである。小暑の次は大暑であるが、大暑は節月では中気で「六月中」であり、その節気入りは必ず旧暦の六月中に来なければならない。だからその前の小暑が、七月中に来ることはあり得ない（王世貞は明人だから節気はまだ平気法である）。

だから王世貞の一句めは、ちょうど残暑を感じる初秋となったばかりで、少しばかりの暑さはあるが、よい季節で

ある、ほどの意味であろう。あくまでわたしが調べた範囲内であるが、韻文で小暑という言葉自体が使われることが少ないのだが、さらにこのような一般的な意味での「小し暑い」という使い方は少ないといってよい。多くは節気としての小暑である。

それでは韓淲の詩の場合、なぜ節気の小暑といえるのか。その理由は、まず詩題に日付と節気が同時に書かれているからである。そういうときは、節入りの日付であることが圧倒的に多い。ただしこれはあくまで確率の問題であり、日付が節入りを示していない場合も、もちろん存在する。

第二は、三句めと四句めで、「小暑」と「新秋」が対句として作られているからである。律詩の場合、第二聯と第三聯は、それぞれのなかで対句にするのが決まりであるが、その対句は同じ範疇の言葉が、対になるのが普通である。新秋は、厳密に言えば二十四節気の立秋と処暑を、そして節月のなかでは七月を指すであろう。[2]本来は立秋を迎えたときに、初めて新秋と言い始めることができる。そういう風に考えれば、この三、四句めは、それぞれ節気をあらわす範疇の言葉によって対句が組み立てられている、と見ることができる。一方が節気の立秋を迎えての新秋なのに、それに対する言葉が「少しばかりの暑さ」という、気候の寒暖をいう一般的な言葉では、対句としては釣り合いが取れない。やはりここは、節気としての小暑とみなすほうが妥当である。さらに、少しの暑さや、少し暑いでは、この三句めの意味が通じない。

第三には、早稲が出穂、開花の直前であり、晩稲が田植えが終わり、今しも活着期で、まもなく分蘗《ぶんけつ》しようとしている。そういう生長の様子が、小暑の節気と適合しているからである。南宋の時代、江西の上饒あたりでは、稲の二期作はまだ普及していなかったと思われるが、少なくともこの詩では、早稲と晩稲が同時に育っているので、二期作の状況を描いたものではないことがわかる。この詩に詠われている早稲は立秋前には収穫期を迎え、晩稲は霜降ごろ

収穫できたであろう。▼3

以上から、詩題の「十八日小暑大雨」は、十八日が小暑の節入りの日付を言ったもので、さらにその日十分な雨がたっぷりと降ったと解してよいのではなかろうか。以下、そういうものとして話を進めることとする。

さて、十八日が小暑の節入りなら、それは「四月十八日」や「六月十八日」ではなく、「五月十八日」だと、自動的に決まってくる。節月で「六月節」である小暑の節入り、つまり開始日は、実際の旧暦では五月十六日から、六月十五日までの間のいずれかの日に来るからである。閏五月の場合は、十五日または十六日で稀に十四日である。そこまで厳密に考えなくても、これは消去法で考えるともっと簡単である。

まず仮に、「四月十八日」が小暑の節入りなら、四月十七日より前の十五日間、没日がはいれば十六日間が夏至の節気となり、夏至の節入りは四月二日または三日となってしまう。しかし夏至は節月で中気（五月中）なので、夏至の節入りは必ず五月中に来なければならない。だから四月十八日が小暑の節入りとなることはない。

次に「六月十八日」が小暑の節入りなら、前と同様、小暑の節気はそこから十五日間、没日がはいれば十六日間である。六月が小の月の場合は、七月三日または四日までが小暑となり、大の月なら七月二日または三日までが小暑である。となれば大暑の節入りが、七月三日から五日までのいずれかとなり、いずれの場合にせよ、大暑の節入りが七月になってしまう。ところが大暑は中気（六月中）であるから、実際の旧暦では大暑の開始日は、必ず六月の一日から末日までの、いずれかの日でなければならない。よって六月十八日が小暑の節入りということもあり得ないのである。

ついでに閏月の場合について述べておく。まず閏月の場合は、閏月だとの記載がなされるのが通常であるが、ここにはそれがないので、閏月の十八日ではないとわかる。ただ念のために、閏月の記載がたまたま欠如していたとして、閏五月十八日が小暑の節入りとなった場合を仮定してみよう。このようなことは前記したようにあり得ないのだが、考え方を示すために、以下シミュレーションしてみる。

閏五月十八日が小暑の節入りなら、先述の道理を用いて、夏至の節入りは、それから十五日または十六日さかのぼって、閏五月二日または三日となる。ところが閏月というのは、中気の節入りが来ない月を閏月とするのだから、閏五月に中気の夏至の節入りが来ることになり、甚だおかしな話になってしまう（もちろんこれらの理屈が成立するのは、明代までの平気法でのことである。定気法が用いられる清朝の時憲暦では、閏月に中気が来ることもあり、この理屈は応用できない）。以上から小暑が十八日に節入りしているのなら、それは必ず五月十八日となるのである。

では韓淲の生涯で五月十八日が小暑となる年は、いつであろうか。それは寧宗の慶元六年（1200）、彼が四十二歳のときと、嘉定四年（1211）、五十三歳のときの二回である。

前者の場合、ちょうどこの年彼は、二月に都（杭州）の薬局での小官をやめて、三月に帰路に就き、七月に郷里の上饒に帰りついている。だからこの年の小暑は、旅の途上にあった。しかしこの詩は、たまたま旅中で遭遇した稲田に対して、山川の神に雨を祈ったような作には思えない。

後者の場合、彼は故郷に帰って十一年目である。郷里では清貧に甘んじた生活を送っている。ここに描かれる稲作の状況は、自分の、またはそれを含めた郷里の稲田であろう。詩の冒頭で、山川に雨を祈っているのは、州県の長官が公務として執り行う雨乞いの儀式ではあるまい。ここにはそういう仰々しい雰囲気はない。もっと個人的な、単なる心の中での祈りか、せいぜいが村の指導的立場にいる知識人としての私的な祈りである。だとすればこの詩は、都の小官を辞め、郷里に帰って十年余の五十三歳、寧宗の嘉定四年（1211）五月十八日の作と考えてよいことになる。

長江中下流は、普通は夏至の期間が梅雨の後期にあたり、小暑の時期に梅雨が明けることとなる。[4] ところがこの詩では、雨を祈り、願いどおりに小暑の日に大雨が降ったことを喜んでいる。その言い方からすると、梅雨期に降るべき雨が、十分に降らなかったのではないかと考えられる。いったん梅雨が明けて小暑に入ると、稲作にとって重要なのは、やはりまた十分な雨量で、日照りが最も恐れられることになる。作者は空梅雨《からつゆ》だったと思われるこの年が、引き続き小暑の期間も降らなければ甚大な旱害となってしまうことを、ひどく心配しているのではないか。七句めの「意を焦労させる」とは、そのことを言うのであろう。

この詩が農業を詠じるほかの詩と少し違うのは、天候を支配する天への作者のとらえ方である。天は最初からこの時期に、雨を降らすことをちゃんと準備していたのだ、という考え方である。人間は天に対して畏れまた服従したり、感謝したり、怨嗟の念を持ったり、懐疑的であったり、否定したりと、いろいろの態度を持つが、少なくともこの詩では、作者は天と予定調和の関係にあると言える。天に対してどのような感情や態度をもつかは、その人の思想や生き方、実人生の運不運と、深い関わりがあると思われるのだが、おそらく作者は貧しいなかでも、満ち足りた幸福な人生を送ることができていたのではなかろうか。

＊　詩の本文は『全宋詩』第52冊巻32384による。

▼1　韓淲の伝記は辛更儒・伊永文「韓淲生平及其澗泉詩考略」『中国典籍与文化』（2011年、第1期）によるが、胡亜軍『江西「二泉」事跡著作編年』（杭州師範大学、中国古典文献学、2014年、修士論文）も参照した。ただし二著ともにこの詩への言及はない。

▼2　旧暦の七月を孟秋、初秋、新秋などと呼ぶことがある。そうした場合は、たとえば旧暦の七月一日は、新暦では7月23日ごろから、8月22日ごろまでの間に来る。これでは、季節を言うには、揺れ幅が大きすぎてあまり正確ではない。これはもともと孟秋が、『呂氏春秋』十二紀、『礼記』月令、『淮南子』時則訓などにおいて、節月（中国独自の太陽暦。序編第2節8・『淮南子』天文訓・時則訓を参照）の体系のなかで用いられていたのが、後に旧暦（陰陽暦）にも転用されて旧暦七月の意味

も持つようになり、さらに初秋、新秋などにも、同様の使い方が浸透していったからではないかと思われる。だからそれらの言葉には、節月と陰陽暦の二義性があることになる。また中国と日本でも、微妙な語感の違いがある。

▼3　曾雄生「宋代的早稲和晩稲」（『中国農史』、2002年第1期）、曾雄生「宋代的双季稲」（『自然科学史研究』第21巻第3期、2002年）を参照。

▼4　『二十四節気志』の芒種「常年入梅、出梅日期」の図表（91頁）によれば、江西省北部の上饒は江南地区に入り、平年の梅雨明けは7月8日で、ちょうど小暑の節入りのころとなっている。拙著では、宋代でも今日と大きくは変わっていないだろうという前提で、話を進めている。

大暑７ｂ（たいしょ）（付　伏について）

炎暑のひと月の夏の後半で、**暑**さが**大**いに極まる。小暑と大暑が暑中の期間。

太陽黄経は120度。地球は、太陽のまわりを回る地球の公転軌道上で、春分から120度、夏至から30度回ってきたところに位置している。冬至まで150度、一日に一度進むとして約5ヶ月である。

新暦の日付では7月22、23日ごろ。またそこから8月6、7日ごろまでの半月の期間をも指す。

明代までの旧暦（平気法）では、大暑の節気入りは六月一日〜六月三十日までの間のいずれかの日。五月や七月や閏月に大暑の始まりの日は来ない。

節月は六月中。

大暑７ｂ　（南宋）陸游「六月十七日、大暑殆不可過、然去伏尽秋初、皆不過数日、作此自遣」

（南宋）陸游「六月十七日、大暑殆不可過、然去伏尽秋初、皆不過数日、作此自遣」

六月十七日《ろくがつじゅうしちにち》、大《おお》いに暑《あつ》く殆《ほとん》ど過《す》ごす可《べ》からず。然《しか》るに伏尽《ふくじん》、秋初《しゅうしょ》へ去《いた》ること、皆《みな》数日《すうじつ》に過《す》ぎず、此《これ》を作《つく》り自《みずか》ら遣《や》る。

陸游《りくゆう》

赫日炎威豈易摧、
火雲圧屋正崔嵬。
嗜眠但喜蘄州簟、
畏酒不禁河朔杯。
人望息肩亭午過、

赫日《かくじつ》の炎威《えんい》　豈《あ》に摧《くだ》け易《やす》からんや
火雲《かうん》　屋《おく》を圧《あっ》して　正《まさ》に崔嵬《さいかい》たり
眠《ねむ》りに嗜《ふけ》るは　但《た》だ　蘄州《きしゅう》の簟《てん》を喜《よろこ》び
酒《さけ》を畏《おそ》るるも　河朔《かさく》の杯《はい》を禁《きん》ぜず
人《ひと》は望《のぞ》む　肩《かた》を息《いこ》わせ　亭午《ていご》の過《す》ぎゆくを

天方悔禍素秋来。　天《てん》の　禍《か》を悔《く》ゆるに方《あ》たって　素秋《そしゅう》来《きた》らん
細思残暑能多少、　細《こま》かに残暑《ざんしょ》を思《おも》えば　能《よ》く多少《たしょう》ぞ
夜夜常占斗柄回。　夜夜常《よよつね》に　斗柄《とへい》の回《めぐ》るを占《うかが》う

「六月十七日は大いに暑く、一日をやり過ごすことが殆《ほとん》ど不可能なほどだった。然《しか》し伏《ふく》が尽きる最後の末伏《まっぷく》の日まで、そして秋の初めとなる立秋去《ま》で、二つとも皆数日に過ぎない。それでもこんなに暑いのだ。そこで此《こ》の詩を作って自《みずか》ら憂《う》さを遣《はら》すことにした。」　陸游《りくゆう》

赫赫《かっかく》たる赤日の炎熱の威力が、豈《どう》して容易に摧《くだ》けてしまうことがあろうか、
火のように赤やけした入道雲が、家屋を圧し、高い山のように正《まさ》しく崔嵬《さいかい》としてそびえている。
私は心地よい眠りに嗜《ふけ》ろうと、あの湖北省蘄州《きしゅう》産の、涼しい簟《たかむしろ》を、但《ただ》ただ喜び楽しんでいる、
酒は病に悪いと畏れつつも、暑さを感じなくなるまで泥酔する河朔《かさく》の杯を、自分に禁じられないでいる。
肩を息わせて休みながら、人は正午に亭《あた》る暑い時が、早く過ぎてゆくのを望んでいるのだが、
酷熱の禍を与えたと、天が悔いた時に方《あ》たってはじめて、素色《しろ》に配当される白秋《あき》がやって来るのだ。
この暑さは、あと多少《どれほど》残り続けることが能《でき》るのか、そう思いながら、細かに計算しつつ、
夜々に常に夜空を仰ぎ、北斗七星の柄杓《ひしゃく》が回るのを占《うかが》って、涼しい季節が来るのをまっている。

詩題に、「伏が尽きる」という聞き慣れない言葉があるが、伏は夏の最も熱いときを指し、それが尽きるという意味である。伏には、初伏《しょふく》、中伏《ちゅうふく》、末伏《まっぷく》の三つがあって、その三つの伏の「三伏《さんぷく》」が尽きれば、酷暑の時期が終わることになる。初伏は夏至から数えて三回目の庚《かのえ》の日、中伏は四回目の庚の日。末伏は、立秋になってから最初の庚の日で

ある。▼1

夏至から
↓
3回めの庚の日 ―― 初伏
↓
4回めの庚の日 ―― 中伏
↓
立秋から
↓
1回めの庚の日 ―― 末伏（＝後伏＝伏尽）
↓
処暑

夏至の日が庚の日なら、それも一回めの庚の日とする

立秋の日が庚の日なら、それを一回めの庚の日とする

新暦で初伏が最も早く来る年は、6月21日が夏至で、さらに庚の日の場合であり、7月11日。そのとき中伏は7月21日。初伏が最も遅く来る年は、6月22日が夏至で、さらに辛《かのと》の日の場合であり、7月21日。そのとき中伏は7月31日となる。同様に末伏が、最も早く来る年は、立秋が8月7日で、その日が庚の日の場合であり、立秋当日が末伏となる。最も遅く来る年は、立秋が8月8日で、辛《かのと》の日の場合であり、8月17日となる。つまり三伏の期間はおおかた、

7月中旬から、日本の一般的な旧盆が終わるころまでと考えておいてよい。

旧暦の場合は、新暦のように固定した日付で言うことができない。初伏が最も早く来るのは、夏至が庚の日の場合で、夏至から21日め、中伏は31日めである。初伏が最も遅く来るのは、夏至が辛の日の場合で夏至から30日め、中伏は40日めである。

末伏は若干様子が異なり、左のようになる。

	乙			丙	
1	丙		夏至	丁	
2	丁			戊	
3	戊			己	
4	己			**庚**	❶
5	**庚**	❶		辛	
6	辛			壬	
7	壬			癸	
8	癸			甲	
9	甲			乙	
10	乙			丙	
11	丙			丁	
12	丁			戊	
13	戊			己	
14	己			**庚**	❷
15	**庚**	❷		辛	
16	辛		小暑	壬	
17	壬			癸	
18	癸			甲	
19	甲			乙	
20	乙			丙	
21	丙			丁	
22	丁			戊	
23	戊			己	
24	己			**庚**	❸
25	**庚**	❸		辛	
26	辛			壬	
27	壬			癸	
28	癸			甲	
29	甲			乙	
30	乙		大暑	丙	
31	丙			丁	
32	丁			戊	
33	戊			己	
34	己			**庚**	❹
35	**庚**	❹		辛	
36	辛			壬	
37	壬			癸	
38	癸			甲	
39	甲			乙	
40	乙			丙	
41	丙			丁	
42	丁			戊	
43	戊			己	
44	己			**庚**	
45	**庚**		立秋	辛	
46	辛			壬	
47	壬			癸	
48	癸			甲	
49	甲			乙	
50	乙			丙	
51	丙			丁	
52	丁			戊	
53	戊			己	
54	己			**庚**	
55	**庚**			辛	
	辛			壬	

末伏が来るのが最も早いのは（右表で右側の列）、夏至が丙の日で、さらに夏至、小暑、大暑の節気内に没日が来ないときである。このとき立秋が庚の日になり、夏至から45日め。末伏が来るのが最も遅いのは（右表で左側の列）、夏至、小暑、大暑の節気内に没日が来ない年では、夏至が丁の日である。このとき立秋は辛の日になり、立秋から最初の庚の日は、立秋から10日めとなる（夏至から54日め）。夏至、小暑、大暑の節気内に没日が来る年では（連続する三節気内で没日が二度来ることはないと考える）、夏至が丙の日である。このとき立秋が辛の日になり（右表右側の列で、没日が一日入るので、立秋が一日下に繰り下がる）、立秋から最初の庚の日は立秋から10日めとなる（夏至から55日め）。

旧暦の平気法の節気で言うと、普通は初伏は小暑の内にくるが、十年に一度ほどの頻度で大暑に来ることもある。中伏は常に大暑の内に来る。末伏は必ず立秋の内に来る。だから一般には初伏・中伏・末伏は、それぞれ小暑・大暑・立秋の期間と考えておいて大過は無い。

三伏の日取りには、十干《じっかん》のめぐりあわせという偶然の要素があるが、最大十日のずれにすぎないし、夏至や立秋を起点に数えはじめるので、太陽暦の亜種と考えてよい。伏はある一定の期間ではなく、ある特定の日である。「伏が尽きる」日とは、末伏の日のこととみなしてよい。この三つめの伏の日（末伏）が過ぎれば、初伏から末伏までのひと月ばかりの、極暑の期間がやっと終了することになる。

もう一箇所、詩題の言葉の意味をはっきりさせておく必要がある。立秋を過ぎてはじめて「秋初」ということができるので、「秋初」はここでは立秋と考えてよいだろう。つまり「秋初」と「伏尽」は、立秋の節入りの日と、それ以後の末伏の日を指すことになる。

さて、詩題は「六月十七日は……伏尽と秋初へ去《いた》ること、みな数日に過ぎず」という。この言い方から、その二つの日が互いに接近しており、さらに六月十七日から二つとも数日しか離れていないということがわかる。ただ「数日」が何日ぐらいかは、幅があって一概には言えないが、二、三、四、五、六日ほどと考えておいてよいだろう。少なくとも翌日ではないだろうし、多くとも旬（十日）を越えることはないであろう。これらを前提に、以下のことを考えてみる。

まず、一見すると詩題は「六月十七日が大暑の節入りで、（暑くて）やり過ごせない」と書いてあるように読める。月日や干支と節気が連ねて書いてあると、節入りの日付を述べている場合が多いからである。しかしここでは、少し様子が違う。もしも六月十七日が大暑の節入りなら、立秋は十五日後または十六日後になる。そうならば詩題の「伏尽と秋初まではみな数日に過ぎない」の意味と合わなくなる。十五、六日後を、数日後と言うのは無理があろう。したがってこの詩題は、六月十七日が大暑の節気入りの日だと言っているのではないことがわかる。ここでの「大暑」は節気名ではなく、「大いに暑い」の意である。しかしそれにもかかわらず、この詩は大暑の内に作られた詩だと考えることができる。そのことはあとで述べる。

次に、銭仲聯校注『剣南詩稿校注』は、この詩を開禧二年（1206）八十二歳の作とする。その年の大暑は六月八日であり、立秋は六月二十四日甲戌で、立秋後の最初の庚の日は七月一日庚辰である。そしてその七月一日が末伏の日、すなわち伏尽である。

【開禧二年（1206）八十二歳】

六月八日　　大暑

⇔

六月十七日

⇔

六月二十四日甲戌　　立秋＝秋初

⇔

七月一日庚辰　　末伏＝伏尽

ところがそうだとすれば、詩題にいう六月十七日から、秋初（立秋）までは七日あるが、末伏の伏尽までは十三日あることになり、詩題の「伏尽と秋初まではみな数日に過ぎない」の意味にそぐわなくなる。ということは『剣南詩稿校注』が、これを開禧二年の作とみなしたのが、妥当ではなかったことになる。

ここで詩題の解釈の仕方で、一つの可能性を打ち消しておきたい。それは六月十七日が、立秋より後に来ているのかもしれないということである。つまり詩題が「六月十七日は、暑くて……、立秋から去ること数日に過ぎない」と読めるかもしれないという可能性である。

六月十六日　　立秋

⇔

六月十七日

しかしこの解釈は成立しない。なぜなら旧暦では、立秋は六月十五日より以前に来ることはなく、必ず六月十六日以降にしか来ないからである。たとえば立秋が六月十六日に来たとしよう。詩題の六月十七日はその翌日となり、「立秋より去ること数日に過ぎず」とかみ合わなくなる。翌日を数日とは言いがたいからである。

さて、詩題の条件「六月十七日は暑くてやり過ごせないほどだ」「伏尽・秋初までともにみな数日に過ぎない」を満たす年は、数日の幅をどれぐらいに想定するかで、いくつかの候補があるだろう。が、それらすべてを探し出し列挙することは煩瑣である。そこで、ここではその条件を満たす例を、仮に二、三示すことにする。また詩の内容から若いときは除いた。

たとえば、いちばんぴたりとくるのが、六十八歳の紹熙三年（１１９２）で、立秋と末伏が同日だった場合である（左の上段）。しかし立秋と末伏が一両日離れていても、可能性がないわけではない。六十歳の淳熙十一年（１１８４）や、七十九歳の嘉泰三年（1203）がそうであり、左の下段に示した。
【六十八歳 紹熙三年】
六月　五日　大暑
六月十七日　大暑末候の内
⇔　数日
六月二十日　秋初（立秋）＝伏尽（末伏）
【六十歳 淳熙十一年、七十九歳 嘉泰三年】
六月　六日　　大暑
六月　十七日　大暑末候の内
⇔　数日
六月二十一日　秋初（立秋）
六月二十三日　伏尽（末伏）
いずれの年も、故郷の山陰（浙江省紹興市）で夏を過ごしている。これらの年ならば、どれも「六月十七日から立秋・伏尽まではみな数日に過ぎない」という詩題の状況に当てはまる。これらの年では、六月十七日は大暑の内で、末候にある。

さて、この詩は、右にあげた三つの具体的な年に限らず、立秋前数日というからには、可能性としては大暑の後半過ぎあたりの作となる。新暦では八月初めのころである。日本ではいちばん暑い時期だが、黄河中流域では、ピークは過ぎたものの、七月末の暑さが引き続いている状態である。二十四節気は、地球が受ける太陽光の、一年間の規則的な消長の変化に目をつけ、その最小値となる日（冬至）を、観測と計算によって割り出し、その日を基点に、明代までは一年間を（清代以後は360度を）二十四等分したものである。したがってその太陽光の消長と、実際の季節、気温とは多少のタイムラグがある。▼2 地球が巨大な岩石の塊であり、冷えるのも暖まるのも、少し時間がかかるからである。

その遅れはだいたい中国大陸ではひと月前後（二節気ほど）、日本ではひと月半前後（三節気ほど）と考えておいてよい。この日本と中国の半月つまり一節気前後の差は、基本的には陸か海かの違い、その比熱の違いによる。水と比べると、石は熱くなりやすく冷めやすい。日本は海に囲まれているので、大陸の中国よりは太陽エネルギー増減の変化がゆるやかに反映される。中国は日本に比べて、四季が足早にやって来て足早に去っていくが、日本はゆっくり訪れ、ゆっくり去って行く（序編第5節2．受け取る太陽エネルギーの量と気温のタイムラグを参照。）。

七十二候では「大雨時に行く」が大暑の末候であり、二句めの描写「火雲屋を圧して正に崔嵬たり」が、この物候といくらか関連していよう。二句めは大きな入道雲である。山のようにそびえ立つ雲が、夕日を受けて赤く染まり、下層は低く垂れ込んで家屋を圧している。この入道雲が発達して激しい雷雨となれば、陸游の土地にも一時の涼しさをもたらしてくれよう。しかしこの雲は遠くにあって、雨を降らせてはいない。その分よけいに暑苦しさを感じてしまう。

こんなとき頼りになるのは、あの湖北省産の竹莚《たかむしろ》か、さもなければ人事不省になるまで酔っぱらうしかない。そしてこの大自然の猛威に対して、人はじっと身をひそめてやり過ごすしかない。あるいは最後は、やり過ぎだと少しは天が後悔して、手をゆるめてくれるのを待つしかない。

最後の聯は、立秋までこの大暑の暑さが、どれぐらい残って続いていくのかと計算しながら、北斗七星の動きを観察している。ただここで少し注意しておきたいのは、残暑の使い方である。残暑は多くは立秋後の暑さを指す。とくに日本では〈立秋後に残る夏の暑さ〉だと限定してよいであろう。しかし中国古典では、広く〈残っている夏の暑さ〉の意味で使われることもあり、必ずしも立秋という節気に日本ほど厳密にはこだわらない。この詩の背景は、まだ立秋前なので、日本的な意味での立秋後の残暑でないことは明らかである。また当然だが、陸游は今年は立秋が何月何日に来るのかも、暦によって知っている。今は大暑の後半すぎだが、それに加えて立秋を過ぎて、処暑ぐらいまでは続くであろう残暑を、大ざっぱに陸游は勘定しているのであろう。

前二世紀の『淮南子』天文訓によれば、日没後暗くなり始めたときの（「昏《こん》」と呼ばれる時間帯で日没から30～45分後ごろまで）、北斗七星の斗柄（大熊《おおぐま》座のミザールとアルカイド）が指す方角は、大暑の時期には南南西（未《ひつじ》）である。ひと月後の処暑のころには、西南西（申《さる》）の方角を指している。斗柄は、ひと月前より少し倒れて、少し低い位置に見える。秋分になればもっと傾き西（酉《とり》）を指し、地平線と平行になってくる。もちろんこれは陸游より千三、四百年前の、陸游の故郷より二、三度高い緯度でのことだと考えられるが、陸游が見た星の動きもこれと大差はなかった。このように、観察する時点を、日没後の星が見えはじめるときだと一定させておけば、斗柄の指し示す方角、すなわち斗建《とけん》が、季節によって移り変わっていく（星の年周運動。序編第2節8．『淮南子』天文訓・時則訓を参照。）。それによってあと何日ぐらいで残暑がなくなるのだろうかと、陸游は観察しているのであろう。おそらくはこの暑い時期に、せめてもの慰みとして……。ただ夏の夜がふけ、やがて真夜中を過ぎ、まだほとんど満月にみえる十七夜の月が、真南の空高く昇ったころには、北斗七星は地平線すれすれに横たわって、一部は視界から消え去っているだろう。▼3

＊詩の本文は銭仲聯校注『剣南詩稿校注』巻67による。

▼1　伏の日取りについて述べる最も古い文献は、『初学記』巻四、第八「伏日」に載せる「『陰陽書』曰：従夏至後第三庚為初伏，第四庚為中伏，立秋後初庚為後伏，謂之三伏。」（徐堅ほか、中華書局、1962年）であろう。この『陰陽書』（『大唐陰陽書』）は中国では滅んだが、日本には写本でいくつか残っている。たとえば国立天文台所蔵の「宣明暦二十八宿吉日考入」（内題は「大唐陰陽書」）の六月・小暑大暑の頁に「夏至後三庚為初伏、四庚為中伏、立秋後初庚為後伏」（国立天文台三鷹図書室ホームページ＞貴重資料＞和漢書目録＞検索）とあり、表記は少し簡単になっているが内容は同じである。

宋代での実際の伏の日取りがどうであったかの一例は、「大宋宝祐四年丙辰歳会天万年具注暦」（台湾・国家図書館蔵、世界数字図書館で公開）でわかる。これによれば、夏至が五月二十日庚戌で、この日の庚を第一庚と数えて、第三庚は、初伏の六月十一日庚午（1256／7／11）、中伏は六月二十一日庚辰（1256／7／21）、立秋が七月七日丙申で、末伏は七月十一日庚子（1256／8／10）となっている。ちなみにこの暦での撰日法は、後掲の渡辺敏夫氏が「起算となる中・節が庚の日に当たる時は、そこを第一の庚の日とする」（91頁）というとおりになっている。

また明の林紹周の『新刊理気詳辯纂要三台便覧通書正宗』巻九に「定三伏日。夏至後三庚為初伏、四庚為中伏。立秋後逢庚、方為末伏。若五庚在立秋之前、不為末伏也。」とあり、末伏（後伏）は必ず立秋後でなければならないことがわかる（『続修四庫全書』第1623冊、万暦戊戌の年〈1598〉の序文）。

日本の暦の伏の日取りの異説については、渡辺敏夫『日本の暦』第1編第6章「暦注詳説」第4節「三伏」（雄山閣、1976）が詳しい。それに言う「元来三伏は中国から起こって本邦に渡来し、初期の具注暦から第㊂節を採用し、貞享改暦後もすべて版暦は第㊂節に統一されてきたことは、第㊂節が三伏の撰日法に対する本来の節であり、正説とみるべきである。」（96頁）（筆者注：渡辺氏の言う第㊂節は、右の陰陽書や三台通書正宗と同じ撰日法である）

なお漢代には漢中、巴蜀、広漢の三地方だけが独自に伏の日取りを決定できていた（『芸文類聚』巻五歳時下引『風俗通』「戸律」）。ただし晋代からまた全国一律に戻される（『晋書』刑法志）。

▼2　倉嶋厚『大学テキスト　日本の気候』（古今書院、2002年）第1章「日本の気候の特徴」に次のようにある。「熱しやすく冷えやすい大陸では、気温の年変化、日変化の幅が大きいだけでなく、太陽の運行にあまり遅れずに気温変化がある。ところが海洋上では、海が温まったり冷えたりするのに時間がかかるため、気温変化と太陽運行との間のズレが大きくなる。したがって大陸では、大部分の地点で最暖月は夏至の直後の7月である。6月が最暖月のところもある。ところが海洋の影響を受ける地域では最暖月が8月になったり9月になったりする。日本ではほとんどすべての地点で、最暖月は8月である」（8頁）。また第2章「季節の区分」にも「東京の気候表をみると、日中平均気温は、8月4日から8日までが一年中で最高である。また、全国80地点で、これまでの最高気温の極値（観測開始以来1963年までのレコード）が現れた日付を調べ

ると……やはり日本の暑さの絶頂は8月上旬である」(39〜40頁)とある。

▼3　このとき陸游の見た夜空については、『ステラナビゲータ11』および『ステラシアター・プロ』によって検証した。

第3章　秋

第1節　孟秋の詩

立秋 8a（りっしゅう）

夏至と秋分の真ん中に位置して**秋**の起点とみなされ、秋の気配が**立**ちはじめる。

太陽黄経は135度。地球は、太陽のまわりを回る地球の公転軌道上で、春分から135度、夏至から45度回ってきたところに位置している。冬至まで135度、一日に一度進むとして約4ヶ月半である。

新暦の日付では8月7、8日ごろ。またそこから8月22日前後までの半月の期間をも指す。

明代までの旧暦（平気法）では、立秋の節気入りは六月十六日~七月十五日までのいずれかの日。閏月のときは閏六月十四日、十五日、十六日のいずれかの日。

節月は七月節。

立秋 8a（宋）張耒「六月二十三日、立秋、夜行泊林篁港口、二首」其一

（宋）張耒「六月二十三日、立秋、夜行泊林篁港口、二首」其一

六月《ろくがつ》二《に》十三日《じゅうさんにち》、立秋《りっしゅう》、夜行《やこう》して林篁《りんこう》の港口《こうこう》に泊《はく》す、二首《にしゅ》　其《そ》の一《いち》　　張耒《ちょうらい》

淅淅晩風起、
孤舟秋思生。
篷窓一蛍過、
岸草乱蛩鳴。
老大憐為客、
風波難計程。
人家夜深語、
応念客猶征。

淅淅《せきせき》として　晩風《ばんふう》起《お》こり
孤舟《こしゅう》　秋思《しゅうし》生《しょう》ず
篷窓《ほうそう》に　一蛍《いっけい》過《よ》ぎり
岸草《がんそう》に　乱蛩《らんきょう》鳴《な》く
老大《ろうだい》　客《かく》と為《な》るを憐《あわ》れみ
風波《ふうは》　程《てい》を計《はか》り難《がた》し
人家《じんか》　夜深《よるふ》けて語《かた》り
応《まさ》に客《かく》の猶《な》お征《ゆ》くを念《おも》うべし

「六月二十三日、立秋、夜、舟で行き、林の樹々や篁《たけやぶ》のまじる、人里離れた港の入口に停泊した。二首」其の一
淅淅《さわさわ》とかすかな音が起こり、晩れがたの川風が吹いてきて、
一艘の孤独な舟のなかにいると、寂しげな秋の思いが生じてくる。
篷《とま》で覆《おお》われた、粗末な舟の窓べに、一匹の蛍がふわふわと過《よ》ぎってきて、
岸べの草むらからは、乱れ鳴く蛩《こおろぎ》の声が聞こえてきた。
老いて年かさも大きくなれば、いまだに旅客《たびびと》と為《な》っていることが、憐れに思えてくるし、
風あり波ありの、厳しくつらい道中の、先の路程は計り難い。
夜が深けると、故郷の家人たちは、夜語りをし、
客《たび》の身の上にある私が、猶《なお》も遠い道のりを征《ゆ》きつつあることを、応《かなら》ずや心に念じていることだろう。

作者張耒《ちょうらい》（１０５４～１１１４）は、楚州淮陰《そしゅうわいいん》（江蘇省淮安市）の人。蘇軾の門人となり、二十歳で科挙の進士科に及第した。彼の六十一歳の生涯で、六月二十三日が立秋となるのは、二十八歳の元豊四年（１０８１）と四十七歳の元符三年（１１００）の二回だけである。其の一の詩に「老大となれば」とあり、注2に掲げた其の二の詩に「黒白まだらの頭髪」とあり、そのことから二十代の作とは考えにくい。よって、この詩は四十七歳時の作とみなしてよいであろう。普通、中国の詩人は四十ぐらいになると、自分の老いや白髪に言及しはじめる。

張耒の官途は四十歳までは順調で、皇帝のそば近くにはべる、起居舎人にまで至った。しかし新法党、旧法党の争いに巻き込まれ、四十一歳から人生は暗転した。地方の小官へ次々と左遷されるようになる。ところが四十七歳の正月、哲宗《てっそう》が崩じて徽宗《きそう》が即位すると、大赦が発せられ、彼にもいくばくかの恩赦が届いた。前年から復州（湖北省仙桃市）の酒の販売、酒造等を管理する監酒税という官におとされていたのが、この年の春には、黄州（湖北省黄岡市）の副知事に上げられたのである。さらに七月には、兗州《えんしゅう》（山東省兗州区）の知事に任じられた。ために六月十五日には黄州の副知事を辞め、ただちに任地へ旅立つことになった。その赴任の途中で、この詩は作られた。

黄州から赴任先の兗州へ行くには、中国の東半分を、まずは↘の方向に下り、次は↗の方向に上り、さらに↖の方向へ向かうように突っ切らなければならない。長大な旅程である。張耒の伝記、年譜によれば▼[1]、まず黄州から長江を南東（↘）に下っていった。三日後の六月十八日には鄱陽湖の北の九江に着き、三日後の二十一日には九江の廬山を出立した。その二日後にこの詩は作られている。其二の詩の言い方を借りれば▼[2]、旧国楚の国を去り、呉の国へ向かって長江を東北（↗）に下り始めたところと思われる。

一方、詩題を「二十二日立秋、夜行泊林皇港、二首」と作るテキストがある。近年のものでは中国古典文学基本叢書の『張耒集』がその代表である。そこには二十二日の日付だけがあって、月名がない。が、旧暦の五月二十二日や七月二十二日が立秋となることはないので、自ずとそれは六月二十二日に決まってくる。ところで六月二十二日が立秋となるのは、張耒の六十一歳の生涯で十七歳のときだけである。しかし上述の若すぎるという理由から、やはり十七歳時の作とは考えられない。とすれば『張耒集』の詩題に誤りがあることになろう。[3]

さて、詩の冒頭で風が吹いている。六月二十三日立秋の日の、停泊する舟の上である。これは単なる偶然だろうか。いな、実際に偶然風が吹いたのかもしれない。その可能性は否定できないが、実はそう書かれるべき必然性があった。たとえ風が吹いていなくても……。七十二候で立秋の初候に「涼風至る」、『礼記』月令等に「孟秋の月、……涼風至る」とある。当時の知識人の頭には、立秋とくれば「涼風至る」と、自然に思い浮かぶようになっていた。この道理は、中国伝来の二十四節気を学んだ、日本の奈良、平安時代の歌人も同じで、立秋の気配はまず風で感じるものだった。人口に膾炙する藤原敏行の「秋立日よめる」、つまり立秋の日に詠んだと題する歌に「秋来ぬと目にはさやかに見えねども風の音にぞおどろかれぬる」（古今和歌集・秋上）などとあるように。

では次に、なぜここで突然「秋思」が出てくるのか。道具立てはいくつかある。まずは旅の身の上。そして暮れがた。肌をかすめるそよ風。また孤舟。物思いを起こさせるに十分な舞台装置といえる。しかし秋の物思いが生じたのは、何よりも今日が立秋の日だからであろう。長江中流の立秋はまだまだ暑い。ほとんど大暑と変わらない。それなのに秋思、すなわち秋に感じる、もの寂しい思いが湧き起こったのは、「立秋」という言葉からくる一種の条件反射のようなもの、といってよいであろう。

いったい秋というのは本来は収穫の秋、実りの秋である。だから古来より秋ともなれば、いずれの国でも収穫祭が祝われ、秋は喜びであり感謝であった。だがこの民俗的感情は、一万二千年ほど前、我々現生人類が、自然採集や狩猟生活から、栽培を主とする生活に転じたころからようやく、定着したものではなかったか。それ以前の旧石器時代、我々の祖先は、秋になって顕著に太陽の活力が減じはじめたとき、まず脳裡によぎったのは不安ではなかったか。まもなくやって来るであろう厳寒や食糧の枯渇を、どうやって乗り越えていくか、という恐れであったに違いない。現生人類がアフリカを出て北上し、ユーラシア大陸に移動していったときから、冬を迎える試練は、必ず引き受けなければならない運命であったろう。厳しい冬がおそってきたとき、飢えや寒さで多くの同胞が、父や母や娘や息子が、命をなくしたであろう。おそらくこうした一万年以上も前の古い記憶が、条件反射のシステムを我々の肉体に埋め込み、秋の訪れとともに、人々に一抹の不安、そして悲しみの感情を呼び起こすのに違いない。

ところで『張耒集』は「秋思」を「愁思」につくる。二つともよく詩で使われる言葉であるが、この立秋と題する詩にはどちらがふさわしいのだろう。「愁」の字は甲骨文字にはなく、篆書《てんしょ》ではじめて出現する比較的新しい漢字である。漢代の『説文解字』には「憂うるなり」と説明し、「憂」もまた「愁うるなり」と解す。互いに意味を付与し合っているにすぎない。「愁」の字は、たしかに秋と心から構成されてはいるが、『説文解字』に見るように、実際には秋という季節の要素は失われている。だとすれば、ここはやはり立秋の詩にふさわしく「秋思（秋の思い）」のほうがいいのではないか。

三句めは、立秋の季節なのに、なぜホタルが登場しているのだろう。『礼記』月令などには、季夏（晩夏）の月に「腐れたる草、蛍と為《な》る」がある。七十二候になると、日本の江戸時代の貞享暦《じょうきょうれき》では芒種の次候に置かれ、中国では大暑の初候である。つまりホタルの出現は、日本では6月中旬なのに、中国の黄河中流域では7月下旬である。このひと月以上の時期の違いは、日本が世界にも稀な水生の蛍が主であるのに対して、中国が陸生の蛍が主であることに起因するであろう。種が違うので、ホタルの産卵期も出現期も異なるのである。▼4

中国の陸生の蛍が、大暑のころに羽化し成虫となりはじめたとすれば、二週間生きれば、もう立秋である。実際中国の蛍は、夏よりは秋の風物詩として歌われる。秋の蛍を歌う詩は、枚挙に暇がないほどである。肌寒さのなかの蛍や、冷たげな蛍を詠じるものさえあるぐらいで、こと蛍に関しては、日本の夏の蛍か、中国の秋の蛍か、日中の季節感には大きな隔たりがある。

さらに日中の違いについて言及すれば、日本の蛍が、幻想的で神秘的で美しいものとして鑑賞されるのに対し、中国の蛍は概して寒々とした、うら悲しい落ちぶれた雰囲気をあらわす。だとすれば、粗末なとま舟によぎり来る一匹の秋の蛍は、まさに中央から追放され、地方を転々とする、孤独な旅を強いられている作者自身の隠喩《いんゆ》と言えないだろうか。

もしもそうだとすれば、四句めで、ホタルと対となって出て来るこおろぎは、むしろ張耒の身を案じる家族の隠喩として、用いられているように思える。物候として蛩《こおろぎ》が用いられるのは、七十二候では小暑次候の「蟋蟀《こおろぎ》壁に居る」であり、また『礼記』月令などの「季夏の月……蟋蟀壁に居る」である。こおろぎは、夏の初めに孵化し、脱皮を繰り返して立秋ごろには成虫になっている。成虫となった雄は、8月から10月まで三月《み》のあいだ雌を求めて鳴き続ける。立冬のころにはもう次世代の卵を土中に残し、雌雄ともに成虫は死に果てる。唐代の孔穎達（574～648）は、『礼記』月令に注して、こおろぎの半生を次のように解説している。

「蟋蟀壁に居る」とは、此の物は生まれて土中に在り。季夏《きか》に至り、羽翼稍《だんだん》と成るも、未だ遠く飛ぶ能《あた》わず。但《た》だ其の壁に居る。七月に至りて、則ち能《よ》く遠く飛びて野に在り。

「月令」で用いられるのは節月であり、「季夏」は小暑から大暑の新暦の7月、「七月」は立秋から処暑の新暦の8月におおよそ当たる。だから小暑の「蟋蟀壁に居る」とは、土中の卵から孵化して地面に這い出し、脱皮を繰り返している段階であろう。それが「季夏」つまり7月の段階。そして「七月」つまり8月になると、野の草むらに移り、鳴き始めるのである。いま、旅の途中で立秋を迎えた張耒が、岸べの草むらで聞いているのは、このようなこおろぎである。

ところでこおろぎは、人の家近くに住む虫と認識されていた。春秋時代の今の陝西《せんせい》地方の民歌とされている「七月」(『詩経』)の詩に、

七月在野、
八月在宇、
九月在戸、
十月蟋蟀、
入我床下。

七月には蟋蟀《こおろぎ》は、鳴きながら田野に在《お》り、
八月には家の宇《のき》の下に在《お》り、
九月には家の戸口に在《お》り、
十月には蟋蟀は、
もっと近づき我が寝床の下に入ってくる。

と歌われている。ディケンズの『炉ばたのこおろぎ』を思い出す人もいるだろうが、洋の東西を問わず、実際にこおろぎは人の居住空間に入ってきて、美しい声で人々を魅了してきた。孤独な一匹の秋のホタルのようだと我が身を感じていたとき、張耒は、岸辺に乱れ鳴くこおろぎたちの声を聞き、暖かい我が家の団欒を思い出していたのではなかろうか。そしてその家族は、遠く旅する自分のことを、きっと案じてくれているに違いないと、想像しているのである。

ところで張耒は、竟陵という小さな町の監酒税の官から脱け出し、兗州という大きな町の長官に格上げされても、あまり喜んでいるふうには見えない。今後の長旅、すなわち長江を下流まで下りきるや一転して北上し、淮河《わいが》を越えて黄河下流の手前、山東半島の付け根までという長い船旅を思うと、先立つものは旅の苦労だったのかもしれない。しかしそれよりも今回の昇格が、一時的な恩赦に過ぎず、いつまた我が旧法党が追放されるかわからない、という政界の空気を感じていたからに違いない。果たして、兗州にいたのはわずか三月ほどで、翌年すぐさま都に呼びもどされ、夏には潁州《えいしゅう》知事、冬には汝州《じょしゅう》知事と目まぐるしく任地を移され、さらに翌年四十九歳のときには亳州《はくしゅう》明堂宮の管理係に落とされ、秋には房州《ぼうしゅう》別駕に移される。まだまだ彼の苦難の生活は続くのである。

＊　詩の本文は『古今歳時雑詠』巻24による。

▼1　伝記は李逸安、孫通海、傅信点校『張耒集』（中華書局、1990年）付録の邵叔武「張耒年譜」による。また『宋才子伝箋証（北宋後期巻）』彭国忠「張耒伝」も参照。

▼2　其二の詩は、以下のとおり。故郷を去って江南に旅する作者が、昔の二人の文学者の生き様に共感を寄せ、いささか酒をのんで今日の憂いを晴らそう、と歌っている。

其二

呉楚封疆接、　呉の国と楚の国は、封国《くに》の疆界《さかい》を接しており、
東南沢国寛。　東南には、水沢の呉の国の土地が、寛《ひろ》くゆたかに開けている。
江流秋日浄、　江《かわ》はとどまることなく流れて、秋の日の空気は浄《きよ》く、
山霽暮雲閑。　山は今しも霽《は》れて、暮れどきの雲が閑《しず》かに浮かんでいる。
嚢有離騒賦、　楚国の屈原《くつげん》は、祖国を追われて、「離騒《りそう》の賦《うた》」を作ったが、私の旅中の嚢《ふくろ》にも、そんな歌が納めて有る。
頭余騎省斑。　晋の潘岳《はんがく》は散騎《さんき》の省に宿直し「秋興の賦《うた》」を作って、黒白の斑《まだら》髪となっていることを嘆いたが、私の頭にも、

そんな白髪まじりの髪がまだ余《のこ》っている。
今日より新たに秋となるこの日、聊《いささ》かここに酒の杯を手に把《と》って、
一《ひと》たび笑いつつ、わが憂いに閉ざされた顔を開き、且《しばら》くはのびのびとしよう。

新秋聊把酒、
一笑且開顔。

▼3　元来この詩は文字の異同が多く、それらの文字の異同を検討すれば『古今歳時雑詠』の正しさがいっそう鮮明になる。詩題の「林篁」を『張耒集』は「林皇」に作る。「林篁」は固有名詞の地名ではなく、叢生している樹木や竹の意味で、古くからよく使われる一般的な語彙である。しかし「林皇」は、管見の及ぶ限りでは、『張耒集』の中の三首の詩にしか見いだせないきわめて珍しい語彙である。いずれも今次の兗州知事への赴任の旅の詩で用いられている。「林皇」という言葉は、長江航行中に樹林と、竹林が茂り、風よけのために船を避難させたり、船泊まりに適した場所として描かれている。「離蘄陽、守風林皇、方慮風壮（荘）。晩未知所止。俄頃風息一食頃。宿富池、作詩示同行。」（『張耒集』巻22）の詩題で用いられ、また「自廬山回過富池、隔江遥禱甘公祠、求便風至黄、灑酒而風転。……」の詩に、「林皇夜泊若平地，疑有鬼物駆蛟龍。」（『張耒集』巻13）とある。だからこのような場合、字義的にも用例史的にもまさに「林篁」が正しく、『張耒集』の「林皇」は竹かんむりを逸した過誤ということになろう。

　また『古今歳時雑詠』の其一「岸草乱蛩鳴」を、『張耒集』は「葦草一蛩鳴」に、其二「一笑且開顔」を「一笑且開筵」に作る。これらはいかにも読みやすいように後人の手が加わり、『張耒集』のテキストが、かえって平板になってしまった感が否めない。『古今歳時雑詠』の性格等については、横山弘「『歳時雑詠』初探」（『山辺道：国文学研究誌』第20巻、１９７６年）を参照。

▼4　日本の代表的なホタルと言えば、ゲンジボタル、ヘイケボタルであるが、その幼虫はともに水生である。これはホタル類全体から見れば、例外的なことで、ほとんどのホタルの幼虫は陸生だという（大場信義『ホタルの不思議』、精興社、２００９年、177～190頁など）。出現する時期は、百瀬成夫『四季・動植物前線』（技報堂出版、１９９８年）によれば「九州、中国などでは五月の中旬から、六月に入ると本州の大部分で見られるようになる。……東北、北海道では七月中旬に光りはじめる」（245頁）とある。また大後美保『日本の季節（動物編）』（実業之日本社、１９５８年）によれば、「九州や中国では晩春に、

北海道では夏に、ホタルをみることとなり、土地によりホタルに対する季節感がかなりちがうともいえよう」「ホタルの姿は、早い地方では、七月中に、多くの地方では八月に見られなくなる」とある（133頁）。一方、中国のホタルは、付新華『蛍火虫在中国』（湖南人民出版社、２０１５年）を見る限り、羽化し成虫となる時期が、種類によってことなるものの、初夏から８、９月までのものも少なくない。

処暑　8b（しょしょ）

これ以上暑くはならないが、しばらくはその状態に処《とど》まっている。厳しい残暑がある。

太陽黄経は150度。地球は、太陽のまわりを回る地球の公転軌道上で、春分から150度、夏至から60度回ってきたところに位置している。冬至まであと120度、一日に一度進むとして約4ヶ月である。

新暦の日付では8月23日前後。またそこから9月6、7日ごろまでの半月の期間をも指す。

明代までの旧暦（平気法）では、処暑の節気入りは、七月一日～七月三十日までの間のいずれかの日。六月や八月や閏月に処暑の始まりの日は来ない。

節月は七月中。

処暑　8b　（元）仇遠「処暑後風雨」

（元）仇遠「処暑後風雨」

疾風駆急雨、
残暑掃除空。
因識炎涼態、
都来頃刻中。
紙窓嫌有隙、
紈扇笑無功。

処暑後《しょしょご》、風雨《ふうう》あり　仇遠《きゅうえん》

疾風《しっぷう》　急雨《きゅうう》を駆《か》り
残暑《ざんしょ》　掃除《そうじょ》されて空《くう》なり
因《よ》りて識《し》る　炎涼《えんりょう》の態《たい》
都《すべ》て　頃刻《けいこく》の中《なか》に来《きた》るを
紙窓《しそう》には　隙有《げきあ》るを嫌《きら》い
紈扇《がんせん》には　功無《こうな》きを笑《わら》う

児読秋声賦、　児《じ》の　秋声《しゅうせい》の賦《ふ》を読《よ》まば
令人憶酔翁。　人《ひと》を令《し》て　酔翁《ずいおう》を憶《おも》わしむ

「処暑の後に、一陣のはげしい雨風がおそってきた」
一天にわかにかき曇り、疾風に駆りたてられて急に雨がふってくると、
残っていた暑さが、すべて掃き除かれて空っぽとなった。
これに因《よ》ってわたしは認識したのだ。夏の炎暑から秋の冷涼への変化の様態は、
都《すべ》て頃刻《いっとき》の中において、あっという間にやって来るのだということを。
ひとたび涼《すず》しくなると、もはや紙の窓に隙間が有るのを嫌うようになるし、
これまで重宝していた紈《しろぎぬ》の扇は、もう功用が無くなって笑いものにされてしまう。
「大自然の秋の声」という賦の名篇を、児童が朗読しているのを聞いていると、
「酔っぱらいの翁《おきな》」と号した欧陽修《おうようしゅう》先生のことを、人《わたし》に憶《おも》い起こ令《さ》せるのであった。

作者の仇遠《きゅうえん》（1247～1327）は、南宋末から元初にかけての人。フビライ・ハンが、南宋の都臨安《りんあん》（浙江省杭州市）を陥落させたとき、仇遠は三十歳であった。三年後に南宋は滅び、仇遠は亡国の民となった。元朝の官に就くのを拒んできたが、五十五歳の時やむなく生活の必要から、溧陽《りつよう》（江蘇省常州市）の州学の教授として出仕した。とはいえ仇遠はそのことを悔やみ、故郷に帰って隠遁することを願っていたという。六十三歳のとき、杭州路知事の官で満期退職し、元朝の官に在ったのは十年に満たなかった。その後八十一歳で亡くなるまで、杭州銭塘《こうしゅうせんとう》の郷里で過ごした。▼1

まず冒頭で、処暑の節入り後に強い風雨がやって来て、残暑がすっかり消え失せたことを言う。処暑は新暦で8月

下旬である。この詩の舞台は江南だと考えられるが、その時期におそってくる疾風、急雨といえば、長江下流域に接近、上陸する台風か、積乱雲によるにわか雨と突風であろう。ただ激しい風雨の後に急激に気温が下がっていることを考えれば台風ではあるまい。この時期によく発生する積乱雲によるものであろう。もしも台風並みかそれ以上、また竜巻かと思われるほど強い風が吹いたのなら、ダウンバースト（中国語で下撃暴流）と呼ばれる突風が吹いたのかもしれない。しかしこの詩では、被害が発生したような深刻な状況は読み取れない。この詩で描かれるのは、おそらくは夏雲の積乱雲（中国語で積雨雲）によって引き起こされたにわか雨、強風、気温降下等の一般的な現象と考えてよいであろう。

いわば誰もが普通に経験しうる夏の一気象である。仇遠はそこから、夏から秋に転ずる気象の法則、彼に言わせれば「一気に変わる」を導き出そうとする。もちろん秋の到来は、仇遠が言うように常に短い時間の中で起こるものではない。むしろシベリア、モンゴル方面からの冷たい高気圧と、南シナ海の暖かい湿った高気圧のせめぎ合いのなかで、次第に北の高気圧が優勢になっていくものだろう。「一場秋雨一場寒（あきさめのひと雨ごとに寒くなる）」は、よく知られた諺である。「一場秋風一場寒」とも言われる。そうやって秋が本格化していく。とすれば仇遠はこの詩で、積乱雲のもたらす一面の気象事実を、一般化しすぎてはいないだろうか。おそらくこのにわか雨の後、翌日にはまた処暑期の厳しい残暑が、ぶり返した可能性が高い。

というのも、処暑の一つの特徴は、暑さが完全に退くというのではなく、「処」は止まる、とどまるの意味で、暑さが止まる、つまりもうこれ以上暑くはならないということだからである。朝夜はたしかに気温が下がるが、昼間はまだかなり暑い。そんな昼間の暑さがとどまる、もっと言えば暑さが高止まりすることもある。明の徐光啓《じょこうけい》の『農政全書』には「処暑後の十八日間は、たらいのお湯のように暑い」という諺が見える▼2。とくに仇遠の住む長江以南では、立秋から処暑にかけて耐えがたい残暑がしばしば現れ、「秋老虎《とら》」と呼ばれて恐れられている。

そういう、とくに江南での処暑の一般的な気候のあり方からすると、このにわか雨でほんとうに一気に秋の気候に突入したとすれば、むしろそれは、やや珍しいことだったと思われる。実際にそういうことが起こったとしよう。だから仇遠は感じることがあって、この詩を作ったのかもしれない。しかし仇遠の主眼は、おそらくそうした気象の事実を述べることではあるまい。

処暑後の風雨で仇遠が導き出したものは何か。前述したように、表面的には炎から涼への変化がまたたく間に起こるということである。しかし「因りて識る」という言い方は、ある個別の事実から、次にまた同次元で次の事実を知りえたというような言い方ではない。その個別の事実を通して、より普遍的な法則を発見したという口ぶりである。それは、現象の奥に理を見いだそうとする宋人の態度にふさわしい。

また「炎涼の態」と言う。もちろんこの詩では表面的には、寒暑の気候の変化を指す。しかし「炎涼の態」という言葉は、普通は炎《ブーム》と涼《さめ》がころころと変わる軽薄な世態、厚情と薄情の移ろいやすい人の気持ちなど、冷淡で定まりのない世間を批判する意味で使われる。たとえば「世情は苦《はなは》だ炎涼たり、一日に幾《いく》たびか態を変ずる」のように[▼3]。この詩が、「炎涼の態の変化は、みな一時の間にやって来るのだということがわかった」というとき、気候の寒暑でも、世間の人情の厚薄でも、読者がどちらの意味で解釈してもいいように作られている。とはいえ、仇遠が実際に言いたかったことは、後者の意味であったろう。南宋が滅んで元朝に変わったとき、人々の心が一挙に変わっていくさまを言ったのかもしれないし、もっと卑近な社交上のことだったのかもしれない。しかしそれが何であったのかは、読者の想像に任されている。

五句め、六句め。すっかり秋になったので、無用の長物となった団扇《うちわ》は笑いものにされる。暑いときはすき間風さえ喜ばれたのに、今ではかえって窓に隙間があるのさえ嫌われるようになった。と、世間の人々の現金な心変わりを述べている。この二句、動詞は真ん中の「嫌う」と「笑う」であり、その主語は世間の人である。ここでも季節変化の様子そのものよりは、人々の心変わりのほうに作者の関心がある。

「紙窓」は紙を張った窓で、ひと昔前までは農村はもとより、北京の伝統的な四合院などにもあった。紙自体は漢代からあるが、紙窓として詩に出てくるのは唐代からである。宋代になると破れた紙窓や、紙窓の隙間などが多く描かれるようになる。たとえば宋の李廌《りせん》の詩「隙ある壁より、床に射しこむは千里の月。破れ窓に、紙に吟じるは一川の風」など。[4] とくに唐詩が歌わなかったような、具体的な暮らしのありさまを描いていて、それはいかにも宋詩以後の詩人らしい。

「紈扇」は絹張りの団扇《だんせん》だが、秋風が吹きはじめるや、片付けられてしまうという発想は漢代からあって、いささか使い古された感がある。男から捨てられた女、君主から遠ざけられた臣下の象徴として用いられるので、たいてい悲哀の感情を持っている。しかしここでは、そんな用無しの団扇《うちわ》を人が笑うと言いかえたので、ウェットな気分がなくなって新鮮である。諧謔的な雰囲気さえただよっている。

最後の聯で、仇遠は「秋声の賦」が朗読されるのを聞いて、作者の欧陽修《おうようしゅう》を想起したという。では秋声の賦とはどういう作品か。

「秋声賦」は、宋の欧陽修（１００７〜１０７２）の代表作であるのみならず、古今の散文的な賦の模範作とされるもので、四、五百字ほどの中篇作である。都の開封でのこと、ある晴れた秋の夜、西南の風が吹き起こったのを欧陽修が聞き、秋の到来に気づいて、秋がどんな季節かを述べ、その自然の移り変わりの法則から、自分の生き方の指針を得ようとしたものである。

賦の冒頭で「われ欧陽子、夜に方《あた》って書を読むに、声の西南自《よ》り来《きた》る者有るを聞く」とあり、不思議に思って作者が召使いの少年に確認させたところ、少年は「星も月も皎《しろ》く潔《きよ》くして、明河《あまのかわ》は天に在り、四もに人の声無く、声は樹間に在り」とこたえている。[5] ここから西南からやって来たものが、雨や湿気を含まない西南の風だったということがわかる。

　秋に西南の風が吹くとはどういうことか。西南の風は、欧陽修のこの賦を理解する一つのキーワードであろう。一般的に中国での西南風は、インド洋や低緯度の西北太平洋方面に起源を発する湿気を含んだ暖かい風で、秋をもたらす涼風とは考えにくい。しかし、古典のなかでは、西南から吹く風は、古くは『呂氏春秋』に「西南を凄風《せいふう》と曰《い》う」とあり、また『淮南子』に「西南を涼風と曰う」とある。西南風が「凄風」や「涼風」などと呼ばれていたことがわかる。一方『礼記』月令では、孟秋の月に「涼風至り、白露降り、寒蝉鳴く」とある。吹いてくる方角は示されていないものの、「涼風」は秋分以前の初秋に吹く風である。この『呂氏春秋』や『淮南子』の「西南風」（凄風・涼風）と、『礼記』月令の「涼風」（初秋に吹く）とが重なって、「西南風＝秋風」というイメージが、欧陽修のなかにできあがっていたのではなかろうか。だから欧陽修はこの賦の冒頭で、夜になって吹いてきた西南風を「噫嘻《ああ》、悲しいかな、此れ秋の声なり」と断じたのだと思う。

　続けて欧陽修は秋について述べる。草木が緑に繁茂していても、いったん秋となれば、「草は之に払われて色は変じ、木は之に遭《あ》いて葉は脱《お》」ちて、「摧《くだ》け敗《やぶ》れ零《しぼ》み落ち」てしまうという。ここで描写される秋は、万物が盛りをすぎて枯死していく、蕭殺の気の秋である。季節でいうと、秋分をすぎて寒露、霜降の晩秋の候であろう。これは仇遠の処暑の詩が、残暑が払拭されて初秋の月に入ったことを言うのとは、ずいぶん違う。

　この秋声賦の最後は、秋の虫が欧陽修の書斎の壁で鳴き、彼の溜息を助長している。「但だ四壁の虫の声の喞喞《そくそく》として、余の嘆息するを助くるが如きを聞くのみ」と締めくくられている。おそらくそれは、事実としてどうであったかという以前に、『詩経』の（蟋蟀《こおろぎ》は）「七月は野に在り、八月は宇に在り、九月は戸に在り、十月に蟋蟀は我が床《とこ》の下に入る」を踏まえているのだろう。[6]だとすれば、秋の西南風といい、この壁ぎわに鳴く虫といい、欧陽修の「秋声賦」は、秋の自然を具体的に観察したというよりは、古典の知識を材料にして組み立てられた、秋の賦《うた》だったと言えるのではないか。

　ところで西南風といえば、当時の文人がまず思い起こすのは、魏《ぎ》の曹植《そうしょく》の「七哀詩」の「願わくは西南の風と為《な》って、長《とお》く逝《ゆ》きて君が懐に入らんことを」であったろう。[7]夫に捨てられた妻が、なおも夫にすがりつこうとする気持ちを詠じた詩である。が、その詩の内実は、そんな女の描写を借りながら、魏の天子に遠ざけられた曹植自身の哀願、悲願を歌ったものである。

　欧陽修の秋声の賦は、秋の気配、景観を客観的に述べるために作ったというよりは、秋の描写を借りてほかに言いたいことがあったのである。それは、百花がひらき青葉がしげる春夏から、蕭条たる秋冬へと移りゆく自然の必然を確認することによって、人生の栄枯盛衰、盛者必衰の道理を導き出すことであった。そして、それをもって自己の処世の指針、そして慰めと為そうとしたのである。たしかに欧陽修は、左遷と復帰を繰り返す官界の生活に倦みつかれ、自然の法則にのっとって自分も生きようとする気持ちを、励ますためにこの秋声賦を作ったはずである。とはいえ、曹植の「七哀詩」の西南の風を考えれば、そういう欧陽修の心の片隅には、この賦を書いているときでさえ、天子の厚情にすがりたいという一片の未練がまだ残っていたと考えられる。

　さて、仇遠は初秋の月の処暑の節気に当たって、なぜこの欧陽修の晩秋の「秋声賦」を持ち出してきたのか。もちろん、初秋であっても、急に秋になったと感じたとき、かの有名な「秋声賦」に思いが及ぶというのは、誰にも普通に起こりうることで不思議はない。そうでありつつも、仇遠の場合はさらにそこにプラスアルファのものがあったのではないか。それは仇遠が欧陽修に、いたく共感するところがあったからだと思われる。それは、自然と人生を密接に関連させ、人世の教訓を自然のあり方から導き出そうとする態度であって、自然と同じように人生も移ろいゆくものだ、という道理を自分に納得させること、さらにはそういう道理にのっとって生きようとする自分への励まし、支えを得ようとすることであったろう。

仇遠にしろ、欧陽修にしろ自然を見つめているときでさえ、心が向かうところは、結局は人と人がドラマを織りなす人間界である。こうした人間くさい性向は、中国の古典詩の一つの特徴だったと言えよう。

＊ 詩の本文は『金淵集』巻3（広雅書局刻・武英殿聚珍版叢書本）による。

▼1 伝記は、王偉偉『仇遠詩歌研究』付録一「仇遠年譜簡編」（華東師範大学、中国古代文学修士論文、２０１０年）による。また、王莉『仇遠文学思想研究』「第一章第一節 仇遠的生平簡述」（陝西師範大学、文芸学修士論文、２０１５年）も参照した。卒年には定説がないが、ここでは仮に王慧剛氏が１３２７年とするのにしたがう。「元代文学家仇遠生卒年考辨」（『作家雑誌（Writer Magazine）』２００９年、No.7）による。

▼2 『農政全書校注』巻11、農事占候八月に「処暑後十八盆湯」とある（石声漢校注、上海古籍出版社、１９７９年）。『中華気象諺語大観』はその農諺について「処暑が過ぎても、天気はあとまだ十八日間は熱い」（366頁）と注する。それを踏まえ、さらに「盆湯」が湯浴《ゆあ》みする盥《たらい》に満たしたお湯なので、本文のように訳しておいた。

またこれとよく似た農諺として、元の陸泳『呉下田家志』に「処暑十八盆」とある（『文淵閣四庫全書』第880冊所収の120巻本『説郛』巻75上）。『二十四節気農諺大全』はこれを「処暑後はまだ十八日間は行水が必要で、そのあとやっと涼しくなる」（461頁）と注する。また『時間之書—余世存説二十四節気』は「さらにあと約十八日の汗を流す日を経なければならず、毎日一盆の水で行水するのだ」（170頁）と解している（余世存著、中国友誼出版社、２０１７年）。「処暑十八盆」のほうがよく知られており、あちこちに引用されている。

▼3　宋の李呂（1122〜1198）の詩「題君山愛松軒」に「世情苦炎涼、一日幾変態。」とある（『全宋詩』第38冊巻2109）。

▼4　宋の李廌（1059〜1109）の詩「宿大賈村僧寮」に「隙壁射床千里月、破窗吟紙一川風。」とある（『全宋詩』第20冊巻1203）。

▼5　欧陽子、方夜読書、聞有声自西南来者、悚然而聴之、曰「異哉！」……童子曰「星月皎潔、明河在天、四無人声、声在樹間。」予曰「噫嘻悲哉！此秋声也。胡為而来哉？」……故其為声也、凄凄切切、呼号憤発。豊草緑縟而争茂、佳木葱蘢而可悦。草払之而色変、木遭之而葉脱。其所以摧敗零落者、乃其一気之余烈。（李逸安点校『欧陽修全集』巻15、中華書局、2001年）

▼6　『詩経』国風豳風の「七月」の詩に「五月斯螽動股。六月莎鶏振羽。七月在野、八月在宇、九月在戸、十月蟋蟀、入我床下。」とある。一部は前節の立秋8aの詩で取り上げた。

▼7　魏の曹植（192〜232）の「七哀詩」に「願為西南風、長逝入君懐。君懐良不開、賤妾当何依。」とある（『文選』巻23）。

第2節　仲秋の詩

白露９ａ（はくろ）

昼は暑いが朝夜は気温が下がり、晴れた日には露が降りる。夜月や朝日で**露**が**白**く輝く。

太陽黄経は165度。地球は、太陽のまわりを回る地球の公転軌道上で、春分から165度、夏至から75度回ってきたところに位置している。冬至まで105度、一日に一度進むとして約3ヶ月半である。

新暦の日付では9月7、8日ごろ。またそこから9月22日前後までの半月の期間をも指す。

明代までの旧暦（平気法）では、白露の節気入りは七月十六日〜八月十五日までのいずれかの日。閏月のときは閏七月十四日、十五日、十六日のいずれかの日。

節月は八月節。

白露９ａ（南宋）陸游「嘉泰辛酉八月四日、雨後殊凄冷。新雁已至、夜復風雨不止。是歳八月一日白露」

（南宋）陸游「嘉泰辛酉八月四日、雨後殊凄冷。新雁已至、夜復風雨不止。是歳八月一日白露」

嘉泰辛酉八月四日《かたいしんゆうはちがつよっか》、雨後《うご》、殊《こと》に凄冷《せいれい》たり。新雁《しんがん》已《すで》に至《いた》り、夜《よる》復《ま》た風雨《ふうう》止《や》まず。是《こ》

の歳《とし》、八月一日《はちがつついたち》は白露《はくろ》なり。　陸游《りくゆう》

其《そ》の一《いち》

残暑《ざんしょ》　方《まさ》に炎《えん》なるに　忽《たちま》ち痛《いた》く摧《くだ》かれ
無情《むじょう》の風雨《ふうう》　亦《ま》た奇《き》なる哉《かな》
但《た》だ嗟《なげ》くは　貧人《ひんじん》の為《ため》に計《はか》らざること
未《いま》だ秋砧《しゅうちん》を動《うご》かさざるに　雁已《がんすで》に来《きた》る

其《そ》の二《に》

仲秋四日《ちゅうしゅうよっか》　雁《がん》　天《てん》に横《よこ》たい
戸《こ》を閉《と》ざし帷《とばり》を垂《た》らし　意《い》は已《すで》に便《べん》なり
方《まさ》に嘆《なげ》くは　今年《こんねん》の時候《じこう》の早《はや》きこと
夜深《よるふか》くして　風雨《ふうう》　更《さら》に凄然《せいぜん》たり

其一
残暑方炎忽痛摧、
無情風雨亦奇哉。
但嗟不為貧人計、
未動秋砧雁已来。
其二
仲秋四日雁横天、
閉戸垂帷意已便。
方嘆今年時候早、
夜深風雨更凄然。

「嘉泰年間の辛酉《かのととり》の年、旧暦八月四日のこと、雨がふった後、殊《こと》のほか凄《さむ》くそして冷たく、新来の雁は已《すで》にこの南の地まで至り、さらに復《ま》た夜に入っても風雨が止まない。是歳《ことし》は三日前の八月一日が白露の節入りであった。」

其の一

方《まさ》しく炎熱のようであった残暑が、このたびの雨で、痛烈に摧《くだ》かれて忽然と消滅した。情け容赦も無いこの風雨のやりかたは、なんとも亦《ま》た奇妙なこと哉《よ》。天を主宰する神が、貧しい人たちの為《ため》に計《はか》らったりなどしないことを、わたしは但《た》だ嗟《なげ》くばかり。

秋のうちから砧《きぬた》を動《う》って、冬衣をつくる準備も未《ま》だしていないのに、已《すで》に雁が渡って来ているのだ。

其の二

仲秋の八月四日、はやくも天には横一列に、雁が隊列をつくって飛んでいる。
家の門戸を閉ざし帷《とばり》を垂らすと、わたしの意《こころ》は、もう已《すで》に便寧《やす》らかとなった。
だが、いま方《まさ》に嘆息するのは、今年の時候が平年よりずっと早く寒くなっていること。
夜が深《ふ》けて、冷たい風雨が、更《さら》にいっそう凄然《いたまし》く感じられる。

この詩は、詩題に言うように嘉泰元年の八月四日（1201／9／9）、つまり八月一日白露の初候四日めの夜に作られている。時に陸游《りくゆう》は七十七歳、郷里の山陰（浙江省紹興市）に隠退していた。また「雨の後、さむく冷たく……夜も風雨は止まず」と言うように、この日は終日ひんやりした雨が降り続け、雨後にことのほか寒くなった。作者の住まう長江下流域では、処暑、白露から秋分、寒露ごろにかけて、長雨がしばしば発生し、農業などに深刻な被害を与えることがあるという。▼1 ただ、詩では今次の雨が、被害をもたらしたようには書かれていない。しかし、後に掲げた詩にあるように、この年はたしかに八月初めに何度か雨が降っている。

さて、詩題や本文に、繰り返し描かれるように、白露入りから四日めの雨のあと、急に気温が下がり、一気に残暑が消え失せ寒冷な秋となった。こういう急激な気温の変化、季節の早まりにたいして、陸游がまず気を回したのは、貧しい人たちのことである。彼らの冬の備えは大丈夫だろうかという心配であった。こういうところに、人民詩人と評される陸游らしさがよくあらわれている。とはいえ、彼自身は窓や戸を閉め、仕切りのカーテンをおろして、自己の備えを保ち安心だとも述べている。そういう自己管理をもきちんとやれる人だからこそ、彼は長寿をまっとうすることができたのかもしれない。

　ただ、こういう場合、自分のことはおっぽり出して、貧者のためにオロオロと歩き回らざるを得ない人たちがいることも考えられる。そういう人たちを一方の対極に置いて見れば、陸游のこの詩は単なるリップサービスと取れないこともない。たしかにこの気候の異常に関して、陸游が何か手を打つわけではないし、老いたひとりの隠退者には、そういう権限も責任もない。せいぜい彼にできることと言えば、こうした詩を書いて、天帝たるものの配慮のなさを嘆き、気候変化の極端さに嘆息するだけなのだから。

　だが、詩を作る者として、このような事態をほうっておけないのも事実である。これを詩人の口先だけのこととして済ましておれるだろうか。世の中には、これぐらいの寒さの早まりで困ってしまう人がいるということにさえ、気づかない人がいるものである。当時はむしろそういう人が多勢であったろう。それを思えば、貧しい者の存在を常に忘れることなく、わざわざそれを詩にのぼせるというのは、やはり陸游の詩人としての良心の証であろうし、そういう士大夫は当時としては少数者であったろう。

　さて、陸游の詩のとくに後半生は、日記のように身辺の事柄、生活上の感懐がつづられている。しかも彼の詩集はもともと年代順に並べられており、それがさらに銭仲聯氏の『剣南詩稿校注』によって、いっそう整理がほどこされている。陸游は、この年は秋が一気に深まったというが、立秋から秋分まで、その校注本の巻四十六、七の配列を前提にすれば、どのような季節の経緯が見えてくるか、今それらを拾いあげてみたい。なお季節と関わらない句は取り上げなかったので、単句の場合もあることをお断りしておく。結論を先に述べておけば、処暑の前半ごろまでは例年どおり残暑もあったが、白露前後の雨で一気に気温が下がり、急激に秋が深まった。平年とは違ったそんな秋の様子が見てとれるであろう。

左に、この年の立秋から秋分までの流れを知るために、二十四節気と七夕、中秋、秋社の日付を示しておいた。取り上げたそれぞれの詩の制作日も記している。⑴~⒂、⒃は、各節気の日数である。次の行は、秋社の日付を割り出すために、十干を示したもので、最後の行の㈠から㈤は、何回めの「戊」であるかを数えたものである。日付の漢数字は旧暦、アラビア数字は新暦である。

	十干		節気	旧暦	新暦
	丁	**⑴**	**立秋**	**六月二九日**	**８月６日**
㈠	**戊**	⑵		三十日	
	己	⑶		一日	８月８日
	庚	⑷		二日	８月９日
	辛	⑸		三日	８月１０日
	壬	⑹		四日	
	癸	⑺		五日	
	甲	⑻		六日	
	乙	⑼	七夕	七月七日	８月１４日
	丙	⑽		八日	
	丁	⑾		九日	
㈡	**戊**	⑿		十日	
	己	⒀		十一日	
	庚	⒁		十二日	
	辛	⒂		十三日	
	壬	⒃		十四日	
	癸	**⑴**	**処暑**	**七月十五日**	**８月２２日**
	甲	⑵		十六日	８月２３日
	乙	⑶		七月十七日	８月２４日
	丙	⑷		七月十八日	８月２５日
	丁	⑸		十九日	
㈢	**戊**	⑹	次候	二十日	
	己	⑺		二一日	
	庚	⑻		二二日	
	辛	⑼		二三日	
	壬	⑽		二四日	
	癸	⑾	末候	二五日	
	甲	⑿		二六日	
	乙	⒀		二七日	
	丙	⒁		二八日	
	丁	⒂		二九日	９月５日
㈣	**戊**	**⑴**	**白露**	**八月一日**	**９月６日**
	己	⑵		二日	９月７日
	庚	⑶		三日	９月８日
	辛	⑷		八月四日	９月９日
	壬	⑸		五日	
	癸	⑹	次候	六日	
	甲	⑺		七日	
	乙	⑻		八日	
	丙	⑼		九日	
	丁	⑽		十日	９月１５日
秋社㈤	**戊**	⑾	末候	八月十一日	９月１６日
	己	⑿		十二日	
	庚	⒀		十三日	
	辛	⒁		十四日	
	壬	⒂	中秋	八月十五日	９月２０日
	癸	**⑴**	**秋分**	**八月十六日**	**９月２１日**

【六月二十九日】立秋（１２０１／８／６）

この年の秋は、中国人の伝統的観念のなかでは、節月の「立秋」、つまり旧暦の六月二十九日から始まった。

【七月一日】立秋・初候三日め（１２０１／８／８）

おそらくはこの日「立秋の後に作る」の詩を詠んだ。

「立秋後作」

老夫は自《みずか》ら笑う　おのが心の石の如《ごと》きを、　　老夫自笑心如石、
三日のあいだ　秋風も漫《すべ》て知らず。　　三日秋風漫不知。

立秋から数えて今日まで三日あるので、「三日の秋風」と言っている。そのあいだは秋風が吹いていても、石のように感じなくなった自分の心は、気づかなかったという。

【七月二日】立秋・初候四日め（1201／8／9）

おそらくこのころ「早秋、南堂にて、夜興《よるきょう》ず」の詩を作った。

「早秋南堂夜興」

……候《おりふし》の虫は唧唧《そくそく》となき　ひとけなき空《から》の廊《ろうか》に満つ。　　……候虫唧唧満空廊。
風の前の落葉は　紛として掃くべく、……　　風前落葉紛可掃、……
…　　…
夜の漏《じかん》は漸《ようや》く長くなるも　睡《ねむ》りの少なきを愁え、　　夜漏漸長愁睡少、
秋の衣は未《いま》だ製《た》たざれば　新しき涼に怯《おび》ゆ。　　秋衣未製怯新涼。

秋の虫が鳴き、落ち葉が降りしき、まもなく秋の涼しさが訪れて来るであろうに、備えができていないことを心配している。この落葉はハンノキであったと思われる。それは二週間ほど後の「新涼に懐いを書す」の詩の其の二に、

「新涼書懐」

榿《はんのき》の林は　いち日《にち》として、葉を墜《お》とすこと無きは無し　　無日榿林無墜葉

の句があり、陸游自ら「榿木《はんのき》は夏自《よ》り秋に至り、日ごとに落葉する有りて、掃くに勝《た》うべからず」と注しているからである。（この詩は「七月望」の自注があるので、七月十五日に作られていた）

またおそらく「湖隄《つつみ》」の詩を作った。

「湖隄」

新月は纎纎《せんせん》としてかぼそく　淡くして無くならんと欲す　新月纎纎淡欲無

の句があり、旧暦二日の非常に細い月を詠じている。この場合の新月は、旧暦の朔日（一日）の新月ではない。月相としては、イスラム暦の新月を想い浮かべればよい（序編第4節1．太陰暦（陰暦）のしくみを参照。）。

【七月三日】 立秋・初候五日め（1201／8／10）

おそらくこのころ「秋の夜」の詩を作った。

「秋夜」

長庚《ビーナス》は　未だ月のよこに配さず、　長庚未配月、
織女《ベガ》は　已《すで》にあまの河に斜めなり。　織女已斜河。

月の三日めで、月の形は、三日月をなすとはまだ言えないほどに細い。太陽が沈むと、宵の明星は南西の空に燦然と輝いているが、月はまもなく沈もうとしている。あと一両日もすれば、詩に言うような三日月と金星が並んで配置された形になる。一等星の琴座のベガは、天の高いところに光っている。[2] 続けて、

莎《はますげ》の径《こみち》に　虫の吟ずること苦《はなは》だしく、　莎径虫吟苦、
柴の門に　葉の落つること多し。　柴門葉落多。

と詠じる。これもハンノキの落葉であろう。

【七月七日】 立秋・次候内（1201／8／14）

この年の立秋は、期間内に没日が入っており、十六日間ある。どの日が没日なのかは、当時の具体的な暦書が残っていないと知りがたい。とはいっても没日が一日どこかに入れば、初候、次候、末候の日付が一日ずれるにすぎない。次候は七月四日か五日である。よって、この年の七月七日は、必ず立秋の次候内に来る。この年は七夕の詩は作って

いない。天気が悪かったのかもしれない。

【七月十五日】処暑・（1201／8／22）

この年の七月は、小の月で二十九日までで、八月一日が白露なので、処暑の期間は十五日間となる。よって没日がないので、各候の期間は原則どおりの五日間である。おそらく、この日か翌十六日に「秋暑く夜興ず」と題する詩を作った。

「秋暑夜興」

微雨已収雲尽散、
衆星倶隠月徐行。

微《かすか》にふる雨は　已《すで》に収まりて　雲は尽きて散じ、
衆《おお》くの星は　倶《とも》に隠れて　月は徐《おもむ》ろに行く。

雲がなくなり夜空が晴れたのに、多くの星が隠れて見えず、月がゆるやかに動いて行く。というので、明るく大きい満月がふさわしい。その光で暗い多くの星は見えなくなったのである。もちろん満月の夜でも一等星などはよく見える。十七日の夜は次に示すように雷雨になっているので、十五日か十六日の作と考えられる。また題中に「秋暑」と書くように、この年はこのころまでは、残暑がそれなりに厳しかったことがわかる。本節で取り上げている「嘉泰辛酉八月四日……」の詩でも、其一の一句めに、

残暑は方に炎なり

とあったとおりである。とはいえ、それ以上のことはなく、いつもながらの暑さの残る処暑であったろう。

【七月十七日】処暑・初候三日め（1201／8／24）

この日、

「七月十七晩、行湖塘雷雨大作」

「七月十七の晩、湖塘《つつみ》に行き、雷雨大いに作《おこ》る」

と題する詩を作っている。この時期も積乱雲がよく発生し、雷雨が起こる。

【七月十八日】処暑・初候四日め（1201／8／25）
この日「七月十八の夜、枕上にて作る」の詩を詠んでいる。

露おく草に　蛩《こおろぎ》の相い語り、　　「七月十八夜枕上作」
風にさやぐ枝に　鵲《かささぎ》の自《みずか》ら驚く。　　露草蛩相語、
一たびの涼しさに　吾《わ》が事は足《た》れり、　　風枝鵲自驚。
美《うま》き睡《ねむ》りのうち　あかつきの窓の明るくなるに到る。　　一涼吾事足、
美睡到窓明。

はやくも露がおり、こおろぎが鳴き、涼しい夜となって心地よい眠りで朝までぐっすり眠れたとある。この日、昼間は暑かったが、夜になると空には雲がなく、弱い風しかなかった。そのため放射冷却で気温が一気に下がったことがわかる。そんなときは、白露の節気でなくても露は降りる。

【七月二十九日】処暑・末候五日め（1201／9／5）
前掲の詩から十日あまりの間に、秋がどんどん深まっていったのであろう。処暑の最後の日、つまり白露の前日であるが、

「白露の前一日、已に深秋の如《ごと》し、感ずること有り」　　「白露前一日、已如深秋有感」

と題する詩を作っている。この年は、処暑の初候までは暑さが残っていたのが、白露の前後から一気に秋が早まったと思われる。その詩に、

ま白きわが首《こうべ》　燈《ともしび》の前に雁《かりがね》の声を聴く　　白首燈前聴雁声

とあり、渡り鳥の雁がすでに北方から飛来してきている。冒頭の本節の詩題にも「八月四日、……新雁已《すで》に至り……」とあったとおりである。

【八月一日】白露（1201／9／6）

おそらくこの日またはその前日から、八月三日ごろの間に「秋望」「秋興五首」の詩を作った。

「秋にとおく望む」の詩に、

「秋望」

快哉一雨洗浮塵、

登臨頓覚清秋早。

快なるかな《哉》 一たびの雨 浮きただよう塵《ちり》を洗う、

登臨すれば 頓《とみ》に覚ゆ 清秋のいたることの早きを。

の句があり、雨のあと気温が下がっていることがわかる。

また「秋興五首」の其の三に、

「秋興五首」其三

秋暑勢已窮、

風雨縦横至。

秋の暑さは 勢い已《すで》に窮《きわ》まり、

風と雨の 縦横《ほしいまま》に至る。

の句があり、強い雨と風で、残暑がすっかりなくなったと詠じている。次の四日の詩と同じである。

【八月四日】白露・初候四日め（1201／9／9）

白露の四日めに雨が降り、気温が急激に下がったことは、本節で取り上げた詩ですでに述べたとおりである。

【八月十日】白露・次候五日め（1201／9／15）

四日以降、おそらくこの日までに「夜帰る」の詩を作っている。其の一に、

「夜帰」其一

今年寒到江郷早、

未及中秋見雁飛。

今年は江のほとりのわが郷《さと》に 寒さの到ること早く、

未《いま》だ中秋に及ばざるに すでに雁の飛ぶを見る。

とある。ここでも、このころになると例年になく寒さが早く到来したことを述べる。また八月十五日の中秋節が来る前に、もう雁が渡ってきたと言うが、そのことはすでに何度か詠じている。七十二候では白露の初候に「鴻雁来る」と

あるが、これは千年以上も前のもっと北の中原での物候であり、このころ陸游の住む浙江では、普通はもっと遅かったのであろう。だから今年は雁の飛来が早いことを、いちいち驚いているのであろう。

【八月十一日】秋社（1201／9／16）

秋社は立秋を基点とし、立秋以後の十干で五回めの戊《ぼ》（つちのえ）の日である。この年は立秋が丁未《ていび》で翌日が戊申《ぼしん》となり、それが一回めの戊の日である。五回めの戊の日は八月十一日となる。この日「秋社」と題する詩を作っており、

「秋社」

沙《なぎさ》の雁の　寒さを帯《お》びて来《きた》るに　堪《た》えず　　不堪沙雁帯寒来

の句がある。また、

鏡《きょうこ》湖の無限の景《けしき》を　うたに記し取れば、　　記取鏡湖無限景、

蘋《うきくさ》の花は零落《お ち》て　つぎは蓼《たで》の花開く。　　蘋花零落蓼花開。

のように、秋の深まりとともに、咲く花の種類が入れ替わるさまを詠じている。

【八月十五日】中秋節（1201／9／20）

いわゆる中秋の明月だが、この前後に月を詠じた詩はない。月が見えなかったのかもしれない。

【八月十六日】秋分（1201／9／21）

はっきり秋分だとわかる詩はない。「秋の夜」の詩に、

「秋夜」

ちを俯《うつむ》き、また　てんを仰げば　秋は已に半ばなり　　俯仰秋已半

の句があり、秋分を言う可能性がある。また

蘿《かずら》ごしにみゆる月は　忽《たちま》ち窓に満つ　　蘿月忽満窓

の句もあり、月が窓に満つという表現が、十六日の満月にふさわしい。旧暦では、場合によっては、今月は十五日よりも十六日のほうがより完璧な満月に見える、などということもよくあることだ。ちなみにステラナビゲータ11によれば、この日が天文学的な意味での満月＝望（太陽と月の黄経の差が180度になる）で、日没時の月令は15・1である。

以上、季節をあらわす詩句を拾いつつ、立秋から秋分までの推移をざっと追いかけてきた。この年は処暑の初めごろまでは例年どおり残暑があったが、白露前後の雨をきっかけに急激に秋が深まったことがわかる。陸游は、まことに季節の移り変わりをよく詩に詠いこむ詩人である。以上から、二十四節気七十二候が、季節変化の時間軸の目盛り、また定点として、きわめて有効であることが確認できたかと思う。

＊　詩は銭仲聯校注『剣南詩稿校注』巻47による。

▼1　『中国気候総論』第三章「中国主要天気気候特徴」、第五節「秋季連陰雨」、一「長江下游的早秋連陰雨」（207頁）、二「華西秋雨」による。とくに長江下流の長雨に対して、同書は、少なくとも四日以上の雨が続かなければ、長雨には数えないことにしている。これは日本の秋の長雨（秋霖）などよりは、程度の甚だしいものかと思われる。

▼2　『ステラナビゲータ11』および『ステラシアター・プロ』によって、当地における当時の夜空を検証した。

秋分９ｂ（しゅうぶん）（付　秋社・中秋節について）

立秋から立冬前までの**秋**を中**分**し、真東から日が昇り真西に沈み、昼と夜が等しくなる。

太陽黄経は180度。地球は、太陽のまわりを回る地球の公転軌道上で、春分から180度、夏至から90度回ってきたところに位置している。冬至まで90度、一日に一度進むとして約3ヶ月である。

新暦の日付では9月23日前後。またそこから10月7、8日ごろまでの半月の期間をも指す。

明代までの旧暦（平気法）では、秋分の節気入りは八月一日〜八月三十日までの間のいずれかの日。七月や九月や閏月に秋分の始まりの日は来ない。

節月は八月中。

秋分９ｂ（宋）劉攽「八月十五日、秋分、是日又社」

（宋）劉攽「八月十五日、秋分、是日又社」

秋分当月半、
望魄復宵中。
難得良辰並、
仍将吉戊同。
高楼連卜夜、
濁酒任治聾。

八月十五日《はちがつじゅうごにち》、秋分《しゅうぶん》、是《こ》の日《ひ》、又《ま》た社《しゃ》なり　　劉攽《りゅうはん》

秋分《しゅうぶん》は　当《まさ》に月《つき》の半《なか》ばにして
望魄《ぼうはく》も　復《ま》た宵《よい》の中《なか》なり
得難《えがた》きは　良辰並《りょうしんなら》びて
仍《な》お　吉戊《きちぼ》と同《おな》じきこと
高楼《こうろう》には　夜《よる》を卜《ぼく》するを連《つら》ね
濁酒《だくしゅ》は　聾《ろう》を治《なお》すに任《た》う

注想乗槎客、
何如撃壌翁。

注想《ちゅうそう》す　乗槎《じょうさ》の客《かく》
撃壌翁《げきじょうおう》に　何如《いかん》

「中秋節の八月十五日は秋分であり、是《こ》の日は又《ま》た村の社《やしろ》の秋祭りの日でもある」

今年の秋分は、暦でみると、ちょうど当《まさ》に八月の半分のところにあり、十五夜の望魄《もちづき》も、復《ま》た今宵の夜空のまん中で輝いている。この二つの良い辰《とき》が、並ぶことさえ稀なのに、まことに得難いのは、さらに仍《な》お　吉日の戊《つちのえ》の秋祭り将《と》も、同じ日であること。

高くて立派な楼《たかどの》で、連夜に吉凶を卜占《うらな》って飲酒の歓を尽くし、また祭りの濁り酒は、よく耳聾を治すことが任《でき》るともいう。

むかし浮き世をすてた客《たび》びとが、天の川を槎《いかだ》に乗って、牽牛織女に出会ってきたというが、その人と、天下のことなど埒外で、壌《きぎれ》を撃ってあそび戯れる、農民の翁とくらべて、いったい何如《どう》なのか、わたしは想いを寄せ意を注いでいる。

作者の劉攽《りゅうはん》（1023～1089）は、臨江《りんこう》軍新喩《しんゆ》（江西省新余市）の人。兄とともに著名な学者肌の人で、とくに歴史に造詣が深かった。二十四歳で兄と同時に科挙の進士科に合格したが、官途は順調ではなかった。学問的信念をつらぬいて上におもねらず、威儀にこだわることなく諧謔を好んだ。ために、人の不興を買うことが多かったという。欧陽修、王安石、司馬光《しばこう》、蘇軾《そしょく》ら北宋の錚々たる人々と交流があった。四十一歳から四十九歳にかけては、都で史書の編集と研究、試験官や図書の整理などに従事し、最も劉攽の才能が発揮できた時代であったろう。しかし試験の合否判定で上意にしたがわず、また王安石の意見に異論を唱えたなどの遠因もあって、四十九歳のとき江南の泰州通判（江蘇省泰州市）に出された。その後都に一時もどったが、王安石にその英才をうとまれ、五十三歳から五十五歳まで、曹州（山東省曹県）の知事として都から追われた。このときこの詩は作られている。次の五十五歳から六十四歳までの十年間に、地方官として五度も任地を遷っている。六十四歳でようやく、学術の最高権威の秘書少監として、中央に呼びもどされた。北宋随一の史学の泰斗と評される劉攽としては、あまりにも遅すぎる官位であった。ほどなくして中書舎人を拝したが、それもつかの間、六十七歳で死去した。▼1

詩題に言うのは、この年の八月十五日が秋分で、さらに秋社《しゅうしゃ》の日でもあったということ。北宋は八月十五日は中秋《ちゅうしゅう》節《せつ》となっていたので、この日は中秋節、秋分、秋社の三つが重なった特別な日だった。

一、二句めは、まず秋分が八月の真ん中、つまり八月十五日に来て秋分と中秋節の二つが重なり、幸い雨にはならず、夜空には十五夜の満月が天の真ん中に昇っていることを詠じている。それを満月の南中と考えれば、時間はちょうど今で言う真夜中の十二時ごろである。太陽暦の秋分が、陰陽暦（旧暦）の八月十五日と重なるのは偶然のことに属する。とはいえ、旧暦では秋分は必ず八月中に来ることになっているので、その確率は単純に考えれば約三十分の一である。しかし大小の月や閏月や進朔《しんさく》など、暦月としてのほかの要素がより大きく入ってくるから、その確率は一つの目安にすぎない。いずれにしろ劉攽の六十七歳の生涯で、秋分が八月十五日に来たのは、景祐《けいゆう》五年（1038）、嘉祐《かゆう》二年（1057）、熙寧《きねい》九年（1076）の三回しかなかった。あるいは三回もあった。この場合はたまたま二十一、三年に一回の頻度となっている。

三、四句めは、この日がさらに戊《ぼ》の日の秋社とも重なったという。秋社は先の秋分9bで述べたとおり、立秋後の五度目の戊の日である。景祐五年と嘉祐二年の八月十五日の干支は、それぞれ己卯《きぼう》と己未《きび》であって戊の日ではない。よって社日とはならず、この詩が作られた年ではない。熙寧九年は立秋が六月二八日壬子《じんし》で、一回めの戊の日が七月四日戊午《ぼご》である。これから数えて五回目の戊の日は、たしかに八月十五日戊戌《ぼじゅつ》であり、秋社の日となる。

	干	支	節気	旧暦
	壬	子	立秋	六月二八日
	癸	丑		
	甲	寅		六月三十日
	乙	卯		七月一日
	丙	辰		
	丁	巳		
	戊	午		
	己	未		
	庚	申		
	辛	酉		
	壬	戌		
	癸	亥		
	甲	子		
	乙	丑		
	丙	寅		
	丁	卯	処暑	七月十三日
	戊	辰		
	己	巳		
	庚	午		
	辛	未		
	壬	申		
	癸	酉		
	甲	戌		
	乙	亥		
	丙	子		
	丁	丑		
	戊	寅		
	己	卯		
	庚	辰		
	辛	巳		
	壬	午		
	癸	未	白露	七月二十九日
	甲	申		八月一日
	乙	酉		
	丙	戌		
	丁	亥		
	戊	子		
	己	丑		
	庚	寅		
	辛	卯		
	壬	辰		
	癸	巳		
	甲	午		
	乙	未		
	丙	申		
	丁	酉		
秋社	**戊**	戌	秋分	八月十五日

かくてこの熙寧九年こそが、この詩が作られた年だと決まってくる。とすれば、時に作者五十四歳、先に述べたように王安石にうとまれ山東省の曹州《そうしゅう》に地方官として出されていたときである。

中秋節、秋分、秋社の三つが重なる日を、唐宋元明の千余年で見てみると、数回ほどもあるかないかという少なさである。たとえば、今その期間で確認できたところでは、この詩が述べる１０７６年を除いて、あと一回だけしかない。唐の垂拱《すいきょう》元年八月十五日（685年9月21日）である。▼2

面白いことに、これほどまでに偶然の重なった日であるにもかかわらず、そのことを記念した詩、散文、行事などは、管見の及ぶ限りではこれ以外に見あたらない。ということは、人々はそのような三つの偶然の一致に、あまり関心がなかったということであろうか。劉攽は『明天暦』（1065～1067）という暦の校訂にも参与しているので、暦学にも秀でていたと思われる。暦の知識がある人にしか、その稀少価値も意義を持たないということであろう。

詩の後半はこの日の宴会について詠じている。秋分の日は、すでに唐代から一日の休暇であり、宴を開くには都合がよい。また八月十五日の月を特別な満月だとして賞翫するのは、ようやく唐代ごろから顕著になる。ただ唐代にはまだ「中秋節」という言葉はなかった。その言葉がないということは、民衆をも巻き込んだ国家的な節日ではなかったということであろう。「中秋節」という言葉ができたのは、宋代以降だと考えられている。宋代になると盛大な節日として祝われている。裕福な家は観月台を装飾し、民間では酒楼を貸し切って、管弦を奏して明け方まで騒いだという。[3]秋分のころの満月は、日没ごろ真東付近の空にのぼり、日の出前真西付近の空に沈み、一晩じゅう月を楽しめる。[4]この詩の五、六句めは、作者も観月にふさわしい高楼で、夜を徹して月見の宴に参加したのであろう。

七句めで、天の川を渡って仙境に遊んできた人（乗槎の客）が出てくるのは、やや唐突の感をいなめない。この観月の夕べに天の川を見たことによって、筏に乗って天の川を渡ったという古人の物語を連想したためではなかろうか。しばし俗界の煩わしさを忘れさせ、清らな世界にひたることのできるすがすがしい空想ではある。作者はその故事に心惹かれたのであろう。

しかし一方で今日は秋社、土地神への感謝祭つまり農村の収穫祭である。今日だけは農民たちは酒を飲み、肉の饗応にあずかることができる。しかも八句めにあるように、農民たちは政治に関与せず、太平をことほぎ、他愛もない遊びに無邪気に打ち興じている。かたや士大夫官僚たちは、行政の本務のほかにも、栄進への焦りに身を焦がし、複雑な官界の人間関係に気疲れし、いつどうなるかわからない官途の不安に駆り立てられている。政治世界から疎外されてはいるが、今日びの農民たちは一つの理想的な生き方のように見える。官僚たちのように、しばし仙界に遊ぶのと、無知で無邪気な農民たちのように戯れるのでは、いったいどちらがすぐれているのだろうか、と作者は疑問を発している。とくにこのとき作者は都から出されて、曹州という町の平凡な知事を担当している。だからこれは決して単なる言葉遊びの詩ではあるまい。人生へのあきらめ、絶望から発する疑問ではなかったか。ただこうした疑問は、不安定で過酷な官途を歩まざるを得なかった多くの中国の士大夫が、心の奥底に持つ普遍的な問いかけではあったのだが。

＊ 詩の本文は『全宋詩』第11冊巻609による。

▼1 伝記に関しては、主に『宋才子伝箋証（北宋後期巻）』范永峰「劉攽伝」による。また、『資治通鑑叢論』（河南人民出版社、1985年）所収の顔中其「劉攽年譜」も参照した（同書323～361頁）。

▼2 竹迫忍氏のウェブサイト http://www.kotenmon.com/『古天文の部屋』「和暦（わごよみ）」「月建検索」によって、「秋分＋十五日＋干支の戊」で検索し、その結果を、『中華日暦通典』によって、立秋後の五番目の戊であることを、個別に確認した結果である。日本の暦月と中国の暦月は、干支は同じでも、二十四節気の日がずれることがあるので、日本の暦で秋分＝十五日＝秋社の日が見つからなくても、中国の暦では存在する可能性がある。ただその数は、日本の暦での頻度から考えて、やはり非常に少ないと思われる。ちなみに秋分と秋社が重なる日はもっと多くなる。しかもある規則性をもって出現している。たとえば、この年に近いところでは、同じく『中華日暦通典』で見れば、少なくとも971、973、992、994、1013、1015、1032、1034、1053、1055、1074年などを確認できる。

▼3 『大唐六典』巻2には「内外官吏則有假寧之節」として、その細注に「元正・冬至、各給假七日。寒食通清明、四日。八月十五日、夏至及臘、各三日。」とあり、八月十五日が三日の休暇となっている（たとえば、広池千九郎訓点、内田智雄補訂、広池学園事業部出版、1973年）。しかし中村裕一氏は、現行本の『大唐六典』が、八月十五日を休暇三日とするのは、南宋本『大唐六典』からの誤りで、正しくは八月五日の玄宗皇帝の誕生日の千秋節だという。つまり氏の見解では、唐代は八月十五日は休暇となっていなかったのである。『中国古代の年中行事』秋冊「『大唐六典』の八月一五日節日」（329～331頁）参

照。また八月十五日の観月の由来等については、同書の「十五日、観月」の節に詳しい（364〜377頁）。

宋代の中秋節のにぎわいについては、北宋の孟元老の『東京夢華録』巻八・中秋に「中秋夜、貴家結飾臺榭、民間争占酒楼翫月、絲篁鼎沸、……閭里児童、連宵嬉戯、夜市駢闐、至於通暁。」（国立公文書館デジタルアーカイブ・内閣文庫）とある。

▼4　『(C) 国立天文台』暦Wiki「月の出入り方位」を参照。18・6年周期で変動するが、おおむね真東・真西付近であり、ズレの幅は、ほぼ真東から南へ10度、北へ10度のなかに収まると言ってよい。

第3節　季秋の詩

寒露10a（かんろ）

降りた**露**が、迫り来る**寒**気でさらに冷え、凍りそうになって霜になる直前である。

太陽黄経は195度。地球は、太陽のまわりを回る地球の公転軌道上で、春分から195度、夏至から105度回ってきたところに位置している。冬至まで75度、一日に一度進むとして約2ヶ月半である。

新暦の日付では10月8、9日ごろ。またそこから10月22、23日ごろまでの半月の期間をも指す。

明代までの旧暦（平気法）では、寒露の節気入りは八月十六日~九月十五日までのいずれかの日。閏月のときは閏八月十四日、十五日、十六日のいずれかの日。

節月は九月節。

寒露10a（明）姚汝循「宿三山別業」

（明）姚汝循「宿三山別業」

三山《さんざん》の別業《べつぎょう》に宿《しゅく》す

姚汝循《ようじょじゅん》

秋深寒露候、
地僻水雲郷。
落日楓千樹、
残霞雁幾行。
桂香清小院、
蛩語近匡床。
自臥滄洲隠、
逾憎世路忙。

秋深《あきふか》き　寒露《かんろ》の候《こう》
地《ち》は僻《へき》なる　水雲《すいうん》の郷《きょう》
落日《らくじつ》に　楓千樹《ふうせんじゅ》
残霞《ざんか》に　雁幾行《がんいくぎょう》ぞ
桂香《けいこう》　小院《しょういん》に清《きよ》く
蛩語《きょうご》　匡床《きょうしょう》に近《ちか》し
自《みずか》ら臥《ふ》す　滄洲《そうしゅう》の隠《いん》
逾《いよい》よ憎《にく》む　世路《せろ》の忙《せわ》しきを

「本宅とは別に三山の地にひらいた家業のための別荘に宿る」

時候はいましも、秋が深まった寒露の節気、
水平線には山も見えず、雲がつらなるだけの、この水郷地帯は僻遠の地である。
落日のなかに、色づいた千万もの楓《フウ》の樹が映え、
霞《あかねぐも》の残る夕焼け空に、幾つの行列だろうか、雁がわたってゆく。
桂《もくせい》の花の香がただよって、小さい庭院《にわ》はますます清らかになり、
歌い語らう蛩《むし》の音《ね》が、戸外からしだいに匡《ましかく》の、わたしの寝床に近づいて来る。
隠者が住むという水辺の里の滄洲、そんな人里はなれた三山の荘園で、ひとり自《み》ずから臥《ふ》せっていると、
世間の人々の世わたりの路は、なんて忙《せわ》しないことかと、逾《いよい》よ憎悪の念がわいてくる。

姚汝循《ようじょじゅん》（1535～1597）は、明代後期の江寧《こうねい》南京の人。二十二歳の若さで科挙に合格しているので、相当な秀才であったに違いない。しかしそんな人が必ずしも官途で出世するとは限らない。人にねたまれたり、上司とうまくやっていけなかったり、自分の本性を矯めることができなかったりすることもある。彼は大名府（河北省邯鄲市）の長官にまで至るが、その後左遷されたり、事に連坐するなどした。官を辞め郷里の南京に帰った。たいした官職にも就かなかったので伝記は残らない。[1] 帰京後の生計は基本的に荘園経営であったと思われるが、そのかたわら妓楼が建ちならび、風流人士が集う秦淮《しんわい》の地で、風雅を愛する文人らと詩文を作り、管弦を楽しみ、書画骨董をたしなみ、晩年には塾を開き教育をした。中国では官に就かない人は、基本的に隠者の範疇に入る。趣味人や詩人や学者として、官僚や豪商のような民間人と、文化的な交わりを持った。明代ともなれば、南京のような大都会では、官に就かずとも本人の才芸次第で、文化的にも経済的にも十分に充実した人生を送ることができたのである。

詩題にいう三山は各地にあるが、ここは南京の三山であろう。[2] そこに荘園を持ち、何らかの家産を営んでいたと思われる。それは、わずかに残る彼の詩「晩に田の廬《いおり》に帰る」「雨後に園を行《みまわ》る」などからもうかがえる。この詩は、あるとき、南京城内の本宅から出かけ、眼前に長江がひろがる別荘に、しばらく滞在したときの詩であろう。

一句めで、寒露を「秋深し」つまり深秋、晩秋と詠じている。10月中旬前後の寒露を、晩秋と呼ぶには、秋が少し早まりすぎている感がしないだろうか。晩秋は今の季節感で言えば11月から12月初めごろであろう。これは明代の気候が現代より冷涼で、秋の深まりが早かったからというわけではない。たしかに明清期は、全体として世界的な寒冷期の中にあり、中国ではとくに「明清小氷期《みんしんしょうひょうき》」などと呼ばれている。しかし、姚汝循が隠遁生活に入ったと思われる後半生、つまり十六世紀後半は、長江中下流域はむしろその逆で、とくに暖かい時期だったと言われている。[3]

今日の季節区分は、天文学的季節としては、春分からが春、夏至からが夏、秋分からが秋、冬至からが冬となっている。太陽に対する地球の相対的位置関係による区分で、最も客観的な基準であり、実際の西欧の季節区分にはよく当てはまると言われている。しかし中国や日本の実際とは微妙にずれる。

また気象学的な季節区分としては、日中両国とも、一般には3月から5月までを春、6月から8月までを夏、9月から11月までを秋、12月から2月までを冬とする。▼[4] だから今日の天文学的、気象学的な季節区分からすれば、10月中旬前後の寒露は、まさに中秋の時分に相当する。それを姚汝循のように、晩秋と呼ぶのはいささか早すぎるきらいがある。

	〔春〕	〔夏〕	〔秋〕	〔冬〕
〔天文学的季節〕	春分以後～	夏至以後～	秋分以後～	冬至以後～
〔気象学的季節〕	3月・4月・5月	6月・7月・8月	9月・10月・11月	12月・1月・2月

また同じ二十四節気でも、姚汝循の時代の平気法と今日の定気法で、日付が変わってくるから、などというのでもない。いま仮に姚汝循の晩年の十五年で、寒露の節気を今日と比べてみると、10月6日か7日であり、今日の10月7日か8日より一両日早くなっているにすぎない。だから今日の季節感との違和感は、節気の計算方法の違いによるものではない。

これは当時の季節区分が、伝統的な二十四節気によって行われていたからである。二十四節気の季節区分は、「四立」を始点に四つに分ける。立春から春、立夏から夏、立秋から秋、立冬から冬とするのだが、ここまでは、すでに立春、立秋の項で述べた。さらにそれぞれ春夏秋冬を、孟《もう》～、仲《ちゅう》～、季《き》～の三つに分ける。それぞれに節気を該当させると、たとえば秋では、孟秋は立秋と処暑、仲秋は白露と秋分、季秋は寒露と霜降となり、寒露は季秋すなわち晩秋に分類されることになり、さらにそこに旧暦の暦月とは違う「節月」が配当される。[5] 左に示した一欄表のとおりである。（ただ、この節月の体系の中で組織化されている名称が、現実には実際の暦でも、そのまま用いられており、両者〈太陽暦の節月と陰陽暦の暦月〉が混同されていることがあるので注意が必要である。）

春	孟春	正月	立春	2月4日
			雨水	2月19日
	仲春	二月	驚蟄	3月4日
			春分	3月21日
	季春	三月	清明	4月5日
			穀雨	4月20日
夏	孟夏	四月	立夏	5月6日
			小満	5月21日
	仲夏	五月	芒種	6月6日
			夏至	6月21日
	季夏	六月	小暑	7月7日
			大暑	7月23日
秋	孟秋	七月	立秋	8月8日
			処暑	8月23日
	仲秋	八月	白露	9月8日
			秋分	9月23日
	季秋	九月	寒露	10月7日
			霜降	10月23日
冬	孟冬	十月	立冬	11月7日
			小雪	11月22日
	仲冬	十一月	大雪	12月7日
			冬至	12月22日
	季冬	十二月	小寒	1月6日
			大寒	1月20日

（左の算用数字の部分は新暦で目安としてつけた節気の日付）

姚汝循は、実はこの区分にそって寒露を季秋、つまり晩秋で、「秋が深い」と述べていたのである。四立は二十四節気による季節の始点であり、新暦でいうといちばん寒いころの2月4日が春立つ日になったり、まだまだいちばん暑いころの8月8日が秋立つ日になったりするので、節気の季節区分と、実際の季節との違和感は、容易に我々にも感得される。しかし四立ではない普通の寒露などでも、二十四節気によって孟・仲・季の、すなわち初秋、仲秋、晩秋などの三区分がなされていて、その部分の違和感については、我々には見過ごされやすい。

さて、詩の三、四句めと、五、六句めの四行は、この寒露の節気に、長江沿いの荘園で体験したいくつかの物候について述べる。

楓（フウ）は、淮河以南に多く生えているマンサク科の樹で、カエデによく似る。紅葉が美しい落葉樹であるが、カエデ科カエデ属の日本のカエデ（モミジ）と違って、葉が中ほどから三裂する。昔の日本人が、日本にはない中国のフウを、カエデと誤解していたことで有名な木で、実物は江戸時代にはじめてもたらされた。今は公園や街路樹で普通に見かける。このフウがおそらく寒露の節気には、紅葉し始めていたであろう。それが落日に映えている情景が想像される。日本の『貞享暦』（1685年）にのせる七十二候では、霜降の次候に「蔦楓《つたかえで》紅葉す」とある。寒露が終わって数日後である。

四句めでいう「霞」は、短歌や俳句などでよく詠われる春の「かすみ」ではない。朝夕の赤く染まった雲で、ここでは夕焼雲である。残霞とあるので、三句めの落日はもうとっくに沈んで、空にはあかね色に映えた雲が残っているだけである。そこに渡り鳥の雁が、一字やV字型に隊列を組みながら南のほうへと飛んでいる。中国の七十二候では寒露の初候に「鴻雁来賓す」とある。

五句めの「桂」は、これも昔から日本で誤解されてきたように「かつら」（カツラ科）ではない。また肉桂《ニッケイ》（クスノキ科）でもなく、モクセイ科の木犀《もくせい》（桂花）である。▼6 中国では菊とともに、寒露の節気を代表する花木となっている。花は濃厚な香気を発し、寒露の候の開花時は、あたりが香りで満たされる。香りの効果で人は精神が落ち着き、清らかになるのを感じるのである。

六句めの「蛩」はこおろぎである。姚汝循が、荘園の寝室でこおろぎの音を聞いている。こおろぎは、たしかに寒露の時期に盛んに鳴いている。立秋8aの項で述べたように、こおろぎは七月には野にいて、八月には軒下に、九月には戸に、十月にはベッドのそばまで近づいてくる、と『詩経』豳風《ひんぷう》の「七月」の詩で歌われていた。しかし、ベッドに近づいて来るのが、この姚汝循の詩では寒露、中国式太陽暦の節月では九月であるのに、詩経では十月である。この時期のずれは、姚汝循の明代と二千数百年前の詩経の時代と、こおろぎの鳴く時期が違っていたから、などというのではない。こおろぎの生態は今も昔も変わらないはずである。これは、詩経「七月」の詩の背景にある暦が、一年十二ヶ月の暦ではなく、一年を十ヶ月とする古代の太陽暦だったことに起因するのだと思われる。[7]

以上のように、この詩は、紅葉し始めた何千本もの楓《フウ》の樹、列を作って飛んでいく渡り鳥の雁《がん》、香りをはなつ桂《もくせい》、ベッドに近づいてくる蛩《こおろぎ》など、寒露の節気の物候が数多く示されているのが特徴だと言える。作者は城内の日常の喧騒を離れて、郊外の荘園で夜を過ごしたのだが、そのとき、作者の脳裡に浮かび上がるのは、そうした季節の変化をあらわす植物や動物たちの様子であった。「だからそれがどうした?」、「そんなことを詩に詠む意味があるのか?」という疑問が浮かぶ。なぜこんな他愛もないことを詩に描くのか。それは作者が隠遁者的生活を送っているからであろう。官界での煩瑣な人間関係、喜怒哀楽、そんなものは、すべて辞職とともに長江へ投げ捨ててきた作者であれば、自ずと心が向かうのはまわりの美しい自然、季節の移ろい、植物や動物たちの動きであろう。およそ古今東西、官や位を捨てた人がこころを寄せ、語り合う相手はみな自然である。隠遁者となった作者だから、このような表現を詩に詠み込むことができたのだろう。それは決してどうでもいいことではなく、むしろ隠遁者にとっては、それこそが重大な関心事だったのである。

最後の二句は、官を棄て隠遁者の世界に入ったとはいえ、それですっかり煩悩を断ち切れたわけではない。おそらくそういう隠遁者はきわめて稀であろう。こうやって日常から切り離されて、ひとり夜を過ごしていると、いまだに官僚世界で利害を求めてあくせく立ち働き、あれこれ算段をたてている忙しい人たちのことが、思い出されてくる。そして彼らのことが、ひどくうとましく思われてくる。まだ彼らのことが気になっている。隠遁したとはいえ、無関心の境地には至っていないのである。人間とはそういうものであろう。それはともかく、おそらく古代の日本の歌人なら、こういう夜は、「長々し夜をひとりかも寝む」などと、心に想う女性の不在を嘆くのだろうが、中国の古典詩の世界では、普通はそういう言葉は出てこない。

＊ 詩の本文は『御選明詩』巻58（『摛藻堂四庫全書薈要』第450冊、集部第103冊）による。七句めの「滄洲隠◉」を、『列朝詩集』丁集第7（前掲雨水詩注の『四庫禁燬書叢刊』第96冊）に載せる本文では、「滄洲穏◉」に作る。しかも中国では、もっぱら「穏」に作る本文が通行している。「穏◉」ならば「自《みずか》ら滄洲《そうしゅう》に臥《ふ》せて穏《おだ》やかなり」あるいは「自《みずか》ら臥《ふ》せて滄洲《そうしゅう》は穏《おだ》やかなり」などと訓読すればよい。意味は十分通じるし、平仄上も問題ないし、下句の「忙しい」に対して「穏やか」でうまく対にもなっている。ただわたしはここではあえて「隠◉」のほうを取った。理由の一つは、本文を収載するテキストのほうが、より信頼性が高いから。もう一つは、一般に詩文では、「滄洲」と来れば、「隠」と書く用例が、圧倒的に多いからである。「隠」には、動詞で「隠遁する」の意味と、名詞で「隠者」の意味の二つがあり、この詩の場合どちらでもよい。

▼1 詳細な伝記はわからない。著作はほぼすべて失われ、詩は数首が残るのみである。ここは銭謙益の『列朝詩集小伝』丁集上（『明代伝記叢刊』学林類9（011）所収、明文書局、1991年）による。また蔡清徳「成化至嘉靖年間金陵地区書画鑑蔵家叢考」（『南京芸術学院学報（美術与設計版）』2008年2期）の姚汝循の項も参照。

▼2 古く宋の郭茂倩の『楽府詩集』巻48清商曲辞「三洲歌」其の一に「送歓板橋湾、相待三山頭。遥見千幅帆、知是逐風流」（中華書局、1979年）と歌われる三山であろう。この歌は、商いの旅に出かける男を、女が南京の板橋で見送って、のちに

女が南京の三山に登って、帰って来る男の船を待ち望んでいる、と解されている。今も南京の板橋河の西側で、長江の中洲の子母洲に対するところに、「三山村」や「三山小学」の地名が残る。

▼3　『中国歴史時期気候変化研究』第九章「明清時期的気候冷暖研究」第三節・三「長江下游地区近500年以来冬温指数」では、1520年代から1620年代までを温暖の段階と位置づける。その満志敏教授の指導下で執筆された劉炳濤『明代長江中下游地区気候変化研究』(復旦大学・歴史地理学、2011年、博士論文)の第三章第三節は、冬小麦の播種期と収穫期から、明代の長江中下流地区の気候変化をみたものだが、「嘉靖年間の気候は現代の気候よりやや暖かかったであろうし、この温暖な気候はずっと明末まで持続した」と結論づける。また第四節は同じことを、柑橘類の植栽の北限界から考えたものだが、そこでも「嘉靖ないし崇禎の明代後期は、全体的にずっと比較的温暖な状態であり、あるときには、現代よりももっと温暖な時さえあった。」と述べる。また『中国歴朝気候変化』では、巻末図版Ⅷの図4．5「中国東南地区長度超過500年的温度変化序列」によれば、十六世紀後半を全体として暖気とみている。しかしさらに詳細に論じた本文の第十一章「明朝：小氷期前半段」第一節（二）「華中・華東地区」では、1540～1560年代を暖期、1570～1650年代を冷期とみなしている。こうした寒暖の変動については、ブライアン・フェイガンによれば、1300年ごろに始まり1850年ごろに終わったとされる小氷河期は、暑くなったり寒くなったり短期間に気温が変動するのが特徴であり（『歴史を変えた気候大変動』102～4頁、東郷えりか・桃井緑美子訳、河出書房新社、2009年)、「新しい気候学によれば、小氷河時代は気候がジグザグに変化した時代であり、四半世紀以上、同じ状態がつづくことは滅多になかった」（『古代文明と気候大変動：人類の運命を変えた二万年史』380頁、東郷えりか訳、河出書房新社、2011年）とのことである。

▼4　近年、中国では『気象行業標準「気候季節劃分」QX/T152-2012』（中国気象局、2012年発布）によって、「5天滑動平均」(5-day moving average) を応用した季節区分がなされている。「5天滑動平均」は、連続した5日間の、それぞれの日平均気温を合計して五で割ったものである。30年もしくはそれ以上の平均値を取った「常年値」（いわゆる平年値）による「常年気候季節」の区分と、その当該年のみの「当年気候季節」の区分がある。30年の平均値にもとづく「常年気候季節」の区分の指標についてのみ言えば、春は、日平均気温あるいは滑動平均気温が、10度以上でかつ22度未満。夏はそれが22度以上。

秋はそれが22度未満でかつ10度以上。冬はそれが10度未満となる（ただし以上は四つの季節が出現する「四季分明区」についてであり、夏と冬しかないような地方では適用されない）。単純化して季節区分の指標についてのみ示せば、左のようになる。実際の区分については、もう一つの操作が必要になるが、この指標だけでもおおよその感覚がつかめるであろう。左は、○は日平均気温あるいは5天滑動平均であり、単位の度は省略した。

〔常年気候季節区分の指標〕	〔春〕	〔夏〕	〔秋〕	〔冬〕
〔日平均気温あるいは5天滑動平均〕	10≦○＜22	22≦○	10≦○＜22	○＜10

日本の季節区分にはいろいろあるが、気象庁の予報用語の「季節を表わす用語」に載せる「春：3月から5月までの期間。夏：6月から8月までの期間。秋：9月から11月までの期間。冬：12月から2月までの期間。」などは最も一般的なものであろう。（気象庁ホームページ＞知識・解説）

▼5　この四季内の三区分は、序編第2節で述べたように、二十四節気が確定した『淮南子』時則訓にすでにある。いや、もっと古く『淮南子』時則訓の元となった『呂氏春秋』の十二紀や『礼記』月令がすでにそのような十二区分になっていた。ここで、よくある誤解を解いておけば、元来がこの太陽暦の四季十二区分に、陰陽暦（すなわち旧暦）の十二ヶ月を配当したのは、（わたしが文献上で確認できた限りでは）後漢の高誘（2世紀末~3世紀初）の注からだと思われる。一方、節月上での十二ヶ月の配当は太陽暦であり、この高誘の陰陽暦十二ヶ月の配当とは、区別しなければならない。
　また『逸周書』周月が「凡四時成歳、有春夏秋冬。各有孟・仲・季、以名十有二月、中気以著時応」のように、四季三区分をしている。続けて「春三月中気、雨水・春分・穀雨。夏三月中気、小満・夏至・大暑。秋三月中気、処暑・秋分・霜降。冬三月中気、小雪・冬至・大寒。閏無中気」という。この『逸周書』周月の制作時期や背景については、はっきりしないことが多い。よってここでは資料を提示するにとどめ、議論からはずしておくこととする。

▼6　『植物の漢字語源辞典』、また『植物の和名・漢名と伝統文化』第一章「桂、楓、かつら」、第二章「楓、かえで」を参照。

▼7　「七月」詩の農事暦の暦がどのような暦であったのかは、難しい問題である。「七月」詩に描かれる農事暦を、陰陽暦にもとづく旧暦（いわゆる夏暦）で当てはめていけば、あちこちに齟齬が生じてくるからである。古代の十月太陽暦については、天

文学者、暦学者の陳久金氏が発見し開拓した研究がある。陳久金「論『夏小正』是十月太陽暦」（『自然科学史研究』１９８２年第4期）は、「夏小正」と「七月」詩が、同じ十月太陽暦であることを論じた最初期の論文である。ほぼ同時期に文献研究の方面から「夏小正」が太陽暦であることを発見し、研究を進展させた何新氏の業績も重要である。『夏小正新考』（万巻出版公司、２０１４年）など。両者の研究は互いに映発し補完しあっている。序編第2節3.「夏小正」を参照。

霜降 10b（そうこう）

朝夜が零下になったとき、寒露になろうとした水蒸気が、氷粒となって**霜**が**降**りる。

太陽黄経は210度。地球は、太陽のまわりを回る地球の公転軌道上で、春分から210度、夏至から120度回ってきたところに位置している。冬至まで60度、一日に一度進むとして約2ヶ月である。

新暦の日付では10月23、24日ごろ。またそこから11月6、7日ごろまでの半月の期間をも指す。

明代までの旧暦（平気法）では、霜降の節気入りは九月一日〜九月三十日までの間のいずれかの日。八月や十月や閏月に霜降の始まりの日は来ない。

節月は九月中。

霜降 10b（元）耶律楚材「過夏国新安県」（時丁亥九月望也）

（元）耶律楚材「過夏国新安県」（時丁亥九月望也）

昔年今日渡松関、
車馬崎嶇行路難。
瀚海潮噴千浪白、
天山風吼万林丹。
気当霜降十分爽、
月比中秋一倍寒。

夏国《かこく》の新安県《しんあんけん》に過《よ》ぎる（時《とき》に丁亥《ていがい》、九月望《くがつぼう》なり）

耶律楚材《やりつそざい》

昔年《せきねん》の今日《きょう》　松関《しょうかん》を渡《わた》り
車馬《しゃば》は　崎嶇《きく》として　行路《こうろ》難《かた》し
瀚海《かんかい》　潮《しお》噴《ふ》きて　千浪《せんろう》白《しろ》く
天山《てんざん》　風《かぜ》吼《ほ》えて　万林《ばんりん》丹《あか》し
気《き》は霜降《そうこう》に当《あ》たって　十分《じゅうぶん》に爽《さわ》やかに
月《つき》は中秋《ちゅうしゅう》に比《くら》べて　一倍《いちばい》に寒《さむ》し

回首三秋如一夢、　首《こうべ》を回《めぐ》らせば　三秋《さんしゅう》一夢《いちむ》の如《ごと》し
夢中不覚到新安。　夢中《むちゅう》　新安《しんあん》に到《いた》るを覚《おぼ》えず

「旧大夏《だいか》国の新安県を通過した」（題下の自注）時に丁亥《ひのとい》の年の九月十五日、望月《もちづき》の日である。
昔年の今日、わたしは陰山のこの松関を渡っていったのだ、
車も馬も、崎嶇《けわ》しい山道を急ぎ行く旅路は、まことに困難であった。
ゴビ砂漠は、瀚《ひろ》い海が潮を噴《ふ》きあげるや、千々にくだけ落ちて、白く浪だつかのよう、
天山には、風が吼《ほ》えて吹き荒れ、山麓には何万本もの落葉樹林が丹《あか》く色づいている。
いましも霜降の節気に当たり、空気はほどよく冷たく、十分に爽《さわ》やかで、
こよい九月の満月は、先月の中秋の月に比べると、一倍分もよけいに寒くなっている。
首《こうべ》を回《めぐ》らし思い返すと、この三月《みつき》のあいだ、まるで一つの夢を見ていた如《よう》で、
ずっと夢うつつの中にいて、いつ新安県に到着したのか、覚えがないのだった。

詩題の下に「時に丁亥の九月の望なり」という注が付いている。これは作者自らが付けたと考えられている。丁亥は六十周期で日時をあらわす干支で、年と月と日のいずれにおいても用いられるが、この場合の語順では、丁亥の年の意である。▼1 丁亥の月や丁亥の日の意味ではない。楚材の五十五歳の生涯で、丁亥の年は当然一度しかめぐってこない。それは、金の正大四年、モンゴルの太祖（チンギス・ハン）二十二年、つまり西暦１２２７年である。旧暦の日付のように用いられた望は、月の十五日で（これが天文学的な謂での望とは限らない）、この年の九月十五日は、干支で言いかえれば丁亥の年、庚戌《こうじゅつ》の月、辛卯《しんぼう》の日となる。新暦になおせば１２２７年11月2日である。

旧暦で言えば、この年の九月四日が霜降で、十九日が立冬。だから十五日は立冬の四日前で、霜降の末候にあたる。五句めに「気は霜降に当たる」というのは、霜降の節気入りというのではなく、いましも霜降のただなかにあるということになる。

作者の耶律楚材《やりつそざい》（1190〜1244）は、遼《りょう》の王族の末裔で、父は金に仕えて副宰相にまでのぼった。金《きん》の中都《ちゅうと》（北京）がモンゴル軍に滅ぼされたとき、楚材は二十六歳で、中都の中堅クラスの官僚となっていた。楚材はそのまま中都にとどまり、三年後の二十九歳のときチンギス・ハン（以下ハンを省略する）に召し出され、外蒙古《がいもうこ》に向かった。翌年から、チンギスの中央アジア遠征にしたがい、予言者の役割でチンギスに仕え信頼された。それから三十八歳のとき、チンギスが亡くなるまで、楚材はほぼ十年近くチンギスのもとで、中央アジアに滞在したことになる。おそらく楚材にとって最も得意な時期の一つではなかったろうか。

楚材の人生にとって、チンギスとの出会いは決定的である。チンギスと出会わなかったなら、学識豊かで詩文の才にもすぐれた、そして中国史上にはそんな人材が星の数ほどもいるのだが、そんな士大夫のなかのひとりになり、ほとんど注目もされずに終わったことであろう。中国や日本で楚材をこれほど有名にしたのは、故国の滅亡を目前に、いわばチンギスに拾われ、世界帝国の覇者チンギスの威名とともに、楚材の名も伝えられたことによろう。チンギス亡き後のオゴタイ政権での重用と活躍も、チンギスとの出会いなくしてはあり得なかった。また長らく西域を旅したことによって、楚材の詩は中国の古典詩に新鮮な塞外の風物、風格をもたらすことになったと言われる。何よりもチンギスあっての楚材なのである。そんなチンギスが一二二七年、楚材三十八歳のときに亡くなった。そのときの楚材の驚き、悲しみがいかほどのものであったか、想像にあまりあるものがある。

この詩は、チンギスの死の二ヶ月後に作られているが、その間の経緯を少し詳しく述べれば、中央アジア遠征で、ホラズムを侵略しサマルカンドを陥落させ、インダス川まで到達したチンギスは、一二二五年にいったん故地のケルレン河畔へ凱旋し、翌一二二六年、今度は二度目の西夏《せいか》攻略を開始した。西夏の西平府（霊武）を陥落させたとき、楚材は書籍や漢方薬などを収集している。ところが翌一二二七年の七月、チンギスが六盤山《りくばんさん》～清水県で亡くなった。そのとき楚材がチンギスの身辺にいたかどうかはよくわかっていない。その直後、楚材は旧西夏国領内のオルドス高原を北上し、陰山《いんざん》山脈を越え、ケルレン河畔のチンギスの故地へ行ったと思われる。その途中、九月十五日、陰山山脈付近の新安でこの詩は作られた。詩の最後で、

　首《こうべ》を回《めぐ》らせば、三秋は一つの夢の如し、夢の中、新安に到るを覚えず。

というのは、まさにこのチンギスを失くして気が動転し、茫然自失の状態で北へ向かっている状況を言うのであろう。三秋はここでは三年の意味ではなく、チンギスが逝ってしまった初秋から仲秋、そしていま晩秋の三秋三ヶ月を言うのであろう。彼の夢のなかに去来するのは、チンギスに付き随って、天山、瀚海《かんかい》の西域を駆け巡った十年の歳月と、そのなかで起こった数々の出来事だったに違いない。

　一句めで、楚材は昔の今日も、この松関を渡ってきたという。しかしその場所は具体的にはわからない。古注に「西域の陰山に松関が有る」といい、詩の題に夏国の新安県とあるので、この陰山はすでに述べたように、黄河の大湾曲部、オルドス高原の北の、陰山山脈をいうであろう。楚材の詩には何度か陰山が出てくるが、それらの陰山はアルタイ山脈を指す可能性が高い。しかし、そこは西夏の領地ではなかった。陰山山脈は今の包頭市、呼和浩特《フフホト》市の北の東西に走る山脈である。

三、四句めでいう天山は、今の天山山脈を指す。瀚海はバイカル湖などを指すこともあるが、西域の詩ではゴビ砂漠を意味することが多い。具体的にどこを指しているのかはわからない。

海のように瀚《ひろ》いゴビ砂漠は、潮を噴きあげ、千々にくだけた浪のように白く、
天山には風が吼《ほ》えて、何万本もの樹林が丹《あか》く染まっている。

のような壮大な描写は、中国内地では見られず、西域独特のものであろう。楚材の塞外詩の面目躍如のところである。

次に六句めにいうこの時節の、気温の変化について考えてみたい。「月は中秋に比べて一倍寒い」というが、中秋は旧暦で八月十五日である。この詩は九月十五日に作られているので、ちょうどひと月前と比較して一倍分寒い、つまり二倍も寒いと述べていることになる。この年の八月十五日は、秋分の末候で寒露の四日前になり、新暦では10月3日である。新暦どうしでいえば、11月2日を10月3日と比べていることになる。

この年の楚材の行跡をたどると、先に述べたように霊州（霊武市）あるいは六盤山方面から、北上して陰山方面に向かっていると考えられる。緯度で言うと日本の関東から東北ぐらいまでを、秋が深まりはじめるこの時期に、北上するのだから寒くなるのは当然ではある。しかし、この時期が一ヶ月で、ほんとうに感覚として倍ほども気温が下がるのだろうか。それを、一つの例を持って検証してみたい。

作者が、気温の大きな差を感じた場所は、松関、新安県である。その場所はよくわからないが、松関と新安県と陰山山脈はほぼ同じ場所にあると考えられる。いまその陰山山脈のすぐ南辺にあり、西夏の国内にあったということ、さらに近年の平均気温の統計が容易に入手できるということから、今日の包頭市《ほうとう》を例にとって考えてみる。と同時に、

ひと月前の出発点を、仮に銀川《ぎんせん》市とする。というのも銀川市は霊州《れいしゅう》（霊武《れいぶ》市）といくぶん重なる地で、包頭市と六盤山のおおよそ中間点にあるからで、場所の設定としてはそれなりの妥当性があると思われる。また銀川市も、近数十年の平均気温が公開されているが、霊武のそれは入手しがたいからである。

包頭市と銀川市の、1951年から2008年までの約58年間の、最低・最高の日ごとの平均気温があるので、そこから、それぞれ七月、八月、九月の十五夜の日の最低・最高の平均気温を取り出してみる。[▼2] 左表の右半分である。太字の部分が比較の対象となる。

旧暦（陰陽暦）	蒙古太祖二十二年七月十五日		蒙古太祖二十二年**八月十五日**		蒙古太祖二十二年**九月十五日**	
新暦（）内はユリウス暦	9月4日（1227／8／28）		**10月3日**（1227／9／26）		**11月2日**（1227／10／26）	
今の地名	銀川	包頭	**銀川**	包頭	銀川	**包頭**
平均最高気温	25度	24度	**19度**	18度	13度	**11度**
平均最低気温	13度	11度	**6度**	4度	-1度	**-3度**
今の地名	霊武	包頭	**霊武**	包頭	霊武	**包頭**
昼の長さ	12時間56分	13時間1分	**11時間44分**	11時間42分	10時間34分	**10時間24分**
日没時刻（地方平時）	18時26分	18時29分	**17時41分**	17時40分	17時01分	**16時56分**
南中高度	59度28分	56度29分	**48度9分**	45度13分	37度11分	**34度18分**
日出没方位角の夾角	200度19分	200度50分	**171度42分**	171度26分	143度46分	**142度13分**

詩でいう八月十五日の、銀川の近年約60年の、平均最高気温は19度、ひと月後の包頭は11度で、8度下がっており、平均最低気温は6度から-3度へ9度下がっている。もちろんこの左表の気温の絶対値を、そのまま元初の時代に当てはめることはできない。しかし、長いスパンで見た場合、温暖な時代にせよ、寒冷な時代にせよ、このようなオルドス高原の南と北という比較的近接した場所での、平均気温の上がり方、下がり方の相対的な形は、今日と類似しているものとして、利用できるのではないか。つまり、右表に見えるような、近数十年における気温の下がりかたの形は、八百年前もあったと考えていいのではないか。このような急激な気温の下がり方があれば、体感温度としては倍ほども寒くなったと感じるであろうし、こうした場合、おそらく人間の感覚は、八百年前の楚材にあっても、さほど違わなかったであろう。彼が新安県で感じたことには、近現代の数値から類推しても、それなりに客観性があったと言えよう。

次に、体感温度の寒さには、昼の時間の短さや日没の早さ、また太陽高度の低さなども影響すると考えられる。そこで以下、この時期の太陽の動きについても比較してみることとする。秋から冬への深まりを体感するとき、その深まりの早さは、気温のほかには、どれぐらい日足が短くなるか、という感覚によっても得られると思うからである。言うまでもないが、太陽と地球と月の動きの関係は、八百年前も今と変わらないと考えてよい。

楚材が滞在したことを確認できるのは銀川市ではなく、その南約四十キロの霊武市（霊州）である。その経緯度は、小数点以下を四捨五入して北緯38度、東経106度である。包頭市は緯度を41度、経度を110度として計算する。日没時間は、霊武市と包頭市のそれぞれの地方平時で示した。▼3

右の表の後半部分を見ながら比較すると、霊武を出発して包頭へ至る、10月3日から11月2日までの一ヶ月で、日の入りは17時41分から、16時56分へと約45分も早まり、昼の長さは、11時間44分から、10時間24分へと、1時間20分も短くなっている。その分、夜が長くなっている。また南中時の太陽の高さも、48度9分から、34度18分へと、ほぼ14度も低くなり、日の出と日の入りの方位角の間の広がりも、171度42分から142度13分へと30度弱も狭くなっている。これは、大ざっぱに言えば、一ヶ月二節気分の季節の進行を、北へ向かったことによって、一ヶ月半三節気分の進行へと、一気に早めたことになる。つまり数値からみれば、半月一節気分だけ季節を加速させたということである。いずれにしろ、このように日は早く暮れ、昼も短くなり、太陽が空に描く弧が一気に小さくなっていることがわかる。楚材がこの一ヶ月で、ずいぶんと寒くなったと感じた背景には、このような太陽の動きもあったからに違いない。

さらに、近30年の数値だが『中国気候資源地図集』[4]によれば、オルドス高原の年最早霜初日は9月16日で、年最晩霜初日でも10月16日である。だからこの詩が作られたころ、快晴や弱風などの条件がそろえば、いずれにしろ霜が降っていたとしてもおかしくない。いな雪さえ降っていた可能性がある。同書によれば、年平均降雪初日は11月1日だからである。早い冬の到来するオルドス高原の、霜の降りた道を、あるいは小雪の降るなかを、馬車で駆け抜けながら、チンギスと歩んだこの十年間の出来事が、走馬燈のように楚材の頭の中にめぐっていたのではなかろうか。

＊詩の本文は『湛然居士文集』巻三（『四部叢刊初編』台湾商務印書館、1967年）による。伝記は主に杉山正明『耶律楚材とその時代』（白帝社、1996年）に依拠し、飯田利行『耶律楚材：大モンゴル禅人宰相』（柏美術出版、1994年）、劉嶢『耶律楚材評伝』附録「耶律楚材年譜」（南京大学出版社、2001年）なども参照した。

▼1　干支は、年月日を、十干と十二支の、22種類の漢字を用いて、二文字の組み合わせで表す。今、十干を○で、十二支を□で表すと「○□」となる。上の○の場所には、十干の10種類の漢字が来る。下の□の場所には、十二支の12種類の漢字が来る。ただし、○においても□においても、漢字の来る順番は常に一定している。だから十干と十二支の、順列組み合わせのようなものではない。○には、十干の「甲乙丙丁戊己庚辛壬癸」の漢字が、その順番で一文字ずつ入っていき、それがエン

ドレスに繰り返されていく。□には、十二支の「子丑寅卯辰巳午未申酉戌亥」の漢字が、その順番どおりに一文字ずつ入り、それが不断に続いていく。「甲子」から出発すると、次は「乙丑」、「丙寅」などとなる。○と□は、互いのやり方でそれぞれ自立的に動いているのだが、結果から見ると、干支の10と12の最小公倍数の60の組み合わせが出そろった段階で、次の61回めには、振り出しの組み合わせにもどっている。

月の場合は十二ヶ月なので、○も□も12回で一巡することになる。

正月	二月	三月	四月	五月	六月	七月	八月	九月	十月	十一月	十二月
○□	○□	○□	○□	○□	○□	○□	○□	○□	○□	○□	○□
○寅	○卯	○辰	○巳	○午	○未	○申	○酉	○戌	○亥	○子	○丑

12ある月数の○に十干が入っていくので、○の部分は、二つずつずれ続けていくことになる。しかし□のほうは、12ある□に十二支が入るので、ずれることはない。常に十二の□と十二支とが、同じ組み合わせとなる。実際には十二支が繰り返しているのだが、結果的には十二の月名と十二の支とが常に同じセットとなって固定していることになる。だから正月と言えば必ず寅の月であり、卯の月と言えば常に二月である。しかし「○□」の干支としてみれば、連続する60ヶ月においては、同じものは一つもない（＝干と支の最小公倍数）。61ヶ月めからまたもとの組み合わせにもどる。

閏月が来る場合は、本月とそのまま同じである。だからたとえば三月が「壬辰」で、翌月が閏三月となった場合も、「壬辰」となる。

▼2　銀川については《天気後報》の1951年〜2008年の「銀川九月（〜十一月）份毎日気候数拠」により、包頭についても右と同じウェブサイトの気候値による。米国海洋大気庁《Climate Data Online Search》から銀川の30年のデータをもとに、9月4日、10月3日、11月2日の日最低気温、日最高気温、日平均気温を、合計して平均を出すと、それぞれ次のような数値を得ることができ、《天気後報》の数値とさほど変わらない結果を得る。

〔銀川　1957〜63、73〜95年〕　〔9月4日〕　〔10月3日〕　〔11月2日〕

日最高気温の単純平均　24・3度　19・6度　13・0度

日最低気温の単純平均　12・8度　5・5度　-1・2度
日平均気温の単純平均　18・6度　12・5度　5・6度

なお銀川、霊武の標高はともに1100m、包頭は1050mで、大差はないので標高による気温の差は考慮しなかった。

▼3　数値は、みな1227年の設定で、『ステラナビゲータ11』を用いた。南中高度はその「天体情報（太陽）」の数値を取り、昼の長さと日出没方位角の夾角は、その「位置推算（太陽）」から計算した。時間も同様に『ステラナビゲータ11』の地方平時（Local Mean Time:LMT）を用いた。地方平時も、一年中同じ早さで動くと仮想された平均太陽にもとづく平均太陽時なので、実際の太陽の運行とは時間差がある。現地でのこの時期の実際の太陽の動きは、地方平時より若干進んでいると思われるが、その進み方は、銀川も霊武も包頭も、大きな緯度の差はないので、度外視することにした。また標高は注2で述べた理由で考慮外とした。本文の表でユリウス暦も記載したのは、『ステラナビゲータ11』が、グレゴリオ改暦以前はユリウス暦になっているから、誤解のないようにである。

なお、『ステラナビゲータ11』（日時を1227年に設定）から抽出した数値と、『(C) 国立天文台』「こよみの計算」（日時を2018年に設定）から抽出した数値を比較しても、時間については1分前後、角度については1度前後の誤差に過ぎなかった。（「こよみの計算」では現在から、過去10年分と未来10年分のみが設定できる）

▼4　霜初日は250頁、降雪初日は178頁。おおむね1951年から1980年までの数値である。

第4章　冬

第1節　孟冬の詩

立冬11a（りっとう）

日の長さ、高さなど2月初めの立春と同じで、**冬**の気配が**立**ちはじめる。

太陽黄経は225度。地球は、太陽のまわりを回る地球の公転軌道上で、春分から225度、夏至から135度回ってきたところに位置している。冬至まで45度、一日に一度進むとして約1ヶ月半である。

新暦の日付では11月7、8日ごろ。またそこから11月21、22日ごろまでの半月の期間をも指す。

明代までの旧暦（平気法）では、立冬の節気入りは九月十六日〜十月十五日までのいずれかの日。閏月のときは閏九月十四日、十五日、十六日のいずれかの日。

節月は十月節。

立冬11a（明）陶安「癸卯九月二十一日作」・「立冬」

（明）陶安「癸卯九月二十一日作」

癸卯《きぼう》九月《くがつ》二十一日《にじゅういちにち》に作《つく》る　陶安《とうあん》

立冬前一日、
雷電蟄虫驚。
雨気蒸人暖、
潮頭触岸平。
君王敬天変、
宰相訪民生。
穫稲築場圃、
千村正望晴。

立冬《りっとう》の　前一日《まえいちじつ》
雷電《らいでん》に　蟄虫《ちっちゅう》驚《おどろ》く
雨気《うき》は　人《ひと》を蒸《む》して暖《あたた》かく
潮頭《ちょうとう》は　岸《きし》に触《ふ》れて平《たいら》かなり
君王《くんおう》　天変《てんぺん》を敬《うやま》い
宰相《さいしょう》　民生《みんせい》を訪《と》う
稲《いね》を穫《か》らんと　場圃《じょうほ》を築《きず》き
千村《せんそん》　正《まさ》に晴《は》るるを望《のぞ》む

「立冬」

乍寒冬気応、
此日電雷収。
風力生東北、
天兵泝上流。
憶君親沐雨、
愧我已重裘。
只待青天霽、
聊寛下土憂。

立冬《りっとう》
乍《たちま》ち寒《さむ》く　冬気応《とうきおう》じ
此《こ》の日《ひ》　電雷《らいでん》　収《おさ》まる
風力《ふうりょく》　東北《とうほく》に生《しょう》じ
天兵《てんぺい》　上流《じょうりゅう》に泝《さかのぼ》る
君《きみ》　親《みずか》ら雨《あめ》に沐《もく》するを　憶《おも》い
我《われ》已《すで》に裘《かわごろも》を重《かさ》ぬるを　愧《は》ず
只《ただ》待《ま》つらくは　青天《せいてん》の霽《は》れて
聊《いささ》か　下土《かど》の憂《うれい》を寛《ゆる》めんことを

「癸卯《みずのとう》の年の九月二十一日に作る」

立冬の節気の、一日前のこと、
雷《いなずま》が走って雷鳴がとどろき、穴にこもり始めていた蟄虫《すごもりむし》たちが驚いた。
雨の気は、人を蒸すかのように、暖かくて湿っぽく、
押し寄せる潮の波頭は、岸に触れ岸と平らになるほど高まっている。
わが君王《くんのう》は、天に起こる気象の変化を、畏《おそ》れまた敬《うやま》いたまい、
わが宰相は、民の生活を問い、また情況をお訪《たず》ねなさる。
晩稲《おくて》の稲刈りをして収穫を始めようと、脱穀場を圃《はたけ》に築き、
千村万落は、正《まさ》に空が晴れるのをまち望んでいる。

「立冬の日に」

立冬の気に応じてであろう、今日は乍《たちま》ち寒くなり、
立冬の此《こ》の日、昨日の雷と電《いなずま》はすっかり収まった。
東北方面に風の力が生じて、南の長江のほうへ吹いてきて、
天の神の兵隊らが降らす雨は、上流へ泝《さかのぼ》って消え去った。
わが君を憶えば、親《みずか》ら雨で髪を沐《あら》うように、雨の日もずぶ濡れになって、国作りに励んでおられる、
我《わたし》ときたら、已《すで》に裘《かわごろも》を重ね着しており、そんな自分が愧《は》ずかしく思われる。
只《ただ》ひたすら、わたしが待ち望むのは、天《そら》が霽《は》れて青空となり、
聊《いささ》かでも、この下界の国土の民の憂いが、寛《ゆる》められることである。

作者の陶安《とうあん》（1315～1368）は、元末の当塗《とうと》（安徽省馬鞍山市）の人。元朝末期の至正四年（1344）、科挙の地方試験に合格して、明道書院の教授職となるが、元末の乱を避け郷里に隠退した。至正十五年（1355）、朱元璋《しゅげんしょう》が陶安の郷里一帯を勢力下に収めると、自ら出むいて朱元璋に付き、信頼を得て重用された。その後、明朝建国の諸制度の策定などに大きく寄与した。また地方官としても良政を行い、饒州《じょうしゅう》の長官であったときには、民の負担を減らして福利をはかり、戦乱で疲弊した農業生産を復興させ、農民から救世主のように慕われた。最晩年は、江西行省《こうしょう》（江西、福建、広東にまたがる）の副長官となり在職のまま亡くなった。

冒頭の二首は、『陶学士先生文集』および『陶学士集』（『文淵閣四庫全書』第1225冊）とも、右に掲げた順序で、並べて収録されており、内容からしても、相前後して作られたものと考えてよい。初めの詩は、詩題に「癸卯九月二十一日作」とあり、癸卯の年は、陶安の五十四歳の生涯でみれば、当然ながらただ一度しか来ない。元の至正二十三年（1363）である。ときに陶安は四十九歳で、その年の立冬は九月二十二日。だからこの詩は立冬の一日前に作られたことがわかる。それは、一句めに「立冬の前一日」と書いてあることと符合する。だから二首めの「立冬」と題する詩が、九月二十二日（1363／11／6）に作られたことがわかる。このような操作によって、二首めの「立冬」の詩の制作時期が決まってくる。このころ陶安は、黄州《こうしゅう》（湖北省黄岡《こうこう》市）の長官からすでに饒州（江西省鄱陽《はよう》県）の長官に転じていたと思われる。陶安は二度饒州の長官となったが、一回めのときである。

二句めには、立冬の前日に雷鳴が起こり、穴ごもりを始めた虫たちが驚いたとある。これは七十二候では通常は起こりえない現象である。元代に行われていた「授時暦」の七十二候では、雷については、鳴り始めるのが春分の次候「雷乃ち声を発す」と末候「始めて電す」であり、鳴り終わるのが秋分の初候「雷始めて声を収む」である。一方、虫については、蟄虫が穴ごもりを始めるのが、秋分の次候「蟄虫戸を坏《ふさ》ぐ」。穴に深く閉じこもるのが、霜降の末候「蟄虫咸俯《みなうつむ》く」。動き始めるのが、驚蟄（啓蟄）である。（『呂氏春秋』『礼記』『淮南子』の物候は大同小異だが、蟄虫の活動開始を春分に置く）。だから霜降を過ぎた立冬は、蟄虫は穴にこもり、より暖かい地底のほうに顔を向けているはずである。

したがって三、四句めで言うように、立冬の前日、暖かいなかに、季節はずれの雷が鳴って雨風が強かったとき、穴ごもりの虫たちが驚いたと詩に表現されたのである。しかしこういう書き方自体も、陶安の独創というよりは、既定のものであったろう。というのも、冬に暖かければ虫がまた這い出てくる、と古典に記されていたからである。すなわち『呂氏春秋』十二紀、『礼記』月令、『淮南子』時則訓の孟冬の月に「冬に方《あた》りて寒からざれば、蟄虫《ちっちゅう》復《ま》た出ず（方冬不寒、蟄虫復出）」とあり、それを踏まえた表現だと思われる。

四句めの君王は、朱元璋《しゅげんしょう》を指しているだろう。朱元璋は、七年前には呉国公と称し、この詩を作った翌年には呉王と称し、ついに五年後には明王朝を開くことになる。陶安にとっては、すでに天子も同様の存在であったろう、しかも理想的な。その天子がなぜ雷電の気象を畏れ敬うのか。それは中国の儒家的な天人相関説《てんじんそうかん》によるものである。よい政治が行われると天は吉兆をあらわし、悪い政治が行われると異常気象や災害などを引き起こすと考えられていた。だから自然界に異常現象が起こったときには、自分の政治に悪いところがあるのではないかと、自己を顧みなければならない。そうするのがよき為政者であり、作者は朱元璋をそのように見ていたのである。

五句めの宰相というのは、天子を補佐して百官を統べ、外政内政の万事を取り仕切る。しかしこういう異変が起こったときには、さらに民衆の生活現場まで下りていって、その実情を知らなければならない。いま朱元璋という理想の為政者のもとで、宰相的立場にある人も、そのようになさっていると、陶安は述べている。為政者は民のなかに入っていって、積極的に民の声を聴かなければならない、というのも伝統的な儒家の考え方である（「採詩官説」）。陶安は実は、このような儒家の、良質な民本主義の考え方を有するだけではなく、現実の政治のなかでも、その考えを実践した人として、明の歴史のなかで評価されている。

最後の七、八句は、この雨が晴れ、すぐにも稲の収穫ができるようになることを、村々はもちろん作者も願っている。このとき陶安が饒州の長官であったことは先に述べたとおりである。州の長官として、陶安は心底そう願っているのである。

ただここで、立冬まで稲刈りが持ち越されているのが、少し気にかかる。というのも稲作は、二期作の晩稲であっても遅くとも霜降内に、つまり新暦で11月初旬の立冬になる前までには、収穫を終えるのが普通だからである。稲をこの時期に収穫しようとしているのは、（1）雨などの理由で収穫できずに引き延ばされているのか、（2）立冬入り後に収穫するような特別な品種が植えられているのか、（3）立冬入り後に収穫できるような暖かい土地柄なのか、（4）この元末の気候が十分に暖かかったからか、だいたいその四つが考えられる。

まず（4）元末の気候であるが、この時期は明清の寒冷期に向かっており、むしろ今日よりは寒い時代であったといわれている。[1]（3）二期作の晩稲が、立冬入り後に収穫される地域は、『中国農業物候図集』の「双季晩稲収穫期日」の図によれば、北緯20度前後の、泉州から広州そして南寧に至るラインより南である。北緯29度の饒州は明らかにその領域に入らない。その図では饒州は、10月21日から11月1日にかけて収穫される領域のなかに入っている。[2]これは近年の作付状況からの類推にすぎないが、やはり元代でもそうであったと考えてよいのではないか。

次に（2）であるが、饒州において、立冬後に収穫される品種は、科学の進んだ今日ならまだしも、当時はまだなかったのではないか。[3]とすれば消去法からも（1）が残ってくる。詩にも暗示されているように雨などのせいで、稲刈りが立冬までできなかったのであろう。成熟期を過ぎても収穫しなければ、脱粒しやすくなり収穫量が減量していくという。江西地方の農諺には「霜降のうちに稲を刈らなければ、一日に竹ざる一つずつ少なくなる」や、それに類するものが多い。[4] このとき饒州の長官であった陶安が、どれほど今年の収穫を心配していたか、想像にかたくない。

ところで、立冬の節気に雷雨が起こるというのは、たしかに珍しくはあるが、異常気象というほどのものではない。立冬の節気またはその後に、雷雨があったことを詠じた詩は、いくつか見いだすことができる。たとえば、1103年、宋の蘇轍《そてつ》の「立冬に雷を聞く。題注：九月二十九日」の詩、1320年、元の范梈《はんほう》の「九月二十八日、済の上《ほと》りにて作る」の「昨日は立冬に雨ふり、内河に中夜に雷す。」の詩、1517年、明の李夢陽の「雷電。題注：丁丑年十月十三日、是《こ》の日、立冬なり」の詩など、時代にかかわらずそのような天候が起こっていたことがわかる。[5]

雷は、上昇気流によって発達した積乱雲のなかで起こる。積乱雲のなかでは上昇気流と、氷晶などの昇降によって静電気が生じ、静電気が大きくたまると一気に放電して、雷が起こる。立冬の時期の雷は、寒冷前線にそって発生する。そのためにはまず比較的強い暖気がその地域をおおっていなければならない。そんなときは、気温も湿度も高いであろう。詩にいう「雨気が人を蒸して暖かい」状態である。そこへ北方から寒気団が侵入してくる。冷たい空気は暖気の下に潜り込み、暖かい空気は上昇する。そのような大気の不安定な状態が引き続き起こると、盛んに対流が起こって積乱雲が発生することになる。積乱雲が発達するにつれて、雷と同時に雨も降り、強い風が吹く。詩にいう「潮の頭が岸に触れ」るほど、強風によって湖は波立つのである。やがて積乱雲は衰退する。北から吹き寄せる寒気団が、優勢となって、その地域を覆うようになると気温が下がり、空も晴れる。

ちょうどこの詩の翌日の、立冬の日がそのような天候になった。「立冬」の詩にいうとおり、「たちまち寒くなり」、「この日、雷電が収まり」、「風が東北から吹いてきて」、「雨が退いていった」のである。

五句めの「君親ら雨に沐す」は、朱元璋が至正十五年、南下して長江を渡り、以後盛んに各地を転戦し、次々と江南の諸都市を手中におさめていたことを言う。六句め、陶安が毛皮の衣を重ね着しているというのは、そのまま事実を述べているのではあるまい。この孟冬の月には「天子始めて裘をきる」のように、『礼記』をはじめ『呂氏春秋』『淮南子』に記され、立冬、小雪の孟冬の月には、皮衣を着用し始めるものだと考えられていたからであろう。

詩の最後に、晴天となってこの現世の人々の憂いがなくなるようにと切望しているのは、一首めと同じである。この年は、立冬の直前というのに、まだ晩稲の稲刈りもできていない危機的状況だった。気温は蒸し暑く雷が鳴り雨が降り風は強く、このままだと今年の米作は台無しになってしまうのではないかと、陶安は気が気ではなかったに違いない。そんなとき、奇しくも符節を合わせたかのように、まさしく立冬のその日に、立冬らしい気候となったのだ。陶安の感激はひとしおであったろう。かくてこの連作二首の詩が作られたのではなかろうか。

＊　詩の本文は『陶学士先生文集二十巻』（弘治十三年項経遞修本影印、北京図書館古籍珍本叢刊）巻三による。伝記は『明史』巻一三六、列伝二四に陶安本伝がある。ここではそれらとともに、傅玉璋「簡評陶安」（『安徽史学』２００３年01期）も参照した。生卒年もそれによる。

▼1　『中国歴史時期気候変化研究』第八章第三節第五「十三世紀末から元末に至る寒冷気候」、243～252頁、および『中国歴朝気候変化』第十章第一節第三「中世期暖期から小氷期への変化」、462～465頁による。

▼2　張福春、王徳輝、丘宝剣編著、科学出版社、１９８７年。資料の出所は、年代については、１９８０～１９８１年であり、不足部分を一部１９３４～１９４０年のもので補ってある（前言による）。一方、黄州は10月21日までに、収穫を終える領域に入っている。また『中国農業気象学』「中国農業気候区劃系統表」では、饒州は中亜熱帯の江南丘陵区に属し、北緯30度の黄州は北亜熱帯の長江中下游区に分類されている。この二つは、詩の背景すなわち陶安の任地が黄州ではなく、すでに饒州であり、その饒州の長官であったと、わたしが考える主な理由である。

▼3　１９５８年10月23日付で発令された「江西省農業総指揮部発布命令抓緊時機突撃搶収搶種」（『江西政報（江西省人民政府公報）』１９５８年20期）には「二期作の晩稲は、一律に立冬前にすべて収穫を終えること」と命令してある。江西省では、

1950年代でさえ晩稲は立冬前、霜降内に収穫を終えなければならなかったことがわかる。

しかし、陳波等「江西双季晩稲不同緯度産量、生育期及温光資源利用的差異」（『中国農業科学』2017年8期）から拾えば、饒州の西40㎞にある楽平市（北緯29度、東経117・12度）における、2013、2014年の試験結果で、雑交粳稲(Japonica hybrid rice)、秈粳雑交稲(Indica-japonica hybrid rice)、常規粳稲(Japonica conventional rice)の三品種の成熟期が、最も早くて11月7日、最も遅くて11月20日であり、おおむね立冬の初候と次候となっている。たしかにこれは、品種改良が進み、温暖化の影響もある近年のことであり、元末明初の状況をこれでもって類推することはできない。ただ陶安が饒州で長官をしていたときも、立冬中に収穫する稲の品種が、あったのかもしれない、という可能性を示唆するものではある。

▼4　『二十四節気農諺大全』541頁。原文は「霜降不割禾、一天少一籮」だが、霜降を立冬に変えて「立冬不割禾、一天少一籮」と言うのもあるという。

▼5　この三首の制作年は、詳細は省くが、わたしが本書でしばしば用いている方法によって定めた。

小雪11b（しょうせつ）

雨が**雪**に変わって**小**さく降り始めるが、地面はまだ零下にならず、積もるほどではない。

太陽黄経は240度。地球は、太陽のまわりを回る地球の公転軌道上で、春分から240度、夏至から150度回ってきたところに位置している。冬至まで30度、一日に一度進むとして約1ヶ月である。

新暦の日付では11月22、23日ごろ。またそこから12月6日前後までの半月の期間をも指す。

明代までの旧暦（平気法）では、小雪の節気入りは十月一日～十月三十日までの間のいずれかの日。九月や十一月や閏月に小雪の始まりの日は来ない。

節月は十月中。

小雪11b（南宋）釈居簡「小雪」

（南宋）釈居簡「小雪」

入夜蕭蕭響、
声消恰転更。
僅能酬節序、
不足殄蝗螟。
瓦縫何曾満、
庭凹亦未平。

小《すこ》しく雪《ゆき》ふる　　釈居簡《しゃくきょかん》

夜《よる》に入《い》りて　蕭蕭《しょうしょう》として響《ひび》き
声消《こえき》えて　恰《あたか》も更《こう》を転《てん》ず
僅《わず》かに能《よ》く　節序《せつじょ》に酬《むく》いしのみ
蝗螟《こうめい》を　殄《てん》するには足《た》らず
瓦縫《がほう》は　何《なん》ぞ曾《すなわ》ち満《み》たん
庭凹《ていおう》も　亦《ま》た未《いま》だ平《たい》らかならず

窓疎灯欲死、　窓《まど》は疎《そ》にして　灯《とう》は死《し》せんと欲《ほっ》し
倶誤照書明。　倶《とも》に誤《あやま》る　書《しょ》を照《て》らす明《めい》を

「小雪《しょうせつ》になって、小《すこ》しばかり雪《ゆき》がふった」

夜に入ってから、雪まじりの風の音が蕭蕭《シューシュー》と響いていたが、その声も消え、恰《ちょう》ど夜のひと刻みの更《とき》が、次のひと刻みへと転じていった。節気は順序どおりにめぐってきて、小《すこ》しの雪という節気の意味に、僅《わず》かに酬《むく》いることが能《でき》ただけで、これぐらいの雪では、蝗《いなご》や螟《ずいむし》の害虫を殄滅《てんめつ》するには、とてもじゃないが降り足りないのだ。屋根瓦が織りなす縫い目の模様は、何《どう》して曾《ま》たこれしきの雪で満たされて、埋もれてしまおうか、中庭の凹《くぼ》みも亦《ま》た、未《ま》だまだ地面と、平らになるほどには積もっていない。窓の目張《まば》りが疎らで、隙間風が吹きこみ、灯火のほうは今にも死《き》え欲《よう》として、読書には役立たないし、雪のほうは、窓べから書を照らす明かりにもならず、二つとも、倶《とも》に読書灯としては誤ったことになる。

作者の釈居簡《しゃくきょかん》（北礀居簡《ほくかんきょかん》）（1164～1246）は、南宋の臨済宗《りんざいしゅう》の著名な僧で、潼川《どうせん》府路通泉《つうせん》（四川省射洪《しゃこう》県）の人。儒教を奉ずる家に生まれたが、年少時から仏典を愛読し、郷里の寺に入り二十歳ごろ出家得度した。その後、四川を出て、主に江西、江蘇《こうそ》、浙江《せっこう》の間を行脚し、請われて多くの寺の住職となったが、みな短期間で辞した。杭州の霊隠《れいいん》寺《じ》の北礀に住んだことにより北礀と称された。南宋の著名な士大夫等との交流も多い。

詩の制作時期はわからないが、この詩が『北礀詩集』に収められており、その詩集が作者五十四歳（嘉定十年〈1217〉）までに刊行されているので、五十四歳以前に作られ、居簡の行動範囲から考えて、ひろく長江中下流域のどこかでの

作と思われる。

雪はおそらく昼から降っていたのだろう。日が沈むと人々の活動もやみ、まわりも暗くなり、物音がよく聞こえてくる。雪まじりの風の響きがシューシューとなっていたが、それが消えたかと思ったとき、太鼓の音が響き、時が移ったのを知らせた。外に出てみると、たしかに雪は積もったようではあるが、ほんのわずかにすぎない。居簡は思わず笑ってしまった。これでは天が、小雪という節気の名にこたえただけだなと。

「小雪」などというわずか二文字も「小《すこ》し雪が降る」「小《すこ》しの雪」「小雪《しょうせつ》」などと、多義的に解釈することができる。古典中国語が、活用や形態変化をしないから、どのようにも意味が取れるのである。ここは、「小小雪が降る」または「小雪《こゆき》」と、節気の「小雪」との掛け詞である。たしかにこの駄洒落には、いささかの諧謔味があって、求道者のもの言いではない。そこが新鮮でもある。

冬季に降るべくして降る雪は、害虫を凍死させるので有益である。しかしこんなケチな降りかたでは、そんな役には立たないと、居簡は苦笑している。冬の積雪が農業（小麦）に有益なことは、前一世紀の『氾勝之書《はんしょうししょ》』に記してある。現存する中国最古の農書と言われているが、それに次のようにある。[1]

> 冬に雪雨《ふ》りてのち、止《や》めば輒《すなわ》ち（物を）以て之を藺《ふ》みつけよ。
> はたけの地を掩《おお》う雪は、風に従いて飛び去らしむ《使》ること勿《なか》れ。
> 後にふたたび雪ふれば、復《ま》た之を藺《ふ》め。
> さすれば則ち、立春まで沢《しめり》を保ち、虫を凍《こお》らせて死《ころ》し、
> 来年はかならずや稼《みのり》に宜《よろ》しからん。

> 冬雨雪、止、輒以（物）藺之。
> 掩地雪、勿使従風飛去。
> 後雪、復藺之、
> 則立春保沢、凍虫死、
> 来年宜稼。

さて、次の五、六句めは雪の積もる程度を描写しているが、屋根瓦の継ぎ目や、中庭のくぼみへの積もり方でもって、それを表現しているところが注目される。というのも、それは白い雪が一般に持っている、高潔な趣きとは縁遠く、卑近な例を持ち出していて、生活感があるからである。こうした視点は作者の個性なのであろう。

最後の七、八句めもまた雪の降り足りなさを揶揄している。窓からすき間風が吹き込んで、読書用の灯火が消えそうになるというのは、居簡の貧しい生活を写し出そうとしているのだろうが、それが主なる目的ではあるまい。この詩は、小雪《しょうせつ》の節気に、かろうじてわずかの小雪《こゆき》が降ったことを茶化した戯れの詩である。言いたいことは八句めの、読書の助けにもならない「蛍の光」ならぬ「窓の雪」だったということである。居簡は吝嗇な小雪《こゆき》の降り方をからかうために、窓の雪の故事を思いついた。そこでそれと対にするために、七句めの灯火を持ち出してきたのであろう。

ところで、このとき降った雪は、作者の主観からすればたしかに少なすぎた。しかし客観的にみればどうだったのだろう。「庭の凹《くぼ》みもまだ平らかになっていない」などという言い方から、多少は積もったろうことが見てとれる。一概に小雪《こゆき》と言っても、人によって思い浮かべる程度が違う。そこで一つの指標として、今日の気象の方面から見てみよう。中国の「天気予報基本述語」のなかの「小雪」の定義には、「12時間の降雪量が0・1㎜—0・9㎜、または24時間の降雪量が0・1㎜—2・4㎜の降雪」となっている。中国での降雪量は、融解した水に換算された降水量である（単位は㎜）。一方、日本の場合は、気象庁の小雪《こゆき》の定義によれば、「数時間降り続いても、降水量として1㎜に達しない雪。」となっている。雪を降水量として見た場合、日中ともよく似た量である。ただし観察の時間が、中国は日本の倍ほどになっている。溶けて水になった量から、どれぐらい雪が降ったかを換算する目安がある。それによると、融けて1㎜になった雪は、1㎝から1・5㎝の雪が積もったと考えられる。▼2 それで見る限り、今回降って少し積もった雪は、まさに日中両国の定義する小雪《こゆき》に、ふさわしい降り方だったといってよいであろう。

また、この小雪の節入りのころに初雪が見られるのは、本来は、二千年以上も前に二十四節気が成立した、黄河中下流域においてのことである。近年（1951〜1980年）の統計では、十日ほど遅れ、黄河中下流域から、その南の淮河流域が12月前半に、つまり小雪の末候の前後から大雪の初候にかけて初雪となる。さらに南の長江中下流域は12月後半。さらに南の福建、広東、広西、そして四川などは1月に入ってから初雪を見る。▼3 この詩がどこで作られたかわからないが、もしも浙江、江西方面だとすれば、そして今日の初雪の時期からすれば、むしろこのときはずいぶんと早い雪だったことになる。この十三世紀はじめの気候は、中世温暖期に属し、今日とさほど違わなかったと見てよい。だとすれば、小雪《こゆき》程度の降り方であったのは当然のことで、居簡が非難するほどのものではなかったことになろう。

また節気として見た場合はどうか。本来、節気の小雪《しょうせつ》は、大雪《たいせつ》と相対するものとして設定されている。節気としての小雪が、雨が雪に変わる段階であるのに対して、同じく節気としての大雪は、その雪の降り方が大きく盛んになる段階である。二十四の節気の意味をそれぞれ説明したものとして、最も古いと考えられるものは、六世紀の梁の崔霊恩《さいれいおん》の『三礼義宗』であるが、それには小雪については「気序転《うた》た寒く、雨変《へん》じて雪と成《な》る」といい、大雪については「小雪《しょうせつ》に形《あら》われて大雪《たいせつ》と為《な》り、時に雪ふること転《うた》た甚《はなは》だし」という。▼4 この言い方を、日本の気象の側から一歩踏み込んで解釈すれば、小雪は雨から雪への変化、大雪は降雪から積雪への変化と言うこともできる。江戸時代中期の松平頼救《よりすけ》の『こよみ便覧』はその違いを、小雪は「冷《ひ》ゆるがゆへに雨も雪となりてくだるがゆへなり」と言い、大雪は「雪いよいよ降り重《かさ》ねる折からなればなり」と述べ、▼5 はっきりと雨から雪、そして降雪から積雪、のように二つの変化として説明している。この節気のあり方からすると、当日降った雪は、いくらかは積もっているので、むしろ小雪の節気に想定されている降り方以上に、雪が降ったといえよう。だから居簡にとっては、むしろ御《おん》の字で、彼は喜ぶべきだったのではないか。

逆に、もしもこのとき居簡の期待どおりに、大雪が降り積もっていたらどうだろう。それは季節が一気に早まり、節気にふさわしくない雪の降り方となってしまっただろう。彼の望みはかなえられ、彼は子どものように喜んだのかもしれないが、それでは困る状況が多々出現したに違いない。小雪のときは小雪らしく、大雪のときは大雪らしく雪が降り、季節が順調にめぐっていくことこそが、産業を安定させ、社会を平和裏に持続させる基礎だと、中国では古来より考えられていた。そうした基本の上に、かの天人相関説《てんじんそうかん》（立冬11ａの項を参照）も成り立っているのである。

さて、居簡がかくもこの小雪を揶揄するのは、内心もっとたくさん降って欲しかったからではなかろうか。そのような願望があったからこそ、それが裏切られたとき、こうしたからかいの詩ができあがったのだと思われる。では、なぜ居簡はもっとたくさん降って欲しかったのか。おそらくその理由を考えても正解は出てこないだろうし、ましてそんな理由を考える意味が、あるのかどうかさえわからない。それを十分承知した上で、以下の点について考えてみたい。

人の感じ方に、大きな影響を与えるであろう時期、つまり幼少年期から青年期前半にかけて、居簡と雪の関係はどうだったのだろうか。居簡は二十歳ごろまでは、今の四川省の射洪県近辺で過ごしたが、その地は雪が降ることはあっても、積もることは稀であったと思われる。これより四百年前、杜甫が四川に滞在していたことがある。宝応元年（762年）の夏、成都で作った「大雨」の詩で、杜甫は「四川の蜀《しょく》の西部は、冬でも雪が降らない（西蜀冬不雪）」と詠じている。また二、三年後に成都のほぼ真東の雲安（雲陽県）で作った「又《また》雪ふる」の詩で、「四川の南地の雪は、降っても途中で融けて地に到らない（南雪不到地）」とも述べている。ただこれは、今日より若干暖かかったと言われる、八世紀中ごろの話ではあるが。

居簡が育った射洪県の気温のデータが入手できないので、そこに最も近い綿陽、成都を見てみよう。緯度的には射洪県は綿陽と成都の中間にあり、みな北緯31度前後で横並びである。いま、仮に近年の数値で見てみると、一年を通して最も寒いときでも、綿陽も成都も、過去数十年間の平均最低気温は摂氏2度で、氷点下までは下がらない。▼6 その数値による限り、普通の年には、雪は降ることはあっても積もることはないと言ってよさそうである。四川盆地のこのやや特殊な温暖な気候は、おそらく宋代においても同じだったと考えてよいだろう。積雪を期待する気持ちが強いのは、こうした積雪がほとんど見られない地で、幼少年期を過ごしたことがあったのではなかろうか。あくまで一つの仮定ではあるが。

＊ 詩の本文は『北礀詩集九巻文集十巻』(応安七年〈1374〉刊、覆宋刊本、五山版)巻8による(『国立国会図書館デジタルコレクション』インターネット公開資料)。伝記は、紀雪娟「宋釈居簡生平与《北礀文集》版本考述」(『宋史研究論叢』第20輯、2017年上半年刊、科学出版社)を参照した。なお居簡の法統は日本の臨済宗にも伝わっており、また「北礀居簡墨蹟」は、東京国立博物館に蔵され国の重要文化財である。

▼1 『氾勝之書:中国最古の農書』による。

また冬季の積雪の効果として、殺虫や保水のほかにも、極端な低温から植物を守るという、保温の効果があることもよく知られている。たとえば、ある程度の積雪下での地温(地下1cm)は、零度より下がらず一定していた、という報告がある(齋藤武史・北田正憲・大丸裕武「北上山地の季節的土壌凍結地帯における地温、地熱流束と凍上との関係」(『東北森林科学会誌』2002年7巻2号)。

▼2 「中華人民共和国国家標準」のGB/T 35663-2017(2017/12/19発布、2018/7/1実施)による。また「中華人民共和国国家標準」のGB/T21984-2017「短期天気予報」(2017/9/7発布、2018/4/1実施)も参照。日

本の場合は、『気象庁』ホームページ「天気予報等で用いる用語」の「雪に関する用語」による。

降水量から、どのくらい降雪があったかを換算する目安がある。ただ、そのときの気温や風向きや地形などの条件によって、積雪の深度は異なる。だから厳密に比較することはできない。それでも一つの目安として、換算された降水量と降雪の深さの対応は1：15とされる。（ただし地域によって雪の湿り具合が違うので、1：10などの言い方もある。）この換算の目安によれば、1㎜の降水量があった場合は、1・5㎝（15㎜）ほどの積雪があった可能性があるということになる。

なお、日本の降雪量は、一定時間内に降り積もった雪の深さで、単位は㎝である。日本の「積雪深」は中国の「積雪深度」にあたる。

▼3 『中国気候資源地図集』の「年平均降雪初日」（178頁）による。元になった資料の年代は、主に1951～1980年のものである。

▼4 梁の崔霊恩の『三礼義宗』に「小雪為中者、気斂転寒、雨変成雪。故以小雪為中。」「十一月大雪為節者、形於小雪為大雪、時雪転甚。故以大雪名節。」（『太平御覧』巻28、時序部13引、前掲「夏至」注4）とある。

▼5 松平頼救（太玄斎）の『こよみ便覧』（天明七年〈1787〉）は、『国立国会図書館デジタルコレクション』インターネット公開資料による。意味が取りやすいように漢字に直し、振り仮名を付けた部分がある。

▼6 《天気後報》の1951年から2008年のデータによる。同じくその期間で、成都の場合は、平均最低気温が1月2日に2度となるのが最初の日で、その後は、2度または3度の日が続き、1月26日を最後に、それ以後は2度以下は出なくなる。成都よりやや北の綿陽は、平均最低気温が12月30日に2度となるのが最初の日で、その後は、2度または3度の日が続き、2月1日を最後に、それ以後は2度以下は出なくなる。また『中国気候資源地図集』「一月平均気温」によれば、成都も綿陽も、一月の平均気温は4度から6度のゾーンに入っている。
もちろん成都や綿陽にも寒波が襲ってくることがあり、「極端最低気温」は、成都の場合は、1975年12月15日に、記録上最も寒い氷点下6度が出ている。氷点下5度は、1955年1月5日、1959年1月11日に出ている。また綿陽の場合は、1975年12月14日から17日まで氷点下7度が出て、氷点下6度が、1982年12月27日と1956年1月9日に出

ている。そういう日に降雪があれば当然積雪となったであろう。また『中国気候資源地図集』「年極端最低気温」によれば、両地とも氷点下6度から氷点下4度のゾーンに入っている。その平均を取った「年平均極端最低気温」では、同じく両地とも、氷点下4度から氷点下2度のゾーンに入っている。だからそういう場合は、雪が降れば積雪となる可能性は十分にある。

さらに『中国気候資源地図集』で見ると、四川盆地の最低気温は、それよりは緯度が相対的に5度前後低い福建、江西南部、湖南南部、広東北部と同じレベルである。さらに四川盆地の南辺を北東に流れる長江一段の流域（宜賓から重慶東の涪陵までの北緯29度前後）にかぎって言えば、7度も南にある北回帰線沿いと、ほぼ同じレベルである。つまり四川盆地だけが、周辺から飛び抜けて暖かいことがわかる。これをわかりやすく、日本地図を例にとって言えば、たとえばの話だが、「近畿でも京都盆地だけが、中四国・九州本島を跳び越えて、屋久島と同じだ」と言うようなものである。

第2節　仲冬の詩

大雪12a（たいせつ）

雪が降るのがますます**大**きくなり、空気も冷え、地面は零下となって積雪となる。

太陽黄経は255度。地球は、太陽のまわりを回る地球の公転軌道上で、春分から225度、夏至から165度回ってきたところに位置している。冬至まであと15度、一日に一度進むとして約半月である。

新暦の日付では12月7日前後。またそこから12月21日前後までの半月の期間をも指す。

明代までの旧暦（平気法）では、大雪の節気入りは十月十六日〜十一月十五日までのいずれかの日。閏月のときは閏十月十四日、十五日、十六日のいずれかの日。

節月は十一月節。

大雪12a（宋）釈行海「十月呉中感懐」

（宋）釈行海「十月呉中感懐」

十月《じゅうがつ》呉中感懐《ごちゅうかんかい》　釈行海《しゃくぎょうかい》

耳熱酣歌向朔風、
山河沢国旧呉宮。
人生莫羨倉中鼠、
世事須知塞上翁。
大雪風光寒草緑、
小春天気野花紅。
高堂白首無来信、
一点郷心逐塞鴻。

耳熱《みみあつ》く酣歌《かんか》して　朔風《さくふう》に向《む》かう
山河《さんが》　沢国《たくこく》　旧呉《きゅうご》　宮《きゅう》
人生《じんせい》は　倉中《そうちゅう》の鼠《ねずみ》を羨《うらや》むこと莫《な》かれ
世事《せじ》は　須《すべから》く塞上《さいじょう》の翁《おきな》なるを知《し》るべし
大雪《たいせつ》の風光《ふうこう》　寒草《かんそう》は　緑《みどり》に
小春《しょうしゅん》の天気《てんき》　野花《やか》は　紅《くれない》なり
高堂《こうどう》の白首《はくしゅ》　来信《らいしん》無《な》く
一点《いってん》の郷心《きょうしん》　塞鴻《さいこう》を逐《お》う

「旧暦の十月、旧国の呉《ご》の中にいて、懐《むね》のうちに感じたこと」

酒宴は酣《たけなわ》となって、耳は熱し、高らかに歌をうたい、つめたい朔風《きたかぜ》に向かう、
この山河、この水沢の国、この旧《ふる》い呉の都の宮殿跡《あと》よ！
人生は、食うに困らない穀物倉《ぐら》の中に住む鼠を、羨んだりしては莫《いけな》いのだ、
世の事は、かの辺塞の上《ほと》りの翁《おきな》の、「禍福はあざなえる縄の如し」の道理を、知っている必須《べき》なのだ。
この呉国では、いましも大雪《たいせつ》の節気の風光に、寒さのなかでも緑を呈する草が生えており、
小春《こはる》の異名をもつ旧暦十月の、天の気のただなかにあって、野には紅の花が咲いている。
高堂《ざしき》にお住まいの白髪首《しらがあたま》の父ぎみ母ぎみから、待てど暮らせど、書信《たより》が来無《こな》い、
わが一点の望郷の心《おもい》は、北の辺塞から、父母のいます南へ飛びゆく、渡り鳥の鴻《おおとり》を逐《お》いかけている。

釈行海《しゃくぎょうかい》（1224〜?）は剡《えん》の人。剡は今の浙江省の嵊州《じょうしゅう》市で、この詩の舞台となっている呉中《ごちゅう》（江蘇省蘇州一帯）の南にある。号は雪岑《せつじん》。若くして出家し、十五歳で四方に遊んだ。伝記の詳細は不明である。

この詩がなぜ二十四節気の大雪《たいせつ》の詩と考えられるのか。「大雪」には「おおゆき」や「大いに雪ふる」などの一般的な意味がある。しかしここでは二十四節気の「大雪《たいせつ》」と思っていい。なぜかといえば、次に述べるように、律詩の構造と前後の意味からそう考えることができる。

この詩は七言律詩なので、その場合、普通は三、四句めと五、六句めが、それぞれ対句になるのが決まりである。五句めの大雪は六句めの小春と対になっている。「小春」は後で述べるように、一般名詞と言うよりは、十月という暦学の言葉の別名である。そういう専門分野の言葉には、それ相応の別の専門分野の言葉が釣り合う。この場合は二十四節気の用語の大雪《たいせつ》である。これが一つの理由で、もう一つの理由は以下のとおり。もしも五句めが「おおゆき」の状況を詠っているのなら、一面の白銀の世界や、視界をさえぎるほどに降りしきる雪などが似合う。しかし下に続くのは「寒さの中にある草が緑色である」や、「野に咲く花が紅の色である」などであり、これでは明らかに大雪の状況とは意味的に矛盾してくる。ここに描かれているのは大雪《おおゆき》が降った寒い状況ではなく、逆に緑の草や紅の花とあるような、一見して春にもどったかのような状況である。よってこの詩の「大雪」は大雪《おおゆき》ではなく、二十四節気の大雪《たいせつ》と考えられる。この詩は、大雪の節入りとなった今の蘇州あたりの風光が、小春のようだと言うのである。12月初旬の、鹿児島市とほぼ同緯度の地としては、何も不思議なことはない。

六句めに「小春」とあるが、これは日本で小春日和《こはるびより》などと言う場合と同じ言い方である。というより日本の小春日和は、そもそも旧暦の十月を小春と呼ぶ中国の言い方から来ている。北半球でいうと小春日和は、高緯度で寒さが早いところでは寒露前後から、普通は立冬から小雪ごろ、遅いところでは大雪ごろまで見られる。各地でさまざまな名前が付けられている。老婦人の夏（中部ヨーロッパ）、女の夏（ロシア）、インディアンサマー（北米）などのほか、また時期がずれるごとに聖ルカの夏、万聖節の夏、聖マルティヌスの夏等々の呼び名もある。冬型の気圧配置が固まる前に、時として揺りもどしがあると、夏または春がもどったかのような暖かい天気になることをいう。冬至以前に現れる。中国では小春《しょうしゅん》、小陽春《しょうようしゅん》などと呼ばれる。

意外なことだが、小春を十月の異名として詩に詠んだものは、唐詩以前には見あたらない。宋代になって十月を小春と呼ぶことが流行しはじめたと考えられる。さらに二つを連用して「十月小春」「十月小陽春」などという言い方も宋代から出てきた。[1]

大雪は節月（の暦）では十一月節で、十一月一日から十一月十五日までの十五日間である（序編第3節8．節気カレンダーを参照）。実際の暦月（旧暦の日付）のなかでは、その節入りは早い場合で十月十六日となり、おそい場合で十一月十五日となる。つまり十月について言えば、十月一日から十五日の間が、大雪になることはないのである。一方、閏月の場合は、大雪の節入りは閏十月十四、十五、十六日のいずれかである。しかし詩題に閏十月とは書かれていないので、閏月のことは考えなくてよい。以上から、この詩は旧暦の十月の後半に節入りした大雪であり、十月十六日から十月末日までの間に作られていることになる。この詩の制作時期については、それ以上のことはわからない。しかしここであえて制作時期を推測してみよう。

この詩は、作者が故郷から離れ、十月後半のある日、異国の呉の地で感じた懐いを詠じたものである。とくに南の故郷の親を思い出し、恋しがっている。ただなぜこの日、作者は急に親を想い起こしたのだろうか。中国人の習慣から言えばそれは普通二つ考えられる。一つは家族が団欒すると考えられている節日、たとえば正月元旦や清明、重陽《ちょうよう》の節句、冬至節、大晦日等々。もう一つは欠けていた月が満月になるときで元宵節《げんしょうせつ》、中秋節《ちゅうしゅうせつ》など旧暦の日付が十五日のとき。またそれらに準じて、ある特別な記念日や毎月の満月の夜などもある。その中国人の習慣に照らし合わせると、最も可能性が高いものとして考えられるのは、大雪の節入りした日が満月であったということである。旧暦の十月には、特別な記念日がないからである。

旧暦十月のうちで大雪の節気内に満月が見えるのは、十六日が最もふさわしい。十月十五日以前には、先に述べたように、大雪の節入りは来ないし、十月十七日は、肉眼にはほぼ満月が見えるが、やや遅すぎるきらいがある。今日の言い方からすると、旧暦では月の一日（朔日）は、月齢が０・０を含む日とされるので、十五日は、月齢14・0を含む日で、十六日は月齢15・0を含む日となる。▼2 たしかに古来より、十五日は望、十六日は既望《きぼう》（いざよい）と呼ばれているとおりである。一方、後漢の劉熙《りゅうき》の『釈名《しゃくみょう》』釈天には「望は月満つるの名なり。月大なれば十六日、小なれば十五日。日は東に在りて月は西に在り。遥かに相い望むなり」とあり、三十日までの大の月の場合は、十六日がきれいに満ちた月だという。いずれにせよ旧暦の十月十六日は、立派な満月、十月の内、大雪の節気の内、という三つの条件がそろう唯一の日となるのである。

そこで作者の生涯のなかで、大雪が十月十六日となる日を捜してみると、数えで作者九歳の１２３２年、二十歳の１２４３年、三十九歳の１２６２年、七十七歳の１３００年の四つが候補にのぼる。九歳では若すぎるし、七十七歳では親は亡くなっていると考えられるので、結局二十歳か三十九歳かの二つしかない。

次に、二十歳か三十九歳かということになるが、これはどちらとも言えない。そこでここからまた推測になるが、一句めで、作者は酒を飲み、耳を熱くし、高歌して、感情をたかぶらせている。そこから、いかにも青年の熱情がうかがえる。三、四句めでは、食うに困らない他人をうらやみ、おそらくは不運続きの自分に落ち込んでいるように見える。だからであろうか作者は、逆にそんなことにめげてはいけないのだと、有名な人生訓を持ち出し、自分を励ましている。その教訓も青臭い。詩は破綻なく作られているが、老練の域には達していないと感じられる。これらを考えると作者はまだ修行の身で若い年齢だと思われる。以上から淳祐三年十月十六日（1243／12／6）の二十歳の年に、作られたのではないかという可能性が浮かび上がってくる。ただしこれは推測と言うよりは、推測に推測を重ねたほとんど空想というに近い。ためにする議論かもしれない。それならもう一つ、空想をたくましうするのを許していただきたい。

大雪から冬至、小寒ごろに来た満月は、夏至ごろとは逆に南中高度が最も高い。さらに東から昇り西に沈むと言うよりは、より北側から昇り、より北側に沈む。つまり月が空にかかっている範囲も広く時間も長い。この日晴れていたとすれば、夕方大きなダイダイ色の満月が昇り、夜半には頭上の真上近くにうす黄色の満月があり、朝方には白い有明の月が沈むのを、作者は一晩じゅうみることができたことになる。▼3 まだまだ修行の身にある作者は、このようにひと晩のうちに、色合いも移りゆく満月を観ながら、老いゆく両親を懐かしがっていたのかもしれない。

＊ 詩の本文は『雪岑和尚続集二巻』（寛文五年〈1665〉、飯田忠兵衛刊）巻上による（『国立国会図書館デジタルコレクション』インターネット公開資料）。伝記は『全宋詩』第66冊巻3474釈行海の小伝による。

▼1 十月の別称を小春だと解説するのは、通説では梁の宗懍《そうりん》著・隋の杜公瞻《とこうせん》注『荊楚歳時記』の十月の部分の「十月朔日～」の本文に続く段で「又天気和暖似春、故曰小春。」（「又」を「十月」に作るテキストもある）とあるのが、最も古いとされる。しかし中村裕一氏によれば、その段は元来は宗懍の本文ではなく、「10月小春が一般化した十三世紀後半に増衍された可能性が高い。」という。そして、北宋の欧陽修（1007～1072）の「漁家傲」の一節「十月小春、梅の蘂綻《はなほころ》ぶ」が最古の史料だと指摘する（『中国古代の年中行事』冬冊「一〇月、二「小春」」55～62頁）。『荊楚歳時記』は、姜彦稚輯校、中華書局、2018年出版を参照。

▼2　『(C)国立天文台』暦Wiki「月齢」「月齢と満ち欠けの関係」等を参照。望における月齢は、月の楕円軌道と太陽の位置関係によって変化し、およそ13・9日〜15・6日、つまりプラスマイナス1日弱も変動する、とある。

▼3　これについては、たとえば『(C)国立天文台』暦Wiki「月の出入り方位」「月の南中高度」「中秋の名月は中空の名月」などを参照。方位、高度の具体的な数値を知りたいときには、同ウェブサイトの「こよみの計算」で、場所を指定し、「月の出入り・南中時」から一年分のデータを出力すればよい。ただしこの南中高度も出入り方位も、約18・6年の周期変動があるという。とはいえ、その変動幅は両者とも10度前後以内に収まっているようである。

呉中の緯度は東京より低いので、月は呉中のほうがより高く昇る。

『ステラナビゲータ11』で、春秋時代の呉国の旧都（蘇州市、北緯31度19分、東経120度37分、十進法で31・32度、120・62度）で、淳祐三年十月十六日（1243／12／6）の月齢をみれば、午前0時には15・0となっており、月の出は夕方の17時40分で月齢15・7、真夜中の南中時は月齢16で高度87度となり、ほとんど天頂まで高くのぼる。月が沈むのは朝方の8時42分で月齢16・3となり、月の出から月の入りまで、月が空にとどまっている時間は14時間である。なお時刻は蘇州の地方平時である。（蘇州の地方平時とは、中国標準時ではなく、蘇州標準時とでも呼ぶべきもの。いわば北京時間ではなく蘇州時間。とはいえ、中国標準時は東経120度線を基準にしているので、蘇州の地方平時とほとんどかわらない。また地方平時は、天空を一年中同じ早さで動くと仮想された「平均太陽」を基準にしているので、蘇州で実際に見られる太陽の運行とは、季節によっては多少のズレがでてくる。）

大雪12a（明）朱誠泳「初度自慶十一月十五日」

（明）朱誠泳「初度自慶十一月十五日」

初度《しょど》　自《みずか》ら十一月《じゅういちがつ》十五日《じゅうごにち》を慶《けい》す　　朱誠泳《しゅせいえい》

行年四十尚蚩蚩、

行年《こうねん》四十《しじゅう》にして　尚《な》お蚩蚩《しし》たり

独喜年年物色宜。　独《ひと》り喜《よろこ》ぶ　年年《ねんねん》　物色《ぶっしょく》の宜《よろ》しきを
茘挺始看穿北土、　茘挺《れいてい》は始《はじ》めて看《み》る　北土《ほくど》を穿《うが》つを
梅花又見放南枝。　梅花《ばいか》は又《ま》た見《み》る　南枝《なんし》に放《はな》つを
三川風月供詩興、　三川《さんせん》の風月《ふうげつ》　詩興《しきょう》を供《きょう》し
千里河山入酒巵。　千里《せんり》の河山《かざん》　酒巵《しゅし》に入《い》る
俯仰自知無愧怍、　俯仰《ふぎょう》して自《みずか》ら知《し》る　愧怍《きさく》すること無《な》きを
不妨吟笑到期頤。　妨《さまた》げず　吟笑《ぎんしょう》して期頤《きい》に到《いた》るを

「わたしがこの世に生まれ出た最初の度《とき》、すなわち誕生日の十一月十五日を自分自身で慶祝《いわ》う」わたしが行《あゆ》んで来た年月は、今日で四十年となるが、相も変わらず尚《なお》蚩蚩《おろ》かなものだ。とはいうものの、年年《としどし》に季節の風物の景色が宜《この》ましいことを、独《ひと》りただ喜んでいる。庭では茘挺《れいてい》が、北面の土を穿《うが》って、芽を出しているのを始めて看たし、又《ま》た、南に伸びた日当たりのいい枝先に、梅の花が開放《ひら》いているのを発見した。三川《さんせん》地方の風光や、月夜の趣きなどは、わたしの心を動かし詩興を提供してくれるし、千里に広がる山や河の一大壮観は、酒の肴となって、わたしの巵《さかずき》のなかに入ってくる。仰いでは天にも愧《は》じず、俯しては地にも怍《は》じ無い生き方であったと、わたしは自分でよく知《わか》っている、百歳になれば子に頤《やしな》われるのを期待するものだ、吟《うた》って笑ってやがてその年齢に到るのは少しも妨《かま》わないではないか。

朱誠泳《しゅせいえい》（1458〜1498）は、明《みん》王朝の皇族で、秦王《しんおう》に封ぜられた七代めの親王《しんのう》である。時の皇帝は前半が憲宗、後半が孝宗に当たる。秦王の屋敷は西安にあった。明の創始者朱元璋《しゅげんしょう》は、諸子を全国各地に散らばらせて王となし、屋敷や俸禄を与え代々相続させた。しかし彼ら親王は所領を与えられず、したがって統治権もなく、各地への移動の自由さえなかった。地方官僚との交際も制限されていた。だから親王は文化、芸術、教育等の活動に専念するしかなかった。そういう中にあって、とくに第七代秦王の朱誠泳は、歴代親王たちの中でも著名な文学者として称されている。

この詩はどこにも大雪の詩だなどとは書かれていない。しかし一句めにあるように、作者が数え年で四十歳になった年に作られたというので、生まれた年から起算して、何年に作られたのかがわかる。それは、弘治十年十一月十五日（1497／12／17）である。十五日なので、彼の誕生日は毎年満月ということになる。それはともかく弘治十年は、大雪が十一月四日、冬至が十一月十九日なので、誕生日の十一月十五日は、つまりこの詩が作られたのは、冬至の四日前で、大雪の末候にあたっていたことがわかる。そして彼の伝記から考えて、秦王の屋敷内で作られている。

もう一つは、「茘挺出」という大雪の七十二候の物候が、詩に描かれている。しかも符節を合わせたように「茘挺出」は、大雪の末候である。「茘挺出」の読み方は、「茘挺《れいてい》が出《い》ずる」か「茘《れい》が挺出《ていしゅつ》する」かで、昔から意見が分かれている。作者は「茘挺が北土を穿つ」と詩に詠み込んでいるので、前者のほうで解していたことになる。また茘あるいは茘挺が、どのような植物かも異説が多い。ここでは馬藺《ばりん》と称される中国原産のアヤメ科のネジアヤメだと解しておく。そのような植物が、この年内の寒くなってきた季節に、地面から芽を出し、すっくと茎を伸ばしている状況を、この時期にふさわしいものとして、想い描いているのであろう。

おおかたどの時代においても、原則として毎年十一月に、朝廷から全国に翌年の暦が配付された。それは二十四節気、七十二候なども記された一年分の具注暦だったはずである。現物に近い写本が残る「大宋宝祐四年丙辰歳会天万年具注暦[1]（１２５６）」でみると、今の頁数の数え方で七十頁余の厚い暦である。明代は大統暦《だいとうれき》が用いられていたが、実質は元《げん》の時憲暦《じけんれき》で、時憲暦の七十二候は『元史』巻五四暦志「気候」に記載されている。もちろん時憲暦の大雪末候は「茘挺出」である。作者四十歳の年は、弘治十年の暦であるが、それは前年の十一月一日に頒布された。そのことは明代の同時代の歴史書『明実録《みんじつろく》』に記録されている。[2]当然官僚たちは七十二候は常識として身につけていたであろう。

四句め、大雪の季節に、とはいっても冬至の四日前であるが、梅がすでに開いている。普通梅が開花するのは、古典詩のなかでは立春（新暦2月4日）の前後とみなされていたから、この場合ひと月半も早いことになる。この梅は、とくに西安に適応した早梅の種類だったのかもしれない。しかしそれにしてもそんなに早く梅は咲くものだろうか。[3]中国の華南地方では、旧暦の九月に梅が咲く品種もあったようである。たとえば明末清初の屈大均《くつだいきん》が郷里の広東で詠んだ詩、[4]「九月の望《もちづき》の後、梅、已に数花、黄菊に先んじて発《ひら》き、喜びて賦す」に、

霜降《そうこう》に初めて寒くなるや即ち花を吐き、黄菊をして陶〔淵明〕の家に擅《ほしいまま》に教《させ》ず。　〔　〕は筆者補

とある。菊の花より先に梅が咲いている。屈大均のこの詩は康熙《こうき》三十四年（１６９５）の作で、九月十五日過ぎとあるので、九月十六日とすれば、ちょうどその日は霜降の節入りである。新暦で１６９５年10月23日。また同じ広東での作、「九月、薬亭の宅に梅を見る」の詩に、

梅は炎州の暖かきを喜び、長《つね》に開くこと菊の前に在り

とあり、ここでも菊より先に梅の花が開いている。これは康熙二十年と考えられており、その年の九月は、十二日までが寒露の節気内にあり、十三日が霜降の節入りで、二十八日が立冬である。新暦で1681年10月11日から11月9日までの、いずれかの日の梅の開花である。ただこれら屈大均の詩に描かれる梅は、何か特別の早咲きの品種であったのではなかろうか（大寒1bの屈大均詩の注8を参照）。まして中国の南亜熱帯区でのことだから、そのまま西安の南温帯（暖温帯）には当てはまらないだろう。

ただ長江下流域でも、旧暦の九月に咲く梅があったことが、いくつかの詩賦に描かれている。一例をあげると、北宋の梅尭臣《ばいぎょうしん》の「九月二十七日に梅の花を見る」の詩に、

江南は風土暖かく、九月に梅の花を見る。

とある。この詩は、『梅尭臣集編年校注』[5]によれば、景祐二年（1035）の作である。その年は九月二十九日が立冬の節入りなので、立冬の二日前に作られている。新暦で11月5日に梅が開花していることがわかる。

また南宋の范成大《はんせいだい》は、梅の品種を記載した最初の園芸書といわれる「梅譜《ばいふ》」を著し、十余種の梅を紹介した。そのなかで、杭州の西湖《せいこ》畔には特別に早く咲く品種があり、重陽《ちょうよう》の節句つまり旧暦の九月九日に、開いた梅の花を手折ったことがあると述べている。[6]九月九日といっても、旧暦のその日付けは、太陽暦では一定しておらず、早く来るとき、遅く来るときで、その差は最大ひと月ほどもある。早いときは秋分の末候ごろ、遅いときは霜降の次候ごろに来る。た

とえば、1193年に死去した范成大に近い時期で例をあげれば、紹熙《しょうき》五年（1194）の九月九日は、新暦で10月1日だったが、淳熙《じゅんき》十三年（1186）は10月29日だった。だから范成大がいう九月九日に咲いていた梅花が、太陽暦でいつだったかは、厳密には定めがたい。ここでは霜降（10／23）過ぎごろと考えておいて大過ないであろう。とすれば江南では、遅くとも霜降から立冬の節気には開く梅花もあったということになる。

次に旧暦の十月に開花している梅の状況を見てみると、四川省のことだが、八世紀の唐の盧僎《ろせん》の「十月の梅花、書にかえて贈る」の詩に、

君、見ずや、巴《は》の郷《くに》の気候は華と別なり、年年十月に梅花発《ひら》く。
みやこの上苑《じょうえん》は、今、応《まさ》に雪ふりて　うめの花のさくがごとく作《な》るべし、
寧《いず》くんぞ知らん　此《こ》の地は　うめの花ひらきて　しろき雪のふるがごとく為《な》るを。[7]

とある。旧暦の十月に属している節気は、普通は霜降か立冬か小雪か大雪かである。だから旧暦の十月に梅が咲いていれば、その節気の可能性は、霜降から大雪までとなる。よって右の詩からわかることは、八世紀ごろ四川東部の巴《は》の地方では、どんなに遅くとも大雪には、すなわち冬至前には、梅の花が開いていたということである。

また、南宋の陸游が成都にいたとき詠んだ「成都は歳暮に始めて微《わず》かに寒し、小《すこ》しくさけを酌《く》みて興《きょう》を遣《や》る」の詩に、

疏《まば》らなる梅ひらきて　已に春の信《たよ》りに先んずるしらせを報じ、小《すこ》しき雨は　初めて十月の寒さを成す。[8]

と詠んでいる。この詩は、乾道《けんどう》八年（1172）十月に作られている。この年の十月は、新暦になおせば10月26日から11月24日の期間で、霜降の一部、まるまる立冬、小雪の一部が含まれる。陸游のこの詩からは、この年、成都では大雪よりさらに早く、〔霜降〕立冬から小雪にかかる期間に、梅が開いていることがわかる。ただ四川盆地は小雪の節気でも述べたように、そこだけが温室のような特別な地域だから、やはり一般化はできないであろう。

しかし、四川よりは寒い江南でも、十月に咲く梅がある。陸游と同時期で先に挙げた范成大の「梅譜」によると、それは冬至の前に咲く早梅という種類である。

早梅は、花は直脚《ちょくきゃく》梅に勝《まさ》る。呉《ご》のくにの中においては〔梅は〕春晩の二月に始めて〔花ひらきて〕爛熳《らんまん》たり。独《ひと》り此《こ》の〔早梅の〕品は冬至の前に已に開く。故に早の名を得たり。[9]　〔　〕は筆者補

と述べている。「梅の譜」は長江下流域、太湖畔の蘇州で作られており、早梅が冬至の前に開くというのだから、遅くとも大雪の節気には咲くことがわかる。

そのほかにも、これ以上例はあげないが、長江中下流域と思われるところで、十月に梅が開いていることが、時々詩に詠じられている。

以上、非常に大ざっぱにではあるが、華南、四川はもちろんのこと、江南でも、旧暦で九月、十月、太陽暦で霜降から大雪の間に開花している梅が、詩文に取り上げられていることを述べてきた。これらからすると朱誠泳の詩にある梅も、冬至直前に咲いていた可能性がないわけではなさそうである。ただ朱誠泳の詩は、さらに北の西安（北緯34・

3度）での詩だから、梅が咲くとすればよほどの早咲きでなければならない。しかも、宋代よりは寒冷であった明代のことだからなおさらである。

ここで一転して、梅の開花は事実ではなく、雪の喩えだった可能性について言及しておく。この句は大雪の節気にふさわしく、枝に雪が積もっていることを梅の開花になぞらえている、とも読める。というのも、梅の白い花は雪と相性がよく、梅の花が咲いていると雪のようだと言われ、雪が積もれば梅の花が咲いているようだといわれる。また花が散れば雪が降っているようだともいわれ、しばしば相互に喩えられるからである。とはいえ、雪に比した可能性も留保しつつ、ここでは一応文字面どおりに、朱誠泳の庭には、なにか早梅の品種があって、今年もまた例年どおり冬至前に咲いたということにしておこう。

三、四句めの茘挺と梅花が、せまく秦王の屋敷の庭の、この季節を象徴するものとして詠じられているのだとすれば、次の五、六句めは、広く行政区の西安府のことと考えられる。三川はここでは黄河支流の涇水《けいすい》、渭水《いすい》、洛水《らくすい》を指すであろう。先述したように、明の藩王の制度では、親王の移動の自由も厳しく制限されていた。秦王朱誠泳は三十六歳のとき、おそらく生涯に一度だけ旅が許された。病気療養のため西安府内の、西は太白山、東は驪山《りざん》、南は石門の温泉地への長旅である。そのとき三川方面を遊覧することができたはずだが、その旅を懐かしく思い出しているのであろう。

七句めで、自分の人生は天地に羞じるところがないというが、彼の伝記を見る限り、おそらくそれは事実であったろう。廃れていた西安の魯斎書院を正学書院として再建したり、実際に教鞭を執ったりもして、教育の方面で大きな貢献があったと言われている。また簡素節約を生活の旨ともした。死後は生前の徳行にもとづいて諡《おくりな》を付けられるが、彼の場合は「簡」という名を与えられた。それが何よりも彼の人となりを体現している。

最後の句は『礼記』曲礼の故事を用いて、百歳まで生きてもいいではないか、と詠じているが、彼が亡くなるのはこの詩を作った四十歳の誕生日の翌年の六月である。百歳どころか、この詩を書いて半年後には、彼は亡くなる運命だったのだ。

＊ 詩の本文は『小鳴稿』巻五（『文淵閣四庫全書』第１２６０冊）による。朱誠泳の行跡等については、呂美氏の修士論文『明秦簡王朱誠泳及其《小鳴稿》研究』（西北大学中国古代文学学科、修士学位論文、２０１５年）を参照した。また葉舟「朱誠泳的藩王身份与其雑文風格的関係」（雲南師範大学文学与新聞伝播学院『文学界（理論版）』２０１０年07期）も参照した。

▼1 「大宋宝祐四年丙辰歳会天万年具注暦」（台湾・国家図書館蔵、世界数字図書館でインターネット公開）

▼2 『明実録』明孝宗実録・巻119に、「弘治九年（１４９６）十一月甲辰朔、欽天監は『弘治十年（１４９７）大統暦』を進む。上は奉天殿に御して之を受け、文武群臣に給賜し、天下に頒行す。（弘治九年十一月甲辰朔、欽天監、進弘治十年大統暦、上御奉天殿、受之。給賜文武群臣、頒行天下）」（中央研究院歴史語言研究所、１９６４年）とある。

▼3 陳俊愉、程緒珂主編『中国花経』（上海文化出版社、１９９０年）には「同一地点の梅花は、常に当年の気候の変化にしたがって、花期の早晩が一定ではない。あるときには一ヶ月或いはもっと長い差がある。これは梅花が温度が高いのを好むことの一つの証左でもある。」（113頁）とある。また平塚和夫『日常の気象辞典』（東京堂出版、２０００年）によれば、梅は開花時期の年差が大きく、早い年と遅い年で二ヶ月も差があると言う（126頁）。たとえばこれを、『気象庁』ホームページ「生物季節観測累年表」「うめの開花」から、東京（北緯35・7）の場合で検証してみると、東京の梅の開花の平年値は１／26で、最早値（最早年）は、12／20（１９５５年）で、最晩値（最晩年）は２／27（１９６７年）となっており、最早と最晩はたしかに二ヶ月あまりも差がある（『気象庁』ホームページ「生物季節観測の情報」）。

また同じく気象庁のデータによって、大雪の節気に梅が開いた場所を拾えば次のようになる。水戸の12／15（２００４）、東京の12／20（１９５５）、館山の12／13（１９９７）、彦根の12／15（１９５４）、松江の12／19（１９９７）、松山の12／

14（1997）、高松の12／14（2015）など。ただしこれらは最早値であり、平年値で大雪内に開花する例はない。

約100品種、3000本の「梅図鑑～偕楽園・弘道館の梅品種ガイド～」（茨城県水戸市偕楽園）で、十二月から開花するものを拾うと、紅冬至《こうとうじ》（12月中旬～2月上旬）矮生冬至《ちゃぼとうじ》（12月中旬～2月上旬）冬至《とうじ》（12月中旬～1月下旬）初雁《はつかり》（12月中旬～1月中旬）一重寒紅《ひとえかんこう》（12月下旬～2月上旬）八重寒紅《やえかんこう》（12月下旬～2月上旬）などがある。いずれの品種も、冬至の前、大雪に入ってからの時期である。なお偕楽園は北緯36・4度であり、水戸市の1951～1980年の30年間の11月の平均気温は10・0度、12月は4・9度である（『日本気候表・その2・地点別月別平年値』気象庁編集・発行、1982年）。

花が開くためには、花芽が作られていなければならないが、花芽の形成は「ウメでは土用の終わり、つまり七月末から八月はじめにかけて花芽の形成が完成」すると言われている（日本植物生理学会編『これでナットク！植物の謎 Part2』Q37、113頁（講談社、2013年）。そのあと休眠にはいる。さらに冬になり低温にさらされることによって、休眠が破られる。中国語では「打破休眠」「解除休眠」などと言われている。「多くの場合、七度C程度がもっとも効果があるようです」と言われている（日本植物生理学会編『これでナットク！　植物の謎』Q12、44頁（講談社、2007年）。休眠が解除された後、気温が暖かくなるのをまって、花芽が大きくなり開花する。ウメの場合は「旬平均気温が6—7℃になったとき開花する。突然暖かくなった場合は、容易に予定より早く開花する」（前掲『中国花経』113頁）と言われている。

以上からして、本文で紹介する霜降から冬至前に開花する梅の例は、とくに早咲きの品種などの、何か特殊事情が背景にあるとみなしたほうがよいのかもしれない。また大寒1bの屈大均詩注8も参照。

ちなみに西安の近60年、あるいは近40年の大雪初日の平均気温は、およそ2・2～2・3度あたりである。序編末付表の「二十四節気の日出入時間・昼時間・南中高度、日出入方位角・夾角、および八節間の増減」を参照。また《天気後報》の1951年から2008年のデータでは、大雪初日の12月6日および7日の平均最高気温はともに7度となっている。

一方、たまたま四十歳の誕生日の年が暖冬で、早咲きしたのだとも考えられる。しかし、「年々物色の宜しきを喜ぶ」という詩の書きぶりは、そのような偶然ではなく、今年もまた順調に季節がめぐってきたことを喜んでいるように読める。

▼4　屈大均詩の本文と制作年等は『屈大均詩詞編年校箋』（陳永正等校箋、上海古籍、2017年）による。「九月、薬亭宅、見

梅」詩「梅喜炎州暖、長開在菊前。」（校箋巻9・五羊什）、「九月望後、梅已数花、先黄菊而発、喜賦」「霜降初寒即吐花、不教黄菊擅陶家。」（校箋巻10・居粤晩什）。また屈大均の『広東新語』巻25（大寒1bの屈大均詩の注8を参照）にも、これと重なる記述がある。

▼5　梅尭臣の「九月二十七日見梅花」詩は「江南風土暖、九月見梅花」。ただし通行の梅尭臣の詩集は、詩題を「九月見梅花」とだけ作り、日付を欠く。ここは『古今歳時雑詠』（巻45）によって日付を補った。また朱東潤の『梅尭臣集編年校注』は、上海古籍出版社、1980年。

▼6　「梅譜」は『范成大筆記六種』（孔凡礼点校、中華書局出版、2002年）による。また佐藤武敏氏の訳注が『中国の花譜』（東洋文庫622、平凡社、1997年）に収められている。早梅の紹介後に次のように記す。「銭塘湖上に亦た一種有り、尤《もっと》も開くこと早し。余嘗《かつ》て重陽の日に親《みずか》ら之を折り、「横枝に、菊に対して開く」の句有り。」（銭塘湖上亦有一種、尤開早。余嘗重陽日親折之、有「横枝対菊開」之句。）

▼7　盧僎「十月梅花書贈」の詩は「君不見巴郷気候与華別、年年十月梅花発。上苑今応雪作花、寧知此地花為雪。」（『全唐詩』巻99、中華書局出版、1999年）

▼8　陸游「成都歳暮始微寒、小酌遺興」の詩は「疏梅已報先春信，小雨初成十月寒。」（『剣南詩稿校注』巻3）。制作年も校注による。

▼9　「梅譜」は注6を参照。原文は「早梅、花勝直脚梅。呉中春晩二月始爛熳。獨此品於冬至前已開。故得早名。」

冬至 12b（とうじ）

日の長さも高さも最小値に至り、太陽エネルギーは極小となり、本格的な**冬**が始まる。

太陽黄経は270度。地球は、太陽のまわりを回る地球の公転軌道上で、春分から270度、夏至から180度回ってきたところに位置している。

新暦の日付では12月22日前後。対極の夏至まであと180度、一日に一度進むとして約半年である。

明代までの旧暦（平気法）では、冬至の節気入りは十一月一日〜十一月三十日までのいずれかの日。十月や十二月や閏月に、冬至の始まりの日は来ない。

節月は十一月中。

冬至 12b（北宋〜南宋）劉一止「冬至汴下早行有感一首」

（北宋〜南宋）劉一止「冬至汴下早行有感一首」

冬至《とうじ》、汴下《べんか》早《つと》に行《ゆ》き、感《かん》ずること有《あ》り、一首《いっしゅ》　劉一止《りゅういっし》

刺促《せきそく》として　時節《じせつ》に驚《おどろ》き
侵尋《しんじん》として　物華《ぶっか》を念《おも》う
半生《はんせい》　客裏《かくり》多《おお》く
今日《こんにち》　又《ま》た天涯《てんがい》
暁月《ぎょうげつ》　眉嫵《びぶ》を看《み》
飛雲《ひうん》　眼花《がんか》を乱《みだ》す

刺促驚時節、
侵尋念物華。
半生多客裏、
今日又天涯。
暁月看眉嫵、
飛雲乱眼花。

窮途随物感、
不必是思家。
　窮途《きゅうと》　物《もの》に随《したが》いて感《かん》じ
　必《かなら》ずしも是《こ》れ　家《いえ》を思《おも》うにあらず

「冬至の日に、都汴京《べんけい》の下《もと》を朝早く旅立って行き、感じることが有った」一首
はや冬至となり、刺促《せきそく》として、あわただしく時節が過ぎさることに驚き、
万物が、侵尋《しんじん》として次第次第に、華《はな》やかな景色を織りなしてゆくことを、深く心に念《おも》う。
わたしの半生は、客《たび》の裏《なか》ですごすことが多かった、
そして今日も又《ま》た、ふるさとから遠く離れて天の涯《はて》にいる。
暁《あかつき》の空を看《み》上げると、女性の眉のように、細く嫵《みめ》よい月が昇っており、
風に飛ばされて次々と雲が流れ、わたしの眼《まなこ》を花《ちらちら》と乱《みだ》す。
遠く窮《きわ》みの果てを行く途《みち》のりは、次から次へと物に出会うに随《つれ》て、もののあわれを感じるものだ、
必ずしも是《こ》れは、故郷の家を恋しく思うだけではないのだ。

劉一止《りゅういっし》（1078～1160）は、江南の湖州（浙江省湖州）の人で、北宋後期の生まれ。北宋末の徽宗《きそう》の宣和《せんな》三年（1121）、ようやく四十四歳にして科挙の進士科に合格した。その年に秀州（浙江省嘉興県）の都酒務の職につき、同じ年に越州《えっしゅう》（浙江省紹興）の州の学校の教授に転じた。六年後の五十歳のとき北宋が滅び、都も汴京《べんけい》から杭州《こうしゅう》に遷った。南宋に入ってからは中央の課長クラスの官僚を歴任し、しばしば左遷され降職の憂き目を見るも、八十三歳の長寿を保った。

この詩は、北宋の都汴京（河南省開封市）で、冬至の日の夜明け前に、有明の月が見えている。美しい眉の形をした

暁月と表現してある。早朝、細い月が出ているのは必ず逆形の三日月（以下ここでは仮に「逆三日月」と呼ぶ）である。そこからある程度時期を絞ることができる。夜明け前の「逆三日月」は、旧暦では大ざっぱに二十六日から二十八日ごろ見える。この詩が作られたとき、作者はまだ北宋の都汴京にいて、冬至を迎えている。そこで、作者の一生で冬至がその日付ごろに来る年で、汴京が金《きん》の軍隊によって攻略される以前という条件で考えれば、以下の二つの可能性が出てくる。二十七歳、崇寧三年（１１０４）十一月二十六日と、四十六歳、宣和五年（１１２３）十一月二十七日である[1]。

最初の二十七歳時の冬至は、詩の三句めにある「自分の半生は旅だった」という言い方とそぐわない。そういう言葉を発するにはまだ若すぎるであろう。よってこの詩の制作時期は、作者四十六歳の冬至の日、宣和五年十一月二十七日の、薄明《はくめい》の時間帯にしぼられてくる。北宋が滅ぶ四年前である。

いま、『ステラナビゲータ11』で、開封を北緯34度48分、東経114度18分、標高70ｍとして検証してみると、その日は、午前3時39分（地方平時による。以下同じ）が月の出、そのとき月齢は25・8。午前6時18分に月齢26となる。午前7時5分に日の出、このとき月は33度の高さに昇っている（これは北部九州で北極星が見える高さ）。このころの「逆三日月」は方角が太陽と近いので、地平線から太陽が顔をのぞかせはじめると、すぐ太陽の明るさで見えなくなってしまう。月が見えるのは、月の出から日の出の少し前までの、三時間ほどの時間である。その時間帯を背景にして、この詩は作られている。

この年の二年前の宣和三年、作者はようやく科挙に及第して、先述したように故郷近くの越州で、州の教授の職（定員ひとり）にあった。方星移氏によれば[2]、宣和五年の三月、「（望明河）路侍郎の高麗に使いするに贈る」と題する詞《つー》を、汴京で作って路侍郎を送別したという。であるなら、この宣和五年の三月には汴京にいたことになる。また氏は宣和四、五、六年の間のどこかの時点で、「(酔蓬莱) 秀城の元夕《げんせき》」の詞を作ったという。だとすればそのときには、すでに郷里近くの秀城 (浙江省嘉興県) にいたはずである。しかもその詞に「沢国に春に帰る」と述べる句があるので、その詞を作った「元夕」、すなわち春正月十五日の満月の夜には、汴京から水郷 (沢国) の秀城 (秀州) に帰ってきていたと考えられる。とすれば、作者が何らかの事情で宣和五年の春三月には汴京に滞在しており、ようやくその年の冬至に汴京を離れて故郷に向かい、そのとき「冬至汴下早行」の詩を作り、翌宣和六年の春正月には、故郷近くの秀州に帰り着いていたことになる。そのように考えれば、作者の動線がスムーズに把握できるし、また方星移氏が宣和四、五、六年と絞り込んだ「(酔蓬莱) 秀城元夕」の詞も、宣和六年の正月十五日 (1124／2／9) の作だと定めることができる。年表ふうにまとめると、次のようになる。

宣和三年　科挙及第。故郷近くの越州の学校に在職。
宣和五年三月　汴京に在り。「(望明河) 路侍郎の高麗に使いするに贈る」を作る。
宣和五年十一月二十七日　汴京を旅立つ。「冬至、汴下早に行き感ずること有り」を作る。
宣和六年正月十五日　故郷近くの秀城 (秀州) に在り。「(酔蓬莱) 秀城の元夕」を作る。
宣和七年閏十二月　金が汴京 (開封) を破る。

作者は冬至という一年の重要な節目を、旅の中で慌ただしく迎えた。それにもかかわらず「物華を念じる」、つまり移ろいゆく季節の風景に心ひかれ、そのなかからいろいろなものを感じとっている。というより詩心を持つ作者は、そういう慌ただしさの中にあっても、自ずと風物の季節の移ろいに心を奪われてしまう。これは末句で「物にしたがい心に感じるのは、必ずしも家族のことではない」と、詠じているのと呼応するであろう。もちろん長旅で作者は、今から帰りつこうとしている家族のことを、いちばんに気にかけていたであろう。だからこそ逆説的に、家族のことを思っていないなどという強気な言葉が、飛び出してくるのかもしれない。しかし作者の感傷は家族への思いだけにはとどまっていない。家族からもっと外の世界、自然の風物の季節的変化に向かっている。彼にとって自然の変化こそ、尽きることのない感情の源泉であり、詩想の宝庫であったのだろう。

概して古典詩の中の中国人は、一年の記念日にはまず家族の団欒を思うものである。唐の昔、ひとり異郷にあった王維が、九月九日重陽の節句に「佳節に逢うごとにますます肉親を思う」と詠じたようにである。劉一止もその例外ではない。末句で「家を恋しく思うだけではない」と言うのは、まずは家を恋しく思っているのである。しかし作者はあえてその伝統的家族観を突き放している。そこには共同体から独立した、個人の精神があるように見受けられる。家族の日常の悲喜哀歓から、いったん身を外に置き、移ろいゆく自然の流れに身を任せている。祖国の滅亡や、官途におけるたびたびの浮沈にもかかわらず、作者が長生きできたのは、案外そういう自然の流れに同和した人生観が影響していたのかもしれない。

冬至のころ北半球では、昼の長さも、太陽の南中高度も、日の出と日の入りの方角間の角度（夾角）も最小となり、地球が受け取る太陽エネルギーも最小となる。しかし実際に本格的に寒くなり始めるのは、冬至以後であり、年間の最低気温が出るのも、冬至から一ヶ月後の大寒を中心にして、その前後である。欧米では、冬至から冬の季節が始まるとみなされているほどである。開封《かいほう》市（十進法で北緯34・8度、東経114・3度、標高70m）の近年の、冬至のころの平均最低気温は-3度、平均最高気温は6度である。[3] 一日の最低気温は、普通は日の出前後に出るので、九百年前、作者が旅立ちの早朝、「逆三日月」の暁月を見ていたころも、おおかた-3度前後の温度を目安として考えてよいであろう。[4]

12月23日に限定して、近年の日本の例で比較してみれば、北緯34・8度、標高約70mの開封より、緯度がだいぶ高くならなければ、開封と同じレベルにならない。たとえば青森県の弘前市が、北緯40・6度、標高30mで、平均最低気温は-3・2度、平均最高気温は3・5度である。緯度を下げれば、今度は標高を上げるしかないが、岐阜県高山市が、北緯36度、標高560mで、-3・1度と5度である。▼5 こういう例を見ながら想像すれば、冬至の候の早朝は、まだ有明の月を賞するほどの気温のぬくもりは、十分にあったと考えてよいだろう。

都汴京の寒い冬、旅立ちの夜明けがた、あかつきの空にかかる残月という、この詩とよく似た情景の歌がある。劉一止の名を一躍世間に知らしめた「(喜遷鶯)暁に行く」という詞《つー》である。ために彼は「劉暁行」と呼ばれたという。清澄な空気、身の引き締まる寒さ、夜明け前の薄明の空に浮かぶ細く清らかな白い月、夜が終わり一日が始まろうとする、この一日の境界の時間帯を、彼はこよなく愛したのであろう。▼6

＊　詩の本文は『劉一止集』(龔景興・蔡一平点校、浙江古籍出版、2012年)上冊、巻六による。生卒年もこれによる。ただ生年、卒年ともそれぞれ一年遅らせるものもある。『全宋詩』第25冊巻1445の作者小伝は1080～1161年とする。

▼1　大ざっぱには旧暦の日付から1を引けば、その日の月齢になると考えておけばよい。しかし細かく月齢をみれば、小数点のついた1・0の前後(たとえば0・7や1・5など)を引いた数がその日の月齢(普通は正午月齢の数値がその日の月齢として表示される)となる。

普通、月の満ち欠けの周期は二十九日半(29・53)と認識しておけばよいが、それはあくまで一年間での平均であって、実際には一年間を29・3から29・8日の周期でゆっくり変化している。それを旧暦の上では三十日の大の月と二十九日の小の月を組み合わせて日付を決めるので複雑である。たとえば旧暦の日付が二日(初二)であっても、そのいち日の中での月齢は、時間の進行とともに0・5や1・0や1・3などと変化している。正午の時点での月齢があるときは0・5であったり、あるときは1・3であったりする。しかし旧暦の二日という日は、必ず一日のどこかの時点で月齢1・0を含んでいる。

またある人が見た月が夕方か、真夜中か、明け方かでも、月の大きさは当然違い、月齢は夕方から明け方までの半日の日周運動で0・5進む（肉眼でこの違いが判別できるかどうかは別問題として）。よって作者が見た暁月の日付を、幅を持たせて十一月二十五日から二十九日ごろで調べてみると、さらに次の二つが可能性として出てくる。三十五歳、政和二年十一月二十五日（1112／12／22）、および三十八歳、政和五年十一月二十九日（1115／12／23）である。三十五歳時の冬至、二十五日は、日付からみれば月齢は24を含む日だと考えられる。『ステラナビゲータ11』で、汴京（＝開封）のその日の日の出の、1時間前の月齢を見てみると、23・6と出てくる。これでは「逆三日月」と言うよりは、太りすぎて下弦の半月、いわゆる二十三夜の月に近い。よって、この年の冬至の詩だとは考えにくい。

三十八歳時の冬至、十一月二十九日は、日付から見ると月齢28を含む日だと考えられ、『ステラナビゲータ11』では、当日当地の日の出前一時間のときの月齢は27・7、高度4度である。これは、東の空の低いところに非常に細い月の輪郭の一片が、かろうじて見えるほどなので、女性の眉とは形容しがたい。以上から、日付の幅をこのように広げてみても、結局は四十六歳時の冬至がほぼ唯一の候補となる。

なお本文の場合も含めて、同じく天文ソフトの『ステラリウム』や『ステラシアター・プロ』を用いた検証でも、ほぼ同じ結果が得られる。『ステラリウム』では、拡大されたより詳細な月影を見ることができる。『ステラシアター・プロ』では月齢は表示されないが、月の形や高度は表示される。

▼2　方星移「劉一止詞九首系年考」（２００６詞学国際学術研討会『詞学国際学術研討会論文集』（二）、２００６年、江西南昌）

▼3　《天気後報》の「開封十二月份毎日気候数拠」による。ちなみに米国海洋大気庁《NNDC Climate Data Online》から、データの記載のある１９５７、58、61～63、73～78、80、82、83、86～88年の、17年分の12月22日・23日の冬至の日の、単純な平均を取ってみると2・4度である。またその両日の最低気温と最高気温の、単純な平均を取れば、それぞれ-2・7度と6・

9度である。本文に挙げた《天気後報》の数値と合わせて、一つの参考的な材料にはなるであろう。

▼4 『中国歴朝気候変化』巻末絵図「秦漢以来中国気候変化及其影響」によれば、この詩が書かれたころは、今日（2000年）の温度より0・5度低くなっている。産業革命以降、地球は温度が約一度上昇していると言われている。ここではあくまで近年の平均温度をもって、当時を考える際の一つの目安としているにすぎない。

▼5 『気象庁』ホームページ「各種データ・資料」から「過去の気象データ検索」で平年値（日ごとの値）を調べたものである。いずれも1981～2010年の平年値。緯度、経度、標高もそのページ記載のものによる。

▼6 劉一止の詩を特徴づける言葉に、「清暁」すがすがしい夜明け前、という詩語をあげてよいと思う。劉一止の詩には三例しか用いられていないが、これは全宋詩で言うと、わたしの非常に大まかな計算だが、普通の詩人の六倍の多さ、と言ってもいいほどの頻度である。

冬至12b　（南宋）劉克荘「冬至二首」其一

（南宋）劉克荘「冬至二首」其一

冬至二首　其一
病逢佳節径投床、
臥聴群児笑老蒼。
僅可六蔵数亀息、
安能三黜入鴛行。
脈微薬焙常儲火、
足冷茅檐定有霜。

冬至二首《とうじにしゅ》　其《そ》の一《いち》　劉克荘《りゅうこくそう》
病《や》みて佳節《かせつ》に逢《お》うて　径《ただ》ちに床《とこ》に投《とう》じ
臥《ふ》して　群児《ぐんじ》の老蒼《ろうそう》を笑《わら》うを　聴《き》く
僅《わずか》に　六臓《りくぞう》は亀息《きそく》を　数《かぞ》う可《べ》し
安《いずく》んぞ能《よ》く　三《み》たび黜《しりぞ》けられて　鴛行《えんこう》に入《い》らんや
脈《みゃく》微《かす》かなれば　薬焙《やくほう》には　常《つね》に火《ひ》を儲《たくわ》え
足《あし》冷《ひ》ゆれば　茅檐《ぼうえん》に　定《さだ》めて霜《しも》有《あ》らん

多謝天公相煖熱、　多謝《たしゃ》す　天公《てんこう》の相《あ》い煖熱《だんねつ》するを
起拔敗絮負朝陽。　起《お》きて敗絮《はいじょ》を抜《き》て　朝陽《ちょうよう》を負《お》う

「冬至二首　其の一」
病気になって、一年の佳《よ》き節目の日の冬至に出逢い、径《ただ》ちに病床に身を投じることになった、
群れ集まる児童《まご》らは、蒼頭《ごましお》のこの老いぼれを笑っており、わたしはそれを床に臥《ふ》せって聴いている。
わたしの五臓六腑《ごぞうろっぷ》は、亀のように小さい息を、僅《た》だ数えることが可《でき》るだけ、
再三黜《しりぞ》けられては、安《どう》してまた鴛《おしどり》が行列しているような、高官達の列座に入ることが能《でき》ようか。
わたしの脈は微《かす》かで精気がなく、家には常に、薬を焙《あぶ》る火を儲《たくわ》えているし、
茅《かや》ぶき檐《のき》のこのあばら屋で、こんなに足が冷《ひ》えるのは、定《きっ》と霜が有《おり》たからに違いない。
お天道公《てんとうさま》が、貧しい相《わたし》を煖《あたた》め熱くしてくれることに、多々感謝申しあげる次第、
病の床から起きあがり、敗《やぶ》れ絮《わたいれ》をひっ抜《かぶ》って、朝の陽《ひ》ざしをぬくぬくと背に負うている。

作者の劉克荘《りゅうこくそう》（1187～1269）は、莆田《ほでん》（福建省莆田市）の人。南宋後期の、いわゆる江湖派（立春2ａ施枢詩注1を参照）の主要な作家である。科挙によらず、二十四歳で父祖の功労によって仕官し、七十六歳で正式に退職して郷里に帰り、八十三歳の長寿を得た。五十余年の官僚人生は、何度も浮沈を繰り返し最後は高官に達した。左遷されたときでも、宋代独特の奉祠《ほうし》という優遇制度の恩恵を受け、道教寺院の祭事職という有名無実の肩書きを持ち、年金をもらいながら郷里で生活することができた。
この詩が作られたのは、宝祐三年（1255）十月、作者六十九歳、老年と衰病の理由で、新たに任ぜられた官を辞

し、福建の郷里に帰っていたときである。[1]この年の冬至は十一月十五日である。

作者は、おそらくはこの年の十月に都臨安（杭州市）を去り、その月のうちに郷里に帰りついて、まもなく冬至を迎えた。もしも朝廷の高官であれば、冬至節の盛大な国家式典に参列しなければならなかったであろう。しかしそのとき彼はすでに故郷の家にいた。南宋期は民間でも冬至は盛んに祝われたので、[2]郷里では大家族の長として、この冬至節を取り仕切らなければならなかったであろう。しかし作者は家に帰るや、家長としてのすべてを放り投げて、ただちに病床に身を投じたのだった。一族が集まって先祖を祝うこの日は、孫たちも多くそろっていたであろう。子どもたちはそんな祖父を笑ったのだ。いな、大勢集まって笑いさざめく子どもたちの声が、床に臥せっている作者には、自分が笑いの種にされていると感じたのかもしれない。

冬至節には御馳走が用意された。息子夫婦や孫たちはさぞかし飲み食いを楽しんでいることだろう。しかし可哀想に作者はこんなめでたい日に、酒はもともと病気のために禁酒していたにせよ、[3]おいしい物も喉を通らず、かろうじて自分の細い息を数えることができるかできないかの状態であった。またこの日はみな新しい服に着替えて、陰が極まり陽がもどってくる「一陽来復《いちようらいふく》」の冬至を、迎えるのが習慣であった。しかし作者にはそんなお金の余裕もなく、破れた綿入れを着て、背中を日に当てて暖まっている、と詩に書いている。

この最後の言い方は『列子』の故事を用いている。昔々、宋国の農夫が春耕の時期になって、春先の太陽に背中を照らされながら野良仕事をしていた。その背中のぬくもりを、またとないものと思い込み、天子に差し上げたいと思った。そこから太陽の暄《あたた》かさを背に負う「負暄《ふけん》」という熟語ができた。『列子』は魏晋期の道家の著作と言われている。この話は宋の国が舞台となっている。宋国（商丘《しょうきゅう》）の緯度は北緯34度25分。春耕が始まるのは驚蟄ごろからである。宋国の驚蟄時の太陽の南中高度は49度で、驚蟄前後の近年の平均最低気温は1度、平均最高気温は11から12度ある。近年の数値という制約はあるものの、負暄の暖かさとは、元来はそういう驚蟄ごろの日照の暖かさを背景に生まれた故事である。

一方、劉克荘の郷里の莆田は、北緯25度で、北回帰線のすぐ北に位置し、中国気候区画方案では南亜熱帯気候区に属する。[4] 劉克荘の詩は冬至の作で、冬至でも莆田の南中高度は41度もあって、ずいぶんと日射しが高い。近年の冬至前後の気温は、莆田のものがないので、すぐ北の福州（北緯26度）の数値によれば、平均最低気温は9度、平均最高気温は17度もあって十二分に暖かい。[5] というよりむしろ商丘（宋国）の驚蟄のころより暖かい。だから冬至のころでも、元来の負暄の意味でこの故事を用いる妥当性はあったと言える。ただこういう暖かさの感覚は、人間の幸せ度と似たところがあり、相対的な温度差のなかで感じるものである。絶対的な温度値ではない。まして負暄はすでに故事として発展しており、背景の季節や気温はもう関係がなくなっている。

この詩の中に当日の気象を、期せずして反映しているところがある。それはこのような日射しのぬくもりを感じた日の前夜が、寒くて霜がおりたに違いないと、作者が詠じている点である。六句めから七、八句めのつながりである。六句めで、足が冷えるが、きっと霜がおりたに違いないと述べ、七、八句めで、お天道様の暖かい日射しを背中に受けていると述べている。

霜は、空気中にあった水蒸気が、零度以下の温度低下で、そのまま氷の結晶となり、地表面などの物体に附着したものだが、晴れた夜空に放射冷却が起こったときなどに発生しやすい。そうやってできた霜は、夜空が晴れているので、翌朝から快晴となる。だから霜がおりたに違いない、と思うほど冷え込んだ翌日、作者は冬至の日の日射しの暖かさを満喫できているのであろう。

もちろん南亜熱帯気候区に属する莆田でも霜はおりる。劉克荘が生きた南宋後期は、１９００年代と同じか、やや暖かいぐらいの気温なので、おおむね1951年から1980年までの数値を用いた『中国気候資源地図集』で、南宋後期の霜の状況を、ある程度は推測することができると思う。それによれば、最も早い霜の初日（年最早霜初日）は、11月16日、12月1日、12月16日の三つのラインのなかで、ちょうど12月1日のライン上にあるので、早いときは冬至までには、初霜がおりることがわかる。▼6 ただ、冬至前後に霜がおりない年もある。

しかしいずれにしても、このような穿鑿はあまり意味があるとは思えない。なぜならこの詩は全体を通じて、作者の貧しさや病気や寒さを誇張し、自嘲的な面白みを意図的に作り出しているからである。戯画化されたユーモアといってもいい。これは中国詩、とくに宋詩の一つの特徴であり、隠者的雰囲気をただよわす中国文人の生き方の反映でもあった。

＊ 詩の本文は『後村先生大全集』巻23（『四部叢刊初編』台湾商務印書館、1967年）による。

▼1 程章燦『劉克荘年譜』（貴州人民出版社、1993年）による。

▼2 朝廷にとって、冬至節は正月元日に次ぐほどの重要な祭典で、皇帝だけが天を祭ることができた。歴代の王朝は都の南郊に円丘を築き、犠牲を焼いて天の神にささげた。

北宋の都汴京（東京ともいう。今の開封市）の冬至については、北宋の孟元老『東京夢華録』巻10・冬至に「十一月冬至。京師最重此節、雖至貧者、一年之間、積累假借、至此日、更易新衣、備弁飲食、享祀先祖。官放関撲、慶賀往来、一如年節。」（国立公文書館デジタルアーカイブ・内閣文庫）とある。

南宋の都臨安の冬至については、南宋の呉自牧の『夢粱録』（1274）巻6「十一月冬至」の条に、「大抵杭都風俗、挙行典礼、四方則之為師、最是冬至歳節、士庶所重、如送饋節儀、及挙杯相慶、祭享宗姻、加於常節。……此日宰臣以下、行朝賀礼。士夫庶人、互相為慶。太廟行薦黍之典、朝廷命宰執祀於圜丘。」（『文淵閣四庫全書』第590冊）とあり、少し遅れて南宋末元初の周密の『（増補）武林旧事』巻3「冬至」にも「而都人最重一陽賀冬、車馬皆華整鮮好、五鼓已填擁雑遝於九街。婦人小児、服飾華炫、往来如雲。嶽祠城隍諸廟、炷香者尤盛。三日之内、店肆皆罷市、垂簾飲博、謂之做節。」「冬至謂之亜歳、官府民間、各相慶賀、一如元日儀。呉中最盛、故有肥冬痩年之説。」（『文淵閣四庫全書』第590冊）などと、非常なにぎわいを見せたことが具体的に記されている。また『宋史』等には、朝廷が主催した冬至節の記録が多数記されている。

▼3　楊艶宏『劉克荘病中詩研究』（新疆師範大学、2016年度、修士学位論文）を参照。

▼4　『中国気候』ほか。

▼5　福州、商丘とも《天気後報》の「福州十二月份毎日気候数据」、「商丘三月份毎日気候数据」による。ちなみに福州の月平均気温は、12月が13・4度、1月が11・2度（『気象庁』ホームページ「世界の地点別平年値（1981―2010年）」）。米国海洋大気庁《NNDC Climate Data Online》の30年分（1956～64、73～93）の12月22日と23日両日の、気温を加算して単純な平均（いわゆる「日平均気温」ではない）を出せば12・2度、同じく両日の最高気温と最低気温を単純に平均すれば8・3度と16・9度となる。あくまで一つの参考的な材料にすぎない。

▼6　同書250頁。

第3節　季冬の詩

小寒1a（しょうかん）

本格的に**寒**くなるひと月を、**寒**さの程度で大と**小**の二つに分け、その前半。

太陽黄経は285度。地球は、太陽のまわりを回る地球の公転軌道上で、春分から285度、冬至から15度回ってきたところに位置している。夏至まで165度、一日に一度進むとして約5ヶ月半である。

新暦の日付では1月5、6日ごろ。またそこから1月19、20日ごろまでの半月の期間をも指す。

明代までの旧暦（平気法）では、小寒の節気入りは十一月十六日〜十二月十五日までのいずれかの日。閏月のときは閏十一月十四日、十五日、十六日のいずれかの日。

節月は十二月節。

小寒1a（明）祁順「自褫亭冒雪至余吾」

（明）祁順「自褫亭冒雪至余吾」

褫亭《こていよ》自り雪《ゆき》を冒《おか》して余吾《よご》に至《いた》る　　祁順《きじゅん》

小寒今日初交節、
同雲一色濃陰結。
誰剪銀河不露痕、
満天飛下瓊瑤屑。
双旌疋馬停且行、
僕夫推挽肩輿軽。
四囲瑩白無塵滓、
似我霊台一点明。
平生踏雪行応慣、
王事勤労又何怨。
蹇驢破帽自多情、
金帳羊羔奚足羨。
逢人不説行路難、
却念小民飢与寒。
更有関頭戍辺卒、
鉄甲繞身寒透骨。

小寒《しょうかん》　今日《きょう》　初《はじ》めて節《せつ》交《か》わり
同雲一色《どううんいっしょく》にして　濃陰《のういん》結《むす》ぶ
誰《たれ》か銀河《ぎんが》を剪《き》りて　痕《あと》を露《あらわ》さざる
満天《まんてん》より飛下《ひか》す　瓊瑤《けいよう》の屑《くず》
双旌《そうせい》と疋馬《ひっぱ》は　停《と》まり且《か》つ行《ゆ》き
僕夫《ぼくふ》は推挽《すいばん》し　肩輿《けんよ》軽《かろ》し
四囲《しい》は瑩白《えいはく》にして　塵滓《じんし》無《な》く
我《わ》が霊台《れいだい》の　一点《いってん》の明《めい》なるに似《に》たり
平生《へいぜい》に踏雪《とうせつ》すれば　行《ゆ》く応《まさ》に慣《な》るべし
王事《おうじ》に勤労《きんろう》するも　又《ま》た何《なん》ぞ怨《うら》まん
蹇驢《けんろ》　破帽《はぼう》は　自《おの》ずから多情《たじょう》
金帳《きんちょう》　羊羔《ようこう》は　奚《なん》ぞ羨《うらや》むに足《た》らん
人《ひと》に逢《あ》うも　行路《こうろ》の難《かた》きを説《と》かず
却《かえ》って小民《しょうみん》の飢《う》えと寒《さむ》さを念《おも》う
更《さら》に関頭《かんとう》に　戍辺《じゅへん》の卒《そつ》有りて
鉄甲《てっこう》身《み》を繞《めぐ》って　寒《さむ》さ骨《ほね》に透《とお》る

「朝命によって山西長治の褫亭《こてい》自《よ》り出発し、道中雪を冒して長治西北の余吾《よご》に至る」
今日、初《ちょう》ど、冬至からと小寒へと節気が交代し、寒の入りとなった、空に同《あつ》まる雲はみな一色となり、濃い陰の気が結ぼれて、いまにも雪が降りそうであった。
いったい誰が銀河《あまのかわ》を剪《き》り取ってきて、その痕跡を露《あらわ》さないようにしたのだろう、
白い瓊瑤《おびだま》の玉の屑《くず》のような雪が、きらきら飛んで、満天より舞い下りてきた。
私の前には一疋《いっぴき》の馬と、朝廷の双《ふた》つの旌《はた》じるしが、立ち停《と》まっては且《ま》た行き、
僕夫は馬車を推しまた挽《ひ》き、私を乗せた肩輿《かご》は軽快にすすみゆく。
囲《まわ》り四方は、銀世界となって白く瑩《あきら》かにかがやき、塵《ちり》や滓《かす》のよごれは少しも無く、
まるで我《わたし》の霊台《たましい》の、澄みきった一点の明るさの似《よう》であった。
平生《へいぜい》こうやって雪を踏みしめてゆけば、この難儀な公務の行旅《たび》にも行く行くは、応《おそら》く慣れるであろう、
帝王の事業に、勤め心身を労することを、何《なん》で又《ま》た私が怨めしく思ったりしようか。
破れ帽子をかぶり、蹇《あしなえ》の驢《ろ》馬《ば》にまたがった者は、自《おの》ずからもののあわれを感じる情が多いのだ、
金の帳《とばり》にかこまれ、羊羔《こひつじ》のやわらかい肉を食べるぜいたくなど、奚《どう》して羨《うらや》むに足りよう。
道中人に出逢っても、私は路《みち》行くことの困難さを、不満げに説《と》いたりはしない、
却《かえ》って群小の人民たちが、飢えと寒さで苦しんでいるのを、痛ましく念《おも》う。
更《さら》にまた遠く関所の頭《ほと》りには、辺境を戍《まも》る兵卒たちが有《い》るのだ、
彼らは鉄の甲冑を身に繞《めぐ》らせ、さぞかし寒さが、骨身にしみ透《とお》ることであろうよ。

作者の祁順《きじゅん》（１４３４～１４９７）は、広東生まれで、明朝前半の進士科出身の高級官僚である。四十二歳のとき朝鮮王朝（李氏朝鮮《りしちょうせん》）に使者として赴き、そのときの清廉ぶりは後世まで伝えられている。四十四歳で江西布政使司左

参政（今の江西省副省長に相当）となるが、四十八歳で、当時未開の地であった、南方の貴州の石阡《せきせん》県知事に左遷された。現地では十一年に及ぶ流謫時代を誠心誠意人々のために尽くしたという。そのような彼の人となりは、ここにあげた詩にも十分あらわれている。さらに六十歳で、山西布政使司右参政（今の山西省副省長に相当）となり、高官に復帰した。

この詩は彼の伝記から考えて、おそらく山西の副省長であった弘治《こうち》六年（１４９３）から、同八年（１４９５）さらに栄転して福建の省長となるまでの間に、管轄地の山西の余吾《よご》（長治《ちょうじ》市屯留《とんりゅう》区余吾鎮）に出張したときの詩であろう。とすれば任期の関係から、弘治六年か七年の小寒の時期と考えられる。前者の小寒は十一月十九日、後者の小寒は十二月一日となる。後者ならすでに臘月だが、この詩には臘月への感懐が少しも見えない。もしもそれを考慮に入れるなら、前者の弘治六年十一月十九日（１４９４／１／５）に作られた可能性が、わずかだが高くなる。

詩題に「雪を冒して」とあるが、このことから深い雪のなかを、雪をかき分け進む様子を想像すれば、実際とかけ離れるであろう。もちろんこの地方は雪は降るが、日本のような深雪や豪雪になることは、稀であると思われる。なぜなら長治市の年間降水量自体が、600㎜前後しかなく、しかも7、8月に集中し、1月の小寒の時期は非常に少ないからである。近数十年の月ごとのデータでは、1月の平均降水総量は6㎜である。より近くの屯留区（県）の、近8年間の1月の雪の日の平均は、昼と夜でそれぞれ2日ずつ、雨の日は同じく、0・5日と0・25日である。▼1 いずれにしろ1月はほとんどが晴れか曇りで、降水量が非常に少ないことがわかる。

後述するように、ここで降る雪が粉雪のようなものであるとすれば、その比重を0・05として、1㎜の降水量は2㎝ほどの積雪になるので、一月中の雪が融けずに、そのまま降り積もったとしても、1月の累積降雪量は12㎝ぐらいの深さで、ようやくくるぶしが、埋まるか埋まらない程度である。もちろん大雪が降ることもあるが、そのときでさえ最大20㎝ほどの雪の深さである。すねにかろうじて届くぐらいである。「大雪から暴雪」が降ったときは、「数年来の」などと言われ、最大30㎝ほどの雪の深さとなるが、まだ膝は埋まらない。「雪を冒す」と詩に書いてあるが、近年のデータで明代の状況を推測する限りにおいては、これぐらいの状況を想像しておけばよいであろう。▼2

詩の前半は、おおかた時間軸にそって書いてある。まず小寒の節入りとなったことから始まり、すでにそのとき空一色のどんよりとした雪雲となっていた。まもなく雪が降り始め、白い粉雪の乱舞するなか馬車で突き進めば、あっという間に一面の銀世界となっていた、というのである。

二句めの「同雲」は、空が雲一色となることで、降雪の典故として用いられる。四句めは雪の降る様子を、「瓊瑤の屑が、颪に吹かれて舞い下りてくる」と述べているが、瓊瑤は、もとは美しい玉（石）の意味である。一般に雪に喩えられる。その玉の屑が舞い下りてくるというのは、玉を削り取ったようなサラサラの、硬質の粉雪を彷彿とさせる。長治市の近23年間の1月の平均最高／最低気温は、2度／零下10度であり、平均降水総量は6㎜（前掲）である。より近くの屯留区（県）の、直近8年間の1月の平均最高／最低気温も右に同じである。これらから粉雪であろうことが十分見てとれる。この四句めは、寒の入りした小寒の時期に、山西省内陸部の乾燥した低温下での雪を表現するのに、いかにもふさわしい句と言えよう。ここに降っている雪は、決して春先によく見られるような、湿ったぼたん雪ではないのである。

詩の後半は、この厳しい寒さと一片の汚れもない皎潔な雪景色に触発されて、自分の生き方、思想を吐露したものとなっている。自分の魂もこの白銀の世界のように明るく澄みきっていると詠うが、作者の実人生は、こういうことを正面切って堂々と言い切れるほどのものであった。また豪華な住まいも贅沢な食事も自分には何の魅力もない、常に人民の飢えと寒さを気にかけていると詠じるのも、決して白々しい響きなどはない。作者は権益の多い高官に長年つきながら、家の財産を少しも増やすことがなかったという。まさに高潔、廉直の士そのものであった。彼は常日頃より緊張感をもって心中に萌す五欲を抑え、汚点を残すことのないよう厳しく自分を律し続けていたに違いない。この小寒の時候の、身を震わせるような寒さ、一点の汚れもない雪景色は、彼の心象風景そのものではなかったか。

一方、この詩の一つの特徴は、この日の降雪をめでたい雪とみていないことである。一般に中国では、冬の雪は歓迎される。とくに自然の降雨に頼ることの多い、黄土高原に耕す農民にとって、降雪は貴重な水資源である。▼3 そんなことは当然作者は、為政者として知っていただろう。しかしこの詩で作者は、もっぱら寒さという点から雪を描くのみである。もちろん、寒さにこごえる底辺の人民に目を向けているのは、弱者を気づかうことのできる官僚として、得がたいことではある。ただ雪に遭遇して、瑞雪であることよりは、まず寒いことに思いを馳せる。その感じ方は、作者の個性、育った境遇、作詩の背景、等々に影響されているのではなかろうか。作者は南方の東莞《とうかん》（広東省東莞市）で生まれ育った。雪自体が珍しいところである。またこの詩が作られた前年、あるいは前々年まで、南方の石阡《せきせん》（貴州省銅仁市）に左遷され、十一年間も過ごしてきた、その直後である。中国の南方で育ち、直前まで長らく南方に暮らしていた作者からすれば、一年でいちばん寒いこの時期に、冬の厳しい黄土高原へ出むくのは、相当な覚悟が必要だったろう。▼4 我々から見ると、作者がまるで必要以上に、悲壮な精神で身を引き締め、冬旅の覚悟と決意を示しているのは、そのせいだったのかもしれない。

＊ 詩の本文は『巽川祁先生文集』巻3（『四庫全書存目叢書』第37冊、斉魯書社、1997年）による。伝記的事項は、温建明「祁順及其『巽川祁先生文集』研究」一、祁順生平研究（『東莞理工学院学報』2013年）によった。

▼1 余吾鎮の気象データが入手できないので、以下、余吾鎮を範囲に含む長治市の近数十年のデータ、および余吾鎮を含むもう少し狭い範囲の屯留区（以前は県）の近8年のデータを参考にする。長治市のものは、《天気後報》により、屯留区のものは、《天気後報》の2011～2018年の「屯留1月份天気」によって、その8年分を、筆者が機械的に平均したもので

ある。一方「中国気象局公共気象服務中心」のウェブサイトに載せる「長治気候背景分析」には「一般に年降水量は530—650㎜の間」とある。同じくその頁の「長治基本気候情況（１９７１—２０００年の統計に依拠）」によって、1月から12月までの平均降水量を、単純に合算して得た、1年間の降水量の平均は533・９㎜である。また『中国気候図（簡篇）』によれば、1月について、０・１㎜以上の降水日数は2・4日で「降水量」（０・１㎜以上の日降水量の総和）は６・５㎜（１９１９～１９２６年、１９３５～１９３７年）となっている。おなじく1月の平均最高気温は１・０度、平均最低気温は-13・７度（１９４１～１９４４年、１９５４～１９５５年）となっている。

余吾鎮は、北緯約36・4度、東経約112・８度、標高約970ｍで、長治市の西北約30キロに位置する。長治市は、黄土高原の東南の外縁部で、太行山の西山麓にあたり、標高は約940ｍで余吾鎮よりわずかに低い。屯留区は、余吾鎮と長治市の間にあり、標高約950ｍ。

▼２

『中国気候図（簡篇）』によれば、長治の1月の最大積雪深度は17・０㎝（１９５４～１９５５年）となっている。中国気象局の「大雪」の定義は、24時間の降水量が５・０～９・９㎜で、それを粉雪の積雪に換算すると、最大で20㎝ほどとなる。「大到暴雪」は、同じく7・5～14・９㎜で、最大で30㎝ほどの雪の深さとなる。

これとは別に、降った雪が溶けて水に化した降水量と、降雪の深さ（積雪深度）との対応関係について、北方と南方を分け、１㎜の降水量は北方では０・８～１㎝の深さの雪、南方では０・６～０・８㎝の深さの雪と見積もることもある。それにしたがえば、雪の深さは右の半分以下になる。

この地方の大雪について分析した論文はいくつかある。たとえば、長治市の２００７年2月7日の暴雪については、王正旺ほか「一次大雪到暴雪天気診断分析与預警」（『科技情報開発与経済』２００８年05期、山西省科学技術情報研究所・同学会主編）を参照。また、許雲ほか「山西省年最大積雪深度極値分布及重現期極値估算」（『山西気象』２０１５年第４期、山西省気象局、山西省気象学会主編）によれば、積雪の深さの最大値が出現するのは、山西省の大部分の観測点で２０００年以後であり、とくに２００９年以後は57の観測地点で観測史上の最大値が出たとある。明代の雪の降り方は、もっと穏やかだったのかもしれない。

▼3　たとえば、２０１４年2月4～6日にかけて山西省中南部に降った小雪～暴雪、大暴雪について、程玉斌ほか「山西中南部一次暴雪過程診断分析」（《中国農学通報》２０１５年第19期、中国農学会主編）は、次のように言う。山西省は２０１３年11月から２０１４年2月初めまで、百余日にわたって効果的な雨、雪が降らず、秋から冬に連続する重大な旱害を引き起こしていた。それが今回の大雪で、春節期間の交通に多大な影響を与えたものの、旱害の状況が大いに緩和され、冬小麦の越冬と緑の回復、蘇生に基礎を与えることとなった云々。《天気後報》によれば、屯留区では、この三日間連続して、小雪から大雪までの雪となっている。

▼4　《天気後報》の数値を用いて、近数十年の小寒の時期（ここでは1月5日～19日）の、日平均最高・最低気温を、Ⓐ育った場所、Ⓑほぼ直前まで十一年勤務した場所、Ⓒこの詩を作った場所で、単純に合計して平均を取ってみると、次のようになる。なお、Ⓐの東莞市の歴史気象データがないので、その西北西約50㎞の広州市で代用し、Ⓑの石阡は銅仁市で、Ⓒの余吾鎮は長治市で、それぞれ代用した。

〔場所〕		〔日平均最高気温〕	〔日平均最低気温〕
Ⓐ育った場所	東莞市（広州市）	18・5度	10・0度
Ⓑ直前までの勤務地	石阡（銅仁市）	9・3度	2・7度
Ⓒ詩を作った場所	余吾鎮（長治市）	1・9度	-9・4度

右から山西の長治が、広東の東莞からは言うまでもなく、貴州の石阡からも、いかに寒いかがよくわかる。

なお、楊紅峰ほか「長治市気温変化特徴」（『《農業与技術》』２０１５年第2期）には、近50余年で、長治市は明らかな気温上昇の趨勢にあり、とりわけ12月～2月の冬季の平均気温の上昇が最も大きく、そのなかでも、冬季の屯留（１９７１～２０１２年のデータ）の気温上昇が大きい……、などと述べてある。余吾鎮は屯留に属する村である。

大寒１ｂ（だいかん）

前半の小寒より**大**いに**寒**くなる後半。最低気温が出るが、小寒より暖かくなる所もある。

太陽黄経は300度。地球は、太陽のまわりを回る地球の公転軌道上で、春分から300度、冬至から30度回ってきたところに位置している。夏至まで150度、一日に一度進むとして約5ヶ月である。

新暦の日付では1月20、21日ごろ。またそこから2月3日前後までの半月の期間をも指す。

明代までの旧暦（平気法）では、大寒の節気入りは十二月一日～十二月三十日までのいずれかの日。十一月や正月や閏月に大寒の始まりの日は来ない。

節月は十二月中。

大寒１ｂ　（明末清初）屈大均「大寒」二首

（明末清初）屈大均「大寒」二首

大寒偏易暖、
寒向小寒時。
亦有空林雪、
梅花似不知。
病須春色早、
貧恐水仙遅。

大寒《だいかん》　其《そ》の一《いち》　屈大均《くつだいきん》
大寒《だいかん》　偏《ひとえ》に暖《あたた》かくなり易《やす》きも
寒《さむ》さ　小寒《しょうかん》の時《とき》に向《む》かう
亦《ま》た　空林《くうりん》の雪《ゆき》有《あ》るも
梅花《ばいか》は　知《し》らざるに似《に》たり
病《や》みては　春色《しゅんしょく》の早《はや》きを須《ま》ち
貧《ひん》にしては　水仙《すいせん》の遅《おそ》きを恐《おそ》る

多謝萋萋草、　多謝《たしゃ》す　萋萋《せいせい》たる草《くさ》の
穿氷已作糸。　氷《こおり》を穿《うが》ちて　已《すで》に糸《いと》と作《な》るを

其《そ》の二《に》

窮陰天外積、　窮陰《きゅういん》　天外《てんがい》に積《つ》もり
寒絶逼春来。　寒絶《かんぜつ》　春《はる》に逼《せま》り来《きた》る
尚苦連朝霧、　尚《な》お苦《くる》しむ　連朝《れんちょう》の霧《きり》
南風湿不開。　南風《なんぷう》　湿《しめ》りて開《ひら》かず
已新長至柳、　已《すで》に新《あら》たなり　長至《ちょうし》の柳《やなぎ》
重吐小年梅。　重《かさ》ねて吐《は》く　小年《しょうねん》の梅《うめ》
臘酒誰家早、　臘酒《ろうしゅ》　誰《た》が家《いえ》か早《はや》き
鶯知為我催。　鶯《うぐいす》は知《し》る　我《われ》に催《うなが》さ為《る》るを

大寒の節気　その一

この南国は、大寒の節気さえ、いやがうえにも偏《ひとえ》に暖かくなり易《やす》いのだが、
今は、かえって寒さが逆もどりし、小寒の節気の時に向かってしまったかのようだ。
亦《ま》た、人気《ひとけ》のない空っぽの梅林に、花が咲いて雪が降りつもって有《い》るように見える、
しかし白い梅の花は、人間のそんな見立てには関知していない似《よう》である。
病気がちの身には、春景色が早くこないかと須《ま》ち望まれるし、
貧窮の身は、水仙の花が遅れて、球根の値が高くなるのを恐れている。

とても多く感謝することは、冬のあいだ萋萋《せいせい》としおれて、枯れていた草花が、水辺の氷を穿《うが》って、細い糸と作《な》って、已《すで》に新芽を出していることだ。

その二

天の外に、陰の気が窮極《きわ》まって、雲となって積み重なり、
絶《はなは》だしい寒さの極致が、立春に逼《せま》ってやって来た。
毎朝連日、ふかい霧が出ることに、尚《な》おも苦しみ、
南風は湿って、なかなか霧は晴れず、視界は開けない。
夜の長さが最長に至る冬至のころ、葉を落としていた柳が、いまは已《すで》に芽が膨らんで新しくなり、
柳に重ねて梅もまた、小年すなわち十二月二十四日に、花を吐《さ》かせた。
臘月《ろうげつ》十二月の濁り酒が、最も早く醸《かも》しだされるのは誰の家だろうか、
立春はすぐそこ、早く鳴きはじめなさい、と我《わたし》に催促さ為《れ》るのを、高麗鶯《こうらい》は知っていることだろう。

作者の屈大均《くつだいきん》（１６３０～１６９５）は、明末《みんまつ》から清初《しんしょ》にかけての広東《カントン》出身の学者かつ詩人。反清《はんしん》活動を行い、明の滅亡後も清朝の官に就かず、明の遺民として生涯をつらぬいた。著作は禁書となったが、後世に伝えられたものは少なくない。

その一の詩は、広州《こうしゅう》での大寒の時期における寒波の襲来が描かれている。一句めで、今は小寒を過ぎてもっと寒い大寒の時期に入ったのに「寒さは小寒の時に向かう」とは、季節が逆行しているようで、なんだかおかしな表現である。一年で最も寒いはずの大寒に、寒波がやって来るのは当たり前のはずだが、この南国の地では若干様子が違う。暖

かい広州では元来気温が氷点下になることはないのだが、[1]シベリア高気圧が発達すれば、強い寒気が広東に流れ込むことがある。そんなときは稀に雪となる。地上気温が氷点下にならなくても、条件次第では雪になり、3～2度まで下がれば雪の確率が高くなる。[2]寒波がおそってきたとき、広州は元来が暖かいので、あたかも寒さが小寒にもどって、冬を小寒からやりなおすように思えるのだろう。それが「寒さは小寒の時に向かう」という表現になっているのではないか。ただこの詩では雪は降っていない。

二句めの梅花と雪について。梅花は伝統的詩文の中では、一般に立春に咲く花とされている。立春の時候は、実はしばしば最低気温が出たり、雪もよく降る。そのため枝先に雪が積もったさまを、梅の花が咲いたと表現したり、逆に梅が開花したさまを雪が降ったと比喩したりする。この詩の場合は後者である。大寒の時に白い梅の花が開き、雪が降り積もったように見えた。しかもそのとき、ちょうどおそってきた寒波が雪を降らせたように見えて、いかにも符節があっていた。もちろん梅は、その寒波にあわせて花を咲かせたわけではない。人間の作る勝手なストーリーなど関知していないのである。四句めの「梅花は知らざるに似たり」である。

六句め、水仙が遅いのを恐れるとはどういうことか。これは水仙の球根が市場に出回るのが遅くなり、品薄で価格が高騰するのを、恐れているのであろう。水仙が漢方薬となるからである。作者は毎年この時期、必ず水仙の球根を買うと述べている（『広東新語』巻二七）。

次にその二の詩。まず三、四句めに毎朝霧に悩まされるとあるが、これはこの地方の特徴をそのまま述べている。[3]当地の霧について、作者は『広東新語』巻一で詳しく解説しているが、広東は非常に霧が多くかつ深く、あるときには、わずかの距離でも人物を区別できないという。山に近い地方がとくに多く、霧は「気候の最悪の者」だとまで言い切っている。「連朝の霧に苦しむ」というのは本音のようである。

六句め、「小年の梅」の小年は、ここでは旧暦十二月二十四日、つまり下弦の翌日ごろ、元日の六、七日前、を意味する民間での言い方である。[4] その暦月（旧暦）の十二月二十四日という日付は、太陽暦（新暦）のなかで、つまり季節のなかで、どれぐらい移動するのだろうか。これは一見難しい問題のようであるが、平気法の節月で考えれば簡単である。

仮に、明代までの平気法による二十四節気では、十二月内に必ず節入りする中気は大寒である。大寒が節月で「十二月中」と呼ばれる所以である。どれぐらいの幅で揺れるのか、左にシミュレーションしてみる。問題を単純化するため、まずは十二月を大月として、没日が来ないものとして考える。[5] まず、最も早く、十二月一日に大寒の節入りが来たとき、日付の行の右側であるが、小年は立春（2/4）から九日めで、新暦では2月12日ごろになる。

大寒	十二月一日	
	十二月二日	
	十二月三日	
	十二月四日	
	十二月五日	
	十二月六日	
	十二月七日	
	十二月八日	
	十二月九日	
	十二月十日	
	十二月十一日	
	十二月十二日	
	十二月十三日	
	十二月十四日	
	十二月十五日	小寒
立春	十二月十六日	
	十二月十七日	
	十二月十八日	
	十二月十九日	
	十二月二十日	
	十二月二十一日	
	十二月二十二日	
	十二月二十三日	
小年	十二月**二十四日**	**小年**
	十二月二十五日	
	十二月二十六日	
	十二月二十七日	
	十二月二十八日	
	十二月二十九日	
	十二月三十日	大寒
元日	正月一日	
	正月二日	
	正月三日	
	正月四日	
	正月五日	
	正月六日	
	正月七日	
	正月八日	
	正月九日	
	正月十日	
	正月十一日	
	正月十二日	
	正月十三日	
	正月十四日	
	正月十五日	立春

逆に、最も遅く十二月三十日に大寒（1/20）が来たとき、日付の行の左側であるが、小年は小寒（1/5）から十

日めで、新暦では1月15日ごろになる。つまり最も早い場合と最も遅い場合とで、1月15日ごろから2月12日ごろまで、およそ一ヶ月の差が出てくるということがわかる。

ところでこの詩は、「大寒」と題するように、大寒の日に作られたと考えられるが、そうだとすれば、十二月二十四日が大寒となる年は、作者の生涯で一度しかない。それは康熙《こうき》三十二年（1694／1／19）で、作者が亡くなる三年前の六十四歳のときであり、郷里の沙亭《さてい》（広州市番禺区《ばんぐう》）での作となる。[6]

実は五十五歳（康熙二十三年）のときに作られた詩にも、[7]よく似た表現があり、「黄鳥は冬至に喧《かまび》しく、梅花は小年に盛んなり。」（「後嘉魚詩（甲子）」其六）と詠んでいる。その年の小年は、新暦で言うと1685年1月28日で大寒の次候（第二候）。二首とも、冬至と大寒のころの小年を対にして、大寒のころ咲いている梅を詠じている。五、六句め「已に新たなり長至の柳、重ねて吐く小年の梅」は、すでに柳が発芽の準備をして春の訪れを示している。だから、梅のほうも柳に負けじと、重《さら》に花を咲かせて、春を競い合っているようだと詠じているのであろう。いずれも小年（十二月二十四日）だから元日の六、七日前で、年内である。だから次の七、八句めで、十二月の臘酒に話がおよび、翌年の春を待ち望んでいるのであろう。

康熙三十二年は閏月がなく、一年が354日であった。この年の元日（1693／2／5）は、立春（1693／2／4）の翌日で、広東の梅なら通常はもう咲き終わっていただろう。だからこの年の最初の開花は、冬至から年末の大寒ごろまで待たなければならなかったことになる。[8]

康熙三十一年	〜	〜
	大寒	十二月十四日
	〜	〜
〜	立春	十二月三十日
康熙三十二年	元日	正月一日
	〜	〜
	冬至	十一月二十五日
	〜	〜
〜	小寒	十二月十日
〜		十二月十一日
〜		十二月十二日
〜		十二月十三日
〜		十二月十四日
〜		十二月十五日
〜		十二月十六日
〜		十二月十七日
〜		十二月十八日
〜		十二月十九日
〜		十二月二十日
〜		十二月二十一日
〜		十二月二十二日
〜		十二月二十三日
〜	**大寒**	十二月**二十四日**
〜		十二月二十五日
〜		十二月二十六日
〜		十二月二十七日
〜		十二月二十八日
〜		十二月二十九日
康熙三十三年	元日	正月一日
		正月二日
		正月三日
		正月四日
〜		正月五日
〜		正月六日
〜		正月七日
〜		正月八日
〜		正月九日
〜	立春	正月十日

年末の大寒に、この年最初の梅が開いた。だからそれがちょうどやって来ていた寒波とあいまって、あたかも雪が降ったかのように見えたのである。先に述べたとおりである。

閏月が来て、一年が十三ヶ月になることが、三年に一度くらいやって来る（立春2a張昱の詩を参照）。そういう年には、一年に二度梅が咲くこともあるであろう。たとえば、作者二十二歳の順治《じゅんち》八年は、閏二月が入り、一年が384日ある。その年の元日は大寒の翌日（1651／1／31）にあたり、さらに十二月十日（1652／1／20）は大寒の節入りである。つまり実質的な大寒の節気が、この年は二回来ることになる。気候の寒暖に左右されやすい梅の咲き具合にもよるが、おそらくその年は、旧暦では正月と十二月の二回、梅の花をみることができたであろう。

さて、本詩にもどって、この二首の詩はいずれも最後の句で、はやく本格的な春が来ることを待ち望んでいる。南国広州での大寒の節気は江南や中原に比べると、すでに十二分に暖かい。たとえば近年の平年値を参考にすると、広州市1月の月平均気温は14度で、これは明清に首都であった北京の、4月の14・8度に近い[▼9]。広州がすでに仲春のように暖かくても、それでも春を待ち望む気持ちは、北国の人々と同じなのであろう。

＊　詩の本文は陳永正ほか校箋『屈大均詩詞編年校箋』（上海古籍、2017年）巻10による。

▼1　これについてはたくさんの言及があるが、たとえば丁一滙主編『中国気候』第六章「中国極端最低気温分布図」など。《天気後報》によれば、1951年から2008年の広州市の日平均最低気温は、12月が12度、1月が10度、2月が12度で相当に高い。その三ヶ月での極端最低気温を見ても、すべて0度で、氷点下以下になった日はない。2011年から2018年の月最低気温も0度以上である。しかも両期間を通したこの66年間で、0度まで下がった日は6日しかない。

▼2　地上気温がどれぐらいで降雪になるかは、湿度や風や地形など、ほかの条件が関わってくるので単純には言えない。しかしあえて地上気温だけで見た場合、雨雪判別の境界を、2〜3度におけば、7〜8割以上の確率で雪と言えるのではなかろうか。長谷美達雄「冬季降水における降雪の発生割合と地上気温の関係（1）発生割合の地域性と雨雪判別の的中率について」（『雪氷』53〈1〉、1991年）や、『気象庁』ホームページ予報部予報課「雪に関する予報と気象情報について」（2012年12月7日「民間気象事業者等を対象とした気象講習会」）などを見ての筆者の判断ではあるが……。とすれば広州市がこの66年間で、极端最低温度が0〜3度になった日をカウントすれば、60余日なので（《天気後報》）、そこに右の日本での確率を中国の華南に適用し、さらに7割が雪になったとすれば、雪の日はこの66年間で40余日となる。つまり広州市で雪を見ることができる可能性は、年に一度あるかないかの程度と言える。しかし実際に広州市で雪が降ったのは、中華人民共和国成立後では、2016年1月24日が最初だったという。ただ同じ広東省でも、広州市の60余キロ北の清遠市や、180キロ北の、湖南省に近い韶関市などでは、雪は珍しくない。

▼3　華南沿海地区は、冬末から春初（2〜3月）に霧が多い。『中国気候総論』「霧的季節変化」320頁を参照。

▼4　十二月二十四日を小年と呼ぶ用例を二、三あげておく。
南宋の文天祥の「二十四日」の詩の題下原注に「俗云小年夜」（『全宋詩』第68冊巻3599）とある。その直後の詩は「立春」で題下原注に「己卯十二月二十六日」とあり、実際にその己卯の年、つまり祥興二年は年内立春だった。直前の詩は「十二月

二十日作」である。今の詩の配列が、制作時の詩の配列をそのまま温存しているのなら、文天祥は十二月二十、二十四、二十六日と隔日で詩を作っていたと考えられる。

明の区大相の「小年夜、諸客過集」の詩の題下原注に「俗以臘月二十四日為小年、……」とある（劉正剛、喬玉紅『区大相詩三百首賞析』斉魯書社、２０１５年）。

明の金幼孜の「臘月二十四夕、偶成」其二の詩に「春回残雪在、臘尽小年過。」（『金文靖集』巻3、『文淵閣四庫全書』第１２４０冊）とある。臘は臘日の十二月八日、小年は詩題にある十二月二十四日だと思われる。これを詠んだ年も年内立春であったろうが、実際に上の句、下の句の時間順で事が経過していったのだとすれば、十二月二十四日以前に立春が来たであろう。つまりこの対句は、臘日（十二月八日）↓立春↓小年（二十四日）の流れを描いていると考えられる。

清の曠敏本の「二十四日洞庭舟中」の詩の題下原注に「俗呼臘月二十四日、為小年節。」とある。（徐世昌輯『晩晴簃詩匯』巻74、上海三聯書店、１９８９年）

なお、臘月二十三日を小年となす例もあるが、近現代作家の老舎や蕭紅などであり、ここではこの説は取らない。

▼5

ただ、この屈大均の清代はすでに「時憲暦」で、ケプラーの第二法則を取り入れた定気法なので、各節気は360度の角度の二十四等分となり、各節気の日数は均等ではなく、14～16日間である。近日点の近くは、つまり近年では1月上旬のころは、節気間隔が14日であったりする。だから小寒や大寒の期間が14日間であることもある。しかしここではわかりやすいように、一節気を15日間と固定する平気法で考えてみた。さらに「没日」が、大寒や立春の節気に入らないものとしておく。入るとすれば、一日だけ後ろへずれていくだけである（時憲暦以降は没日は存在しなくなる）。また十二月には大の月の三十日と、小の月の二十九日があるが、これも単純に大の月で考えておく。実際に小の月が来るときは、一日分もどせばよいだけである。

▼6

定気法を用いた時憲暦以降は、平気法の原則が壊れる場合が出てくる。たとえば、乾隆四十年十一月は、冬至・小寒・大寒の節入りが来ている（『三千五百年暦日天象』）。つまり平気法では十二月に来るはずの大寒が、十一月に来ているのである。

康熙三十二年は、十二月五日までが新暦で１６９３年であり、十二月六日からが新暦で１６９４年となる。よって康熙三十二年の十二月二十四日は、新暦では１６９４年に入っている。

この詩を、上掲『屈大均詩詞編年校箋』は康熙三十年（１６９１、62歳）の冬、広東の沙亭での作というが、根拠に乏しい。もしも康熙三十年なら、十二月二十四日の小年の日（１６９１／２／10）は、立春になってからすでに八日めである。だとすれば、二首めの「寒絶、春に逼り来る」と齟齬を生じる。この日はとっくに立春過ぎなのに、詩では立春にせまり来たると言っていることになり、矛盾する。また一首めの大寒、小寒などの表現とも、辻褄が合わなくなる。なお鄔慶時『屈大均年譜』（広東人民、2006年）には、この詩の制作年を記載しない。

ちなみに康熙三十二年の小寒が、14日間しかないのは、上掲注５に言及したように、清朝は定気法を用いているからである。

▼７　上掲『屈大均年譜』197頁、また『屈大均詩詞編年校箋』巻九、１０１７頁による。

▼８　広州の梅はいつ頃から咲き始め、いつ頃咲き終わるのだろうか。近年では、廖碧婷ほか「広州地区梅花開花期与気象因子的関係」（『広東気象』２０１８年第５期）は、２０１０～２０１６年の期間で、広州市の蘿崗香雪公園（標高30ｍ）で、５８０４株の青梅（鵝嗉、大核青、横核等を含む）を対象に行った調査であり、その中の「２．梅花花期物候特徴」によれば、２０１０年の開花期が極端に早く、初花期は12月５日、盛花期は12月15日、枯凋期は翌年の１月10日だったという。これらの数値は、この期間の平均より、初花期が17・５日、盛花期が18・７日、枯凋期が８日、それぞれ早かったという。これによれば、この期間の平均的な初花期は冬至前後で、小寒の時期が盛花期で、大寒に入ったときにはもうほぼ咲き終わっている、ということになる。同じ著者等が同じ調査をした、廖碧婷ほか「広州地区梅花花期的預報方法」（『広東気象』２０１６年第４期）も参照。

これをヒントに考えれば、明清小氷期に属する屈大均の時代では、たとえまるまる一節気ぶん遅くなったとしても、立春に入ったときにはもう梅の開花は終わっている、と考えてよいのではなかろうか。屈大均の『広東新語』巻25に、開花時期について「梅花はただ嶺南の広東一帯が最も早い。冬至になって地中で雷が動き始めると、地上では梅が開く（梅花惟嶺南最早。冬至雷動地中、則梅開地上。）」「広州の北、約200㎞の韶関では、冬至には梅はもう開花している。（韶州梅、長至已開）」

「広州の南西470kmの瓊州の梅は、冬至に一陽が来復し始めると、梅がすぐ開花するが、それは陽の先んじたものを得ているのだ（冬至一陽始復、梅即吐花、得陽之先者也。）」と述べ、咲き終わる時期について「嶺南の花はたいてい秋冬に盛んで、立春になったときにはもう尽きている。（嶺南花大抵盛於秋冬、至初春已尽。）」などと、言うのが参考になる。なお原文の「初春」は正月ではなく立春の意味。

先に、大雪12aの朱誠泳詩の項で、広東で霜降に開花する梅が、詩に詠われていることを紹介した。その梅は、上に掲げた近年のデータからしても、何か特別な品種で、特別なケースだと考えたほうがよさそうである。

ここで、その二の詩の六句め「重吐小年梅」の「重ねて吐く」の解釈について、わたしの見解を述べておく。ここでは、梅の花が二度咲いたの意味ではなく、柳の芽が緑になったことに加えてさらに梅の花も……の意味と考えた。しかし『広東新語』巻25によれば、一年に二度咲くものがあるという。韶州の二度咲きの梅である。「韶州梅、長至（長至は冬至のこと＝筆者注）已開。臘月大雪、梅復開尤盛、有於旧蔕而作新花者。其地属嶺北、故梅以臘以正月開。」とあり、韶関の梅は旧暦十一月の冬至に一度咲いて、さらに半月からひと月後の旧暦十二月（小寒・大寒）の臘月の、大雪が降るころにまた開く。同じ枝に、落下した花の蔕が残っているところに、また新たに花をつけるものがある。韶関は嶺北に属すので、旧暦の十二月にも正月にも開く、という。また「広則秋末冬初、梅且開尽、往往不待長至、以地暖故開更早、気盛則開而又開。予詩『嶺梅一歳再開花。』」ともいう。冬至を待つことなく霜降から立冬の時期に一度開くが、それは土地が暖かいからであり、気が盛んなので開いてから、後にまた開くのだという。「重ねて吐く」は、この二度咲きのような梅の花の、二度目の開花を言う可能性が無きにしもあらずである。いずれにせよ、閏年のように、一年に立春が二度来るような、十三ヶ月もある旧暦での一年に、二度花が咲くという意味ではないであろう。

▼9　『気象庁』ホームページ「世界の地点別平年値（1981―2010年）」では、広州の1月の月平均気温は14度。北京の4月のそれは14・8度である。また『中国気候図（簡篇）』によれば広州の1月が13・6度（1912～1937年、1948～1952年）、北京の4月が13・7度（1841～1986年、1889～1952年）である。また1951年から2008年の《天気後報》のデータによれば、広州市の1月の日平均最高気温と最低気温は18度と10度。北京の4月のそ

れは20度と9度。

付4．参考文献、ウェブサイト

二十四節気概説関連

『中国古代天文学思想（中国天文学史大系）』陳美東、中国科学技術出版社、２０１３年

『中国古代暦法㊤㊦（中国文庫）』張培瑜・陳美東・薄樹人・胡鉄珠、中国科学技術出版社、２００７年（＝『中国古代暦法（中国天文学史大系）』張培瑜等、中国科学技術出版社、２０１３年）

『中国少数民族天文学史（中国天文学史大系）』陳久金、中国科学技術出版社、２０１３年

『中国古代天体測量学及天文儀器（中国天文学史大系）』呉守賢・全和鈞、中国科学技術出版社、２０１３年

『中国古代天文学家（中国天文学史大系）』陳久金主編、中国科学技術出版社、２００８年

『中国古代天文学詞典（中国天文学史大系）』徐振韜主編、中国科学技術出版社、２００９年

『中国科学技術史・天文学巻』陳美東、科学出版社、２００３年

『天文学史話（中国史話・思想学術系列）』馮時、社会科学文献出版社、２０１１年

『百年来甲骨文天文暦法研究』馮時、中国社会科学出版社、２０１１年

『中華二十四節気—漫話中華民俗叢書』王修筑、気象出版社、２０１３年

『天の科学（中国の科学と文明、第5巻）』ジョゼフ・ニーダム、吉田忠ほか訳、思索社、１９９１年

『東洋天文学史論叢』能田忠亮、恒星社、１９４３年

『天の科学史』中山茂、朝日新聞社、１９８４年

『東洋天文学史』中村士、丸善出版、２０１４年

『孔子の見た星空』福島久雄、大修館書店、1997年
『藪内清著作集』第一〜三巻、臨川書店、2017〜2018年
『「高麗史」暦志・宣明暦の研究』大東文化大学東洋研究所編、大東文化大学東洋研究所、1998年
『授時暦：訳注と研究』藪内清・中山茂、アイ・ケイコーポレーション、2006年
『中国天文学史研究』小沢賢二、汲古書院、2010年
『増補版・日本の時刻制度』橋本万平、塙書房、1978年
『日本・中国・朝鮮：古代の時刻制度：古天文学による検証』斉藤国治、雄山閣出版、1995年
『アジアの暦』岡田芳朗、大修館書店、2002年
『日本暦学史（改訂新版）』佐藤政次、駿河台出版社、1971年
『日本暦日原典』内田正男、雄山閣出版、1975年
『日本の暦』渡辺敏夫、雄山閣、1976年
『古代中世暦（和暦・ユリウス暦月日対照表）』日外アソシエーツ編集部、日外アソシエーツ、2006年
『暦の科学』片山真人、ベレ出版、2012年
『暦はエレガントな科学：二十四節気と日本人』石原幸男、PHP研究所、2012年
『日本史を学ぶための〈古代の暦〉入門』細井浩志、吉川弘文館、2014年
『平安時代陰陽道史研究』山下克明、思文閣出版、2015年
『五行思想と礼記月令の研究』島邦男、汲古書院、1971年
『書経㊤（新釈漢文大系25）』加藤常賢、明治書院、1983年

『夏小正経文校釈』夏緯瑛、農業出版社、1981年
『夏小正新考』何新、万巻出版公司、2014年
『大戴礼記（新釈漢文大系113）』栗原圭介、明治書院、1991年
『管子㊤（新釈漢文大系42）』遠藤哲夫、明治書院、1989年
『呂氏春秋集釈（新編諸子集成）』許維遹、中華書局、2009年
『呂氏春秋㊤（新編漢文選・思想・歴史シリーズ）』楠山春樹、明治書院、1996年
『礼記㊤（新釈漢文大系27）』竹内照夫、明治書院、1971年
『淮南子校釈（増訂本）』張双棣、北京大学出版、2013年
『淮南子㊤（新釈漢文大系54）』楠山春樹、明治書院、1979年
『漢書』、『後漢書』、『晋書』、『宋書』、『魏書』、『隋書』、『旧唐書』、『新唐書』、以上の正史の律暦志は、中華書局刊の点校本二十四史を用いた。出版年は上から、1962、1965、1974、1974、1974、1973、1975、1975年。
『全訳後漢書（第三冊）志一』渡辺義浩・小林春樹、汲古書院、2004年
『国立天文台三鷹図書室、貴重資料』http://library.nao.ac.jp/kichou/search.html

本編漢詩関連

本書中でしばしば言及する出典や参考文献、ウェブサイトについては、著者、出版社、出版年、URLなどを、ここでまとめて記し、本文中ではタイトルのみとした。また本書では直接引用しなかったものも、その他として最後に

掲げた。ここに記載がないものについては、書名索引を参照されたし。

『三千五百年暦日天象』張培瑜、河南教育出版社、1990年

『中華日暦通典』（全4冊）王双懐ほか主編、吉林文史出版社、2006年（後に2016〜2020年の国家重点図書出版の一つとして、『中華通暦』全7巻10冊の体裁で改版補訂され、2018年、陝西師範大学出版社より出版。）

『二十四節気農諺大全』中国農業博物館編、中国農業出版社、2016年

『中華気象諺語大観』任国玉、曽金星、王奉安編著、気象出版社、2012年

『中国歴朝気候変化』葛全勝ほか、科学出版社、2010年

『中国歴史時期気候変化研究』満志敏、山東教育出版社、2009年

『中国気候図（簡篇）』中央気象局気候資料研究室編、地図出版社、1959年

『中国気候総論』盛承禹等編著、科学出版社、1986年

『中国気候（中国自然地理系列専著）』丁一滙主編、科学出版社、2013年

『中国農業気象学』中国農業科学院主編、中国農業出版、1999年

『中国気候資源地図集』中国気象局編制、中国地図出版社、1994年

『中国古代の年中行事』（第1冊春、第2冊夏、第3冊秋、第4冊冬）中村裕一、汲古書院、2009〜2011年

『全宋詩』（全72冊全3785巻）北京大学古文献研究所編、北京大学出版社、1991〜1998年

『古今歳時雑詠』宋・蒲積中編、徐敏霞校点、三秦出版社、2009年

『（景印）文淵閣四庫全書』（全1500冊）台湾商務印書館、1983〜1986年

『続修四庫全書』（全１８００冊）上海古籍出版社、１９９５年
『宋才子伝箋証』（全5冊）傅璇琮主編、遼海出版社、２０１１年
『剣南詩稿校注』銭仲聯校注、上海古籍、１９８５年
『広東新語』屈大均（清代史料筆記叢刊、中華書局、１９８５年）
『氾勝之書：中国最古の農書』石声漢編・英訳、岡島秀夫、志田容子訳、農山漁村文化協会出版、１９８６年
『植物の漢字語源辞典』加納喜光、東京堂出版、２００８年
『植物の和名・漢名と伝統文化』寺井泰明、日本評論社、２０１６年
『二十四節気志』宋英傑、中信出版社、２０１７年
『国立国会図書館デジタルコレクション』インターネット公開資料（http://dl.ndl.go.jp/）
『ステラナビゲータ11（Stella Navigator）』AstroArts社、２０１９年
『ステラシアター・プロ（Stella Theater Pro Ver3.02）』Toxsoft社、２０１０年
『ステラリウム（Stellarium）』ファビアン・シェロー（Fabien Chereau）
『（C）国立天文台』「暦計算室ウェブサイト」http://eco.mtk.nao.ac.jp/koyomi/「こよみの計算」、「暦Wiki」
『和暦（わごよみ）＆中華暦（からごよみ）』Shinobu Takesako http://www.wagoyomi.info/
『気象庁』ホームページ https://www.jma.go.jp/jma/
米国海洋大気庁（局）（NOAA）
《NNDC Climate Data Online》https://www7.ncdc.noaa.gov/CDO/cdo
《Climate Data Online Search》https://www.ncdc.noaa.gov/cdo-web/search?datasetid=GHCND（気温、露点、気圧、視程、

風速、最高最低気温、降水量、積雪量等の日ごとのデータ。地点によってデータの期間の長短があり、掲載される項目が異なる。また年によっては欠落する月や項目等がある。後者が新しく、項目を選んで、メールアドレスを指定すれば数分で届けられる。どちらも無料だが一長一短ある。）

《天気後報》「全国歴史天気査詢」http://www.tianqihoubao.com/lishi/（データは、1951年1月1日～2008年12月31日にわたるとある。日ごとの平均最高最低気温、平均降水量、极端最高・最低温度がある。但し小さな都市は2011年以後。）

その他

『物候学：大自然語の手引き』竺可楨・宛敏渭著、丹青総合研究所編訳、丹青社、1988年

『日常の気象事典』平塚和夫、東京堂出版、2000年（この著作は二十四節気で章立てし、小寒から始まる）

『季節の366日話題事典　付・二十四気物語』倉嶋厚、東京堂出版、2002年

『気候文明史：世界を変えた8万年の攻防』田家康、日本経済新聞出版社、2010年

『中国の雨と気候』吉野正敏編著、陳国彦訳、大明堂、1975年

『平安の気象予報士紫式部：『源氏物語』に隠された天気の科学』石井和子、講談社（+α新書）、2002年

《こよみの学校》中牧弘允 https://543life.com/campus/

《中国気象局》「中国気象数据網」http://data.cma.cn/（中国各地の各月の日ごとの平均の気象データは、本書執筆の段階では「中国気象局」の「中国気象数拠網」〈http://data.cma.cn/〉の「中国地面国際交換站気候資料日値数拠集（V3.0）」〈1951～2012年〉、「中国地面累年値日値数拠集（1981―2012年）」等で公開されている。また五日、十日、月、年ごとのデータもある。国外から登録し、ダウンロードできるが、そのダウンロード量の制限が厳しく実用的ではない。また一ランク

上の実名登録は、現時点では国外に開放されていない。）

《天気網》「国内城市歴史天気」http://lishi.tianqi.com/（２０１１年1月1日以後）

《天気網》「中国気温」http://m1.tianqi.com/qiwen/china/（１９５０年代からのデータが一時期、公開されていたが、現時点ではこの部分は閉ざされている。）

《hosi.org》When.exe Ruby版（C）Takashi SUGA http://hosi.org:3000/

《両千年中西暦転換》台湾中央研究院 http://sinocal.sinica.edu.tw/

《中西暦（明代以降）》台湾大学 http://thdl.ntu.edu.tw/datemap/index.php

《Google Earth》https://www.google.com/earth/

《心同行・海抜》http://haiba.ugoto.cn/

《捜韻》https://sou-yun.cn/

《国学大師》http://www.guoxuedashi.com/

『漢籍リポジトリ』http://www.kanripo.org/

『中国二十四節気詩詞鑑賞』王景科編、山東友誼出版社、１９９８年

『時光印痕―唐詩宋詞中的節気之美』沈善書、中国華僑出版社、２０１３年

『24節気誦読古詩詞―新教育実験晨誦項目『農暦的天空下』課程実践』常麗華、文化芸術出版社、２０１１年

『歳時記―古詩詞里的節気之美』馮輝麗、江蘇鳳凰文芸出版社、２０１６年

『新歳時歌―古詩詞中的二十四節気』李顔垦、中国紡績出版社、２０１６年

『二十四節気詩画日暦　２０１８』中国農業出版社・中国農業博物館編、中国農業出版社、２０１７年

付5．本編漢詩関連地図（帝国書院「ハイマップマイスター」にて作成）

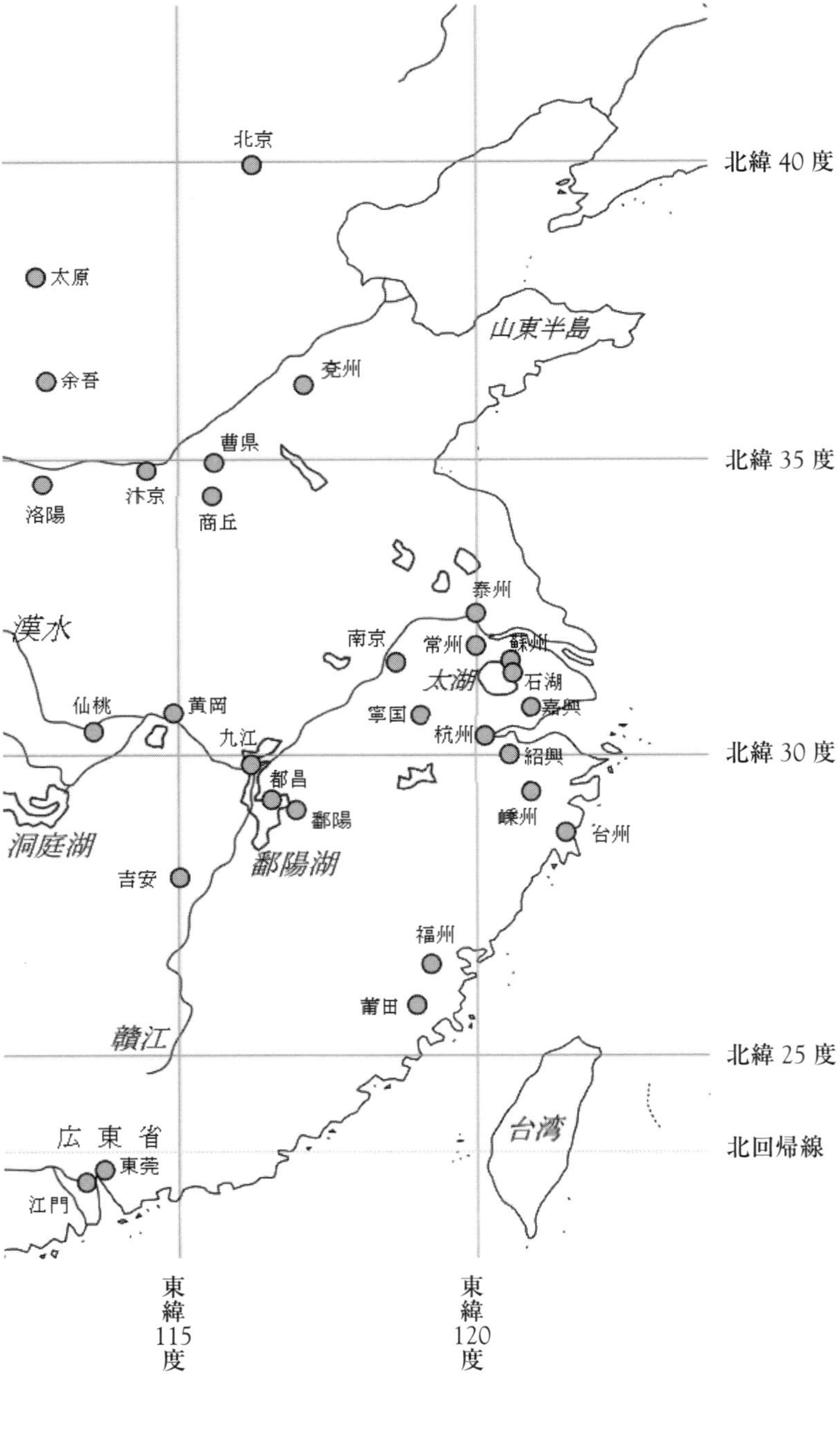

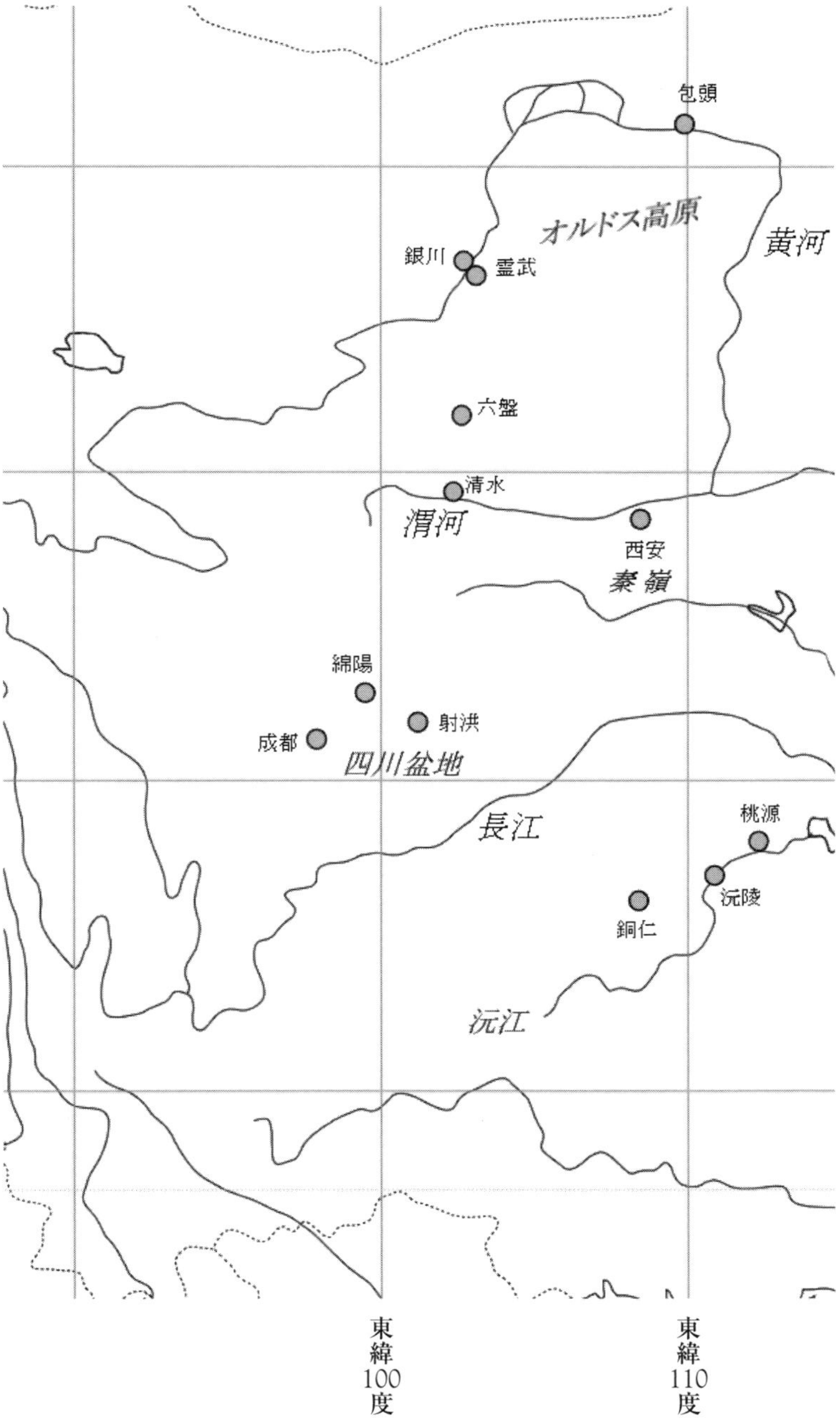
包頭
オルドス高原
黄河
銀川
霊武
六盤
清水
渭河
西安
秦嶺
綿陽
射洪
成都
四川盆地
長江
桃源
沅陵
銅仁
沅江
東緯100度
東緯110度

あとがき

わたしが、少しまじめに天文や暦や気候の勉強をはじめたのは、２０１５年からである。講義で初めて二十四節気を取り上げたのも、その年の後期からだった。わたしは、一つの授業では二十四節気の漢詩を読み、もう一つの授業では七十二候の物候や話題を紹介していった。前期に春分から白露までを、後期に秋分から啓蟄までを講じた。そのサイクルで一年間の二十四節気と七十二候を話し終わり、それを何回か繰り返して、わたしは定年退職となった。だからその間、その都度修正しながら、それぞれの節気を何回か話し続けたことになる。その期間は、授業の準備だけに追われ、一本の論文も書かなかった。

退職後、漢詩の講義ノートをまとめ直したのがこの書の本編である。本編を書き終えたあと、本編だけで本にするのも少し唐突すぎる。序論かなにかで、二十四節気とは何かを、少しは説明したほうがいいのではないかと考えた。そこで新たに序文を書き始めた。わたしは、自分自身が当初から抱いていた疑問の数々を、ここでただひたすら解決するために書いた。書き終わったら自分の疑問は、ほぼ自分なりに解決していた。だから勝手な思い込みや自己流で、強引に自分を納得させてしまったものもあるように思う。そうやってできた長い序文と、本編の漢詩部分を合わせたものが、本書である。

＊　＊　＊

いまあらためて書斎の本棚を見てみると、机の最も近くにある本棚八段が、いつの間にか、みな天文学・暦学をはじめ、七十二候に関する気候、動植物の本で、埋まっている。それまでその書架に並んでいた本が、どこに移っていったのか、今もってよく分からない。また、パソコンの中には、五年前にはじめて作ったはずの「節気」というフォルダの下に、いつのまにか三百余のサブフォルダと、四千余のファイルが蓄積されていた。みなダウンロードした論文や文献、画像類、そしてわたしの雑多なメモ類である。

数年前、二十四節気の研究に移行し始めたころ、関心のおもむくままに面白そうな本を購入していた。しかしさすがにこの本が届いた時にはびっくりした。王双懐主編の『中華日暦通典』である。三千四百年余にわたる陰陽暦の月毎、日毎の暦に関する数字や干支が延々と記されている。全ページただそれだけの、全四冊、A４判で全４４９８頁、重さ11キログラムの本である。こんな本を見たら、普通なら誰だって買ったことを後悔するだろう。それ以後この本は、わたしの書斎の隅の方で、書架の重石として埃をかぶっていた。

一、二年が過ぎ、節気の日付が気になり始めた頃、その数字と干支だらけの書籍に、全ての節気の日付が記されていることに、ふと気が付いた。以後その書籍が、わたしがもっとも頻繁に参照する座右の書になったのである。この『中華日暦通典』がなければ、わたしの二十四節気詩の研究も、ただ漠然と季節をイメージさせるだけの、曖昧模糊とした研究になったに違いない。このわたしのささやかな著は、王双懐氏等の暦学研究のデータをもとに、それを文学作品の鑑賞面に応用してみた、一つの試みにすぎないと言える。

＊　＊　＊

ここで一つ、舞台裏の種明かしをしておかなければならない。それぞれの二十四節気の詩をどのように選んだのか。「捜韻」という中国の漢詩のデータベースのサイトがある。ここには現時点で、先秦から現代までの約四万二千六百余人の作者の、百十三万六千四百余首の韻文作品が収められている。たとえばここで、今この後書きを書いている時期の「処暑」で検索すると、三十九首がヒットし、次の節気の「白露」で検索すると、一千七百八十七首がヒットする。

節気によってかくもばらつきが大きいが、そこから機械的に唐代以前の詩、清代以後の詩、短すぎる絶句、二十行以上の長すぎる詩を取り除き、残ってきた詩をただひたすらに読んでいく。もちろんわたしの学力では歯が立たない難しい詩は、自ずと除外されていくことになる。何度か繰り返し通読を重ねていき、五、六回読みおわったころ、だいたい数首に候補が絞られてくる。そして最後にその中から一首を決める。詩を選ぶ基準は、その節気に作られたことが検証できる詩、文学作品として面白い詩、なるべく同じ作家に重複しない詩、そして最後にわたし自身が文献上で所在を確かめることのできる詩、などである。

「捜韻」のデータの正確さは、わたしの感じるところ極めて信頼度が高いといえる。いつでも、どこからでも、誰でも、無料で使用できる。この巨大な漢詩のデータベースが無かったなら、わたしの二十四節気詩研究も、守備範囲の極めて狭いものにならざるを得なかったであろう。

最後になったが、もと同僚の中尾友香梨教授と谷口高志准教授、またフリラックス書虫には、文献資料や論文検索等で大変お世話になった。衷心より感謝の言葉を述べておきたい。あわせて文学通信編集部の西内友美さんには、ひとかたならぬお世話になった。ここに記して謝意を表したい。

＊　＊　＊

二十四節気は、中国では２００６年に国家級非物質文化遺産に登録され、２０１６年にはユネスコの世界無形文化遺産に採択された。翌年には中国民俗学会内の研究機構として「中国二十四節気研究センター」が設立され、２０１９年には中国気象局による「中国天気・二十四節気研究院」が設置されている。二十四節気を紙・印刷術・火薬・羅針盤に次ぐ、中国の五大発明と称する人々もいる。将来、我が国でも二十四節気学会のようなものが出来るとすれば、それは天文学、暦学、気候学、農業気象学、植物学、動物学、民俗学・文化人類学、食物学、栄養学、漢方医学などの分野にそれぞれ軸足を置くような、幅広い学際的なものになるであろう。また文学について言えば、日中韓三国だけにとどまらず、二十四節気・太陽暦を座標軸にして、世界文学での比較も可能となろう。日本での二十四節気の研究、あるいは応用、実用が今後どのようになっていくのか楽しみではある。

二〇二〇年八月

わ

な

は

ま

や

ら

た

地名索引

あ

か

さ

は

ま

や

ら

た

な

さ

書名・篇名・ソフト名・サイト名索引

（詩集類は取らなかった）

A

あ

か

わ

た

さ

人名索引

（共著の場合は筆頭者のみを取った）

あ

か

ま

や

ら

な

は

た

さ

二十四節気関連事項索引

著者

古川末喜（ふるかわ・すえき）

1954 年、佐賀県生まれ。九州大学文学部卒、同大学院博士課程中退。鹿児島県立短期大学、島根大学、佐賀大学をへて、現在佐賀大学名誉教授。fulukaws@cc.saga-u.ac.jp。博士（比較社会文化・九州大学）、博士（文学・神戸大学）。

〔著書〕『中国スキンシップ紀行』（筑摩書房、1988 年）、『初唐の文学思想と韻律論』（知泉書館、2003 年）、『杜甫農業詩研究 : 八世紀中国における農事と生活の歌』（同、2008 年）、『杜甫の詩と生活 : 現代訓読文で読む』（同、2014 年）

二十四節気で読みとく漢詩

2020（令和 2）年 10 月 20 日　第 1 版第 1 刷発行
2022（令和 4）年 5 月 30 日　第 2 版第 1 刷発行

ISBN978-4-909658-37-1　C0098

発行所　株式会社 **文学通信**

〒 114-0001　東京都北区東十条 1-18-1 東十条ビル 1-101
電話 03-5939-9027　Fax 03-5939-9094
メール info@bungaku-report.com ウェブ http://bungaku-report.com

発行人　岡田圭介

印刷・製本　モリモト印刷

ご意見・ご感想はこちらからも送れます。上記のQRコードを読み取ってください。

※乱丁・落丁本はお取り替えいたしますので、ご一報ください。書影は自由にお使いください。

文学通信の本

☞全国の書店でご注文いただけます

説話文学会［編］

『説話文学研究の最前線　説話文学会 55 周年記念・北京特別大会の記録』

2018 年 11 月 3 日〜 5 日の 3 日間、北京の中国人民大学（崇徳楼）で開催された説話文学会五十五周年記念・北京特別大会の報告集。東アジア仏教を主とする宗教研究を視野に入れつつ、第 1 部には、中国仏教に焦点を当てた講演とシンポジウム、『釈氏源流』を事例とするラウンドテーブル、〈環境文学〉を軸に東アジアの宗教言説と説話をめぐるラウンドテーブルを行った学会の様子を完全収録。第 2 部は「これからの説話文学研究のために」として、今後の研究への提言として、内外の研究者 10 名による文章を収録した。

ISBN978-4-909658-35-7 ｜ A5 判・並製・368 頁
定価：本体 3,000 円（税別） ｜ 2020.09 月刊

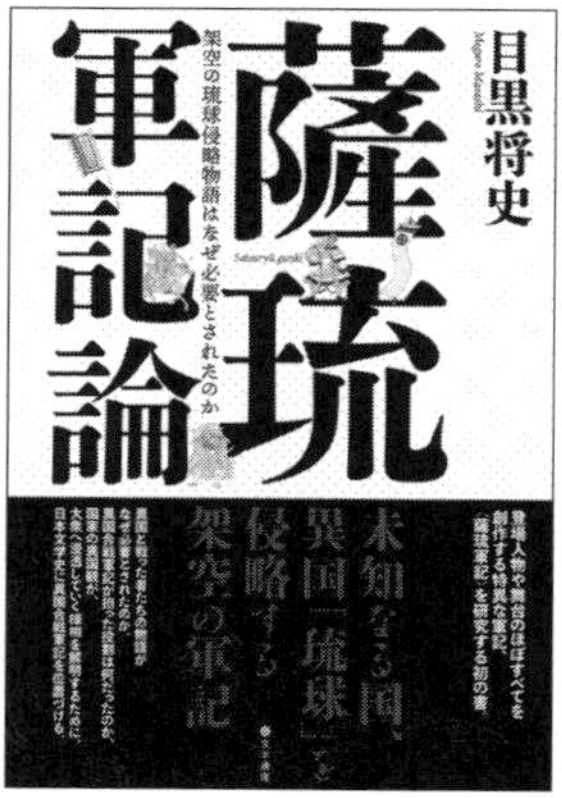

目黒将史

『薩琉軍記論　架空の琉球侵略物語はなぜ必要とされたのか』

異国と戦った者たちの物語はなぜ必要とされたのか。異国合戦軍記が担った役割は何だったのか。その成立、諸本の展開構造、享受の実態から、明らかにしていく。国家の異国観が、大衆へ浸透していく様相を解明するべく、日本文学史に異国合戦軍記を位置づけようとする野心的な書。東アジアにおける日本の視座が問われている昨今、時代やジャンルを超越し取り組むべきテーマが凝縮されているといっても過言ではない。文学研究者のみならず、歴史、思想史にも有益な書。

ISBN978-4-909658-20-3 ｜ A5 判・上製・784 頁
定価：本体 15,000 円（税別） ｜ 2019.12 月刊

前田雅之

『なぜ古典を勉強するのか　近代を古典で読み解くために』

なぜ古典を勉強するのか。私たちが生きるこの時代は、古典的教養とは不要なものなのであろうか。過去とつながっている、今この時代を読み解く、実践的古典入門。全体を「古典入門」、「古典で今を読み解く」、「古典と近代の歴史を知る」に分け、レクチャー。「近代を相対しうる最も強力な装置が古典である」という著者の思想のもと、今とつながっている古典文学の新しい見方を次々と繰り出し、読む者の視界を広げ、古典を勉強する意義を伝える、刺激的な書。

ISBN978-4-909658-00-5 ｜四六判・上製・336 頁
定価：本体 3,200 円（税別） ｜ 2018.06 月刊